Die Toten vom Gardasee

Alessandro Montano verbrachte viele Jahre am Gardasee und schrieb Kritiken für verschiedene Filmmagazine, bevor er in Bologna Filmgeschichte lehrte. Heute lebt er mit seiner Familie in Brescia. »Die Toten vom Gardasee« ist sein erster Roman.

ALESSANDRO MONTANO

Die Toten vom Gardasee

KRIMINALROMAN

emons:

Bibliografische Information der Deutschen Nationalbibliothek
Die Deutsche Nationalbibliothek verzeichnet diese Publikation
in der Deutschen Nationalbibliografie; detaillierte bibliografische
Daten sind im Internet über http://dnb.d-nb.de abrufbar.

© Emons Verlag GmbH
Alle Rechte vorbehalten
Umschlagmotiv: H.&D. Zielske/Lookphotos
Umschlaggestaltung: Tobias Doetsch
Gestaltung Innenteil: César Satz & Grafik GmbH, Köln
Lektorat: Marit Obsen
Druck und Bindung: Pario Print Sp. z o.o, Kraków
Printed in Poland 2023
ISBN 978-3-7408-0070-3
Originalausgabe

Unser Newsletter informiert Sie
regelmäßig über Neues von emons:
Kostenlos bestellen unter
www.emons-verlag.de

Für Silvana und Fernando,
Tomasio und Helga,
Antonio, Pasquale, Pasquale,
Pasquale, Franco, Marco und Michele

Empty lake, empty streets
And the sun goes down alone
I'm driving by your house
Don't know you're not home.

Don Henley, »The Boys Of Summer«

EINS

Der schmutzig gelb beleuchtete Tunnel spuckte ihn aus wie ein Riesenfisch einen alten Angelköder. Helles Licht schlug ihm entgegen, und er setzte seine Sonnenbrille wieder auf. Sie waren in zehn Minuten verabredet. Er lag gut in der Zeit und würde sogar etwas zu früh dort sein.

Er fuhr an der Segelschule vorbei, in deren Hinterhof alte Boote wie aufgebahrt standen. Brüchiges Holz, abplatzende Farbe, rostiges Metall unter einer trockenen Staubschicht. Es sah aus wie ein Friedhof. Ein Mann saß im Schatten eines Baumes vor dem Eingang und las in der Zeitung, an dem kleinen Kai rechts warf ein Fischer seine Angel aus. Der Monte Baldo war über den türkisfarbenen Teppich aus eisglattem Wasser hinweg klar und deutlich zu erkennen. Es war ungewöhnlich windstill heute. Aber meistens frischte es gegen Nachmittag auf.

Während er im Schritttempo durch den Ort fuhr, spürte er die unheilvolle Präsenz der dunklen, mächtigen Wand über ihm. Sie war wie eine finstere Gestalt, übergroß und tödlich, die nur darauf wartete, aus dem Hinterhalt anzugreifen. Seine Nackenhaare sträubten sich, Kälte breitete sich unter seiner Haut aus. Er fühlte sich so klein wie eine Küchenschabe, die jeden Moment zertreten werden konnte. Dreihundertfünfzig Meter hoch und senkrecht wie mit dem Messer geschnitten ragte die Steilwand von Campione über allem auf.

Der gesamte Ort ist dem Tod geweiht, dachte er, als er ausstieg.

Sein Equipment lag im Kofferraum. Ein Stück zu Fuß über die kleine Piazza, dann in das rote Haus. Zweiter Stock. Der Name auf der Klingel war vergilbt.

»Buongiorno, Luca.« Signora Muro lächelte ihn freundlich an. Sie war ehrlich erfreut über seinen Besuch, das konnte er ihr ansehen.

»Buongiorno«, entgegnete Luca und stellte seine beiden Koffer im Flur ab.

»Heiß heute«, sagte sie und wischte sich ihre Hände am schwarzen Rock ab.

»Ja, kein Wind«, bestätigte Luca.

»Kommen Sie.« Sie wies mit einer einladenden Geste ins Wohnzimmer. »Wollen Sie erst mal einen Kaffee?«

»Gern.«

Luca nahm Platz, und Signora Muro verschwand in der Küche, wo sie wohl schon alles vorbereitet hatte, denn sie kam kurz darauf mit einem gefüllten Tablett zurück. Sie goss den Kaffee ein und prostete ihm zu. Doch da hatte sich ihr Lächeln bereits abgeschwächt, und ihre leidvollen Fältchen um den Mund vertieften sich. Sie wusste, dass sie nun bald wieder über den Tod ihrer Tochter sprechen musste.

Luca trank schlürfend einen Schluck Kaffee. Es war angenehm kühl in der Wohnung. Sie hatte die hölzernen Fensterläden geschlossen. Lichtstreifen fielen durch die Lamellen.

»Und, kommen die Touristen immer noch?«, fragte er.

»Ja, die Stammgäste, wie man hört. Aber in den meisten Fällen sind es Tagesausflügler. Bleiben wollen die wenigsten, auch wenn es so billig ist.«

»Die Mutigen sind wohl mehr die jungen Leute, was?«

»Ja, das stimmt. All die Wassersportler …«

Aus ihrem Mund klang das so, als hätte sie das Wort kürzlich in einer Zeitschrift gelesen und benutzte es nun, um gebildeter zu klingen. Sie trank und stellte die Tasse etwas zu laut ab.

»Ist schon wieder lange her, dass ich da war«, sagte Luca. Er sagte es so beiläufig, als wäre er ihr Enkel oder ein Neffe.

»Ja, die Zeit vergeht …« Sie senkte den Blick, ohne den Satz zu beenden, und Luca konnte nicht sagen, ob sie meinte, dass die Zeit schnell oder langsam verging.

»Ich würde heute gern ein paar Aufnahmen machen. Wir können erst mal so sitzen bleiben und weiterreden. Später hätte ich gern, dass Sie alltägliche Dinge tun, so wie sonst auch, und ich nehme Sie dabei auf. Wäre das in Ordnung?«

Sie schürzte die Lippen. »Ja, schon.«

Luca trank seinen Kaffee aus.

»Schön, dann hole ich mal meine Sachen.«

Sie nickte nur und wartete ergeben.

Luca kehrte mit zwei Kameras zurück, von denen er eine auf einem Stativ positionierte und Signora Muro über den Sucher in die richtige Einstellungsgröße brachte. Sie ordnete sich mit verlegenen Handbewegungen die Haare. Die zweite Kamera stellte er neben seine Knie, um eine Nahaufnahme zu ermöglichen.

»Soll ich schon abdecken?«, fragte sie.

»Nein, lassen Sie nur«, sagte Luca und schenkte sich eine zweite Tasse ein. Die Kameras liefen bereits. So wollte er Signora Muro die Angst vor der Aufnahme nehmen. Sie sollte sich nicht beobachtet fühlen, um sich so natürlich wie möglich zu verhalten. »Der ist viel besser als diese neumodischen Kaffees, die man jetzt überall bekommt«, lobte er und entlockte ihr damit ein Lächeln.

»Ich ziehe vielleicht weg«, presste sie nach einer Pause hervor und begann das Gespräch so quasi von allein.

»Ach, wirklich?« Luca war überrascht.

»Ich werde nicht jünger, und dieser Ort …« Sie drehte ihre Handflächen nach oben und betrachtete sie, so als könnte sie darin lesen, was sie tun sollte. »Es ist schwer zu erklären. Campione ist im Grunde gar kein Ort mehr. Es ist so was wie eine Piazza geworden. Nein, das ist der falsche Ausdruck. Campione ist wie … wie ein Vergnügungspark, ja. Die Leute kommen hierher, um zu baden, zu segeln und zu surfen. Leben tut hier niemand mehr, alles steht leer. Und am Abend, wenn sie wieder fort sind, herrscht überall diese Stille …«

Luca versuchte sich zu entspannen und lehnte sich langsam zurück. Er wollte jetzt keine Fragen stellen und gab ihr einfach etwas Zeit.

»Wissen Sie, es sieht ja ganz hübsch aus, wenn hier abends alles beleuchtet ist. Aber es ist tot.«

Sie erschrak über diesen Ausdruck und zuckte zusammen.

»Ich habe eine Cousine oben in Vesio. Ich ziehe zu ihr. Sie hat noch etwas Platz in ihrem Haus, seit ihr Mann gestorben ist.«

»Dann sind wir ja bald Nachbarn, ich wohne auch oben. In Pregasio«, sagte Luca freundlich, aber Signora Muro blieb ernst.

»Es war ein Zeichen damals, die Lawine. Ich soll hier nicht mehr sein. Niemand sollte das.«

»Ein Zeichen?«, wiederholte Luca und beugte sich vor.

Signora Muro nickte nachdenklich. »Gott hat diesen Ort verlassen, und wir sollen das auch. Ich bete jeden Tag zu ihm. Immer wieder fragte ich ihn, warum er Lucia zu sich geholt hat, aber ich bekam keine Antwort. Bis ich verstand, dass er mir längst etwas mitgeteilt hatte. Campione ist etwas Besonderes. Es war mein Leben. Mein Mann und ich haben hier gearbeitet. Jetzt ist er tot, meine Tochter auch, und ich sollte nicht mehr hier sein.«

»Sind Sie Gott böse?«

Sie blickte auf. Ihre Augen waren feucht und gerötet.

»Ich war es. Oh, ganz bestimmt. Aber wir müssen uns fügen und seine Zeichen deuten. Es hat alles einen Sinn, wissen Sie? Vielleicht erkenne ich ihn jetzt noch nicht. Aber später …«

»Hilft Ihnen das, den Tod Ihrer Tochter zu verarbeiten?«

»Ja.«

Es war eine kurze Antwort, und er sah, dass sie ins Grübeln gekommen war, also hakte er nicht weiter nach. Ihre Tochter war das einzige Todesopfer der Steinlawine gewesen. Sie hatte in einem Restaurant gearbeitet und war nach Feierabend noch spät allein auf der Straße unterwegs gewesen. Sie hatte es wohl kommen hören und war geflüchtet, doch ein Felsbrocken verletzte sie am Kopf, und sie fiel ins Koma. Nach einem Monat im Krankenhaus war sie schließlich gestorben, ohne zuvor noch einmal aufgewacht zu sein. Inzwischen erinnerte nur noch der gesperrte Tunnel an die Katastrophe. Und ein Metallgitternetz, das man an der Steilwand befestigt hatte, um die Geröllmassen davon abzuhalten, im Ort weitere Verwüstungen anzurichten. Nachdem die alte Spinnerei, die hier jahrelang die Wirtschaft bestimmt hatte, geschlossen und teilweise abgerissen worden war, hatte diese Lawine dem Ort, der sich eigentlich neu hatte erfinden wollen, vor zwei Jahren den zweiten Todesstoß versetzt. Eine Seguniversität hatte kurz zuvor eröffnet, und neue Häuserblocks waren entstanden, die von Studenten und Sportlern genutzt werden sollten. Doch nun befand sich dieses

Areal in der gefährdeten Zone, und das ganze Projekt lag brach. Hunderte von hochmodernen Apartments warteten hinter verschlossenen Fensterläden auf Touristen, Bewohner, die niemals kommen würden. Luca verstand Signora Muros Entscheidung nur zu gut. Er war sehr erleichtert, dass sie von hier wegzog.

»Vielleicht haben wir diesen Ort immer falsch behandelt«, sagte sie in die Stille hinein.

»Inwiefern?«

»Wir haben ihn ausgebeutet, aber nicht so behandelt, wie es ihm zusteht, denke ich.«

In der Tat war Campione eine einzigartige Sehenswürdigkeit. Doch im Grunde war das Sehenswerte nicht mehr als das, was es jetzt bedrohte: Erosion. Der Ort war eine Geröllablagerung der Berge. Eine heruntergegangene Lawine, die wie eine kleine Insel im Wasser des Gardasees lag. Es war der Lauf der Natur, nicht mehr und nicht weniger. Doch diesen Gedanken behielt er natürlich für sich, versuchte, ihn hinter einer verständnisvollen Miene zu verstecken.

»Sie glauben nicht an Gott, nicht wahr?«, fragte sie, und Luca stellte überrumpelt fest, dass ihre Frage ihn traf.

»Nicht so, wie Sie es tun«, antwortete er.

»Es sind die Zeichen, auf die Sie achten müssen«, sagte sie und hob den Zeigefinger. »Wehren Sie sich nicht dagegen. Es würde Ihr Leid nur verlängern.«

Luca konnte nicht anders, als ein abschätziges Lächeln zu unterdrücken. Wovon sprach die alte Dame? Es ging hier nicht um ihn. Er hatte kein Leid erfahren.

»Ich räume jetzt ab«, sagte sie und erhob sich. Luca besann sich noch einen Moment lang und nahm dann seine Kamera vom Stativ, um Signora Muro per Hand zu filmen. Statt ihr nachzugehen, hielt er sich im Hintergrund und zoomte vom Wohnzimmer in die kleine Küche, wo sie alles wegstellte und abwusch.

Er blieb noch eine halbe Stunde, dann brach er auf und machte sich zu Fuß auf den Weg, der in die Steilwand und hinauf nach Pieve führte. Bis zur Madonna, die in zweihundert Metern Höhe in einer Felseinbuchtung aufgestellt worden war, erklomm er den Berg und filmte von dort aus Campione, das tellerrund aus dem Massiv wuchs wie ein Baumpilz aus einem Stamm.

Als die Baumwollspinnerei noch in Betrieb gewesen war, waren die Arbeiter aus den Bergen jeden Morgen über diesen Weg hinunter nach Campione gegangen und am Abend wieder zurück. Ein lebensgefährlicher Arbeitsweg.

Es war Spätnachmittag, als er wieder in den Ort hinabstieg, in den langsam Ruhe einkehrte. Die Sonne stand tief, sie schien direkt über die Bergspitzen hinweg und tauchte den Monte Baldo in goldenes Licht. In dem kleinen Café auf der Rasenfläche am Ufer kaufte Luca sich ein kühles Bier und setzte sich auf einen der Stege. Die Menschen lagen in der Sonne und schwammen im immer noch spiegelglatten Wasser. Kinder spielten oder angelten, aber es war nicht laut. Links in der Bucht glitten wie in Zeitlupe zwei Polizeiboote durchs Wasser. Weil dort bereits alles im Schatten lag, erkannte Luca erst spät, dass ein Seil zwischen den Booten gespannt war. Eine Gruppe von Menschen stand am Ufer und schaute wie gebannt in ihre Richtung. Luca verstand zunächst nicht, was vor sich ging. Niemand sonst war dort, um zu baden oder zu angeln. Nur diese vier Leute, die seltsam deplatziert wirkten. Luca sah genauer hin und erkannte, dass die Beamten das Seil durch das Wasser zogen und dabei sinken ließen. Eine merkwürdige Stimmung ging von dieser Szene aus. Der Schatten des Berges schien sich wie ein schwarzes Tuch auf das Wasser zu legen. Stille, Andacht. Gespannte Körper, hängende Köpfe und Schultern.

»Sie suchen einen Jungen«, sagte ein Mann neben Luca. Er war kein Italiener, sondern sprach mit einem österreichischen Akzent. Er lag auf einem Handtuch und blickte Luca durch runde Sonnenbrillengläser an. Seine Augen waren nicht zu erkennen. Luca wartete wohl zu lang mit einer Reaktion, also ergänzte er: »Ist wahrscheinlich ertrunken. Das da ist seine Familie.« Er nickte in Richtung der kleinen Gruppe am Ufer.

Jetzt verstand Luca ihren Ausdruck und ihre Körperhaltung. Die Boote wendeten, und einer der Männer warf das tropfende Seil wieder zu seinem Kollegen hinüber. Dann drifteten sie erneut auseinander. Lautlos pflügte das Seil durch das Wasser, ruckte ab und zu, wenn es an den langen Algen hängen blieb. Luca wollte nicht sehen, wie sie ihn fanden. Kurz dachte er daran, die Szene zu filmen, stattdessen erhob er sich und ging zu seinem Wagen. Er war froh, Campione verlassen zu können, und fuhr in den Tunnel ein, der ihn zurück auf die Gardesana brachte. In Richtung Norden fahrend konnte er noch kurz die beiden Polizeiboote sehen, die unverändert unten in der Bucht patrouillierten. Er beschleunigte leicht das Tempo.

Der Tod war ganz nahe, und er wollte so schnell wie möglich von hier entkommen.

Er nahm die Abzweigung nach Tremosine auf der bekannten und berüchtigten Straße nach Pieve durch die Brasa-Schlucht. Dieser Weg war für ihn inzwischen ein Teil Heimat geworden. An der Ampel, nach der es durch die enge, vom Wasser ausgewaschene Schlucht ging, standen drei Autos vor ihm. Alles Touristen. Sie waren um diese Zeit wahrscheinlich auf dem Weg zu den beiden Restaurants, die hier direkt an der Straße lagen und einen sehr guten Ruf genossen. Er folgte den Wagen durch die Windungen der gewölbeartigen dunklen Schlucht und kam bei der kleinen Madonna heraus, die man links in einer Felsaushöhlung platziert hatte. Einige aus der hier wartenden Autoschlange waren ausgestiegen, um sie zu fotografieren.

Weiter ging es um enge Kurven bis nach Pieve und Pregasio, wo er in die kleine Auffahrt gleich am Ortseingang rechts einbog und, dem steilen Weg folgend, zu dem Haus kam, in dem er in der oberen Etage eine Wohnung besaß. Sie war klein, aber völlig ausreichend, und von seinem Balkon aus hatte er einen wunderbaren Blick auf den See und die gegenüberliegende Uferseite.

Während er die Videosequenzen auf seinen Rechner lud, setzte er sich mit einem Panini und einem Schluck Weißwein auf den Balkon. Fünf Jahre wohnte er inzwischen hier, nein, sieben. Davor war er ein wenig umhergezogen, hatte mal in Riva und auch mal am Ledrosee gewohnt, doch es hatte ihn wieder hierher zurückgezogen, an seinen See, auch wenn er ihn lieber mit einem gewissen Abstand genießen wollte. Warum das so war, vermied er, sich zu fragen. Er wies lieber darauf hin, dass er die Berge mochte, als zu sagen, dass ihn die Nähe zum Wasser beklemmte.

Er nahm einen großen Schluck aus dem kühl beschlagenen Glas und stemmte seine Füße gegen das Geländer. Es dämmerte orange und blau am Himmel. Die ersten Lichter glommen am Ostufer auf. Dort lag die Promenade von Malcesine. Dabei ging ihm diese Bemerkung im Kopf herum, die Signora Muro gemacht hatte. *Es sind die Zeichen, auf die Sie achten müssen. Wehren Sie sich nicht dagegen. Es würde Ihr Leid nur verlängern.* Hatte er jemals mit ihr über seine Probleme gesprochen? Wenn ja, über welche? Er hatte nicht die geringste Ahnung. Oder war sie einfach davon ausgegangen, dass jeder Mensch irgendein Leid mit sich herumtrug? Wenn der Satz auf dem Video war – und das war er, denn er hatte die Kamera nicht angehalten –, wollte er ihn herausschneiden. Das war es, was er morgen früh gleich als Erstes in Angriff nehmen würde.

ZWEI

Er hatte schlecht geschlafen. Die ganze Nacht hatte er sich herumgewälzt. Es war zu warm gewesen, und irgendwie hatte er nicht die richtige Schlafposition finden können. Erst gegen fünf Uhr in der Früh war er eingeschlafen und erwachte nun erneut von der Hitze im Raum. Es war neun Uhr. Luca rieb sich das Gesicht und setzte sich auf. Jemand klopfte an seine Haustür. Wer konnte das sein um diese Zeit? Es kam für gewöhnlich niemand einfach so zu ihm herauf. Besuch bekam er nur von den wenigen Menschen, mit denen er Kontakt pflegte, und die kündigten sich meist vorher an.

»Einen Moment!«, rief er in den Flur und zog sich schnell eine Hose und ein Hemd über. Im Flur fuhr er sich noch einmal durch die Haare und öffnete dann die Tür. Ein Mann in einem dunkelblauen Leinenanzug stand vor ihm. Er hatte kurz geschnittenes schwarzes Haar, das auf dem Kopf schon etwas schütter geworden war. Er war kleiner als Luca und blickte ihn mit einem neugierigen, energischen Ausdruck in den Augen an. Sein Lächeln legte eine Reihe spitzer Zähne frei.

»Signore Spinelli?«, fragte er höflich und streckte die Hand aus.

»Ja?«, entgegnete Luca und schlug zögernd ein.

»Mein Name ist Pasquale Vialli, buongiorno. Ich bin Kommissar bei der Polizei in Riva.«

Luca blickte kurz auf seine nackten Füße.

»Polizei?«

»Keine Angst«, Vialli winkte gut gelaunt ab, »Sie haben nichts verbrochen. Es ist ein rein informeller Besuch. Darf ich vielleicht reinkommen?«

Luca überlegte, weil es ihm jetzt eigentlich nicht passte, so kurz nach dem Aufstehen und ungeduscht.

»Na gut. Aber Sie müssen entschuldigen, ich bin gerade erst ...«

»Oh, ich verstehe schon. Kein Problem.«

Luca führte Vialli in das Wohnzimmer und öffnete die Vorhänge. Erst wollte er ihm einen Platz auf dem Balkon anbieten, doch dann entschied er sich anders, denn er wollte nicht, dass seine Nachbarn etwas zu Ohren bekamen, das nicht für sie gedacht war. Er hatte nicht den Schimmer einer Ahnung, was der Commissario von ihm wollen könnte.

Mit auf dem Rücken verschränkten Armen ging Vialli durch das Wohnzimmer und betrachtete neugierig Bilder und Fotos an den Wänden, bis sein Blick schließlich an einem Regal hängen blieb, in dem einige von Lucas Auszeichnungen standen.

»Mein Gott, da steht er ja«, rief er begeistert. »Der David!« Vialli ging ganz nah an die goldene Statue heran und besah sich die Details. »Der italienische Oscar«, murmelte er. »Steht hier einfach so rum. Schließen Sie ihn nicht weg?« Er drehte sich zu Luca um.

Der bemerkte zum ersten Mal selbst, wie ungewöhnlich dieser Preis in einem billigen Holzregal wie diesem aussehen musste.

»Äh … nein, ich denke nicht, dass er hier geklaut wird.«

Der Commissario ließ seinen Blick abwägend durchs Zimmer wandern. »Nein, da haben Sie wohl recht.«

»Wollen wir uns setzen?«, fragte Luca und deutete auf den quadratischen Esszimmertisch.

»Gern. Ich bin ein großer Fan Ihrer Filme.«

»Freut mich zu hören«, sagte Luca, und sie nahmen beide Platz. »Einen Kaffee?«

»Nein, danke. Ich möchte Sie gar nicht lange aufhalten.«

»Um was geht es denn?« Luca faltete die Hände auf dem Tisch.

»Nun«, begann der Commissario, »der Grund für meinen Besuch ist recht ungewöhnlich, möchte man meinen. So etwas kommt bei uns eigentlich nie vor, aber in diesem speziellen Fall …«

Er beendete den Satz nicht, sondern blickte zur Seite, wie um die richtigen Worte zu finden. Luca bekam ein flaues Gefühl im Magen. Aber vielleicht lag es auch nur daran, dass er noch nicht gefrühstückt hatte.

»Ich bin Teil einer speziellen Untersuchungseinheit, die man kürzlich ins Leben gerufen hat«, erklärte Vialli schließlich. »Wie Sie wissen, ist der Gardasee ein sehr gefährliches Gewässer. Jedes Jahr verunglückt hier eine Vielzahl von Menschen, sei es auf den Straßen oder beim Surfen und Schwimmen. Dabei fällt auf, dass es eine hohe Zahl an mutmaßlich Verunglückten gibt, die nie gefunden werden.« Er sah Luca aus großen, ernsten Augen an. »Der See ist sehr tief, und die Winde hier werden oft unterschätzt. Die hohe Zahl der Personen, die wir nicht finden konnten, machte uns über die Jahre dennoch stutzig. Die Polizeidirektion Riva nahm Kontakt zu den Kollegen rund um den See auf, um sich in dieser Sache kurzzuschließen und gemeinsam über mögliche andere Ursachen nachzudenken. Das geschah bereits vor ein paar Jahren, und nun sind wir so weit, eine Art Taskforce aufzustellen. Ich bin der Leiter dieser Gruppe.«

Luca blieb regungslos sitzen. Diese Informationen konnte er nicht mit seiner Person in Einklang bringen. Was hatte er mit der Sache zu tun?

»Um es für Sie kurz zu machen: Wir haben die Vermutung, dass wir es in manchen dieser Fälle mit einem Mörder zu tun haben. Einem Serienmörder, wenn Sie so wollen, der seit ungefähr zwanzig Jahren am Gardasee sein Unwesen treibt.«

Werde ich etwa gerade als Verdächtiger verhört?, überlegte Luca und musste sich räuspern.

»Seien Sie unbesorgt.« Vialli hob beschwichtigend eine Hand, als könnte er ihm seine Gedanken ansehen. »Ich bin nicht hier, weil wir Sie zum Täterkreis zählen, falls Sie das glauben. Nein, ganz im Gegenteil. Ich habe eine gewisse Narrenfreiheit in dieser Sache, und wie gesagt kenne ich jeden Ihrer Filme. Ich schätze sehr, was Sie tun und wissen.« Vialli räusperte sich nun ebenfalls. »Ich möchte Sie daher bitten, uns bei diesem Fall zu unterstützen«, sagte er und beugte sich vor.

»Wie bitte?«

Der Commissario lächelte. »Sie haben richtig gehört. Ich bitte Sie um Ihre Mithilfe in einem oder mehreren Mordfällen.«

»Aber was soll ich denn …« Luca schüttelte den Kopf und verschränkte die Arme vor der Brust.

»Es ist klar, dass, wenn unsere Vermutung zutrifft, wir es mit einem Täter zu tun haben, der sich ungemein gut am Gardasee auskennt. Er verfügt über Kenntnisse, die wir als Ermittler ebenfalls benötigen. Sie sind hier geboren und aufgewachsen. Sie stammen aus Gargnano, nicht wahr?« Es war keine Frage, nur eine Feststellung, und so fuhr Vialli einfach fort: »Sie haben an verschiedenen Orten rund um den See gelebt und in Ihren Filmen Orte, Menschen und die Geschichte der Region porträtiert. Kaum jemand kennt den Gardasee so gut und umfassend wie Sie. Außerdem halten wir es für möglich, dass Sie im Zuge Ihrer Arbeit Menschen interviewt haben, die ebenfalls etwas beitragen, vielleicht sogar mit dem Fall zu tun haben könnten. Angehörige von Opfern in erster Linie. Vielleicht haben Sie, ohne es zu wissen, aber auch mit Menschen aus dem Umfeld des Täters gesprochen oder sogar mit dem Täter selbst.«

Luca blinzelte irritiert. Das kam alles ein wenig plötzlich und in zu hohen Dosen. Wieder hob Vialli eine Hand, um Luca zu beruhigen.

»Durch Zufall sah ich Sie gestern in Campione«, sagte er.

»Ach ja?«

»Ich war auf einem der Polizeiboote.«

Luca zog überrascht die Augenbrauen in die Höhe. »Wegen des Jungen?«

»Ja. Das Wasser ist an der Stelle nicht sehr tief. Trotzdem haben wir ihn nicht gefunden. Er gilt weiterhin als vermisst.«

»Und Sie glauben, dass es kein Unfall war?«

»Nun, er war nachweislich am und auf dem See unterwegs. Er war Surfer. Seine Familie hat ihn allerdings nicht begleitet. Der Letzte, der ihn sah, sagte aus, der Junge habe in der kleinen Bucht gesurft, in der wir nach ihm suchten. Es gibt danach jedoch noch eine Zeitspanne von fast drei Stunden, in denen ihn niemand gesehen hat. Ich hatte Sie schon länger kontaktieren wollen, und als ich Sie gestern dort stehen sah, war das wie ein Zeichen. Was soll ich sagen, schon stehe ich bei Ihnen vor der Tür.« Er zeigte erneut seine spitzen Zähne und lehnte sich zurück. »Darf ich fragen, was Sie in Campione gemacht haben?«

»Oh, ich arbeite an einem Film über die Entwicklung des Ortes und –«

»Verstehe«, sagte Vialli sofort und nickte. »Um es noch mal zusammenzufassen: Ich bin hier, um Sie zu bitten, als Berater für die Polizei zu arbeiten.« Er betrachtete Luca, ohne zu blinzeln. Es war ein durchdringender, kühler Blick. Luca konnte nicht erkennen, ob ein persönliches Anliegen darin lag. Vialli schien an seiner Antwort vielmehr fachlich interessiert und gespannt darauf zu sein, ob diese unkonventionelle Zusammenarbeit zustande kam.

»Ich muss noch mal nachfragen«, sagte Luca. »Haben Sie einen konkreten Verdacht? Oder ist es nur eine Vermutung, dass ein solcher Mörder existiert?«

»Wir haben einige Indizien und Aussagen gesammelt, die naheliegen, dass es so ist. Und ich will es mal so formulieren: Eine derartige Häufung an spurlos verschwundenen Personen gibt es statistisch gesehen nirgendwo auf der Welt. Dennoch, wenn wir am Ende herausfinden, dass wir mit der Mördertheorie falschliegen, bin ich der Letzte, der sich darüber beschwert.« Er legte den Kopf schief und grinste lausbübisch.

»Ich möchte ehrlich mit Ihnen sein«, sagte Luca nach einem Moment des Nachdenkens. »Ich fühle mich etwas überrumpelt, mit einem derartigen Angebot hatte ich nicht gerechnet. Und ich fühle mich nicht … geschaffen für eine solche Aufgabe. Ich bin Filmemacher. Ich wüsste nicht, wie ich Ihnen helfen könnte.«

»Oh, ich verstehe, wenn Sie sich zunächst etwas überfahren fühlen, dennoch möchte ich Sie bitten, sich mein Anliegen durch den Kopf gehen zu lassen. Selbstverständlich sollen Sie auch nicht umsonst arbeiten –«

»Ums Geld geht's mir nicht«, ging Luca dazwischen.

»So hatte ich Sie auch nicht eingeschätzt. Ich bitte Sie nur um eines: Denken Sie an die Angehörigen der verschwundenen Personen. Wenn ich eines aus Ihren Filmen herausgelesen habe, dann ist es die große Anteilnahme am Schicksal der Menschen, die Sie porträtieren. Ich denke, so eine Eigenschaft könnte einen guten Berater aus Ihnen machen. Die anderen Mitglieder unseres Teams sind erfahrene Polizisten und Polizistinnen, die ebenfalls allesamt ein großes Herz haben.«

Wenn er sich diese kleine Ansprache eben erst ausgedacht hatte, besaß er einen guten Instinkt. Oder er hatte sich vorbereitet und war bestens informiert über Luca. Beides machte ihn wohl zu einem guten Polizisten.

»Geben Sie mir etwas Bedenkzeit?«

»Sicher. Nicht unendlich viel, aber …« Er lächelte erneut.

»Keine Angst. Ich verstehe Ihre Lage. Ich melde mich morgen.«

»Hervorragend. Hier ist meine Karte. Rufen Sie mich an.«

Sie gaben sich die Hand, und Vialli bedankte sich für das Gespräch. Dann verabschiedete er sich. Luca stellte sich auf den Balkon und sah den dunklen Alfa Romeo davonfahren.

Jetzt brauchte er eine heiße Dusche und anschließend einen sehr starken Espresso.

Bei der Sichtung der gestrigen Aufnahmen erwischte er sich dabei, wie seine Gedanken immer wieder abschweiften und er insgeheim bereits den Mörder suchte, den er unter Umständen bei einem seiner bisherigen Filmprojekte aufgenommen hatte. Er hatte durch seine Recherchen tatsächlich schon viele Menschen getroffen, darunter einige, die in der Region fest verwurzelt waren. Es gab einen Schatzsucher hier am See und einen Künstler, die sich beide gut auskannten und hier aufgewachsen waren. Und noch eine Frage beschäftigte ihn: Wenn der vermisste Junge aus Campione tatsächlich einem Verbrechen zum Opfer gefallen war, dann war er zur Tatzeit in Campione gewesen. Er hätte dem Täter begegnet sein können. Leider hatte er keine Außenaufnahmen gemacht, die er hätte nutzen können.

Doch. Es gab eine Aufnahme. Die Totale, die er oben aus der Steilwand heraus gefilmt hatte. Sie richtete sich auf den ganzen Ort und beinhaltete vor allem auch die Stelle, an der der Junge zuletzt gesehen worden war.

Augenblicklich stieg Hitze in ihm auf. War er kurz davor, eine unter Umständen entscheidende Entdeckung in diesem

Fall zu machen? Er könnte einen Hinweis darauf gefilmt haben, wie der Junge umgekommen oder verschwunden war. Eilig klickte er sich in die Sequenz und spulte vor, bis das Bild die Kameraeinstellung von dem hohen Standpunkt hinunter auf den Ort zeigte. Er hatte einen Schwenk von links nach rechts gemacht und hielt gleich das erste Bild an, um sich zu orientieren. Die kleine Bucht war verlassen. Kein Surfer zu sehen. Die vielen Stege, die wie Zähne ins Ufer bissen, waren bevölkert. Überall tummelten sich Menschen, nur die Bucht war dunkel und leer wie ein gähnendes Loch.

Das Wasser hatte ihn bereits verschluckt, dachte Luca. Allerdings müsste aus dieser Perspektive, bei dieser Wassertiefe, mit ein bisschen Glück der Körper im Wasser zu erkennen sein. Luca zoomte die Bucht heran, bis er sie in voller Größe auf seinem Bildschirm hatte. Er konnte sogar die Algen unter der Wasseroberfläche erkennen. Aber keinen Menschen. Und wenn der Junge zum Zeitpunkt der Aufnahme bereits ertrunken war, wo war dann sein Surfbrett? Ein vermutlich schneeweißes Brett dieser Größe wäre leichter zu finden. Doch auf dem Wasser war nichts zu sehen. Also bewegte er den Ausschnitt des Bildes in Richtung Ufer. Die kleine Grünfläche neben dem Universitätsgelände schob sich ins Bild. Luca zoomte wieder heraus, und da machte sein Herz einen Sprung. Dort lag es. Weiß leuchtend. Das Surfbrett. Es war an Land gezogen worden und ragte nur noch zu einem Drittel ins Wasser. Das Segel lag flach auf dem Rasen. Doch kein Mensch war in Sicht.

Wie sieht der Junge überhaupt aus?, dachte Luca. Während er alle Personen, die an Land zu sehen waren, genau betrachtete, suchte er die Taschen seiner Hose nach der Visitenkarte des Commissarios ab. Als er sie zu fassen bekam, entdeckte er auf der Straße einen jungen Mann. Er trug Badeshorts und ging zwischen zwei Autos hindurch auf eine Häuserzeile zu. Luca zoomte nah heran, wodurch das Bild unscharf wurde. Aber er erkannte dennoch, dass der Mann zwischen achtzehn und fünfundzwanzig Jahre alt sein musste. Er hatte braunes langes Haar, das nass an seinen Schultern klebte. Er war also gerade aus dem Wasser gestiegen.

Luca empfand eine tiefe innere Sicherheit, dass dies der vermisste junge Mann war. Es gab nur eine Sache, die dem widersprach: Er lebte. Er war nicht im Wasser, wo seine Familie ihn zu diesem Zeitpunkt vermutete und man ihn wenig später suchen würde, sondern ging vielleicht gerade zu seiner Wohnung oder seinem Auto zurück.

»Was hast du da gemacht?«, fragte Luca flüsternd.

Er sah auf die Telefonnummer in seiner Hand. War das genug, um Vialli anzurufen? Er könnte sicher schnell sagen, ob es sich um den Jungen handelte. Luca griff zum Handy. Nervös wählte er die Nummer und wartete. Während es tutete, ließ er das Video laufen, um zu sehen, wie lange er den Jungen auf Band hatte. Knapp drei Sekunden lang konnte man seinen Weg vom Rasen zur anderen Straßenseite hin verfolgen, dann war er außerhalb des Bildausschnitts. Luca stoppte. Eine Frauenstimme kündigte an, dass er nach dem Piepton auf die Mailbox sprechen müsse. Wieder betätigte Luca die Zoomfunktion. Es piepte.

»Ja, hier spricht Luca Spinelli. Commissario Vialli, Sie waren heute früh bei mir, und ich sollte mich entscheiden, ob ich bei dem Fall behilflich sein will. Tja, wie es aussieht, könnte ich Ihnen vielleicht wirklich helfen.« Luca beugte sich nach vorn, weil ihm an der grauen Hauswand rechts des Jungen etwas ins Auge stach. Ein heller Fleck hob sich aus dem Schatten. »Ich denke, ich könnte den vermissten Jungen gefilmt haben. Es wäre gut, wenn Sie —« Luca brach abrupt ab. Er meinte, erkannt zu haben, was dort im Schatten hinter der Hausecke hervorlugte. Er spulte ein paar Sequenzen zurück und ließ die Aufnahme in achtfach verringerter Geschwindigkeit laufen. Der helle Fleck bewegte sich. Es war nur eine grobpixelige Ansicht, aber Luca war der festen Überzeugung, dass es sich um eine Hand handelte. Und die Hand machte eine Geste. Sie winkte den Jungen näher. »Ich komme sofort zu Ihnen«, sagte Luca in den Hörer.

In seinem 1969er Alfa Romeo Flavia raste Luca über die Gardesana nach Riva. Er kannte die Polizeidirektion, in der Vialli arbeitete, und parkte in der Nähe am Straßenrand. Er klemmte sich seinen Laptop unter den Arm und eilte zu dem umzäunten gelben Gebäude, das leuchtend in der Sonne stand.

»Buongiorno«, grüßte er, als er eintrat und sich zwei Polizisten hinter einer Art Tresen gegenübersah, die ihr Gespräch unterbrachen und ihn misstrauisch beäugten. »Ich möchte zu Commissario Vialli.«

Die beiden musterten ihn von oben bis unten.

»Was haben Sie da bei sich?«, fragte der linke Beamte und stand auf. Er kam um den Tresen herum auf Luca zu, den Blick auf den Computer unter Lucas Arm geheftet.

»Das ist nur ein Laptop«, meinte Luca und hielt ihn dem Beamten entgegen.

»Und was möchten Sie von Commissario Vialli?«, erkundigte sich der zweite Beamte, während sein Kollege den Computer in beide Hände nahm und ihn drehte und wendete.

»Ich muss ihn in einer dringenden Angelegenheit sprechen.«

»Um was geht es, bitte?«

»Um den vermissten Jungen aus Campione«, sagte Luca.

»Und Sie wissen etwas darüber?«, fragte der Polizist, der seinen Laptop hielt.

»Ja, der Commissario kam heute zu mir —«

»Signore Spinelli«, hörte er da eine Stimme in seinem Rücken sagen.

Luca fuhr herum. Es war Vialli, der eben hinter ihm zur Tür hereinkam. Luca war erleichtert, ihn zu sehen.

»Ich war unterwegs und hörte Ihre Nachricht auf meiner Mailbox.« Vialli kam näher und bedeutete dem Beamten, er möge Luca den Laptop zurückgeben, was dieser sofort tat.

»Ja, ich habe vielleicht etwas entdeckt«, sagte Luca.

»Wir gehen in mein Büro, kommen Sie.«

Vialli ging voraus, durch einen hell gefliesten und angenehm kühlen Flur. Sie stiegen über eine Treppe in den ersten Stock und betraten einen weiteren Flur, in dem Vialli an der ersten offenen Tür kurz stehen blieb und in den Raum schaute. »Ich will nicht gestört werden«, sagte er. Im Vorbeigehen sah Luca eine Sekretärin, die hinter ihrem Schreibtisch saß und ihm grüßend zunickte. Durch die nächste Tür betraten sie einen mit Jalousien verdunkelten Raum. Vialli ließ etwas mehr Licht ein, indem er die Lamellen verstellte, und bot Luca einen Platz vor seinem Schreibtisch an. »Bitte, Signore Spinelli, setzen Sie sich. Entschuldigen Sie die Begrüßung unten, aber die Beamten müssen vorsichtig sein, erst recht, wenn jemand mit ungewöhnlichen Gegenständen hier hereinspaziert.«

Luca nickte, nahm Platz und stellte den Laptop auf seinen Schoß.

»Ihr Anruf klang irgendwie dringend. Sie erwähnten, dass Sie möglicherweise den vermissten Jungen gefilmt haben?«

»Ja, ich war, wie Sie ja wissen, gestern in Campione und habe jemanden besucht. Anschließend bin ich den Weg nach Pieve hochgegangen, um eine Aufnahme von Campione zu machen. Die Bucht ist von dort oben gut zu erkennen, also wollte ich mal schauen, ob ich nicht irgendwas gefilmt habe, das Ihnen weiterhelfen könnte.«

Vialli stützte sich interessiert mit den Ellbogen auf dem Tisch ab.

»Am Ufer lag ein Surfbrett, und ein junger Mann war auf dem Weg zur Straße. Vielleicht können Sie ihn ja identifizieren.« Luca klappte den Laptop auf und startete ihn.

»Ich habe Ihren Anruf ernst genommen und die Mutter bereits herbestellt. Sie wird am besten beurteilen können, ob es sich um ihren Sohn handelt«, sagte Vialli und kam um den Tisch herum.

»Gut«, entgegnete Luca. »Und da ist noch etwas, das ich Ihnen zeigen möchte.«

»Heißt das, dass Sie sich entschieden haben, mit uns zusammenzuarbeiten?«, fragte Vialli.

Luca stockte einen Moment. »So, wie es aussieht, bin ich schon mittendrin«, sagte er dann. »Ich werde also tun, was in meiner Macht steht, um diesen Fall zu klären.«

»Das freut mich. Willkommen im Team.« Vialli reichte Luca die Hand.

»Hier ist es«, erklärte Luca sodann und zeigte auf den Bildausschnitt. »Sehen Sie, hier ist das Surfbrett ... und hier der junge Mann.«

Vialli blickte konzentriert auf den Bildschirm. »Der Junge wurde das letzte Mal gegen fünfzehn Uhr gesehen. Um siebzehn Uhr kam sein Bruder und suchte nach ihm, ehe er die Polizei rief. Um welche Uhrzeit sind die Aufnahmen gemacht worden?«

Luca deutete auf die digitale Anzeige in der rechten unteren Ecke des Bildes. Sie lautete »16:42:56«.

»Er war also am Leben und bereits wieder aus dem Wasser heraus«, murmelte Vialli. »Wenn er es ist. Das Aussehen könnte passen. Und das Surfbrett ... Vor allem das Segel sieht so aus, als könnte es seins sein. Sie erwähnten jedoch noch etwas anderes.«

»Ja, das kommt jetzt. Es ist nur ein kurzer Augenblick, aber ... Moment.« Luca vergrößerte den Bildausschnitt und startete die Zeitlupe. »Sehen Sie das? Ich denke, es ist eine Hand. Und sie winkt den Jungen zu sich.«

Viallis Gesichtszüge versteinerten. Luca ließ die Sequenz erneut laufen.

»Das wäre ...« Vialli verstummte, als er von einem Klopfen unterbrochen wurde. »Sì!«, rief er, und die Tür wurde leise geöffnet.

Ein Beamter ließ eine Frau in einem schwarzen Kleid eintreten, die schüchtern und mit zuckenden Lippen von Vialli zu Luca blickte und diesem schließlich die Hand hinhielt.

»Signora Cardini, buongiorno. Das ist Luca Spinelli«, stellte Vialli die beiden vor. »Er hat ein Video aufgenommen, das eventuell Ihren Sohn zeigt. Wir möchten Sie bitten, es sich anzusehen, Sie können ihn vielleicht identifizieren.«

Erschrocken blickte sie von Vialli zu Luca und dann auf den Bildschirm.

»Keine Angst«, beruhigte Luca sie. »Er ist auf dem Video ... also, er ist am Leben.«

Erleichtert sanken die Schultern der Dame herab, und sie bekreuzigte sich, während sie etwas Unverständliches murmelte. Luca bat sie, sich zu setzen, und ließ die Aufnahme zunächst in der Totale laufen. Er erklärte ihr die Standpunkte und vergrößerte dann das Bild.

»Ist das Ihr Sohn?«, fragte er, wobei ihm auffiel, dass er noch nicht einmal den Namen des Jungen kannte.

Ihre Hand fuhr zum Mund, als sie ihn erkannte. »Toni, das ist Toni. Diese Hose ... seine Statur ... das ist mein Sohn.« Sie blickte Luca verzweifelt und glücklich zugleich an.

Er lächelte und fuhr das Band zurück, bis es das Surfbrett zeigte.

»Und ist das das Brett Ihres Sohnes?«

»Si! Ja, das ist es«, sagte sie und umklammerte ihren Oberkörper, so als sei sie von einer eisigen Bö erfasst worden.

»Vielen Dank, Signora Cardini«, meinte Vialli. »Das hilft uns weiter.«

»Dann lebt er also noch?«

Luca warf Vialli einen besorgten Blick über Signora Cardinis Kopf hinweg zu. Er wusste, dass es nicht an ihm war, zu antworten. Der Commissario musste entscheiden, was er entgegnete und ob er das kleine Detail erwähnen wollte, das Luca entdeckt hatte. Die winkende Hand.

»Im Moment können wir dazu gar nichts sagen, wir wissen noch nicht, wie diese Aufnahme ins Gesamtbild einzuordnen ist, tut mir leid. Aber sie unterstützt die Annahme, dass er wahrscheinlich nicht während des Surfens verunglückte und ertrank.«

»Aber wo ist er dann jetzt, und warum meldet er sich nicht?«

»Das versuchen wir so schnell wie möglich zu ermitteln, Signora.«

Hilflos hing ihr Blick an Vialli. Sie konnte sich offensichtlich nicht erklären, was ihrem Sohn zugestoßen war.

Luca dachte daran, dass die Polizei in einem Vermisstenfall oft unbequeme Fragen stellen musste – etwa ob es einen Streit in der Familie gegeben hatte und ob der Junge aus diesem Grund verschwunden sein könnte. Und er sah Vialli an, dass dieser gerade denselben Gedanken hatte.

»Darf ich fragen, wo Ihr Mann heute ist?«, wollte Vialli wissen.

»Er arbeitet.«

»Was für ein Verhältnis hat Toni zu seinem Vater?«

»Gut, es ist gut, sie sind … er liebt seinen Vater.«

»Und Ihr Mann?«

»Auch er liebt Toni, aber was hat das denn …«

»Signora Cardini, hat es vielleicht kürzlich ein Ereignis gegeben, das Toni dazu hätte bringen können, von zu Hause
wegzulaufen? In seinem Alter kommt das oft vor.«

»Nein«, protestierte sie. »Warum hätte er gehen sollen? Das
ist …« Sie schluckte. »Er ist ein guter Junge. Er will bald stu-
dieren, er will umziehen …«

»Liebeskummer? Beziehungsprobleme?«

»Sie haben doch seine Freundin gesehen. Nein, die beiden
sind glücklich.«

»Verstehen Sie mich nicht falsch, Signora Cardini, ich muss
das fragen.«

»Aber Sie irren sich.« Sie stand auf und strich sich eine
Haarlocke aus der Stirn. »Finden Sie ihn, bitte«, sagte sie mit
erstickter Stimme und ging. Vialli begleitete sie zur Tür und
ließ sie hinaus.

»Tja, das sind die nicht so schönen Seiten meines Berufs«,
sagte er entschuldigend zu Luca.

»Und welche sind die schönen?«

»Wenn wir sie schnappen«, meinte er mit festem Blick. Er
schob seinen Ärmel ein Stück zurück und schaute auf seine
Uhr. »Ich würde gern für heute Abend unsere Spezialeinheit
zusammenrufen, damit Sie die Möglichkeit haben, das Team
kennenzulernen und den anderen dieses Video zu zeigen. Wäre
das möglich für Sie?«

Luca willigte ein und war zugegebenermaßen neugierig,
wen Vialli in sein Team beordert hatte. Nicht dass er jemanden
hätte kennen können, doch die einzelnen Charaktere, die
sich dieser Einheit zur Verfügung gestellt hatten, interessierten
ihn. Er beschloss, nun auch den Rest des Tages in Riva zu
verbringen, und begab sich zu Fuß in die Innenstadt. Dort
schlenderte er an den Geschäften und dem Castello vorbei,
beobachtete die Menschen und dachte darüber nach, wie der
Schritt, zu dem er sich heute entschlossen hatte, sein Leben verändern würde. Würde er das überhaupt? Wenn nicht

seins, dann doch zumindest das der Angehörigen der Opfer, so hoffte er. Einen Beitrag dazu zu leisten, diese Fälle aufzuklären – oder auch nur einen einzigen von ihnen –, würde ihn schon zufriedenstellen.

Er erreichte den kleinen Strand von Riva. Der inzwischen stärker gewordene Wind ließ die Blätter der Palmen rascheln. Stimmen wehten vom Strand und der schwimmenden Plattform in der Bucht zu ihm herüber. Im Wasser sah Luca einen Vater mit seinem Sohn, der gerade mal neun oder zehn Jahre alt sein musste. Der Vater ließ den Jungen immer wieder nach einem Ring tauchen, den er ins Wasser warf. Der Junge schien ein guter Schwimmer zu sein, doch Luca kannte die Gefahren hier im See.

»Entschuldigung«, rief er dem Mann zu, der soeben wieder zum Wurf ausholen wollte. Der Mann hielt inne und drehte sich zu ihm um. »Das Wasser hier wird schnell sehr tief«, rief Luca und unterstrich seine Aussage mit einer passenden Handbewegung, weil er glaubte, dass der Mann kein Italiener war.

Der Mann blickte zu seinem Sohn, der sich über das nasse Gesicht wischte.

»Okay ... äh, grazie!«, rief er zurück. Er musste Deutscher sein, schätzte Luca.

Er winkte den beiden und ging weiter.

Lucas neuer Film befand sich bereits in der Endphase. Er hatte alte Aufnahmen gesammelt, daraus den Weg vom unerreichbaren, aber idyllischen Fleck Schutt am Fuße einer gigantischen Steilwand hin zu einem Zentrum der aufkeimenden Industrie am See und dessen Niedergang nachgezeichnet und Interviews mit einigen Betroffenen geführt. Signora Muro war die letzte seiner Zeitzeugen. Zumindest war es so gedacht gewesen. Jetzt, da der Fall des vermissten Jungen sich unerwartet in sein Leben gedrängt hatte, schien sich der Geschichte von Campione ein weiteres dunkles Kapitel hinzuzufügen. Eines, das seine eigentliche Arbeit auf einen Schlag in den Hintergrund gerückt hatte. War das eins der Zeichen gewesen, von denen Signora Muro gesprochen hatte? Unfug, purer Zufall war das gewesen, mehr nicht. Er nahm auf dem Rasen im Schatten einer Palme Platz und legte sich auf den Rücken, einen Arm schützend über die Augen gelegt. Binnen Minuten war er weggedämmert.

Geweckt wurde er von einer Polizeisirene, die ihn lautstark daran erinnerte, dass er noch einen Termin in der Direktion hatte. Er richtete sich auf und erkannte, dass die meisten Gäste am Strand bereits gegangen waren. Es war zwanzig Uhr dreiundzwanzig. Um einundzwanzig Uhr sollte er wieder in Viallis Büro sein.

»Ich habe einen Termin bei Commissario Vialli«, meldete er sich in der Polizeistation an. Die zweite Schicht saß hinter dem Schalter und beäugte ihn misstrauisch. Der rechte Beamte sah in einem Buch nach, was Lucas Aussage anscheinend bestätigte.

»Sie müssen hier den Gang runter«, wies er ihn an.

»Ich weiß schon, danke«, sagte Luca, stieg die Stufen hinauf zu Viallis Büro und klopfte. Der Commissario kam zur Tür und bat ihn gar nicht erst herein, sondern schob ihn zurück in Richtung des Treppenhauses, von wo er gekommen war.

»Wir gehen direkt runter«, meinte er beiläufig. »Die Gruppe ist sehr ausgewählt. Es sind drei Männer und eine Frau. Sie sind auf verschiedenen Spezialgebieten zu Hause und zumindest in einem Fall genau wie Sie nicht von der Polizei.«

Das beruhigte Luca ein wenig. Im Erdgeschoss gingen sie einen langen Gang entlang bis zu einer Tür auf der rechten Seite, die Vialli nach kurzem Klopfen öffnete. Es war eine Art Konferenzraum mit mehreren Tischen, in U-Form aufgestellt, einer Tafel, einem Pult und einem Beamer an der Decke. Die elektrischen Rollläden auf der Fensterseite waren halb heruntergelassen und gewährten einen Blick auf den rückwärtigen Parkplatz. Sie waren die Letzten, die den Raum betraten. Die anderen vier Personen hatten sich bereits in einem Halbkreis in der Mitte der Tischordnung zusammengesetzt. Die Frau saß links außen und unterbrach das Gespräch mit ihrem Nachbarn, als sie sie bemerkte.

»Da sind wir«, sagte Vialli zur Begrüßung.

Nun wandten sich alle zu ihnen um, und Luca blickte in vier neugierige Gesichter, von denen er eines wiedererkannte. Er wäre fast gestolpert, als er einen Schritt nach vorn machte, um das Team mit Handschlag zu begrüßen. Der Mann, mit dem sich die Frau unterhalten hatte, war Tomasio.

Sofort fühlte er sich an den Rand des kleinen Hafenbeckens zurückversetzt, an dem sie sich das letzte Mal gesehen hatten. Dort hatte ihre Freundschaft begonnen, und dort hatte sie auch geendet. Luca sah den sechzehnjährigen Tomasio vor sich, mit nassen Haaren und dicken Tropfen, die ihm von den schwarzbraunen Locken fielen. Seine grünen Katzenaugen. Jetzt war er ein Mann. Mit dünnem Haar und breiteren Schultern. Anzug und Krawatte. Aber in dem Männergesicht erkannte Luca den Jungen von früher, und er sah Tomasios grünen Augen an, dass auch er ihn erkannte. Er versteinerte, und die Farbe wich aus seinem ohnehin schon blassen Gesicht.

»Kann ich Sie einen Moment draußen sprechen?«, fragte Luca den Commissario hinter vorgehaltener Hand.

Vialli war irritiert, ging aber mit ihm vor die Tür und lehnte sie an.

»Was haben Sie denn?«

Luca rieb sich die Stirn und blickte auf den Boden.

»Es … es ist so: Ich kenne jemanden aus dem Team«, sagte er mit gedämpfter Stimme. »Und ich fürchte, ich kann nicht mit ihm zusammenarbeiten.«

Vialli blickte ihn reaktionslos an. »Sie meinen, Sie wollen nicht mit hineingehen und …«

Er verstummte, als sie Schritte vernahmen, die sich der Tür näherten. Sie wurde aufgezogen, und Tomasio erschien. Besorgt. Ernst. Er vermied den Augenkontakt mit Luca und schloss die Tür hinter sich. Luca machte zwei Schritte zurück.

»Es geht sicher um mich«, sagte Tomasio, und sein Blick glitt für eine Sekunde zu Luca herüber. »Ich wusste nicht, dass du *ihn* engagiert hast, sonst hätte ich früher −«

Vialli stemmte beide Hände in die Hüften. »Was ist hier los? Was ist das Problem?«, fragte er energisch.

»Wir kennen uns«, begann Luca, »von früher.«

»Aber wir hatten länger keinen Kontakt mehr. Dreißig Jahre, genau genommen«, meinte Tomasio mit leiser werdender Stimme.

Vialli atmete stockend ein und blickte von einem zum anderen. Seine Augen blieben auf Luca haften. »Und jetzt wollen Sie sagen, dass es keine Zusammenarbeit zwischen Ihnen gibt, wegen eines … privaten Streits?«

Beide standen mit gesenkten Köpfen da.

Vialli trat ungeduldig von einem auf das andere Bein. »Wir sitzen da drinnen zusammen, weil zwanzig junge Männer unter ungeklärten Umständen verschwunden und unserer Auffassung nach möglicherweise durch fremde Hand gestorben sind. Jeder von Ihnen kann etwas dazu beitragen, diese Vorkommnisse aufzuklären«, sagte er. »Entscheiden Sie selbst, ob Sie daran teilhaben wollen oder nicht. Das kann und will ich Ihnen nicht abnehmen.«

Damit ging er zurück in den Konferenzraum und ließ die beiden allein im Flur stehen.

Luca bewegte sich unwillkürlich ein Stück den Gang hinunter. Er vergrub seine Hände in den Hosentaschen und schielte verstohlen zu Tomasio hinüber, der seitlich an die Wand gelehnt dastand und allem Anschein nach angestrengt nachdachte. In dem durch das Fenster am Ende des Ganges einfallenden Licht war er nur als Schemen zu erkennen. Er stand in einem Rechteck aus Licht, das sich auf dem Boden spiegelte, und kam Luca vor wie ein Geist aus der Vergangenheit. Wie er selbst und doch irgendwie anders. Eine unbekannte Hülle umgab seinen alten Freund. Der Mann, der er geworden war, war Luca völlig unbekannt, und er fragte sich, *wie* er so geworden war. Wie überhaupt alles so hatte kommen können. Wie war es möglich, dass aus besten Freunden absolute Fremde wurden? Die Distanz zwischen ihnen war ebenso groß, wie die Nähe zwischen ihnen gewesen war.

Tomasio schnaufte mit Unbehagen und löste sich von der Wand. Sie standen sich nun fast wie in einem Duell gegenüber.

»Wenn ich das gewusst hätte, hätte ich rechtzeitig mit Vialli gesprochen«, sagte Tomasio schließlich. Seine Stimme war zu tief, und sie bröckelte am Satzende. »Jetzt liegt es an dir«, fuhr er fort, ohne Luca dabei anzuschauen. »Ich bin schon länger dabei und will nicht aufgeben.«

Luca glaubte, kein Wort herauszubekommen, selbst wenn er es wollte. Doch noch suchte er nach der richtigen Antwort.

»Ich …« Tomasio schwenkte hilflos seine Hand durch die Luft. »Ich geh wieder rein. Du kannst nachkommen, wenn du willst.« Er wartete einen Moment, bevor er zur Klinke griff und die Tür öffnete. »Ist okay für mich«, fügte er an und ging zurück zu den anderen.

Luca war allein. Was sollte er jetzt tun? Er konnte durch die Tür hinter ihm gehen und wäre all die Probleme los, die im Konferenzraum auf ihn warteten. Er musste hier nicht mitmachen. Er konnte völlig frei entscheiden. Sobald er das Gebäude verlassen hätte, könnte er sich wieder an seine Arbeit machen, den Film beenden und sein Leben weiterführen, wie es war. Langsam drehte er sich um und bewegte sich in Richtung Ausgang. Er dachte an die Aufnahme, die er bei sich trug. Vialli würde sie dem Team heute nicht mehr zeigen können. Aber Luca konnte sie ihm später per Mail schicken. Fast hatte er die Eingangshalle erreicht. Die Stimmen der beiden Beamten am Empfang waren bereits zu hören. Einer telefonierte. Da blieb Luca abrupt stehen.

Niemals hätte er freiwillig Kontakt zu Tomasio aufgenommen. Er hatte ihn nicht mehr sehen wollen, und das hatte sich in all den Jahren nicht geändert. Sicher hatte er hin und wieder an ihn gedacht, sich gefragt, was er machte. Aber er wäre nie so weit gegangen, sich auf die Suche nach ihm zu begeben. Heute waren sie ohne jede Absicht aufeinandergestoßen. Der pure Zufall. Nicht mehr und nicht weniger. Dabei wollte er es auch bewenden lassen. Das heute hatte mit ihrer Vergangenheit nichts zu tun, und er würde nicht zulassen, dass die Vergangenheit etwas daran änderte. Keine Reue nach all den Jahren, kein Begraben des Kriegsbeils, nur weil sie älter geworden waren. Nein. Tomasio sollte ihm so fremd bleiben, wie er ihm eben gewesen war.

Luca machte kehrt und ging schnellen Schrittes zurück. Er klopfte kurz und trat ein. Alle im Raum schienen die Luft anzuhalten, als sie ihn erkannten.

»Signore Spinelli«, sagte Vialli überrascht. »Freut mich, dass

Sie doch noch zu uns stoßen.« Er lächelte anerkennend und bat Luca mit einem Wink zu sich ans Pult. »Darf ich Ihnen die Mitwirkenden unserer Einheit vorstellen?« Vialli fing am rechten Ende der Runde an. »Dies ist Franco Zardi. Er arbeitetet in der Abteilung für Schwerverbrechen in Brescia.«

Franco Zardi, der Luca aus gefährlich funkelnden Augen unter dichten schwarzen Augenbrauen musterte, stand auf und ergriff Lucas Hand. Er drückte sie so kräftig, dass es schmerzte. Zardi trug einen Vollbart, hatte dichtes schwarzes Haar und einen nicht zu deutenden Gesichtsausdruck. Ihn sollte man sich besser nicht zum Feind machen, dachte Luca, als er weiterging, um den nächsten Mann zu begrüßen. Der blickte ihm im Gegensatz zu seinem Vorgänger aus fröhlichen, leuchtenden Augen entgegen und nahm freudestrahlend seine Hand.

»Das ist Guiseppe Marchetti. Er ist wie Sie kein Polizist, sondern ein Taucher und Abenteurer, der hier im See nach Schätzen Ausschau hält«, stellte Vialli ihn vor.

»Freut mich«, versicherte Marchetti eifrig und wollte Lucas Hand gar nicht mehr loslassen. Dennoch schien er sich nicht an ihn zu erinnern. Luca hatte für einen Film über ihn recherchiert und ihn um ein Interview gebeten, das aber nie zustande gekommen war, weil Luca aus gesundheitlichen Gründen hatte absagen müssen. Sie hatten damals telefoniert. Das war allerdings ein paar Jahre her.

»Tomasio Giancarlo muss ich Ihnen ja nicht mehr vorstellen«, meinte Vialli, als Luca einen Schritt weiter nach links ging. Die beiden begrüßten sich vor der Gruppe mit einem knappen Händedruck. Luca war verblüfft, wie sehr er in der Hand dieses erwachsenen Mannes immer noch die vertrauten kindlichen Formen spüren konnte. »Tomasio ist Chefermittler in der Polizeidirektion in Malcesine«, fügte Vialli an. »Und zu guter Letzt unsere geschätzte Kollegin Martina DiStefano.«

Luca trat vor eine recht jung wirkende Dame mit kinnlangem graublonden Haar, das ihr über das rechte Auge fiel, sodass sie Luca nur mit dem linken aufmerksam ansah. Sie wirkte offen und fröhlich, doch in ihren eisblauen Augen lag ein Ausdruck, der jeden Moment in etwas anderes, Ernsthafteres umschwenken konnte. Ihre spitzen Mundwinkel hoben sich zu einem Lächeln, und sie drückte Lucas Hand mit Kraft und Entschlossenheit. Ihm fiel ein Kruzifix auf, das sie um den Hals trug, weil es eine auffallend blaue Farbe hatte.

»Martina stammt hier aus Riva und arbeitete beim Morddezernat in Mailand. Sie hat sich beim FBI in Quantico in der Profilanalyse ausbilden lassen und berät Mordkommissionen in ganz Italien. Vor zwei Jahren kam sie zurück an den See und arbeitet nun mit Tomasio zusammen.«

»Und ich bin Surferin«, fügte sie mit einer rauen Stimme hinzu, und ihr linkes Auge funkelte keck. »Daher kenne ich mich gut mit dem See und seinen Gefahren aus.«

Luca nickte. Sie alle sahen ihn freundlich und neugierig an, bis auf Tomasio, der seinen Blick starr auf den Boden richtete.

»So, da wir uns nun alle bekannt gemacht haben, komme ich auf das zurück, was ich erzählte, bevor Signore Spinelli zu uns stieß«, sagte Vialli und zog Luca mit sich an das Pult. »Signore Spinelli —«

»Luca, bitte«, fuhr er dazwischen.

»Luca also«, begann Vialli erneut, »ist euch vielleicht schon bekannt. Er ist Filmemacher und dreht Dokumentarfilme über die Menschen am See und ihre Geschichten. Kann man das so sagen?«, fragte er Luca höflich.

»Ja, natürlich.«

»Ich habe ihn ausgewählt, weil er uns mit seinem Wissen über diese Gegend und den See mit Sicherheit weiterhelfen kann – und weil er unzählige Interviews mit Menschen geführt hat, die hier ansässig und von unserem Fall eventuell sogar betroffen sind. Es besteht die Möglichkeit, dass er mutmaßliche Opfer, deren Angehörige oder vielleicht sogar den Täter persönlich befragt hat. Das Videomaterial, das er über die Jahre erstellt hat, muss erst noch ausgewertet werden. Was wir aber jetzt schon sagen können, ist, dass Luca gestern per Zufall eine Aufnahme gemacht hat, die den jüngsten Vermisstenfall in Campione betrifft. Wie ihr wisst, wurden wir wieder mal zu einem vermeintlichen Surfunfall gerufen, bei dem keine Leiche geborgen werden konnte. Stattdessen mussten wir feststellen, dass das

Verschwinden des jungen Mannes in unser Schema passt. Lucas Aufnahme könnte diesbezüglich ein entscheidender Hinweis sein. Sie zeigt den Vermissten zur Zeit seines Verschwindens an Land, nicht im oder auf dem Wasser.«

Das ließ Tomasio zum ersten Mal aufschauen. Vialli bedeutete Luca, er solle den Laptop bereit machen, und schloss das Gerät an den Beamer an. Alle rutschten neugierig auf ihren Stühlen nach vorn. Vialli zog die vor der Tafel unter der Decke hängende Leinwand aus und löschte per Fernbedienung das Licht. Luca hatte die Videosequenz bereits geöffnet. »Bitte«, forderte Vialli ihn auf, und er startete den Player.

Das erste Bild erschien.

»Vielleicht kannst du kurz erklären?«, bat Vialli.

Luca drückte auf »Pause« und stellte sich neben die Leinwand. »Ich habe das aus der Steilwand heraus aufgenommen, oben auf Höhe der Madonna.« Er setzte voraus, dass jeder die Madonnenstatue auf dem Berg kannte. »Ich mache einen Schwenk über den gesamten Ort und beginne dabei genau an der Stelle, wo der Junge verschwunden ist. Als ich den Ausschnitt heranzoomte, konnte ich tatsächlich das Surfbrett und auch den Jungen entdecken. Was ihr jetzt seht, ist die von mir mit entsprechendem Fokus bearbeitete Sequenz.«

Er drückte wieder auf »Play«, und das Bild wechselte in den vergrößerten Modus. Die schlechtere Bildqualität ließ alle sich noch weiter vorbeugen, um etwas erkennen zu können. Luca deutete zunächst auf das Segel, das am Ufer lag, und dann auf den Jungen, der sich in Richtung der Straße bewegte.

»Hier seht ihr das Brett und hier den Jungen. Er ist nass, also kommt er allem Anschein nach gerade aus dem Wasser.«

»Das allein ist schon ungewöhnlich«, warf Vialli ein, »aber es kommt noch mehr.«

Martina DiStefano griff sich unwillkürlich an ihr Kruzifix und wischte sich eine Haarsträhne hinter das Ohr, um besser sehen zu können. Tomasio stemmte seine Hände auf die Knie und blinzelte angestrengt auf das leuchtende Viereck.

»Der Junge bewegt sich zur Straße hin. Und zum Ende der Sequenz sehen wir, dass sich zwischen diesen beiden Häuserzeilen«, Luca fuhr mit dem Finger in die kleine Straßenschlucht, »etwas bewegt. Auch das habe ich noch mal vergrößert, und es wird deutlich, dass es sich dabei um eine Hand handelt, die den Jungen zu sich winkt«, schloss Luca seinen kleinen Vortrag und ließ der Gruppe Zeit, sich die Zeitlupenaufnahme zu Ende anzuschauen.

»Noch mal, bitte«, sagte Franco Zardi, und Luca zeigte das Winken erneut. Als das Video stoppte, sagte niemand ein Wort. Das Rauschen des Beamers schien anzuschwellen.

»Und was soll das beweisen?«, fragte Guiseppe Marchetti schließlich mit hängenden Mundwinkeln.

»Es zeigt, dass Toni Cardini sehr wahrscheinlich nicht ertrunken ist.«

»Ich weiß«, entgegnete Marchetti. »Ich meine auch die Hand.«

»Nun, die Frage gebe ich an alle weiter. Was wir hier sehen, lässt einen gewissen Interpretationsspielraum. Luca hat eine Theorie und ich ebenfalls. Was meint ihr?«

Es dauerte einen Moment, bis Marchetti sich wieder zu Wort meldete.

»Das kann alles bedeuten. Da steht jemand und fuchtelt mit der Hand in der Luft herum, aber ob der Junge gemeint ist, ist fraglich. Und es muss auch kein Winken sein, er könnte ebenso eine Fliege verscheuchen …«

»Fliege«, raunte Franco Zardi verächtlich. »In einem Punkt gebe ich dir recht: Wir wissen nicht, wer gemeint ist. Könnte ebenso ein Kind sein, das weiter hinten am Ufer spielt, aber es ist mit Sicherheit eine Geste des Heranholens und keine Fliegenfängerei.«

Marchetti ließ sich auf seinem Stuhl nach hinten fallen und verschränkte die Arme vor der Brust.

Mit einem Kopfnicken ließ Martina DiStefano ihre Haare wieder über das rechte Augen gleiten. »Ich erkenne darin auch ein Winken. Vielleicht bin ich voreingenommen, weil du das Wort schon erwähnt hast«, sagte sie an Luca gewandt. Eine kleine Schelte für sein unprofessionelles Verhalten, vermutete er. Sie äußerte sie ohne jegliches Gefühl in der Stimme. Dann blickte sie zu ihrem Nebenmann, der immer noch grübelnd das Standbild betrachtete.

Tomasio sog die Luft tief in seine Lungen und ließ sie sichtlich unzufrieden wieder entweichen. »Voreingenommen oder nicht. Das Winken als Geste steht jetzt im Raum. Da können wir nichts mehr machen. Uns bleibt nur zu überlegen, was es bedeuten könnte. Da gibt es verschiedene Möglichkeiten.« Er legte ein Bein über das andere, so wie er es früher schon immer getan hatte, und Luca musste sich ein Lächeln verkneifen. »Im für uns zuträglichsten Fall sehen wir hier die Hand des Mörders, der sein Opfer zu sich winkt. Damit hätten wir einen entscheidenden Hinweis darauf, dass unser Mörder nicht überraschend auftaucht und seine Opfer überfällt oder gar aus dem Wasser heraus angreift, wie wir auch schon vermutet haben. In diesem Fall nimmt er Kontakt zu seinem Opfer auf und lockt es zu sich. Die Straße ist leider nicht einsichtig, und ich denke, es wird schwer, in dieser Geisterstadt Zeugen zu finden. Aber er könnte ein Auto dort stehen gehabt und sein Opfer mit sich genommen haben. Er könnte sich aber auch in einer der vielen leer stehenden Wohnungen eingerichtet haben.«

»Das lässt sich schnell herausfinden«, meinte Vialli entschieden.

»Eine andere Möglichkeit wäre, dass es jemand ist, den er kennt. Ein Freund, mit dem er von zu Hause abhaut.«

»Seine Mutter sagte, dass er bald ein Studium beginnen wollte«, gab Vialli zu bedenken.

»Außerdem: Wenn man von zu Hause abhauen will, geht man dann surfen und türmt in einer nassen Badehose?«, fragte Luca laut, und alle blickten zu ihm.

Zardi verschränkte seine Arme hinter dem Kopf. »Tja, Guiseppe, ich fürchte, Luca hat mit seinem Video gerade deine Theorie im See versenkt«, sagte er und grinste schadenfroh.

Marchetti fixierte verbissen das Standbild und kaute auf seiner Unterlippe herum. »Ich habe mehr Beweise als das da«, grummelte er.

»Du hast ein Ultraschallbild, das aussieht wie 'n Stück irgendwas, das in irgendwas schwimmt. Das da ist 'ne 4K-Aufnahme von einem potenziellen Opfer.« Zardi sah Marchetti von der Seite an. »Ist doch 4K, oder?«, fragte er Luca.

»Ich weiß, dass du meine Theorie noch nie geglaubt hast«, zischte Marchetti erbost, doch Zardi hielt seinem Blick ohne jedwede Regung stand.

»Darf ich fragen, worum es sich dabei handelt?«, wollte Luca wissen, der die spärlichen Andeutungen der beiden nicht verstand.

»Guiseppe ist der Meinung —«, fing Vialli an, wurde jedoch sofort unterbrochen.

»Darf ich das selbst tun?« Guiseppe Marchetti erhob sich energisch, stellte sich hinter das Pult und stützte beide Hände auf die Tischplatte. »Ich habe über viele Monate hinweg unzählige Messungen im See durchgeführt, Sonar- und Ultraschallaufnahmen ausgewertet, mit Augenzeugen gesprochen, praktisch den ganzen See abgetaucht und in sämtlichen Archiven geforscht. Das alles führte mich zu dem einen Schluss, dass es einen riesigen Fisch geben muss, der hier im See lebt. Und wenn ich ›riesig‹ sage, meine ich es auch so. Er muss an die acht Meter lang sein.«

»Haben Sie ihn gesehen?«, fragte Luca, dessen Neugier geweckt war.

»Nein«, entgegnete Marchetti wütend, »aber ich habe ein Ultraschallbild von ihm. Es kann nur ein Fisch sein.«

»Und welcher? Ich meine, welcher Fisch wird so groß, dass er —«

»Es gibt nur zwei Arten, die in Frage kommen. Das eine wäre ein weißer Stör. Von ihm weiß man, dass er solche Ausmaße erreichen kann. Die Form des Körpers lässt mich allerdings denken, dass es ein Wels ist. Er wäre ungewöhnlich groß. Aber es gibt bereits seit dem Mittelalter Aufzeichnungen, in denen von der Sichtung eines solchen Monsters die Rede ist. Sogar die Stelle stimmt überein.«

»Es gibt also Menschen, die ihn gesehen haben?«

»Ja, nie so ganz deutlich, und oft waren sie auch in Panik, weil sie meinten, angegriffen zu werden. Aber es gibt eindeutige und übereinstimmende Berichte.«

»Aber seit dem Mittelalter?«, fragte Zardi. »Dann hätten wir hier ja so etwas wie Nessie oder ein ähnliches Fabelwesen.«

»Es ist kein Fabelwesen! Es ist aus Fleisch und Blut.«

»Und Sie denken, dass es Menschen angreift und sogar tötet?«

»Ich bin überzeugt davon«, sagte Marchetti und hob stolz seinen Kopf. »Niemand kennt den See, so wie ich ihn kenne. Jeden Quadratmeter kenne ich. Aber wenn ich hier nicht mehr gebraucht werde, dann bitte. Ich muss das nicht machen.« Er blickte von einem zum anderen und wandte sich dann zum Gehen.

»Guiseppe, bitte bleib hier«, versuchte Vialli ihn aufzuhalten.

»Ach, leck mich am Arsch, Bulle«, schimpfte Marchetti und ließ die Tür krachend hinter sich ins Schloss fallen.

Luca, der Guiseppes Ausführungen spannend gefunden hatte, hatte das Gefühl, der Auslöser für dessen Ausbruch gewesen zu sein, dabei hatte er ihn weder beleidigen noch in Frage stellen wollen. »Tut mir leid, ich wollte nicht, dass er –«

»Schon gut«, wiegelte Vialli ab, »Guiseppe ist sehr leidenschaftlich und überaus engagiert. Er hat zudem vollkommen recht. Es gibt keinen besseren, erfahreneren Taucher am Gardasee. Und alles, was er herausgefunden hat, ist absolut glaubhaft.« Den letzten Satz sagte er in Zardis Richtung, der daraufhin die Augen niederschlug. »Aber er beruhigt sich schon wieder. Jetzt zurück zu diesem Video. Martina, möchtest du noch etwas dazu sagen?«

Martina DiStefano stand auf und steckte beide Hände in die Taschen ihrer beigefarbenen Cargohose. Während sie das Standbild betrachtete, schob sie ihren kleinen Mund unschlüssig von rechts nach links.

»Wenn das die Hand des Täters ist, liefert dieses Video einen entscheidenden Hinweis und wird damit ausschlaggebend für alle nachfolgenden Ermittlungen. Vor allem für mich, wenn es um die Profilanalyse geht. Andererseits wäre es fahrlässig, sich aufgrund dieser Vermutung in unserer weiteren Vorgehensweise festzulegen und womöglich fehlleiten zu lassen. Schließlich könnte die Hand ebenso gut einem Unbeteiligten gehören. Nur wie sollen wir das rausfinden?«

»Wir müssen die Gebäude durchsuchen«, meldete sich Tomasio zu Wort, »und nach etwaigen Zeugen fahnden. Mit viel Glück finden wir jemanden, der dieselbe Situation beobachtet hat, oder es existieren noch andere Videos oder Fotos, die das Opfer zeigen.«

»Ich werde das in die Wege leiten«, sagte Vialli.

»Was ist eigentlich mit dem Brett passiert?«, erkundigte sich Luca. Die anderen wechselten einen kurzen Blick, woraufhin Franco Zardi von seinem Platz aufstand.

»Es trieb auf dem See«, sagte er. »In der Bucht. Daher auch die Vermutung, dass Toni Cardini dort ertrunken ist.«

»Hier liegt es aber fest an Land«, sagte Luca und deutete auf das Beamerbild.

»Der Täter könnte noch mal zurückgekommen sein, um es auf den See zu befördern«, meinte Martina und schlang die Arme um ihren Oberkörper, so als ob sie von einer kühlen Brise erfasst worden wäre.

Tomasio war der Einzige, der noch saß. Zum ersten Mal sah er Luca direkt und länger als nur einen flüchtigen Moment an. Doch es war Franco Zardi, der wieder das Wort ergriff.

»Du könntest tatsächlich den Mörder aufgenommen haben«, sagte er mit kratziger Stimme. »Es war kein Unfall, und es war auch kein Riesenfisch.«

Ein betretenes Schweigen senkte sich über die Gruppe, die geisterhaft beleuchtet im Licht der Projektion versammelt war. Nun fühlte auch Luca eine unangenehme Kälte an sich hochkriechen.

DREI

Es war fast zwölf, als Luca an diesem Abend nach Pregasio zurückfuhr. Durch das geöffnete Fenster drang die laue Abendluft, und der See lag schwarz und schweigend neben der Straße. Ein dunkles Loch, das sich bis zur anderen Uferseite erstreckte, wo es die Lichter der kleinen Ortschaften widerspiegelte. Ein Mörder ging um an diesem See. Er konnte dieses Gefühl nicht mehr leugnen. Vielleicht beherbergten die dunklen Tiefen auch ein Monster, das Menschen angriff. Luca war immer noch mitgenommen von dem, was er soeben erfahren hatte. Er wusste im Moment nicht, wie er zu seiner Heimat stehen sollte. Er war direkt am Wasser groß geworden. Der See hatte ihn nie geängstigt, er hatte ihn auch nie als Gefahr angesehen. Doch jetzt, mit all den neuen Informationen im Kopf, erschien ihm diese friedliche Gegend in einem anderen Licht. Natürlich hatte es den Tod hier immer gegeben, auch wenn man bei Tag unter der leuchtenden Sonne nur Leben um sich herum sah. Alles lebte und vibrierte, wuchs, bewegte sich. Alles war bunt und laut und schön. Er hatte die dunkle Seite aber noch nie so deutlich gespürt wie in dieser Nacht. Er fror schon die ganze Fahrt über. Doch wenn er das Fenster hochkurbelte, schwitzte er.

Das helle gelbliche Licht eines Tunnels empfing ihn, und er musste blinzeln. Er war müde. Den ganzen Tag hatte er unter Anspannung gestanden. Was ihn dabei wohl die meiste Kraft gekostet hatte, war die Begegnung mit Tomasio. Es hatte ihn kalt erwischt. Nach all den Jahren wieder vor ihm zu stehen war ein Schock gewesen. Und er hatte sich den Rest des Abends sehr zusammenreißen müssen, um seine Anwesenheit zu ertragen. Schon jetzt bekam er Beklemmungen, wenn er daran dachte, dieses Spiel noch auf unabsehbare Zeit weiterspielen zu müssen.

Er nahm sich vor, sich vorzugsweise mit Franco Zardi oder Guiseppe Marchetti auseinanderzusetzen, obwohl er bei Guiseppe nicht sicher war, ob dieser tatsächlich ins Team zurückkehren würde. Er wunderte sich immer noch, dass Guiseppe sich anscheinend nicht an ihn erinnern konnte. Wie dem auch sei, morgen trafen sie sich in Campione. Eine Einheit der Polizei würde die Gebäude durchsuchen, und sie konnten damit beginnen, Zeugen ausfindig zu machen. Luca hatte sich sofort dazu bereit erklärt, da er vor Ort einige Kontakte hatte, die ihm unter Umständen weiterhelfen konnten.

Er blinkte und nahm die Abfahrt nach Tremosine. In den beiden dunklen Tunneln am Berg ertappte er sich dabei, wie er schneller fuhr, um aus der in den Stein geschlagenen Röhre zu entkommen. Hier gab es kein Licht, nichts, was ihn retten könnte.

Retten wovor?, fragte er sich und lachte sich selbst dabei aus. Er verhielt sich wie ein kleiner Junge. Was war nur los mit ihm? Er musste dringend schlafen. Er würde sich noch einen Drink machen und dann wie tot ins Bett fallen. Ja, sicher schlief er wie ein Stein heute Nacht.

Als er in seiner Wohnung angekommen war, etwas getrunken hatte und anschließend zu Bett gegangen war, fiel er gegen seine Erwartung jedoch in einen unruhigen, nervösen Schlaf. Er träumte schlecht. Es waren verwirrende Träume, Bilder, die schrecklich waren, die er am nächsten Morgen aber nicht mehr greifen oder gar benennen konnte. Was blieb, war eine verschwommene Erinnerung an etwas Ungutes, Beängstigendes. Es fühlte sich an, als verfolgte ihn etwas in schwärzester Dunkelheit, doch er konnte nicht laufen, nicht fliehen und wusste, dass er jeden Moment eingeholt werden würde.

Die Morgensonne rettete ihn. Es war ein wunderschöner Morgen, friedlich und mit einem rosafarbenen Dunst über dem hellblauen See und den goldenen Bergkuppen. Er riss die Fensterläden im Schlafzimmer weit auf und machte Durchzug, so als könnte er dadurch die schlechten Träume auslüften. Er frühstückte auf dem Balkon, zog sich an und machte sich sofort auf den Weg nach Campione. Das Treffen war erst um zehn Uhr. Er würde zu früh da sein, aber das störte ihn nicht. Hauptsache, er war unterwegs.

Der Ort erwachte gerade aus dem Nachtschlaf. Fensterläden

wurden geöffnet, Stühle in die Sonne gestellt, Kinder liefen auf den Rasen, und es roch nach Kaffee aus der kleinen Bar am Strand. Einige Surfer waren bereits auf den Brettern. Luca konnte kaum glauben, zu welchem Zweck er hier war, wenn er diese sommerliche Idylle betrachtete. Aber er wollte hinter das Geheimnis kommen, das sich hier versteckte und Menschenopfer forderte. Er ging zu der Stelle, an der er die winkende Hand gefilmt hatte. Hier musste er gestanden haben. Sein Magen zog sich zusammen und verursachte ihm Übelkeit, als er daran dachte, was wohl danach passiert war. Er sah sich aufmerksam um, ob er nicht irgendetwas fand, einen Zigarettenstummel vielleicht oder ein Kaugummipapier. Eine Kleinigkeit, irgendein Detail, das dem Täter gehört haben könnte und ihn ihm näherbrächte. Aber wie töricht wäre er, daran zu glauben? Es waren zwei Tage vergangen. Die Touristen parkten ihre Autos in den schmalen schattigen Gassen, der Wind fegte hindurch. Außerdem, so wie Luca den Täter einschätzte, machte er keine derartigen Fehler. Nein, er war gerissen und dachte an alles. Wenn er tatsächlich seit zwei Jahrzehnten unbemerkt Menschen verschwinden ließ, hatte er mehr drauf als das.

»Luca?«, rief eine Stimme, und er fuhr zusammen. Am Ende der Straße stand jemand und verharrte für einen Augenblick. Dann hörte Luca kräftige Schritte auf sich zukommen. Es war Franco Zardi. Er trug Jeans, Cowboystiefel und eine Lederjacke über einem schwarzen T-Shirt. Kurz bevor er Luca erreichte, nahm er seine Sonnenbrille ab. »Was machst du denn so früh schon hier?«

»Ich wollte mich umsehen«, sagte Luca und schüttelte Francos Pranke. Der blickte auf den Asphalt unter ihren Füßen.

»Hier muss er gestanden haben, was?«

Er kontrollierte mit routinierten Blicken die nähere Umgebung. Die Fenster waren alle hinter dunklen Läden versteckt. Die Häuserfassade sah aus wie frisch aufgetragen. Kein Kratzer, kein Bröckeln, kein Graffiti, nichts. Franco blickte zum Wasser.

»Warst du schon am Ufer?«

»Nein.«

»Komm«, sagte er und ging vor. Sie marschierten über den

Rasen bis zu dem steinigen Ufer, wo Franco die Hände in die Hüften stemmte. »Hier ungefähr lag das Brett, oder?« Er blickte hoch in die Steilwand und suchte die Stelle, an der die Madonna stand. Dann drehte er sich einmal um die eigene Achse. »Wer kann uns hier sehen?«

Luca folgte seinem Beispiel und stellte fest, dass diese Stelle von mindestens zwei Stegen und der Bar einsichtig war. Es bestand also eine gute Chance, dass jemand den Täter gesehen hatte, als dieser das Surfbrett zurück ins Wasser schob.

»He!«, rief Franco plötzlich und winkte einem jungen Mann in einem Neoprenanzug, der gerade ins Wasser steigen wollte. Zwei andere saßen bereits auf ihren Brettern. Franco lief zu ihnen hinüber, und Luca folgte ihm zögerlich. Der Junge stand bis zu den Knöcheln im Wasser und beäugte Franco argwöhnisch.

»Was ist?«, fragte er.

»Gehören die zu dir?«, wollte Franco wissen und deutete mit der Nasenspitze auf die beiden anderen.

»Ja.«

»Surft ihr immer hier?«

»Ja, wieso?«, fragte der Junge und blickte auf Francos Stiefel. Der zog seinen Ausweis hervor und zeigte ihn dem Surfer.

»Wie lange schon?«

»Wir … äh … wir sind seit einer Woche hier. Aber was …«

»Vor zwei Tagen verschwand in dieser Bucht ein Surfer. Habt ihr davon was mitbekommen?«

Er schielte verunsichert zu seinen Freunden.

»Schon, ja.«

»Kanntet ihr ihn?«

»Nein.«

»Habt ihr ihn an dem Tag gesehen?«

»Glaub schon.«

Franco zückte Notizbuch und Stift und drückte die Mine des Kugelschreibers heraus.

»Ist er ertrunken?«, fragte der Junge leise.

Franco ignorierte die Frage, weshalb der Junge zu Luca sah, der mit etwas Abstand hinter Franco stand. Er hätte beinahe den Kopf geschüttelt, unterließ es aber.

»Er hat sein Board gegen sechzehn Uhr vierzig dahinten abgelegt und ging dann fort. In Richtung Straße. Habt ihr das beobachten können?«

»Nein«, sagte er und wischte sich die Nase, »wir waren um die Zeit recht weit draußen.«

»Habt ihr ihn an dem Tag noch mal gesehen? Woanders? In Begleitung?«

»Nein.«

Franco notierte sich noch den Namen des Jungen, der anschließend zu seinen Kumpels paddelte und sich leise mit ihnen über diese merkwürdige Begegnung unterhielt, wie Luca an den wiederholt in ihre Richtung wandernden Blicken der Jungs ablesen konnte.

»Na komm, wir sind früh dran, ich lad dich auf einen Cappuccino ein«, meinte Franco, und sie betraten die Bar, in der noch aufgebaut und geputzt wurde. Sie waren die ersten Gäste heute.

Als sie sich mit ihren Tassen draußen auf die Terrasse gesetzt hatten, ergänzte er: »Keine Ahnung, wie Vialli auf dich gekommen ist, aber du hast uns einen mächtigen Schritt weitergebracht.«

Luca wusste nicht, was er darauf erwidern sollte, er nahm daher einfach einen Schluck aus seiner Tasse.

»Was war das mit dir und Tomasio?«

Luca hätte sich beinahe verschluckt.

»Nichts«, entgegnete er schnell. »Ist 'ne alte Geschichte.«

»Sah recht aktuell aus.« Franco wandte sich seinem Cappuccino zu und schien in sich hineinzugrinsen. Luca konnte sich nicht entscheiden, ob er ihn aufdringlich, frech oder einfach nur entwaffnend ehrlich fand.

»Tut mir leid, aber das ist nur eine Sache zwischen ihm und mir. Nichts von Interesse für euch.«

»Ich hoffe«, sagte Franco und führte seine Tasse zum Mund. Auf einmal lachte er laut auf und zeigte hinaus auf den See. »Siehst du das da?«

Luca schaute auf das Wasser und wusste nicht, was er meinte.

»Das Boot da. Das ist Guiseppe.« Wieder lachte Franco und knallte seine Tasse belustigt auf den Untertasse.»Oh Mann, der

Kerl ist echt verrückt. Der fährt den Scheiß-See rauf und runter, von morgens bis abends. Sucht seinen Riesenmonsterwels, von dem er glaubt, dass er alles auffrisst, was ihm vors Maul kommt.«

»Du hältst nichts davon?«

»Logisch gibt es große Fische da drin, aber keinen, der zwanzig Menschen frisst. Der hat sich da in etwas verrannt. Gut möglich, dass er eines Tages so 'n Vieh aus dem See zieht, aber wenn er ihn aufschlitzt, wird er merken, dass der auch nur Forellen im Bauch hat, nichts weiter.«

»Ja, wahrscheinlich«, meinte Luca und verfolgte das Boot mit den Augen.

»Es geht los, da kommen sie«, sagte Franco mit Blick zur Straße.

Ein schwarzer Van fuhr über die kleine Brücke und verschwand hinter einem Gebäude.

Als sie zu der Häuserzeile kamen, standen Vialli, Tomasio und Martina DiStefano inmitten einer Gruppe von sechs uniformierten und mit Sturmgewehren ausgerüsteten Polizisten. Ein älterer Mann im Anzug, der Luca bekannt vorkam, sprach mit Vialli und deutete auf verschiedene Fenster im Gebäude.

»Da seid ihr ja«, sagte Martina, als sie sie bemerkte. Tomasio riskierte nur einen kurzen Blick und nickte zur Begrüßung.

Der Mann im Anzug hielt in seinen Ausführungen inne, und Luca erkannte ihn. Es war Daniele Scarletti persönlich. Ihm gehörten diese Gebäudekomplexe, und Luca hatte versucht, ein Gespräch mit ihm über sein geplatztes Vorhaben hier in Campione zu führen, doch er war abgewiesen worden.

»Das sind Franco Zardi und Luca Spinelli«, stellte Vialli sie einander vor, »Signore Scarletti.«

»Buongiorno, ich hatte mal um eine Audienz bei Ihnen gebeten, leider kam es nicht dazu«, sagte Luca angriffslustig. So angriffslustig, dass seine Kollegen ihn überrascht ansahen.

»Ich kann mich nicht erinnern, tut mir leid«, entgegnete der millionenschwere Investor und legte seine perfekt weißen Zähne frei. »Sind Sie von der Polizei?«

»Nein, ich bin Dokumentarfilmer«, antwortete Luca, der deutlich sah, dass Scarletti sich sehr wohl erinnerte.

»Wollen Sie jetzt rein?«, fragte dieser ausweichend an Vialli gerichtet.

»Meine Männer sind bereit. Wenn Sie ihnen einfach die Schlüssel überlassen, durchkämmen sie die Gebäude.«

»Soll ich nicht mit rein?«

»Tut mir leid, nein. Das wäre zu gefährlich. Wir warten hier draußen, bis die Einheit ihre Arbeit erledigt hat. Anschließend können Sie mit uns das gesicherte Haus betreten.«

Mit Widerwillen übergab Scarletti dem Einsatzleiter, einem hageren, blassen Mann mit einem dünnen Oberlippenbart, die Schlüssel. Während die sechs Männer in den ersten Eingang traten, nahm Vialli seine Einheit zur Seite.

»Wir sollten die Wartezeit nutzen, um Zeugen zu suchen.«

»Luca und ich haben schon angefangen«, ging Franco darauf ein.

»Gut, teilt euch auf und versucht, so viel wie möglich herauszufinden. Hier in der Straße stehen alle Wohnungen leer, auf beiden Seiten. Aber in der näheren Umgebung, wer weiß ...« Er berührte Luca am Oberarm. »Willst du mit Franco gehen?«

»Ich denke, es ist besser, wenn wir einzeln gehen, dann erreichen wir mehr Personen«, entgegnete Luca.

»Ja, aber du bist kein Polizist und kannst dich nicht ausweisen.«

»Ich kenne aber ein paar Leute hier. Vielleicht komme ich auf die Art weiter.«

»Okay, gut. In einer Stunde treffen wir uns wieder hier für eine Zwischenbilanz. Dann können wir auch selbst ins Gebäude.«

Vialli reichte jedem ein Foto des vermissten Jungen, dann schwärmte die Gruppe aus.

Luca ging zielstrebig in Richtung Marktplatz und betrat das Haus von Signora Muro. Sie war überrascht, ihn hier zu sehen.

»Signore Spinelli ... hatten wir eine Verabredung?«, fragte sie und richtete eilig ihr Haar.

»Nein, nein«, er lächelte, »tut mir leid, wenn ich Sie störe, aber ich hätte ein paar Fragen. Kann ich kurz reinkommen?«

»Sicher.«

Sie ließ ihn ein und bot ihm einen Platz im Wohnzimmer an. »Ich bin noch nicht dazu gekommen, aufzuräumen, entschuldigen Sie bitte.« Sie fing an, Zeitschriften zu ordnen und eine Tasse und ein Glas vom Tisch zu räumen.

»Lassen Sie nur, das macht doch nichts. Ich möchte nur wissen, ob Sie etwas über den Jungen gehört haben, der hier in der Bucht verunglückt ist, als ich vorgestern bei Ihnen war.«

»Oh, wie furchtbar. Er ist ertrunken, nicht?«

Luca verzog unentschieden das Gesicht. »Ich ... ähm ... ich würde gern mehr darüber erfahren«, sagte er, »weil ich nicht sicher bin, ob er tatsächlich verunglückt ist. Das Wetter war gut, die Bucht ruhig ...«

»Tja, also, er war nicht von hier. Niemand ist ja mehr von hier«, sagte sie und schlug die Augen nieder. »Nein, ich wüsste nicht ...«

»Der Junge könnte hier gegenüber geparkt haben, in der Straße, die zum See führt. Kennen Sie vielleicht jemanden, der ihn dort gesehen hat?«

Sie schüttelte nachdenklich den Kopf. »Nein. Höchstens Nando und Gio. Die beiden sitzen den ganzen Tag unten auf der Piazza im Café und kennen die ganze Welt und beobachten alles und jeden.«

»Nando und Gio?«

»Ja, Sie können sie nicht übersehen. Zwei alte Männer mit Strohhüten.«

»Aha.«

»Fragen Sie sie. Jemand anderes fällt mir nicht ein.«

»In Ordnung, Signora Muro, dann bedanke ich mich.«

Luca verließ die dunkle Wohnung und trat hinaus auf die Straße. Das Café hatte vier Tische draußen stehen, und an einem saßen zwei graubärtige Männer mit Sonnenbrillen und kurzen Hosen und tranken Espresso. Luca ging näher und grüßte die beiden höflich.

»Nanu, kennen wir dich?«, fragte der eine.

»Der Junge ist doch schon ein paarmal hier gewesen. Ist immer da drüben ins Haus gegangen«, sagte der andere.

»Stimmt, recht hast du. Was könnte er von uns wollen, Gio?«, fragte der Erste, der demnach Nando sein musste, seinen Freund belustigt.

»Seh ich aus wie 'n Hellseher? Frag ihn doch!«

»Was wollen Sie denn von uns, junger Mann?«

»Darf ich mich kurz setzen, und wir trinken etwas zusammen?«

Nando stierte in seine Tasse. »Espresso haben wir schon.«

»Dann vielleicht einen Grappa dazu?«, offerierte Luca und hoffte, dass er richtiglag.

Beide Männer grinsten breit.

»Freundlicher junger Mann, Nando.«

»Ja, gefällt mir.«

Luca bestellte drei Grappa und stieß mit ihnen an.

»Aaaahh, das tut gut«, schwärmte Gio und schob die Unterlippe vor.

»Ich war gerade bei Signora Muro«, begann Luca.

»Hat der Junge auch einen Namen?«, fragte Nando seinen Freund.

»Keine Ahnung, hat er einen?« Sie sahen ihn an.

»Entschuldigen Sie. Luca Spinelli.«

»Luca Spinelli«, wiederholte Gio betont. »Aus ...«

»Aus Gargnano.«

»Aus Gargnano, was führt dich zu uns, junger Freund aus Gargnano?«

»Signora Muro meinte, Sie beide wüssten über alles Bescheid, was hier im Ort passiert.«

»Wir?«

Die beiden sahen sich unschuldig an.

»Wie ist dein Grappa?«, fragte Nando beiläufig.

»Noch etwas zu kühl für meinen Geschmack«, erwiderte Gio.

»Es geht um den Jungen, der hier vor zwei Tagen vermutlich ertrunken ist«, sagte Luca etwas leiser.

»Ah, ja?«

»Und?«

»Ich wüsste gern, ob Sie ihn an dem Tag gesehen haben.«

Luca legte das Foto auf den Tisch. Die beiden beugten sich

darüber, und nach einer Weile legte Gio den Zeigefinger auf das Bild.

»Jawohl, den habe ich gesehen, weil er hier dreimal langgefahren ist auf der Suche nach einem Parkplatz. Hatte Bretter aufm Dach. Stimmt's, Nando?«

»Genau so war's.«

»Das war, als er kam. Und später, gegen Abend, haben Sie ihn da noch mal gesehen?«

»Ich denke, er ist ertrunken?«, fragte Nando irritiert. »Wie können wir ihn da gesehen haben, wenn wir den ganzen Tag hier sitzen?«

»Wir *vermuten* nur, dass er ertrunken ist.«

»Wer ist wir?«, wollte Gio wissen.

Luca überlegte kurz, bevor er antwortete.

»Die Polizei. Ich bin zwar kein Polizist, aber ich berate und helfe bei dem Fall.«

Das machte beide Männer nachdenklich.

»Dann ist er also nicht ertrunken«, sagte Gio mit tiefer Stimme.

»Ich dachte«, begann Nando und kniff ein Auge zusammen, »ich dachte, ich hätte ihn gesehen, aber weil es hieß, er sei am Nachmittag in der Bucht verunglückt, meinte ich, mich geirrt zu haben ...«

»Er irrt sich selten«, meinte Gio und schaute noch mal auf das Foto.

»Er trug wahrscheinlich noch seine Badeshorts. Blau-weiß mit Blumenmotiv«, sagte Luca, der spürte, dass er ganz nah daran war, etwas aus diesem Mann herauszukitzeln.

»Ja«, sagte Nando bestimmt. »Ich hörte ein Lachen und sah dort hinüber.« Er zeigte auf die Straße, in die der Junge auf dem Video gegangen war und die hier in den Platz mündete. »Das muss so gegen fünf gewesen sein. Er schüttelte seine nassen Haare, und ein Mädchen schrie, weil sie nass wurde.«

»Ein Mädchen?«

»Ja, eine Zehnjährige auf einem Roller. Touristin. Sie wohnt irgendwo im ersten Haus am Strand.«

»War sie allein?«

»Nein, sie war dort mit einer Freundin, und sie aßen Eis. Da war auch noch ein Mann neben dem Jungen.«

»Ein Mann?« Luca schnappte nach Luft.

»Ja, aber es war nicht zu erkennen, ob er zu ihm gehörte. Er duckte sich nur weg.«

»Wie sah er aus?«

»Kann ich nicht sagen. Ich sah nur seinen Rücken.«

»Was trug er für Kleidung?«

Luca tastete seine Taschen ab und ärgerte sich, dass er nichts zum Schreiben dabeihatte.

»Ein Hemd, rötlich, mit einem Muster. Und eine lange Hose, glaube ich. Hellblau oder grau.«

»Und sein Alter?«

Nando schüttelte den Kopf. »Keine Ahnung.«

Luca atmete lang anhaltend aus. Er versuchte, sich die Szene vorzustellen. Nando und Gio schwiegen betreten. Der schalkhafte Ausdruck in ihren Augen war einem ernsten, dumpfen Schimmer gewichen. Die beiden Männer schienen bemerkt zu haben, wie angespannt er war und wie wichtig diese Information sein könnte.

»Das Mädchen«, begann Luca krächzend und räusperte sich, »könnte es den Mann gesehen haben?« Aus dem Augenwinkel nahm er Tomasio wahr, der auf der anderen Seite der Piazza vorbeiging und einen kühlen Blick herüberwarf.

»Ja, sie müsste ihn gut gesehen haben«, sagte Nando.

»Könntet ihr mir zeigen, wo sie wohnt?«

Luca blickte auf die Uhr. Er hatte noch zwanzig Minuten Zeit bis zum Treffen.

Die beiden alten Männer schoben ihre Stühle zurück und erhoben sich so schnell, dass Luca überrascht war. Eilig legte er etwas Geld für die drei Grappa auf den Tisch und folgte ihnen zur Promenade. Sie waren gut zu Fuß, dafür, dass sie den gesamten Tag nur im Sitzen mit Kaffeetrinken verbrachten.

An den Wohnkomplex in erster Reihe schloss sich eine abschüssig in Richtung Wasser verlaufende Rasenfläche an. Hier wurde Fußball und Frisbee gespielt. Es gab aber auch eine Gruppe von Kindern, die mit Fahrrädern und Rollern den

Berg hinabfuhren und dabei wenig Rücksicht auf die Ballspieler nahmen.

»Das ist die Kleine«, sagte Nando und zeigte mit ausgestrecktem Finger auf ein Mädchen, das in einer roten Bikinihose auf einem silbernen Roller fuhr. Sie war nahtlos braun und hatte nasse Zöpfe.

»Vielen Dank«, sagte Luca an Nando und Gio gewandt und reichte beiden die Hand. »Falls noch Fragen bestehen, würde ich mich wieder an euch wenden.«

»Mach nur, wenn wir helfen können …«, entgegnete Gio.

Sie gingen zurück, und Luca wartete, bis das Mädchen erneut den Berg heruntergeschossen kam. Freundlich lächelnd trat er auf sie zu.

»Wow, du bist aber mit Sicherheit die Schnellste von allen, was?«, sagte er.

Die Kleine blies eine Kaugummiblase auf, ließ sie zerplatzen und starrte ihn unverwandt an. Luca hielt sie für eine Italienerin, aber anscheinend hatte sie ihn nicht verstanden.

»Wo kommst du her?«

Sie reagierte nicht.

»Bist du Italienerin, verstehst du mich?«

»Ja.«

»Wo sind denn deine Eltern?«

Jetzt kam ihre Freundin, ein feingliedriges blasses Mädchen mit blonden Haaren und einem roten Roller, und hielt neben ihr an.

»In der Wohnung«, antwortete sie.

»Und wo ist die? Ich wollte dich nämlich etwas fragen, aber ich denke, deine Eltern fänden es besser, wenn ich sie vorher um Erlaubnis bitte.«

Sie blickte über die Schulter zurück. »Die sitzen da auf der Terrasse.«

»Bringst du mich zu ihnen?«

Lustlos schätzte sie die Entfernung zwischen ihrem Standpunkt und ihren Eltern ab.

»Ich geb dir auch ein Kaugummi aus.«

Ihre Freundin nickte eifrig.

»Okay.«

Die beiden Mädchen schoben ihre Roller den Hügel hoch, Luca ging zwischen ihnen.

Die Eltern schauten zunächst nur auf, hoben aber ihre Köpfe, als sie Luca im Schlepptau erkannten, und standen von ihren Sonnenliegen auf, als die drei die Terrasse erreicht hatten.

»Entschuldigen Sie bitte«, sagte Luca lächelnd, »ich möchte Sie nicht stören.« Er blieb in angemessenem Abstand stehen. Die Mädchen stoppten an seiner Seite.

»Was haben sie angestellt?«, fragte der Vater.

»Oh, nein, gar nichts. Mein Name ist Luca Spinelli, ich ... es geht um einen jungen Mann, der hier vor zwei Tagen einen Surfunfall hatte. Ich helfe der Polizei, den Fall aufzuklären, und befrage Zeugen, die ihn gesehen haben.«

»Ja?«, fragte der Mann verunsichert und zog sich ein T-Shirt über, das über der Lehne der Liege gehangen hatte. Auch die Frau suchte – allerdings vergeblich – nach einem Kleidungsstück und verschränkte daher einfach die Arme vor dem Bikinioberteil.

»Jemand hat ausgesagt, dass Ihre Tochter den Jungen gesehen haben könnte.«

Die Eltern warfen sich einen ängstlichen Blick zu und schauten zu ihrer Tochter, die wieder eine Kaugummiblase platzen ließ.

»Lass das, Rana«, ermahnte ihre Mutter sie.

»Aber was soll denn ein Mädchen in ihrem Alter schon Wichtiges gesehen haben?«, fragte der Vater.

»Nun, viele Leute haben den Jungen auf dem See gesehen, doch Rana ist ihm anscheinend oben im Ort begegnet. Ich wollte Sie nur um Erlaubnis bitten, Rana ein Bild von ihm zu zeigen. Wenn sie ihn erkennt, wäre das ein Fortschritt für uns.«

Wieder sahen die Eltern ihr Kind an und wussten nicht recht, was sie antworten sollten.

»Tja, dann ... wollen Sie sich setzen?«, fragte der Vater und deutete auf den Plastiktisch.

»Gern.«

Die Erwachsenen nahmen Platz, die Mädchen hielten sich

weiterhin an ihren Rollern fest. Luca legte das Bild auf den Tisch.

»Das ist er. Erkennst du den jungen Mann, Rana?«, fragte Luca, und sie kam auf den Tisch zugerollert. Ausdruckslos starrte sie auf das Foto.

»Und, Schatz?«, fragte ihre Mutter.

»Ich glaube, er hat seine Haare geschüttelt und du bist nass geworden«, half Luca ihr auf die Sprünge.

»Ach jaaaa ...«, sagte sie auf einmal laut, und auch ihre Freundin kicherte jetzt. »Das war, als wir uns ein Eis gekauft haben. Dahinten.« Sie deutete durch das Haus hindurch auf die Piazza.

»Stimmt.« Luca nickte erfreut. »Du erkennst ihn?«

Ihre Freundin kam dazu und schielte über Ranas Schulter.

»Das isser.«

»Toll, super«, sagte Luca. »Und ... war da noch ein Mann neben ihm?« Sein Mund wurde ganz trocken, und er leckte sich über die Lippen.

»Kann sein«, sagte Rana lustlos.

»Hat der auch was abbekommen?«

»Kann sein.«

»Konntet ihr ihn sehen?«

»Wir haben die Augen zugemacht, weil der doch seine Haare geschüttelt hat.«

»Also konntet ihr den anderen Mann nicht sehen?«, hakte Luca nach, und die Eltern schienen zu merken, dass es ihm mehr auf den Unbekannten als auf den Jungen ankam.

»Neee«, sagte Rana und schaute zu ihrer Freundin.

»Wir haben voll geschrien und so und sind dann schnell weg ...«

»Könnt ihr auch nicht sagen, wie alt er war oder ob er schwarze oder blonde Haare hatte?«

»Mmhmmh« Rana schüttelte den Kopf, dass ihre Zöpfe flogen. »Kann ich jetzt die Kaugummis haben?«

»Was für Kaugummis?«, fragte ihre Mutter.

»Ich hatte ihnen welche versprochen, wenn sie mir helfen«, erklärte Luca und gab Rana zwei Euro. Augenblicklich rissen die beiden Mädchen ihre Lenker herum und düsten den Hügel hinab. »Vielen Dank, dass ich mit Ihrer Tochter sprechen durfte«, sagte Luca und erhob sich.

Die Eltern standen ebenfalls auf und blickten besorgt in Lucas Gesicht, so als erwarteten sie noch eine Erklärung.

»Tja, die Polizei ist sich nicht sicher, ob er wirklich ertrunken ist. Es besteht ebenso die Möglichkeit, dass er von zu Hause abhauen wollte oder …« Er traute sich nicht, den Satz auszusprechen. Die Sorge stand Ranas Eltern ins Gesicht geschrieben. »Wie lange sind Sie denn noch hier, falls noch Fragen bestehen?«, erkundigte er sich daher.

»Oh, noch sieben Tage«, antwortete der Vater.

»Gut. Vielen Dank also und einen schönen Tag noch.«

Sie reichten sich die Hände, und Luca bog gleich links um die Ecke, um zurück zum Treffpunkt zu gelangen.

Er war etwas zu spät. Als er die Straße erreichte, standen die anderen bereits wartend vor dem Eingang. Er beschleunigte seinen Schritt.

»Die Gebäude sind sauber. Keine Spuren davon, dass jemand dort genächtigt und sich dafür Zutritt verschafft hat«, rief Vialli ihm entgegen. »Zeugen sind bis jetzt auch keine gefunden worden«, fuhr er leiser fort. »Wenn du also auch nichts hast, gehen wir am besten gleich rein und schauen uns selbst um.«

»Doch, doch, ich hab jemanden«, sagte Luca, und alle hielten verdutzt inne. In Francos Bart nistete sich ein Schmunzeln ein, Martina, Tomasio und Vialli blieben ernst.

»Ich habe mit zwei Männern gesprochen, die den Jungen dort vorn am Ausgang der Straße gesehen haben«, erklärte Luca und deutete in Richtung Süden. »Das war nur wenige Minuten nach dem Moment weiter unten am See, den ich gefilmt habe. Er kam auf den Platz und schüttelte seine nassen Haare, offenbar, um zwei kleine Mädchen zu ärgern. Es war wohl noch ein Mann bei ihm. Rotes gemustertes Hemd und hellblaue oder graue Hose. Die Mädchen habe ich auch gefunden, sie sind etwa zehn, konnten allerdings nichts zu seinem Aussehen sagen. Aber den Jungen haben sie eindeutig erkannt.«

»Bravo«, sagte Martina sichtlich beeindruckt.

»Ja, sehr gut«, bestätigte Vialli.

»Hast du noch mehr, oder können wir jetzt reingehen?«, fragte Franco und zwinkerte Luca zu.

»Nein, das war's.«

»Okay, wir besprechen das nachher in Ruhe. Jetzt möchte ich, dass wir alle gemeinsam einen Blick in die Häuser werfen. Mit dem seeseitig gelegenen fangen wir an.«

Vialli führte seine Truppe in einen kühlen gefliesten Hausflur und von da aus in die komplett neuen Wohnungen. Sie glichen sich unabhängig von der Größe, alle waren modern eingerichtet, in Weiß gehalten und sehr geräumig.

»Sehr nett«, kommentierte Martina, als sie eine der Wohnungen im ersten Stock besichtigten.

»Ein Jammer, dass alles vergammelt«, meinte Vialli und drückte mit dem Finger auf eine Silikonfuge im Badezimmer, die sich bereits löste.

Tomasio, der sich aufmerksam im angrenzenden Wohnzimmer umsah, ohne ein Wort von sich zu geben, zog sich Handschuhe über und öffnete die Fensterläden, sodass Sonnenlicht hereinströmte. Er beugte sich hinaus und blickte auf die kleine Gasse, in der sie gestanden hatten. Luca beobachtete ihn und öffnete dabei den Kühlschrank, der dunkel blieb und vollkommen neu und unbenutzt war.

Vialli kam ins Wohnzimmer zurück und schlug vor, in die Nachbarwohnung zu wechseln.

»Ich will die Wohnungen am anderen Ende sehen. Von hier aus hat man keinen Blick auf die Bucht«, sagte Tomasio.

»Natürlich. Guter Einwand.«

Luca roch noch einmal im Kühlschrank und anschließend im Backofen, aber da war nichts Auffälliges.

Sie begaben sich zum hinteren Ende der Häuserzeile und stiegen gleich in die oberste Wohnung hinauf. Im Treppenhaus zog sich nun auch Vialli Handschuhe über, ehe er aufschloss. Die Apartments hier waren noch größer und verfügten über eine große Fensterfront zur Nord- und Westseite hin. Luca nahm sich auch diesmal wieder die offene Küche vor, deren Chrom in der Sonne blitzte, die Tomasio durch die Fenster hereinließ. Er öffnete alle Schränke und fuhr mit der Hand über die Innenflächen, um eventuelle Krümel zu erfühlen, bis ihm einfiel, dass er dadurch auch Fingerabdrücke verwischen konnte.

»Ähm … könnte ich auch ein Paar Handschuhe bekommen?«, fragte er.

Tomasio hatte ihn gehört, rührte sich aber nicht. Er nahm gerade die Simse unter die Lupe. Vialli, der in den Ritzen einer Couch nach Spuren gesucht hatte, tastete seine Taschen ab.

»Tut mir leid, ich hab keine mehr.«

Sie blickten zu Tomasio.

»Was?«

»Hast du noch ein Paar Handschuhe für Luca?«

Widerwillig kramte Tomasio in seiner Jacketttasche und reichte Luca die Latexhandschuhe.

Der machte »Mmhmh«, weil er ein »Danke« nicht über die Lippen bekam. Er streifte die Handschuhe über und inspizierte den Kühlschrank. Als er ihn wieder schließen wollte, kam mit der austretenden Luft ein Geruch heraus. Luca wiederholte den Vorgang und schnüffelte mit vorgestrecktem Kinn.

Was war das? Es roch anders als in dem letzten Kühlschrank. Das Gerät war völlig sauber und fleckenlos, doch etwas stieg ihm in die Nase. Luca drehte sich um, um Vialli zu signalisieren, dass er ihm etwas zeigen wollte. Da sah er Tomasio auf dem Boden. Er hockte auf allen vieren, tief vornübergebeugt, und fuhr mit dem Finger über eine Fußleiste.

»Vialli«, keuchte er.

»Mmh?«

»Ich hab was.«

Vialli ging zu ihm und hockte sich neben Tomasio.

»Haben wir so was wie eine Lupe?«, fragte Tomasio laut.

Martina kam aus dem Bad und überreichte ihm ein Schweizer Taschenmesser.

»Hier, schau dir das an.« Tomasio vergrößerte einen schwach erkennbaren schwarzen länglichen Fleck.

»Seh ich«, meinte Vialli. »Was, denkst du, ist das?«

»Ich würde sagen, das ist der Abrieb von einer Schuhsohle. Jemand hat hier nah am Fenster gestanden.«

Viallis Lippen wurden dünner.

»Das kann natürlich auch der Hausmeister gewesen sein oder ein Handwerker beim Verlegen der Fliesen«, sagte Tomasio. »Bei dieser Aussicht würde ich aber durchaus auf unseren Mann tippen.«

Vialli stand auf. Jetzt kam auch Franco neugierig aus dem Schlafzimmer. Alle stellten sich an das Fenster, durch das man direkt auf die Bucht blickte. Der Mörder hätte sein Opfer von hier aus stundenlang beobachten können.

»Im Kühlschrank riecht es«, sagte Luca in die Stille hinein. Und während er den Satz aussprach, hatte er auf einmal das Bild dessen vor Augen, was den Geruch verursacht hatte. Eine Weinflasche. Der Korken zu einem Viertel und etwas schief eingesteckt.

»Wonach?« Vialli trat einen Schritt auf ihn zu.

»Wein«, antwortete Luca. »Weißwein und Kork.« Er eilte zum Kühlschrank zurück und öffnete die Tür.

Ja, jetzt war es eindeutig. Er nickte den anderen zu.

»Okay, ich lasse die Kriminaltechnik kommen. Fasst nichts mehr an hier drin.«

VIER

Sie waren zum Restaurant in der Brasa-Schlucht gefahren, um zu Mittag zu essen, und saßen nun an einem Tisch neben dem plätschernden Flüsschen. Sie hatten bereits bestellt und tranken Wasser und Wein. Luca fiel auf, dass Martina und Tomasio erneut nebeneinandersaßen. Sie arbeiteten zwar zusammen, doch so viel Nähe, meinte er, erwuchs nicht allein aus beruflicher Verbundenheit. Luca saß rechts von Franco, mit Blick auf die Straße, und Vialli am Kopf des Tisches. Er hatte für die anderen noch einmal detailliert seine Befragungen der beiden Männer und der Mädchen wiedergegeben. Nach dem Essen würden sie zurück nach Campione fahren und weitere Zeugen suchen. Nun auch nach Personen, die vielleicht etwas Verdächtiges in dem Haus oder gar der Wohnung beobachtet hatten. Der Täter, und keiner hier am Tisch zweifelte mehr daran, dass es sich bei dem Eindringling um den Täter handelte, musste sich Zutritt zum Haus verschafft haben, ohne dabei das Schloss zu beschädigen. Das Gleiche galt für die Wohnungstür. Oben im Apartment hatte er den Strom eingeschaltet und musste zuvor die Hauptsicherung im Keller aktiviert haben. Natürlich basierten ihre Vermutungen ausschließlich auf diesen beiden winzig zu nennenden Spuren, die sie gefunden hatten. Ein feiner Strich an der Fußleiste und der Geruch nach Wein im Kühlschrank. Eine äußerst fragile Basis für eine Mordermittlung, und doch schien alles einen Sinn zu ergeben.

»So nah waren wir noch nie dran«, sagte Vialli und nahm einen Schluck von seinem Wasser. »Sollte die Spurensicherung auf etwas stoßen, das unsere Annahme bekräftigt, haben wir vielleicht genug in der Hand, um noch mehr Personal anzufordern. Wenn es sich nachweislich so verhält, wie es jetzt den Anschein hat, können wir das Ganze bald offiziell angehen und die Fälle, die uns bisher fraglich erschienen, neu aufrollen und die Angehörigen nochmals befragen.«

»Wir brauchen dringend mehr Leute«, sagte Franco. »Das

könnte schnell den Rahmen dessen sprengen, was du mit drei in Teilzeit für den Fall abgestellten Beamten leisten kannst. Wir haben ja auch noch unsere echten Jobs zu machen.«

»Ich weiß, ich weiß«, stimmte Vialli ihm zu. »Ich bin zuversichtlich, dass wir uns deutlich verstärken, sollten sich die Verdachtsmomente erhärten. Gleich morgen spreche ich mit der Staatsanwältin.« Er stellte sein Wasserglas auf den Tisch und nahm das Weinglas zur Hand. »Jetzt will ich erst einmal unserem neuen Teammitglied für die tatkräftige Unterstützung danken, die uns so schnell so viel weitergebracht hat. Auf Luca!«

Er hob sein Weinglas, und alle taten es ihm nach und stießen mit Luca an. Bis auf Tomasio schienen auch alle seiner Meinung zu sein.

»Einen Abgang haben wir allerdings auch zu verzeichnen«, merkte er an, nachdem das Klirren der Gläser verklungen war.

Vialli wischte sich mit einer Serviette über den Mund. »Das ist wahr, aber ich rede mit Guiseppe, sobald ich Zeit finde.«

»Wie kann er uns noch helfen?«, fragte Franco geradeheraus, nahm sich ein Stück Brot und zerbrach es.

»Die Frage finde ich berechtigt.« Martina beugte sich leicht über den Tisch nach vorn und stützte sich auf ihre Unterarme.

»Wenn sich der Verdacht einer Mordserie bestätigt«, sagte Tomasio, »kann Guiseppe uns ohnehin nicht mehr nützen. Wie Franco schon sagte, wir brauchen Leute, die uns bei den Ermittlungen unterstützen. In *diesem* Fall. Alles andere ist Ballast. Einen Taucher brauchen wir nicht mehr, wenn der Täter an Land agiert.«

Die Bedienung kam, servierte das Essen und wünschte einen guten Appetit. Sie lächelte Luca, der hier Stammgast und jedem bekannt war, freundlich an. Vialli blieb einen Moment lang lustlos vor seinem Essen sitzen.

»Ihr habt recht«, sagte er bedrückt und nahm sein Besteck zur Hand. »Doch auch in dem Fall rede ich noch mal mit ihm. Guten Appetit.«

Sie aßen schweigend. Hier, im Schatten der überdachten Terrasse und der Bäume um den Flusslauf herum, war die mittägliche Hitze gut erträglich. Die Zikaden rasselten unsichtbar in den Büschen. Irgendwo hoch über ihnen schrie ein Greifvogel.

»Gab es eigentlich noch andere Fälle in letzter Zeit?«, fragte Luca, als er fertig war und sein Besteck auf dem Teller ablegte. »Und sind es immer Männer?«

»Das ist eine gute Frage«, sagte Martina und schickte sich auch gleich an, sie zu beantworten. »Es handelt sich bei den vermissten Personen, die unsere Aufmerksamkeit erregten, tatsächlich nur um männliche Opfer, und zwar im Alter von sechzehn bis dreiundzwanzig Jahren. Frauen verschwanden natürlich auch, jedoch nie spurlos.«

Vialli ergänzte: »Erst neulich gab es wieder einen Unfall, bei dem eine junge Frau ums Leben kam, allerdings in den Bergen. Sie verunglückte auf der alten Ponaler Straße mit dem Mountainbike und stürzte in den Abgrund.«

»Ich hab davon gehört«, entgegnete Luca.

Martina nickte. »Aber das fällt nicht in das Schema, das wir verfolgen.«

»So, Leute, es ist Zeit. Wir müssen wieder an die Arbeit«, verkündete Vialli mit einem Blick auf die Uhr, und sie brachen auf.

Zurück in Campione, nahm sich Luca den Grünstreifen an der Strandstraße vor, wo die meisten Autos im Halteverbot parkten, und befragte einige Touristen und einheimische Tagesgäste. Weiter hinten am Ortsausgang, im kleinen Yachthafen, wollte er noch zwei Angler ansprechen, die hier täglich ihre Ruten auswarfen. Einer von ihnen stand am äußersten Rand des letzten Stegs neben einem alten schmutzigen Eimer. Der Wind frischte überraschend auf, als Luca den Steg betrat, und ließ das Hemd des Anglers um dessen Körper flattern. Der Mann kurbelte unbeeindruckt die Schnur ein. Was Luca sofort auffiel, war seine Kleidung. Das alte Hawaiihemd war zwar von der Sonne ausgebleicht, doch es war rot, wie in Nandos Beschreibung. Auch die Hose, eine hochgekrempelte alte Stoffhose in Grau, entsprach dessen Schilderung. Lucas Schritt verlangsamte sich unversehens, und er hatte das Gefühl, als stünde sein Körper unter Spannung. Die Sonne verschwand soeben hinter einer

Wolke, und ein grauer Schatten legte sich auf das Hafenbecken. Kleine Wellen schlugen gegen den Beton, aus dem verrostete Metallstreben gefährlich in die Luft ragten.

»Entschuldigung?«, sagte Luca zögernd, doch der Mann schien ihn nicht zu hören. Er war jetzt auf vier Schritte an ihn herangetreten und konnte bereits in den Eimer sehen, in dem drei tote Fische lagen. Das Wasser glänzte ölig, und Fliegen krabbelten über ihre Körper. »Entschuldigung?«, wiederholte Luca, diesmal etwas lauter, und ruckartig schnellte der Mann herum.

Von hinten hatte Luca ihn auf vierzig geschätzt. Jetzt blickte ihm ein alter Mann mit faltenzerfurchtem Gesicht und einem blinden Auge entgegen, das Ähnlichkeit mit den Augen von Fischen hatte, wenn man sie kochte.

»Was?«, fragte er nur und betrachtete Luca mit einer faszinierten Neugier, die Luca irritierte. »Was ist denn los?«

Luca rang mit seiner Fassung. Konnte das der Mörder sein? Ein Fischer, dachte er, das macht doch Sinn. Er fischt nach jungen Männern, fängt sie mit einem Köder. Bis sie so enden wie die Fische in dem Eimer.

Ein Grinsen machte sich auf dem Gesicht des alten Mannes breit, so als hätte er Lucas Gedanken gelesen. Er entblößte seine gelben lückenhaften Zähne. Er musste über siebzig Jahre alt sein, wenn nicht gar achtzig. Doch körperlich war er noch erstaunlich gut in Form. Er kicherte kindlich, weil Luca noch immer nicht antwortete.

»Sind Sie oft hier?«, kam es aus Lucas Mund, ohne dass er die Frage bewusst formuliert hätte.

»Ja, sicher«, antwortete der Angler. »Jeden Tag, junger Mann.«

»Noch nicht viel Glück gehabt heute, was?« Luca deutete auf den Eimer.

»Nee, heute wollen sie nicht so recht. Sind schlaue Fische, wissen Sie?«

»Ach ja?«

»Ja, sie sehen einen und wissen, was man von ihnen will. Man muss warten, bis ein junger, unerfahrener Fisch daherkommt. Die kann man noch überlisten.«

Luca musste schlucken. Von was redeten sie hier gerade?

»Und Sie wissen, wie man es anstellt, nehme ich an?«

Seine Augen wurden zu Schlitzen, und seine fast haarlosen Augenbauen zogen sich zusammen. »Ich fische seit siebzig Jahren hier im See.«

»Verstehe«, entgegnete Luca. »Dann kennen Sie sich aus. Haben Sie je etwas von einem riesigen Fisch gehört, der hier sein Unwesen treiben soll?«

Seine Augen weiteten sich erschrocken. »Der Teufel des Sees? Natürlich kenne ich ihn.«

»Den Teufel?«

»Ja, so nennen ihn hier alle Fischer. Jeder kennt ihn. Jeder fürchtet sich vor ihm.«

»Haben Sie ihn schon mal gesehen? Was ist das für ein Fisch?«

Er bekreuzigte sich dreimal. »Nein, ich habe ihn nie gesehen«, sagte er dann und ergänzte: »Er ist kein Fisch, er ist der Teufel in Verkleidung.«

Luca huschte ein Lächeln über die Lippen.

»Doch, ja«, insistierte der Mann, »Sie lachen, aber glauben Sie mir besser. Ich könnte auch auf einem Boot da rausfahren. Aber ich stehe hier am Ufer. Hier kann er mich nicht kriegen. Draußen auf dem Wasser ist man schutzlos. Er hat bereits unzählige Fischer getötet. Er war schon hier, lange bevor es uns gab.«

»Aha«, sagte Luca und konnte seine Skepsis nicht verbergen.

Fast beleidigt nahm der Mann sein silbernes Kruzifix, das er um den Hals trug, in seine großen, schmutzigen Hände und küsste es.

»Haben Sie diesen Mann schon einmal gesehen?«, fragte Luca und hielt ihm das Foto von Toni Cardini vor die Nase.

Langsam ließ der Alte das Kreuz sinken und nahm das Foto aus Lucas Fingern. »Nein. Doch. Ja, vor zwei, drei Tagen.«

»Wirklich?«, entfuhr es Luca überrascht.

»Ja, im Ort.« Er winkte in die Richtung. »Er hat mir mit den Fischen geholfen.«

»Inwiefern?«

»Ich hatte viel gefangen und hab sie nicht ins Auto bekommen, die Eimer. Arthritis«, sagte er und ballte seine knotigen Finger zu einer Faust.

»Und er half Ihnen?«

»Ja. Netter junger Mann.« Er lachte etwas verlegen.

»Wo hatten Sie geparkt?«

»Auf dem großen Parkplatz dahinten. Wieso wollen Sie das wissen?«, fragte er und rieb sich das Ohr.

»Er wird vermisst«, sagte Luca nur.

»So? Sind Sie … sein Vater?«

»Nein. Ich arbeitete für die Polizei.«

Seine Reaktion konnte Luca nicht einordnen. Er wirkte geschockt, gleichzeitig aber auf merkwürdige Art erfreut.

»Ach so.« Er gab Luca das Foto zurück.

Lucas Hände zitterten, so aufgeregt war er. »Wann war das ungefähr?«

Seine faltigen Lippen zuckten. »Na, so am Nachmittag. Gegen fünf, schätze ich.«

»Dann vielen Dank erst mal«, sagte Luca.

»Gern.«

Nachdenklich machte Luca kehrt und ging wieder zur Promenade, wobei er ein ungutes Gefühl hatte, dem alten Mann den Rücken zuzuwenden. Abrupt blieb er stehen. Er hatte etwas vergessen.

»Ihr Name?«, rief er dem Angler zu.

»Carlo Brunato!«, rief der zurück.

Luca hob dankend die Hand und ging eilends in Richtung Ortskern.

Er fand Vialli an der Bar am Strand, wo der Commissario mit hängendem Kopf telefonierte und dabei immer wie suchend mit der Schuhspitze durchs Gras fuhr, so als habe er etwas verloren.

Luca wartete, bis er das Gespräch beendet hatte, und trat dann auf ihn zu.

»Ich muss Ihnen etwas mitteilen«, sagte er. »Es relativiert wahrscheinlich unsere Annahme von heute Vormittag …«

»Ach ja?« Vialli steckte sein Handy in die Innentasche seines Jacketts und verschränkte die Arme vor der Brust.

»Ich habe, denke ich, den Mann gefunden, der mit unserem Opfer gesehen wurde. Er ist Angler und fischt immer dort hinten im Hafen. Rotes gemustertes Hemd, graue Hosen. Er gab selbst an, mit dem Opfer auf der Piazza gewesen zu sein.« Viallis Augenbrauen schnellten in die Höhe.

»Allerdings ist er an die achtzig Jahre alt. Da kann er doch nicht der Mörder sein.«

»Das wäre auch ein bisschen zu einfach gewesen«, schmunzelte Vialli.

»Das Problem ist nur, dass wir wieder am Anfang stehen. Oder schlimmer. Wenn der Angler mit dem Jungen auf der Piazza war, dann war er es vielleicht auch, der kurz zuvor am See das Opfer zu sich winkte.«

»Haben Sie ihn nicht gefragt?«

»So genau nicht. Ich war etwas nervös.«

»Schon gut. Haben Sie seinen Namen?«

»Ja. Er sagte, dass er jeden Tag hier ist.«

»Na gut. Das ist keine Nachricht, die ich hören wollte. Aber die Wahrheit ist manchmal unangenehm. Glauben Sie denn, dass er die Wahrheit gesagt hat?«

»Ich bin mir nicht sicher.«

»Ihr Bauchgefühl, was sagt es?«

»Nein.«

»Er log also?«

»Ja.«

»Dann müssen wir auf jeden Fall noch mal mit ihm sprechen. Doch zuerst will ich die Ergebnisse der Spurensicherung abwarten. Dass jemand in der Wohnung war, ist eindeutig für mich.«

»Da hätte ich einen Vorschlag«, sagte Luca. »Ich könnte einen befreundeten Winzer fragen, ob er mal versuchen würde, diesen Geruch einzuordnen.«

»Sie meinen, er wäre in der Lage zu erkennen, ob es ein 79er Chateaux Margeaux war?«

»Uns würde es vielleicht schon weiterhelfen, zu wissen, ob es ein Billigwein aus dem Supermarkt oder ein Qualitätswein war. Der Angler beispielsweise würde sich einen teuren Wein

65

vermutlich nicht leisten können. Obwohl ich nicht glaube, dass er es war. Zumal er kaum in der Lage wäre, sich in die Wohnung einzuschleusen, ohne dabei Spuren zu hinterlassen, er hat Arthritis.«

»Einverstanden, fragen Sie Ihren Freund.«

Am Ende des Tages mussten sie feststellen, dass die Suche nach weiteren Zeugen nicht sehr erfolgreich verlaufen war. Nur Martina und Tomasio hatten zwei Surfer gefunden, die den Jungen zwar auf dem Wasser gesehen hatten, aber keine zusätzlichen Angaben machen konnten. Am Abend löste sich die Gruppe auf, und Vialli versprach, sofort alle zu informieren, wenn sich Neuigkeiten aus der Kriminaltechnik auftaten.

Luca war froh, den Ort endlich verlassen zu können. Den ganzen Tag im Schatten der Steilwand zu verbringen, drückte einem aufs Gemüt. Eine ständige Bedrohung hing über dem Ort, eine dunkle Wolke, die wie eine Last auf seinen Schultern ruhte, und die Begegnung mit dem Angler hatte ihr Übriges getan. Für die nächsten Tage nahm er sich vor, einige Personen aus einem seiner Filme zu befragen. Er hatte vor knapp fünf Jahren eine Dokumentation über die illegalen Springer am Ufer des Gardasees gemacht. Die »Tuffis«, wie sie sich nannten, waren eine Art Jugendbewegung auf der Suche nach Freiheit – und dem nächsten Adrenalinkick. Sie sprangen von Felskanten, Brücken, Straßen, verlassenen Gebäuden und Hotelkomplexen am Wasser. Manche hatten sich in leer stehenden Ruinen entlang der Küste häuslich eingerichtet. Es war eine Aussteigerszene, die viele Anhänger hatte, aber auch ihre Opfer forderte. Luca hatte mit ihnen gesprochen, mit ihnen gelebt und ihre Angehörigen befragt. Es war ein wunderbarer und auch trauriger Film entstanden, der zu seinen persönlichen Lieblingen gehörte. Und wie er jetzt feststellte, fokussierte er mit den porträtierten Jugendlichen am See auf genau die Altersgruppe, auf die der Täter es abgesehen hatte.

Zu Hause angekommen, legte er die DVD ein und schaute den Film bei offenem Terrassenfenster. Er hatte gedacht, dass er dabei einschlafen würde, so erschöpft, wie er sich während der Rückfahrt gefühlt hatte, doch das Gegenteil war der Fall. Er saß hellwach vor dem Bildschirm, den blauen flackernden Widerschein des Fernsehers auf dem Gesicht. Im Bann des Sees, der ihn zwischen der Realität hinter seinem Balkonfenster und der Realität auf dem Bildschirm in die Zange nahm. Als er den Fernseher wieder ausgeschaltet hatte, saß er noch lange im Dunkeln da und grübelte und lauschte dem Rauschen der Nacht. Er ahnte, dass er dem See womöglich zu nahe kam. Er hatte sich hier oben einen Rückzugsort geschaffen. Was er jetzt tat, zog ihn jedoch unumkehrbar zum Ufer des Sees hin. Und ihm hatte er doch entkommen wollen. Was tat er jetzt? Gab er seinen Sicherheitsabstand auf und verlor? Oder verlor er, wenn er hier oben blieb?

Das Einzige, was ihn wieder beruhigen konnte und am Ende auch schlafen ließ, war der Gedanke, morgen weiter Menschen zu befragen und sich mit ihren Problemen auseinandersetzen zu können. Ja, er hörte gern anderen zu, um nicht auf sich selbst hören zu müssen. Auf seine Stimme, die in ihm schrie.

Er wollte nur, dass sie verstummte.

FÜNF

Die Strahlen der Morgensonne waren wie eine Erlösung. Ein neuer Tag begann und damit auch eine Möglichkeit, andere Dinge in den Kopf zu bekommen. Luca fuhr über die Gardesana in Richtung Riva. Die Luft war noch frisch, ein glitzernder Dunst hing über dem See, und das Wasser schimmerte türkisblau. Die Schatten der Bogen des Tunnels huschten über das Armaturenbrett. Er bremste ab, um nicht zu schnell über die Balken zu fahren, die man hier, um Unfällen vorzubeugen, in der Kurve montiert hatte. Im letzten Tunnel vor Riva war es dann so weit. Er blinkte früh, denn es gab nur eine kleine Einmündung, die durch ein abgewetztes, bei höherer Geschwindigkeit kaum sichtbares Schild angezeigt wurde.

Das alte Hotel und Restaurant »Ponale«, das hier direkt an den Klippen stand und langsam verfiel, war ein gefährliches Unterfangen; schon allein dorthin zu gelangen war riskant. Er lenkte den Wagen auf einen Parkplatz, dessen Steinplatten von Gras überwachsen waren. Noch war alles still, doch er sah einige Mountainbikes und zwei Roller an einem Geländer lehnen.

Luca stieg aus und blickte vom Terrassenrand aus hinunter auf den See und auf die kleinere Terrasse auf der rechten Seite, wo er eine Reihe von Schlafsäcken und eine Feuerstelle erspähte. Flaschen und ein alter Grillrost lagen in einer Ecke. Er musste ein wenig klettern, um sein Ziel zu erreichen. Als er die aus den Schlafsäcken herauslugenden Köpfe betrachtete, stellte er fest, dass er zwei der Jungen sogar kannte. Mit dem Fuß stieß er gegen den einen Sack. »Aufwachen, Lino!«, sagte er laut und grinste, als ein unzufriedenes Grunzen aus dem Stoff ertönte.

Ein anderer Schlafsack bewegte sich wie eine Raupe in einem Kokon.

»Los, aufwachen, Polizei!«, rief Luca. Das wirkte schneller. Sofort schauten ihn alle mit abstehenden Haaren und geränderten Augen an.

»Luca, Mann!«, schimpfte Lino, der ihn blinzelnd erkannte.

»Was machst du hier?«

»Frühstück.« Er hielt eine Tüte vom Bäcker raschelnd in die Luft.

Als die Jungen ein paar Minuten später auf ihren Schlafsäcken im Kreis saßen, sich Wurst und Schinken aufs Brot legten und alles hungrig verschlangen, blickte Luca in die Gesichter der Kinder, die hier im Freien geschlafen und die Nacht nicht zu Hause bei ihren Eltern verbracht hatten.

»Was machst du? Drehst du einen neuen Film oder was?«, fragte Lino. Lino war ein Siebzehnjähriger aus Torbole, der schon früh die Schule geschmissen hatte und von zu Hause abgehauen war. Er war nach sieben Monaten zu seinen Eltern zurückgekehrt und in eine Einrichtung für schwer erziehbare Jugendliche gekommen. Sportlich war er immer gewesen, aber das Springen hatte er erst mit vierzehn entdeckt. Viele fingen schon viel früher an. Es gab Sechsjährige, die hier ihre Tage verbrachten und sich aus der Höhe ins Wasser stürzten. Zumeist ohne das Wissen ihrer Eltern.

»Nein«, antwortete Luca. »Also, eigentlich schon, aber deswegen bin ich nicht hier.« Erst jetzt fiel ihm auf, dass er tatsächlich von der Polizei kam, auch wenn er es eben nur scherzhaft gemeint hatte. Er wusste nicht, wie es bei den Kindern ankäme, würde er sich dazu bekennen.

»Sag mal, seid ihr in letzter Zeit mal von jemandem angesprochen worden?«

»Was meinst du?«

»Hat euch jemand angequatscht, ein Fremder, der irgendwas von euch wollte?«

»Was denn zum Beispiel?«, fragte ein Mädchen, das mit ihren kurz geschorenen Haaren kaum von einem Jungen zu unterscheiden war.

»Sex oder was?«, meinte ein kleiner, schmächtiger Junge mit einer langen dunklen Mähne, die sein halbes Gesicht verdeckte. Er lachte und stopfte sich ein großes Stück Brot in den Mund.

Weil Luca nicht lachte, hakte Lino nach.

»Im Ernst? So 'n Perverser oder was?«

»Das weiß ich nicht«, gab Luca zu. »Ich weiß nicht, was er sagt oder will, aber ich denke, er spricht Jugendliche an und will, dass sie mit ihm gehen.«

»Also doch 'n Perverser.«

»Zumindest gefährlich. Er ist gefährlich«, wiederholte Luca warnend und blickte jeden der Reihe nach an. »Geht niemals mit irgendwem mit, niemals, hört ihr?«

»Mann, Luca, hier kommt keiner her. Da, wo wir sind, treiben sich nur Typen wie wir rum.«

»Ich mein ja nur«, sagte Luca versöhnlich und biss in sein Brot. »Was ist mit Cassius? Wo treibt der sich rum?«

Lino sah seinen Nachbarn an und senkte dann seinen Blick.

»Lino?«, fragte Luca.

»Weißt du's nicht?«

»Nein, was?«

»Cassius hat's erwischt. Vor einem Jahr unten bei Gargnano. Kommst du nicht aus Gargnano?«

»Ja, aber was ist passiert?« Luca war geschockt. Cassius war einer der wenigen gewesen, die aus einem intakten Zuhause kamen und zur Schule gingen, die Perspektiven und Pläne hatten. Ein talentierter junger Mann und ein Abenteurer, der das Springen und den Wettkampf liebte.

»Das weiß keiner so genau. Man fand nur sein Handtuch und seine Sachen. Er kam nicht wieder hoch.«

»Das kann doch nicht sein«, sagte Luca und ließ erschüttert den Kopf hängen. Dann blickte er auf und sah Lino tief in die Augen. »Aber du sagst, man hat ihn nicht gefunden?«

»Nein. Wir haben einen Grabstein für ihn machen lassen und ihn in den See geworfen. Ist jetzt für immer da unten.«

»Ist Cassius der Einzige, oder wird noch jemand vermisst, den ihr kennt?«

»Seit du den Film gemacht hast, sind es drei. Cassius, Fifo und Zorro.«

Luca legte betroffen seine Hand über den Mund.

»Und keiner von ihnen wurde gefunden?«

Lino schüttelte traurig den Kopf.

»Was ist mit der Polizei? Was hat die unternommen?«

»Nichts«, sagte Lino schulterzuckend. »Waren halt Unfälle.«

»Hat das was mit dem Kerl zu tun, nach dem du gefragt hast?«, wollte Tarek wissen. Er war der stille Freund von Lino. Er verlor kaum ein Wort, doch wenn er etwas sagte, dann traf er den Nagel auf den Kopf. Wie dieses Mal auch.

»Kann sein, Tarek, ich weiß es nicht. Habt ihr ... wisst ihr etwas von Fifo und Zorro? War einer von euch dabei?«

»Nein, sie waren allein. Also Cassius und Zorro. Fifo war auf einem Springertreffen und verschwand unbemerkt aus der Menge. Tauchte nicht wieder auf.«

»Was glaubt ihr, was passiert ist?«

Tarek und Lino tauschten einen besorgten Blick.

»Schicksal, Mann. Das ist unser Schicksal«, antwortete Lino betrübt.

Sie schwiegen einen Moment. Luca blickte auf die Graffitis, die auf den Mauern im Hintergrund zu sehen waren. Teilweise gab es auch Sprüche, Grüße und Gedichte, Beleidigungen und nicht jugendfreie Zeichnungen, die mit dem Edding angefertigt worden waren. Luca erkannte das Zeichen von Cassius: ein Blitz in einem Kreis. Überall, wo er sprang, malte er dieses Zeichen an die Wand. Er hatte es auch als Tattoo auf seiner linken Wade gehabt. Es war nicht zu begreifen, dass er nicht mehr lebte. Da war so viel Energie in diesem jungen Mann gewesen. Luca erhob sich schwerfällig. Er verspürte den Drang, mit den Eltern zu sprechen. Mit Cassius' Eltern hatte er sich während der Recherche zu seinem Film öfter getroffen.

»Ich muss jetzt wieder. War schön, euch zu sehen.« Er umarmte Lino und Tarek, die aufgestanden waren, und klatschte die anderen per Handschlag ab. »Passt auf euch auf.«

Die Begegnung mit den Jungs hatte ihn mitgenommen und alarmiert. Dass sich bei den riskanten Sprüngen aus teilweise bis zu zwanzig Metern Höhe auch mal jemand verletzte oder ums Leben kam, war mehr als wahrscheinlich, zumal die Jugendlichen oft alkoholisiert sprangen. Obwohl Cassius da die Ausnahme war. Er hatte nie gewagt, betrunken zu springen. Und dass man keine der drei Leichen gefunden hatte, war ein Umstand, der Luca zweifeln ließ. Konnten sie alle Opfer des

Mörders geworden sein, den er nun verfolgte? Drei Jungen in den letzten fünf Jahren. Und er hatte sie gekannt. Luca fühlte, wie es ihn beinahe körperlich nach Riva ins Polizeirevier zog. Er musste mit Vialli sprechen.

Vialli war in seinem Büro am Telefon und winkte ihn zu sich, als Luca angeklopft und hineingeschaut hatte. Luca nahm Platz und wartete, in Gedanken sein Anliegen formulierend, auf das Ende des Gesprächs.

Während Vialli auflegte, fuhr er sich müde über die Augen, dann wandte er sich, um Freundlichkeit bemüht, an Luca. »Buongiorno, Luca. Das war die Kriminaltechnik«, sagte er. »Willst du die Lang- oder die Kurzfassung?«

»Alles, was ich wissen muss«, entgegnete Luca und rang Vialli damit ein Lächeln ab.

»Okay, es war tatsächlich kürzlich jemand in der Wohnung. Wer, können wir nicht ermitteln. Nur dass diese Person nicht im Auftrag des Besitzers dort war, ist sicher. Es waren zwar keine Fingerabdrücke zu finden, aber dafür Spuren von Schlieren im Staub, wie sie Finger verursachen, wenn Latexhandschuhe benutzt werden. Das war an so vielen Stellen nachweisbar, dass es nicht von uns stammen kann. Und wir haben noch etwas: kreisrunde Abdrücke, vom Fuß eines Weinglases wahrscheinlich. In Verbindung mit dem Staub sind Ringe entstanden, die nicht vollständig weggewischt wurden. Der Abrieb, den Tomasio entdeckt hat, stammt von einer Gummisohle. Der Schuh konnte noch nicht identifiziert werden. In der Küche, im Kühlschrank, im Herd … nichts. Nichts, bis auf den Geruch. Wenn du deinen Winzer aktivieren könntest, wäre das vielleicht eine Hilfe. Wir brauchen jeden Hinweis, den wir kriegen können.«

»Ich bin um zwölf Uhr mit ihm verabredet«, sagte Luca.

»Großartig, die Technik wird noch vor Ort sein. Ich habe sie angewiesen, den Rest des Hauses zu prüfen. Auch im Hinblick darauf, wie er hineingelangt ist. Ob er einen Dietrich benutzt hat oder gar einen Schlüssel besaß. Du kannst die Wohnung also betreten. Aber weswegen bist du eigentlich gekommen?«

Luca öffnete den Mund, um zu antworten, da klingelte das Telefon.

»Entschuldige«, sagte Vialli und nahm ab. »Ja?«

Er lauschte und setzte eine verständnislose Miene auf. »Ach ja? Und nannte sie ihren Namen? Dann stellen Sie sie durch.« Er wartete auf den weitergeleiteten Anruf.

»Hallo? Commissario Vialli am Apparat. Was kann ich für Sie tun?«

Luca konnte eine Frauenstimme vernehmen, die schnell und angespannt einige Sätze sagte.

»Mit wem spreche ich denn?«, fragte Vialli nach. »Und was veranlasst Sie zu dieser Vermutung?«

Die Stimme antwortete, diesmal stockend, dann folgte ein Klickgeräusch.

»Sie hat aufgelegt«, sagte Vialli verärgert.

Luca fühlte sich nicht berufen, zu fragen, was es mit diesem Anruf auf sich hatte. Er wartete, während Vialli seine Gedanken ordnend über seinen Schreibtisch blickte und sich kopfschüttelnd in seinen Computer einloggte.

»Das war eine Frau, die behauptete, der Tod der verunglückten Radfahrerin neulich sei kein Unfall gewesen, sondern Mord. Sie klang verängstigt und wollte ihren Namen nicht preisgeben.«

Er tippte schnell und routiniert einige Worte und öffnete dann anscheinend online eine Akte, die den Fall betraf.

»Hier ist es«, murmelte er. Er überflog den Fall und wandte sich dann wieder Luca zu. »Na ja, das ist jetzt eine andere Geschichte. Entschuldige. Was führt dich zu mir?«

»Ich habe vor fünf Jahren einen Film über jugendliche Klippenspringer hier am See gedreht …«

»Oh, ich weiß, ich kenne ihn«, sagte Vialli begeistert. »High and deep‹.«

»Genau. Heute Morgen habe ich ein paar der Jungen von damals besucht. Und was ich von ihnen gehört habe, hat mich sehr beunruhigt. Es sind, seit ich den Film gedreht habe, drei Jungen verschwunden. Angeblich ertrunken, verunglückt. Aber ihre Leichen sind nie gefunden worden.«

»Jungen aus deinem Film?«

»Nur einer war im Film, aber ich kannte sie alle.«

»Sie stehen mit Sicherheit auf unserer Liste der zu untersuchenden Fälle. Dieser Film war der Hauptgrund, warum ich dich im Team haben wollte. Ich hätte dich noch gebeten, speziell dieses Material zu untersuchen, weil das Alter der Jungs genau zur Altersgruppe unserer Opfer passt.« Wieder tippte er etwas in den Computer und blickte auf den Bildschirm, der einen rötlichen Schimmer auf ihn warf. »Wie lauten die Namen?«

»Fernando Lupo, Toni Cassato und Cassius Vardone.«

Sein Blick bewegte sich suchend über die Anzeige.

»Ja, hier sind sie.«

»Gut. Habt ihr … kann ich vielleicht die Akten dazu lesen? Ist das möglich?«

»Natürlich. Mache ich sofort. Ich müsste dich allerdings bitten, um das rechtlich abzusichern, dass du diesen Beratervertrag für uns unterzeichnest.« Er schob Luca das Dokument über den Tisch.

»Selbstverständlich«, sagte Luca, nahm das Papier in die Hand, überflog es und setzte schließlich seine Unterschrift darunter. »Ich würde, wenn es geht, heute noch mit ihren Eltern sprechen und dich dann anrufen. Vielleicht kann ich von ihnen noch etwas erfahren.«

»Das klingt gut, Luca. So machen wir's.«

Im Hintergrund sprang ein Drucker an und spuckte Blatt um Blatt aus.

»Ich wusste, dass du uns weiterbringst. Ich bin froh, dass du im Team bist.«

Luca war etwas verlegen, weil er nicht das Gefühl hatte, dass er in die Ermittlungen entscheidend eingreifen konnte. Er hatte seine Kontakte nutzen können, aber eine wirkliche Spur hatten sie immer noch nicht. Und er war sich sicher, dass ihr scheinbares Glück sie bald verlassen würde. Diesen Mörder fand man nicht mit Glück. Dazu war er zu gerissen. Zu intelligent.

»Noch was?«, fragte Vialli.

»Nein. Ich fahr jetzt los nach Campione.« Er ließ sich von Vialli den ausgedruckten Dokumentenstapel reichen.

»Viel Erfolg. Ach ja, hier, der ist für dich.« Vialli öffnete seine Schreibtischschublade und holte eine Plastikkarte der Behörde hervor, die Luca als Berater der Polizei Riva auswies.

Luca nahm sie entgegen und machte sich auf den Weg.

Am Ortseingang von Campione suchte er vergeblich nach dem Angler von gestern. Wahrscheinlich war es noch zu früh.

Den Winzer Stefano DiMatteo, mit dem er jetzt verabredet war, hatte Luca ebenfalls im Zuge einer Filmrecherche kennengelernt. Er besaß ein Weingut im Norden von Riva, ein altes Familienunternehmen, das er mit Stolz in vierter Generation führte. Stefano war ein Mann, den man sich eher als Beamten oder Lehrer vorstellte. Er war fünfundvierzig Jahre alt, hatte lockiges, dünner werdendes Haar und war schlank und sportlich. Er trug meistens schwarze Hosen und weiße Oberhemden, und mit seiner Brille machte er nicht den Eindruck, als verbringe er seine Zeit damit, in den Weinbergen zu arbeiten.

Stefano kam etwas zu spät und entschuldigte sich tausendmal dafür.

»Wie ich bereits am Telefon sagte, ist das ein etwas ungewöhnliches Anliegen. Aber ich würde dich bitten, es zu versuchen«, sagte Luca, und sie stiegen die Treppe empor ins Obergeschoss. Tatsächlich begegneten sie dort einigen Kriminaltechnikern. Luca musste sich zunächst bei einem unten postierten Beamten ausweisen, und sie konnten die Wohnung betreten.

»Hab mich immer gefragt, wie es in diesen Apartments wohl aussehen mag«, sagte Stefano und blickte sich neugierig um.

»Hier, im Kühlschrank«, sagte Luca und öffnete die Tür. »Er ist die letzten zwei Tage oder länger ausgeschaltet gewesen. Ich schätze, die Wärme hat den Geruch noch verstärkt. Versuch's einfach.«

Luca trat zurück und überließ Stefano das Zepter. Der schwang die Tür ganz auf und streckte seine Nase vor. Langsam, ganz ruhig, sog er die Luft ein.

»Ja, ich rieche es auch«, murmelte er und steckte seinen Kopf immer tiefer hinein. Er schnupperte auch an der Tür, wo man für gewöhnlich die Flaschen einstellte. Er nahm sich Zeit und schmatzte leise, so als könnte er den Geruch schmecken. Luca wartete gespannt, bis Stefano die Tür wieder schloss. »Also«, begann er, »du hast recht. Es ist ein Weißwein gewesen, ganz eindeutig. Ich … es ist schwer bei dem ganzen Plastik da drin, die Noten herauszuriechen, aber ich denke, dass es ein Wein von guter Qualität war. Das sagt mir der Geruch des Korkens. Es war echter Kork, durchtränkt, alt, intensiv und würzig. Vom Wein selbst ist die Säure noch am deutlichsten zu riechen. Aber auch die ist nicht fein und frisch, sondern hat ein gewisses Alter und Charakter. Die Weinsorte kann ich nicht benennen. Aber ich denke, es ist ein älterer Wein. Gut gelagert und mit Sicherheit nicht billig. Den hat niemand getrunken, der sich nicht auskennt. Von mir ist er aber nicht.«

»Das ist großartig, Stefano. Mehr, als ich mir erhofft hatte. Vielen Dank.«

»Und hier soll also ein Mörder gehaust und sein Opfer beobachtet haben? Und keiner hat was bemerkt?« Stefano sah sich zweifelnd um.

»Alles steht leer in der Gegend. Es gibt keine Nachbarn. Er wird auch nicht so dumm gewesen sein, die Fenster aufzureißen und sich weithin sichtbar davorzustellen. Man kann durch die Lamellen der Fensterläden schauen, wenn man nah genug herangeht«, erklärte Luca. »Aber bitte, fass nichts an hier drin.«

»Nein, keine Angst. Habt ihr denn schon einen Verdächtigen, oder darfst du nicht darüber reden?«

»Wahrscheinlich darf ich das nicht, aber nein, es gibt noch keinen Verdächtigen. Wir stehen noch ganz am Anfang.«

»Unheimlich«, sagte Stefano. »Da bekommt man Angst um seine Kinder. Es bringt mich so schon um, wenn Franka abends ausgeht. Aber mit dem Wissen, dass hier ein Mörder umgeht …«

»Stefano, du musst das aber für dich behalten. Das musst du mir versprechen.«

»Selbstverständlich, Luca.«

»Wollen wir wieder gehen?«

»Nichts lieber als das.«

Die beiden verabschiedeten sich in der Gasse, und Luca fuhr mit seinem Wagen an Gio und Nando vorbei, die ihm zuwinkten. Der Angler am Ortsausgang war noch immer nicht da.

Die Eltern von Cassius lebten in der Via Naschione in Nago-Torbole in einem gepflegten zweistöckigen Haus, das von einer alten, efeubewachsenen Mauer umgeben war. Luca hatte weiter vorn an der Hauptstraße geparkt und war zu Fuß in die kleine abschüssige Gasse gegangen. Die Läden vor den Fenstern waren um die Mittagszeit alle geschlossen, und Luca konnte nicht erkennen, ob jemand zu Hause war. Aber es stand ein Auto auf dem Hof. Ein schwarzer 3er BMW. Am schmiedeeisernen Tor warnte ein Schild vor einem bissigen Hund. Das Schild und das Auto kannte er nicht, also vergewisserte er sich, dass die Vardones immer noch hier wohnten.

Der Name auf dem Klingelschild war noch derselbe. Er drückte einmal und vernahm einen Glockenton im Haus.

»Ja?«, erklang es aus dem kleinen Lautsprecher unter dem Klingelschild.

»Luca Spinelli. Ich würde Sie gern sprechen, wir kennen uns von —«

Der Summer schnitt ihm das Wort ab, und Luca trat durch das Tor auf das Grundstück. Die schwere hölzerne Haustür wurde geöffnet, und Signora Vardone trat aus dem Schatten des Eingangs. Sie trug ihr Haar kürzer und hatte an Gewicht verloren, sodass ihr Gesicht ganz eingefallen war.

»Luca«, sagte sie erfreut und bestürzt zugleich. »Schön, Sie zu sehen.«

»Ja, es ist eine Weile her. Ich habe das von Cassius erfahren. Es tut mir so leid«, sagte Luca aufrichtig.

Tränen erstickten ihre Antwort. Sie nickte nur und rang um Fassung.

»Kommen Sie.«

Sie gingen ins Haus. Der Flur war dunkel und kühl. Hier standen Umzugskartons bis über Lucas Kopf gestapelt.

»Entschuldigen Sie die Unordnung, aber wir ziehen um. Es ist alles kreuz und quer vollgestellt.«

Sie führte ihn in das fast ausgeräumte Wohnzimmer. Auch hier türmten sich Kisten und warteten auf ihre Abholung. Die beiden Sofas standen einander genau wie vor fünf Jahren gegenüber, doch der Tisch fehlte. Auch die übrigen Möbel waren fort. Von der Decke hingen nur noch Lampenfassungen an Drähten.

»Wir gehen am besten auf die Terrasse. Hier kann man nirgends mehr sitzen.«

Auf den Holzdielen stand ein runder Tisch mit vier Stühlen, die zusammengeklappt an der Tischplatte lehnten. Sie nahmen Platz, und Signora Vardone atmete schwer aus. Sie ließ ihre inzwischen ergrauten Haare durch ein leichtes Senken des Kopfes über ihr Gesicht fallen, wie um ihre Trauer zu verbergen.

»Was für eine Überraschung«, sagte sie stockend.

»Tut mir leid, dass ich Sie so überfalle«, sagte Luca. »Aber ich sprach vorhin mit Lino und Tarek ... Sie erzählten es mir. Ich hatte es gar nicht gewusst.«

Sie fuhr sich verschämt mit einer Hand unter ihr kinnlanges Haar und wischte sich eine Träne fort.

»Ich wollte Ihnen mein Beileid aussprechen. Aber ich bin nicht nur deswegen hier.«

Das ließ sie aufblicken.

»Ich arbeite zurzeit ...« Luca musste tief einatmen, weil er glaubte, nicht genug Luft für die nächsten Worte zu haben. Es fiel ihm schwer, sie auszusprechen, sei es, weil es so ungewöhnlich klang, das zu sagen, und so fremd für ihn selbst war oder weil die Atmosphäre hier ihn erdrückte. Man spürte den Verlust beinahe körperlich. Er war überall. Das ganze Haus schien unter einem dunklen Schleier zu liegen. »Ich helfe im Moment der Polizei von Riva. Sie hat alte Todesfälle durch Ertrinken untersucht und eine Vermutung aufgestellt, die sich gerade zu erhärten scheint. Es sterben jedes Jahr einige Surfer und Schwimmer hier im See, aber oft, zu oft, fand man ihre Körper nicht mehr.«

In Signora Vardones Augen war eine wachsende Angst zu

erkennen, von der Luca wusste, dass er sie mit seinen nun folgenden Worten ins Unermessliche treiben würde. Er stockte. Sollte er es überhaupt erwähnen? Musste er das tun? Er könnte sie doch auch einfach ohne den Hinweis auf einen Mörder befragen.

»Was wollen Sie damit sagen?«, hauchte sie. Ihre Lippen zitterten.

»Könnten Sie mir erzählen, was damals passierte?«

»Die Polizei fängt *jetzt* an, sich dafür zu interessieren?«, fragte sie lauter werdend.

»Nun, es ist so —«

»Es ist zu spät«, unterbrach sie ihn. »Es ist alles zu spät. Mein Junge ist tot, und ich bekomme ihn nicht wieder. Ich kann ihn nicht wiederbekommen«, jammerte sie.

»Ich weiß. Und ich möchte Ihnen helfen. Ich will die Wahrheit herausfinden.«

»Die Wahrheit«, wiederholte sie verloren, und eine Speichelblase bildete sich in ihrem Mundwinkel. »Seit einem Jahr versuche ich, sie herauszufinden, sie zu verstehen. Man sagte mir, die Wahrheit sei, dass er ertrunken ist. Es ist plausibel. Er hat etwas Gefährliches gemacht und ist dabei umgekommen. Aber wieso lässt mich das trotzdem nicht los? Wieso ständig diese Fragen in meinem Kopf, wieso kann ich nicht mehr schlafen deswegen? Wieso werde ich langsam verrückt vor Ungewissheit?«

»Signora Vardone, es könnte eine andere Erklärung geben«, sagte Luca dumpf. »Aber ich weiß nicht, ob ich sie Ihnen anvertrauen soll.«

Sie schoss förmlich nach vorn und stierte ihn aus schwimmenden Augen an.

»Wenn Sie etwas wissen, müssen Sie es mir sagen.«

»Vielleicht war es kein Unfall. Cassius war ein sicherer und kontrollierter Springer. Signora, es fällt mir schwer ...«

»Sagen Sie es mir.« Sie griff nach seiner Hand und drückte sie fest.

»Die Polizei glaubt, ein Mörder —«

Sie schnappte nach Luft und ließ seine Hand abrupt wieder los. Ihr erschrockener Blick war weiterhin starr auf Luca geheftet.

»Ob diese Annahme stimmt, ist noch nicht bewiesen, aber es gibt mehrere Fälle wie den von Cassius.«

»Fifo und Zorro.«

»Nicht nur. Jetzt gerade ist ganz aktuell ein weiterer Junge verschwunden, ein Surfer. Und ich habe bei Filmaufnahmen zufällig etwas entdeckt, das die Theorie der Polizei bestätigen könnte. Ich sammle jetzt Informationen über solche Fälle, als Berater sozusagen. Deshalb würde ich gern von Ihnen hören, was Sie von damals noch wissen, woran Sie sich erinnern.«

Skepsis und Misstrauen lagen plötzlich in ihrem Blick. Sie blickte ihn abschätzend von der Seite an, so als kenne sie ihn nicht und müsste entscheiden, ob seine Geschichte glaubhaft war oder nicht.

»Sie arbeiten ... für die Polizei?«

»Gewissermaßen, ja. Es ist eine ungewöhnliche Verquickung, ich als Filmemacher ... Aber wie schon gesagt habe ich etwas auf Video gebannt, das die Ermittlungen weiterbringen kann. Es macht mir große Sorgen, was hier passiert, und seit heute weiß ich, dass es auch Opfer geben könnte, die ich persönlich kannte.«

»Aber wer sollte Cassius töten wollen, und warum? Das ist doch ...« Sie fand keine Worte und schüttelte verzweifelt den Kopf. Luca sah, wie eintrat, was er befürchtet hatte: Ihr wurde der Boden unter den Füßen weggezogen. Ein Kind zu verlieren war das eine, aber zu wissen, dass jemand es absichtlich getötet hatte, musste eine Erfahrung sein, die so schrecklich war, dass Luca sich das Ausmaß an Wut und Trauer nicht vorstellen konnte. Er wollte ehrlich mit den Vardones sein, doch er war kein Psychologe und hatte Angst, mit dem, was er preisgab, großen Schaden anzurichten. Es war ja nicht sicher, ob Cassius dem Mörder zum Opfer gefallen war. Nichts war sicher.

»Bitte, Signora, es ist nur eine Theorie. Ich brauche mehr Informationen über Cassius' Verschwinden, um die Puzzleteile zusammenfügen zu können.«

»Ich hatte gleich das Gefühl, dass da etwas nicht stimmt«, sagte sie mit weit aufgerissenen Augen. »Als Mutter fühlt man so etwas.«

»Erzählen Sie mir alles«, bat Luca und ergriff nun seinerseits ihre Hand. Sie war eiskalt, obwohl ihre Wangen zu glühen schienen.

»Es war ein Wochenende, ein Samstag, und Cassius war ganz früh aufgestanden. Er hatte uns nicht wecken wollen und sich ganz leise aus dem Haus geschlichen. Auf dem Tisch hatte er uns eine Nachricht hinterlassen: ›Bin springen gegangen und gegen vier Uhr zurück.‹ Das war alles. Er kam nicht zurück.« Sie wischte sich die Tränen aus den Augen. »Wir warteten auf ihn. Natürlich kam er nicht immer auf die Minute pünktlich, aber als er abends um neunzehn Uhr noch nicht zu Hause war und auch keiner seiner Freunde wusste, wo er steckte, riefen wir die Polizei. Niemand hatte ihn an dem Tag gesehen, deshalb gingen wir davon aus, dass es früh passiert sein musste. Die Polizei suchte alle Orte ab, von denen wir wussten, dass er da springt. Und nördlich von Gargnano fanden sie dann seine Sachen. Sie lagen an der Sprungstelle, als würde er jeden Moment zurückkehren.«

Luca drückte tröstend ihre Hand.

»Was waren das für Sachen?«

»Sein Handtuch. Sein Portemonnaie war darin eingewickelt. Und seine Hose.«

»Und wie kam er dorthin?«

»Mit seiner Vespa. Sie stand auch dort. Taucher suchten die gesamte Gegend unterhalb des Felsens ab. Sie konnten ihn nicht finden. Nirgends. Aber das Wasser wird dort schnell sehr tief, und der Boden fällt steil ab. Strömungen hätten ihn forttreiben können. Drei Tage lang wurde gesucht. Dann gaben sie auf.« Sie ließ kraftlos ihren Kopf hängen.

»Seine Schuhe fand man also nicht?«

»Nein. Das wunderte auch die Polizei. Aber nichts wurde deswegen unternommen.«

»Er wird ja nicht mit den Schuhen in den See gesprungen sein. Und als er losfuhr, war es doch noch kalt. Besonders auf einer Vespa.«

»Ich weiß. Vielleicht sind die Schuhe einfach ins Wasser gefallen? Die Polizei meinte, dass ein Hund die Schuhe genommen haben könnte oder dass sie vielleicht geklaut wurden.«

»Ein Hund?«, fragte Luca ungläubig. »Was ist mit seinem Hemd oder T-Shirt?«

»Wurde nicht gefunden. Er trug aber bestimmt eins. Einen Pullover hatte er auch mit. Die Badehose trug er immer direkt unter den Shorts.«

»Also, dann müsste er mit Hemd, Pullover, Badehose und Schuhen hineingesprungen sein. Das ist doch unglaubwürdig«, resümierte er. »Fehlte etwas in seinem Portemonnaie?«

»Nein, es wurde nichts gestohlen.«

»Sein Ausweis?«

»War noch drin.«

»Was meinen Sie, wie spät es war, als er das Haus verließ?«

»Ich schätze, so sieben Uhr.«

»Dann wäre er zwischen sieben Uhr dreißig und acht Uhr dort gewesen.«

»Ja, das kommt hin. Ist es nun wie bei Ihrem Fall? Könnte es der Mörder gewesen sein?«

»Es ist zu früh, um dazu etwas zu sagen. Ich werde die Polizeiakten von damals durchsehen und alles vergleichen.«

»Aber Sie werden mich benachrichtigen?«

»Sicher. Ich rufe Sie an, sobald ich mehr weiß. Ich fahre jetzt außerdem noch zu den Eltern von Fifo und Zorro und werde auch sie befragen.«

Ihre Gesichtszüge wurden weich, und sie strich sich die Haare aus dem Gesicht. »Da werden Sie kein Glück haben. Sie leben nicht mehr«, sagte sie leise.

»Bitte?«

»Sehen Sie, Luca«, erklärte sie traurig und erschöpft, »wir ziehen von hier weg, weil wir es nicht mehr aushalten, hier zu leben. Der See erinnert uns jeden Tag an das, was geschehen ist. Und glauben Sie mir, seit es passiert ist, habe ich fast jeden Tag an Selbstmord gedacht. Auch unsere Ehe wäre beinahe daran zerbrochen. Fifos Mutter, sie war ja alleinerziehend, hat es nicht geschafft, sie nahm sich das Leben. Das ist jetzt knapp zwei Jahre her. Und Zorros Eltern verstarben beide dieses Jahr. Sie an Krebs, er an einem Herzinfarkt kurz danach. Aber eigentlich starben sie aus Trauer um ihren Sohn.«

Luca wurde von einem leichten Schwindel gepackt. Er griff sich an die Stirn und massierte sie, während er darüber nachdachte, was alles geschehen war, das er nicht mitbekommen hatte. Er hatte da oben ganz allein gewohnt und wenig von der Welt gesehen, die ihn umgab, außer durch den Sucher seiner Kamera. Er fühlte sich schuldig, keinen Kontakt mit den Personen aus seinen Filmen gehalten zu haben.

»Ich dachte, Sie wüssten es«, meinte Signora Vardone sanft. Luca schüttelte nur den Kopf. Nein, er wusste gar nichts. Er war blind gewesen, und jetzt war es, als könnte er dank einer neuartigen Operationsmethode wieder sehen und jemand zeigte ihm die Welt, in der er lebte, wie sie wirklich war. Und ihn darin, so als blickte er zum ersten Mal in einen Spiegel.

»Ich muss jetzt gehen«, sagte er und reichte ihr die Hand.

»Ich schreibe Ihnen meine Nummer und die neue Adresse auf. Dann können Sie mich immer erreichen.« Sie lief ins Haus und kritzelte die Angaben eilig auf einen Block, der neben dem Telefon im Flur lag.

»Bozen«, sagte Luca, als er die Adresse las.

»Ja, eine hübsche kleine Stadt.«

»Gut, ich melde mich.«

Sie umarmten einander, und Luca verließ das Haus.

SECHS

Luca fuhr gerade durch Riva, als sich in einem Kreisel ein schwarzes Auto hinter ihn setzte. Es folgte ihm auch durch den zweiten Kreisel und weiter in Richtung Limone. Im Tunnel wurde er vom Fernlicht des Alfa Romeo zweimal angeblinkt. Einen Fahrer konnte er nicht erkennen, doch an der Ortsausfahrt von Riva fuhr Luca rechts ran, nachdem er erneut die Lichthupe des Alfa gesehen hatte. Der Wagen hielt hinter ihm, und im Rückspiegel sah Luca, wie Vialli ausstieg.

»Hübsche kleine Kiste«, sagte der, als er an die Fahrertür kam und Luca das Fenster runtergelassen hatte.

»Danke. Bin ich zu schnell gefahren?«

»Nein, ich dachte nur, wir reden mal kurz. Warst du bei den Eltern?«

»Ja, aber es leben nur noch die von Cassius Vardone. Ich habe mit der Mutter gesprochen. Es gab damals ein paar Unstimmigkeiten. Ich wollte das jetzt mit den Akten vergleichen«, sagte Luca.

Vialli stemmte die Hände in die Hüften und schob sein Jackett dabei so weit zurück, dass seine Dienstwaffe sichtbar wurde. Er blinzelte in die Sonne über dem See. »Ich treff mich gleich mit Martina oben an der Ponale. Um dem Anruf von vorhin nachzugehen. Ich möchte wissen, was sie darüber denkt.«

»Kann ich mitkommen?«, fragte Luca. Die Frage war ihm so in den Sinn gekommen, ohne dass er gewusst hätte, warum.

»Sicher, warum nicht? Wir fahren erst noch ein Stück mit dem Auto rauf. Fahr mir einfach hinterher.«

»Ist gut.«

Vialli ging zu seinem Wagen, fuhr weiter, Luca folgte. Sie fuhren auf die alte, für den allgemeinen Verkehr seit Längerem gesperrte Straße, die den Gardasee mit dem Ledrosee verband. Luca war diese Strecke früher oft gefahren. Die Straße war sogar noch enger und gefährlicher als die nach Pieve und der Abgrund, der sich direkt hinter den Fahrbahnplanken auftat, absolut tödlich. Genau das war der jungen Frau nach der Stilllegung und Überführung der Straße in einen Wander-und-Biker-Weg nun zum Verhängnis geworden. Sie parkten die Autos am rechten Fahrbahnrand, bevor der Schotterweg, der die Straße von hier an nur noch war, in den ersten Tunnel führte, und gingen zu Fuß weiter.

Der Tunnel war bedrückend mit seinen vergitterten Fenstern, die an einen Kerker oder ein Verlies erinnerten. Luca hatte diese Stelle schon immer als angsteinflößend empfunden, was sich jetzt, ohne den Schutz eines Autos um ihn herum, noch verstärkte. Die ersten Biker kamen ihnen entgegen. Mit beachtlicher Geschwindigkeit rauschten drei junge Männer auf ihren Rädern an ihnen vorbei. Staub erhob sich in einer grauen, vom Sonnenlicht durchfluteten Wolke vor dem Tunnelausgang. Sie traten nach draußen und hielten sich links. Hintereinander gingen sie direkt am Abhang entlang, den Vialli immer wieder prüfend hinabschaute.

Der Weg vor ihnen sah aus, als hätte Gott persönlich mit seinem Finger eine Furche in den Berg gegraben. Der gewölbeartige Überhang lag schützend und bedrohlich zugleich über ihren Köpfen. Wieder kamen Radfahrer angeschossen. Bei dem Tempo konnte Luca sich gut vorstellen, dass man auf dem losen Untergrund schnell die Kontrolle verlor. Zu gewissen Stunden war der Weg noch dazu stark frequentiert, sodass man anderen Fahrern und Wanderern ausweichen musste.

»Hat es Unfallzeugen gegeben?«, fragte Luca. »Ist sie mit jemandem zusammengestoßen?«

»Nein. Es war früh am Morgen. Niemand hat den Unfall beobachtet. Zwei Zeugen aus Riva haben sie vom Strand aus fallen gesehen. Und weiter oben hat ein Radfahrer den Schrei gehört. Mehr nicht.«

»Das Fahrrad?«

»Was meinst du?«

»War es noch oben, oder fiel es mit hinunter?«

»Es fiel mit. Da vorn ist es schon.« Vialli deutete auf eine Rechtskurve.

Sie gingen noch ein paar Meter den steiler werdenden Weg

hinauf und hielten dann in der Biegung an. Ein einzelner Radfahrer quälte sich schwer keuchend hinter ihnen die Anhöhe
hinauf.

»Hier war es. Sie muss mit zu hoher Geschwindigkeit hier
langgekommen sein und ist wohl zu weit aus der Kurve raus-
getragen worden. Wenn man mit dreißig oder mehr Stunden-
kilometern gegen die Straßenbegrenzung fährt, katapultiert es
einen förmlich über die Brüstung.«

Beide riskierten einen Blick. In der senkrecht abfallenden
Schlucht wuchsen ein paar Bäume und Sträucher, ansonsten
ragten nur die schroffen, scharfkantigen Felsen empor.

»Sie hatte keine Chance«, meinte Vialli leise.

Luca hörte ein Geräusch und blickte den Weg hinauf. Eine
Familie mit zwei Kindern kam in gemäßigtem Tempo den Berg
heruntergefahren und radelte an ihnen vorbei.

»Da kommt Martina«, sagte Luca, der sich mit ihnen in die
andere Richtung gedreht hatte. Mit forschem Schritt stieg
Martina zu ihnen herauf. Sie trug Jeans und ein dunkelblaues
T-Shirt.

»Sechs Augen sehen mehr als vier, was?«, rief sie ihnen entgegen.

»Ja, ich traf Luca zufällig, und er war bei dem Anruf dabei,
also ...«

»Verstehe«, sagte Martina pustend und reichte erst Luca, dann
Vialli die Hand. »Habt ihr schon was?«

»Nein, wir sind auch gerade erst gekommen«, antwortete
Luca. Martina stellte sich auf Zehenspitzen an die Absperrung
und beugte sich über den Rand. »Wir bräuchten ein Rad«,
stellte Luca fest und untersuchte die hölzernen Planken auf
Kratzer oder Kerben.

»Die Schrammen könnten von jedem stammen«, meinte
Martina fast gleichgültig. »Hier fahren jeden Tag an die hundert
Lebensmüde lang.«

»War sie lebensmüde?«, fragte Luca.

»Was meinst du?«

»War sie eine aggressive Fahrerin, oder hat sie das eher zur
Entspannung gemacht?«

»Das wissen wir nicht genau. Sie war erst seit Kurzem zum Urlaub wieder in Italien. Und sie hatte hier keine Angehörigen oder Freunde.«

»Wer sollte sie dann umbringen?« Luca blickte beide fragend an. Vialli wandte sich an seine Kollegin.

»Gute Frage. Sie kam ursprünglich aus Perugia. Lebte zuletzt aber für fast zehn Jahre auf den Philippinen.«

»Philippinen«, wiederholte Luca leise.

»Es könnte ein Unfall mit zwei Beteiligten gewesen sein, bei dem der oder die andere aus Angst einfach abgehauen ist«, mutmaßte Martina. »Das kann ein zufälliger Beobachter, der nur die Hälfte mitbekommt, schnell mal für einen Mord halten. Es ist nur nicht beweisbar, solange wir keine detaillierten Zeugenaussagen haben. Spuren kann man hier jedenfalls vergessen.« Sie scharrte mit den Füßen im Schotter herum.

»Ich denke auch, dass diese Version am wahrscheinlichsten ist«, pflichtete Vialli ihr bei.

»Achtung!«, rief Luca, als ein Radfahrer angerast kam, der aufgrund seiner Geschwindigkeit nicht mehr bremsen konnte und fast in die beiden reingerast wäre. Vialli sprang zur Seite, und der Biker schoss zwischen ihm und Martina hindurch.

»Du bist ja wohl völlig verrückt«, schimpfte Vialli ihm hinterher und warf wutentbrannt seinen Arm in die Höhe.

»Dem wär's fast so ergangen wie der Frau«, sagte Martina, die sich ganz dicht an die Brüstung gedrückt hatte, erschrocken.

»Und er hätte dich mitreißen können.« Vialli wischte sich ungehalten den Staub von seinem Jackett.

»Wenn ich ihn aber hätte stoßen wollen«, wandte Luca nachdenklich ein, »wäre es ein Leichtes für mich gewesen, ihn da runterzubefördern.«

»Aber wer hätte das tun sollen? Die Frau kannte hier niemanden«, stellte Vialli noch einmal fest.

»Das ist die Krux mit den Serienkillern«, sagte Martina. »Sie haben kein Motiv, nichts, was sie mit dem Opfer verbindet.«

»Willst du damit sagen, dass es einen zweiten Killer gibt, der sich in den Bergen rumtreibt und Leute von der Klippe schmeißt, oder dass es unser Killer war, der auf einmal sein Muster geändert hat?«, fragte Vialli mit unwillig verzogenem Gesicht. Seine Geduld war bereits am Ende. »Beides ist völlig unwahrscheinlich. Lasst uns gehen. Das hier ist Zeitverschwendung.«

Sie gingen wieder zu den Autos zurück. Luca sah sich dabei jeden vorbeikommenden Radfahrer ganz genau an.

»Hat die Frau am Telefon nicht noch irgendwas anderes gesagt, außer dass sie der Meinung ist, es sei ein Mord gewesen?«, fragte er.

»Nein, ich hatte das Gefühl, dass sie noch mehr sagen *wollte*, hat sie aber nicht«, antwortete Vialli und schaute beim Gehen konzentriert auf seine Füße.

»Wann genau ist die Frau verunglückt?«

»Am 23. Juli«, erklärte Martina und blickte über ihre Schulter zu Luca. »Warum?«

»Guckt euch doch mal um. Beinahe jeder, der hier langfährt, hat eine GoPro auf dem Helm. Dies ist ein berühmt-berüchtigter, spektakulärer Weg. Ich schätze, die meisten Biker hier nehmen ihre Fahrt auf Video auf.«

Martina blieb stehen.

»Du meinst …«

»Ich könnte im Netz nachschauen, ob es Videos von diesem Tag gibt und ob sie darauf zu sehen ist. Beziehungsweise wenn ja, wer noch.«

Vialli starrte ihn regungslos an.

»Verdammt gute Idee. Würdest du das tun?«

»Ich will vorher noch die Akten durchgehen, aber bis morgen Mittag schaffe ich das.«

Vialli klopfte ihm auf die Schulter. »Großartig!«

Martina lächelte und gesellte sich zu Luca, als sie weitergingen. Vialli hatte schon ein paar Meter Vorsprung gewonnen, da neigte sie den Kopf in Lucas Richtung. »Sag mal, was ist das eigentlich zwischen dir und Tomasio? Ich arbeite jetzt seit ein paar Jahren mit ihm, aber so wie in deiner Gegenwart hab ich ihn noch nie gesehen. Er weigert sich allerdings, mit mir darüber zu reden.«

»Schlafende Hunde sollte man nicht wecken. Sagt man das nicht so?«

»Kann sein. Doch ich habe das Gefühl, dass es unsere Arbeit

behindern könnte. Könnt ihr zwei das nicht einfach aus der Welt schaffen?«

»In dieser Welt ist nichts einfach.«

Sie musterte ihn neugierig von der Seite.

»Was ist?«, fragte er.

»Ich will dich nur verstehen …«

»Läuft da was zwischen dir und ihm?«

»Wie bitte?«

»Habt ihr eine Beziehung?«

Sie lachte schnaubend. »Wir sind Kollegen, Luca.«

»Die meisten Beziehungen entstehen am Arbeitsplatz.«

»Du hast für jede Situation den passenden Spruch, was?«

»Hab ich denn recht?«

»Nein«, erwiderte sie energisch und blickte dabei verstohlen zu Vialli. »Tomasio ist verheiratet.«

»Ja, ich hab den Ring bemerkt. Kennst du sie?«

»Nein. Keiner kennt sie. Manchmal denke ich sogar, er versteckt sie vor uns.«

»Ja, jeder hat so seine Geheimnisse. Und manchmal ist das auch ganz gut so«, sagte er mit einem Augenzwinkern.

Als Luca sich am Spätnachmittag mit den Akten auf den Balkon gesetzt hatte und sie studierte, fand er zwischen Zorros und Cassius' Fall einige Parallelen. Auch Zorro war allein unterwegs gewesen, als er verschwand. Er hatte ein leer stehendes Haus erkundet, sprich, er war dort eingestiegen und vom Balkon in den See gesprungen. Die Besitzer hatten seine Sachen gefunden. Handtuch, Hose, Hemd. Was fehlte, waren die Schuhe.

Mit Fifo verhielt es sich etwas anders. Er war bei einem größeren Treffen von Tuffis gewesen und in der Menge irgendwann verschwunden. Einer der Jungs hatte ihn in seiner Hose, einer beigefarbenen Bermuda, springen sehen. Mehr aber nicht. Von ihm war an Land überhaupt nichts gefunden worden, weder Schuhe noch Handtuch oder ähnliche Utensilien.

Jeder der drei Jungen war mit einer Vespa oder einem Roller zur Stelle seines Verschwindens gefahren, wo alle drei Gefährte auch später noch gestanden hatten.

Luca stellte fest, dass allen drei Akten eine Röntgenaufnahme der Zähne der Jungen beigefügt war, und er ahnte, wozu diese gut sein sollten. Sie dienten als Identifizierungsmerkmale, an denen man die Jungen eindeutig erkennen konnte, sollte man sie irgendwann doch noch finden. Ein Frösteln durchfuhr seinen Körper, und er deckte die Bilder ab.

Draußen senkte sich die Dämmerung bläulich violett auf die Gipfel der Berge um den See. Aus dem offenen Fenster einer Restaurantküche weiter unten im Ort drang lautes Klappern von Pfannen und Töpfen und hallte von den Bergwänden wider. Luca stand unvermittelt auf und setzte sich an seinen PC. Schnell klickte er sich zu dem Video, das er von Campione und von Toni Cardini gemacht hatte. Er ließ die Aufnahme in Zeitlupe ablaufen und konzentrierte sich auf die Füße des Jungen.

Und da war es.

Luca stoppte das Bild.

Toni trug Schuhe an den Füßen, grüne Flipflops. War das die Erklärung? Alle drei Jungen waren im Wasser gewesen und hatten dann ihre Schuhe wieder angezogen. Wem auch immer die winkende Hand gehören mochte, allen schien klar gewesen zu sein, dass sie ein Stück gehen mussten und dafür zumindest ihre Schuhe brauchen würden. Wieder hatte Luca das untrügliche Gefühl, etwas Entscheidendes gefunden zu haben. Der Täter lockte die Opfer mit irgendetwas an. Einem Vorwand, einer Geschichte, einer Lüge. Einer Lüge, die sie das Leben kosten sollte.

Luca war drauf und dran, Vialli anzurufen, doch da er schon am Computer saß, wollte er zuerst nach den Videos von der Ponaler Straße schauen. Er rief YouTube auf und gab »via ponale« in die Suchleiste ein. Das ergab fünftausendsechshundert Treffer. Jetzt musste er nach dem richtigen Datum suchen. Seite um Seite überflog er die Zeitangaben, bis er endlich auf ein Video stieß, das vor zwei Wochen aufgenommen worden war. Luca klickte es an. Es war von einem User aus Italien und zeigte als Standbild einen Mountainbike-Lenker. Als Datum war der 23. Juli angegeben. Luca spürte Hitze in sich aufsteigen und einen Druck auf der Brust, der ihm das Atmen erschwerte. Er startete das Video. Die Fahrt ging oben am Tunneleingang der jetzigen Verbindung zwischen Ledrosee und Riva los. Der Fahrer war allein. Die Strecke war verlassen, und so, wie die Sonne stand, musste es sich tatsächlich um die frühen Morgenstunden handeln. Der Fahrer raste den Berg hinunter, das Bild wackelte, und der Ton gab das Scheppern des Lenkers und der Kette und das Knacken und Knirschen der Reifen auf dem Schotter wieder. Hin und wieder hörte man den Mann keuchen, wenn schwierige Kurven zu nehmen waren, aber er war ein sehr guter Fahrer, der das sicher nicht zum ersten Mal machte. Jeden Hügel, den er mitnehmen konnte, jede kleine zusätzliche Herausforderung nahm er an. Doch niemand schien vor ihm auf dem Weg zu sein. Luca bewegte sich immer näher an den Bildschirm heran, als er meinte, die Gegend des Unglücksortes zu erkennen. Es konnte nicht mehr weit sein.

Und dann tauchte die Kurve auf. Luca erkannte sie sofort an der großen einsamen Pinie, die dort emporragte. Eine einzelne Person stand am Geländer und schaute auf den See. Die Kamera folgte der Kurve und nahm schon bald darauf den nächsten Tunnel ins Visier. Eilig hielt Luca an und fuhr die Aufnahme zurück.

Ja, dort stand ein zweiter Radfahrer. In einen dunklen Dress gekleidet, mit rotem Helm. Luca meinte, hinten auf dem Rücken der Person einen Pferdeschwanz zu erkennen. Per Stop-and-go ließ er die Aufnahme Bild für Bild vorwärtslaufen und wurde immer sicherer in seiner Annahme. Dort stand eine Frau mit ihrem Mountainbike und schaute hinab auf den See. Wenn es sich um die Mountainbikerin aus Perugia handelte, hatten sie hier einen ungewöhnlichen Beweis. In der Kurve, in der die Frau mutmaßlich verunglückt war, stand sie sicher am Geländer. Sie konnte also nicht während der Fahrt die Kontrolle über ihr Rad verloren haben. *Wenn* sie es war. Er musste Vialli anrufen.

»Du bist langsam so etwas wie ein Glücksbringer für uns«, sagte Vialli, als sie sich um kurz vor zweiundzwanzig Uhr in seinem Büro trafen. Er lächelte kurz, wurde aber sofort wieder ernst. »Setz dich. Martina kommt auch gleich. Sie war sehr neugierig, als ich ihr am Telefon von deinem Fund berichtete.«

»Konntest du den anonymen Anruf inzwischen zurückverfolgen?«

»Ja, aber leider ohne Ergebnis. Sie rief von einem Prepaidhandy an und wird es dann zerstört haben. Das ist merkwürdig professionell. Ich weiß noch nicht ganz, was ich davon halten soll.« Luca öffnete seinen mitgebrachten Laptop und rief das Video auf.

»Ich hab die Fallakte schon geöffnet«, meinte Vialli und ließ sich in seinen Sessel fallen. »Fahrrad und Kleidung liegen uns als Fotodateien vor. Es müsste also recht einfach festzustellen sein, ob sie es ist.«

Es klopfte kurz, und Martina trat ein. Sie grüßte beide mit einem Lächeln und stellte sich an die Fensterbank, von wo aus sie auf Lucas Bildschirm schauen konnte. »Ich werd wahnsinnig, wenn du sie wirklich gefunden hast«, sagte sie erwartungsvoll.

»Hier ist es.« Luca klickte zielstrebig auf der Zeitleiste den Punkt an, an dem die Frau erkennbar wurde, und drückte auf »Pause«. Vialli kam um seinen Tisch herum und stellte sich an Lucas Seite. Martina wechselte an seine andere. »Hier steht sie an der Brüstung. Die genaue Uhrzeit konnte ich nicht herausfinden, aber nach dem Sonnenstand zu urteilen, ist es noch sehr früh.«

Vialli drehte seinen Bildschirm herum, auf dem in einem geöffneten Ordner die Fotos von der Kleidung sortiert waren. Mit der Maus klickte er das erste Foto an, und ein schwarzes Trikot war zu sehen. Weiße Schrift auf der Brust und den Ärmeln und zwei rote Streifen an den Seiten.

»Verdammt, das ist es«, raunte er. Er schloss diesen Ordner und öffnete einen anderen. Das Fahrrad erschien. Ein Stevens, grau, mit schwarzem Schriftzug. »Und noch ein Volltreffer. Das da ist Nuncia Tavese.«

»Aber was bedeutet es, dass wir sie hier stehen sehen?«, fragte Martina.

»Sie ist entweder gesprungen. Oder gestoßen worden. Sie wird die Strecke an dem Morgen jedenfalls kaum ein zweites Mal gefahren sein. Wir müssen den Kerl ausfindig machen, der das gefilmt hat. Er ist ein wichtiger Zeuge.«

»Sandro Sardi«, las Luca vor.

»Bis morgen haben wir ihn gefunden«, erklärte Martina und rieb sich die Hände. Dann stand sie auf. Sie trug eine Jeansjacke über dem T-Shirt von heute Mittag. Ihre blonden Haare und ihr gebräunter Teint leuchteten förmlich im Licht der Bürolampe, und Luca musste zugeben, dass er sie sehr attraktiv fand. Sie hatte eine unnahbare und kühle Art, doch gleichzeitig spürte man, dass hinter der Fassade etwas schlummerte. Dieses Etwas hatte soeben sein Interesse geweckt.

»Fahrt nach Hause, ich kümmere mich darum. Gute Arbeit, Luca. Würde mich nicht wundern, wenn du bald ein Angebot für eine Festanstellung bei uns bekommst.« Vialli streckte ihm freundschaftlich die Hand hin, und Luca schlug ein.

Sie gingen zusammen hinaus. Schweigend marschierten sie Seite an Seite durch die verlassenen Korridore. Draußen auf dem Parkplatz blieben sie vor Martinas rotem Jeep Wrangler stehen.

»Tja, dann also bis …«

»… irgendwann«, beendete sie den Satz für Luca und ging zur Fahrertür. Dort hielt sie inne. »Hast du Hunger?«, fragte sie.

»Schon, ja. Ich hatte noch nichts.«

»Wollen wir dann vielleicht was essen gehen? Ich werd zu Hause bestimmt nichts mehr kochen.«

»Sehr gern«, antwortete Luca.

»Wollen wir wieder in die Brasa-Schlucht?«

Luca wunderte sich, weil das Restaurant recht weit außerhalb lag. Sie nahm einen hübschen Umweg in Kauf. Hatte sie Interesse an ihm? Aber er hatte doch eindeutig etwas zwischen ihr und Tomasio wahrgenommen.

Jetzt glaubte er zu verstehen. Tomasio hatte sie vorgeschickt, um ihn auszuhorchen. Wenn es so war, gab sie sich redlich Mühe damit.

»Okay, fahren wir. Mit zwei Autos?«, fragte er provokant.

»Wie soll ich denn sonst wieder zurückkommen?«

»Ich würde dich selbstverständlich bringen.«

»Oh, ganz Kavalier«, tönte sie. »Nein, schon gut. Ich fahre selbst.«

Luca fuhr voraus. Er war sehr gespannt, wie sich der Abend entwickeln würde. Immer wieder blickte er in seinen Rückspiegel, um einen Blick auf Martina zu erhaschen, wie sie ihm hinterherfuhr. Auf der Anhöhe nach der Abzweigung nach Tremosine überholte sie ihn schließlich, setzte sich mit einem kessen Lächeln vor ihn und rauschte davon.

Auf dem Parkplatz des Restaurants stand sie an das Dach des Jeeps gelehnt da und wartete auf ihn.

»Hast du schon bestellt?«, fragte Luca, als er ausstieg.

»Ich habe schon gegessen«, entgegnete sie und strich sich die Haare zurück.

Sie nahmen sich einen Zweiertisch unter einem Baum in der Nähe des Bachlaufs. Sie waren unter den letzten Gästen, und um diese Zeit waren nur noch Italiener da. Hier in der höheren Lage war es kühl, und Martina knöpfte sich die Jeansjacke bis obenhin zu und verschränkte die Arme vor der Brust.

»So, und hier in der Gegend wohnst du?«, fragte sie.

»Es ist noch ein Stück höher.«

»Einsam, was?«

»Ja, bewusst einsam.«

»Du lebst also allein? Keine Frau, keine Kinder?«

Ja, da kamen die Fragen, die er von Tomasio erwartet hätte. Sie spionierte ihn aus. Zugegeben auf äußerst charmante Art.

»Nein, dafür war bis jetzt keine … Gelegenheit.«

»Gelegenheit? Nett gesagt. Wie alt bist du?«

»Hast du Familie?«

»Ja, drei Schwestern.«

»Alles klar«, sagte er und trank einen Schluck Weißwein.

»Du bist ein komischer Vogel«, entgegnete sie mit einem neckischen Lächeln.

»Du redest krudes Zeug. Du bist genauso komisch wie ich. Mindestens.«

Das Essen kam, und beide setzten sich auf und betrachteten hungrig ihre Teller. Martina hatte Kaninchen bestellt, Luca ein Bistecca di Manzo.

»Lass es dir schmecken«, meinte er und nahm sein Besteck zur Hand.

Martina schaute ihn für einen Augenblick mit einem Ausdruck an, den Luca nicht einordnen konnte. Mochte sie ihn, oder machte sie sich gedanklich Notizen, um sie an Tomasio weitergeben zu können?

Sie sagte kein Wort und probierte den ersten Bissen.

»Mmmh, das ist gut«, schwärmte sie.

»Ja, mir gefällt's auch«, sagte Luca.

Während des Essens schwiegen sie, und als Luca sein Besteck zusammenlegte und den letzten Schluck Wein aus seinem Glas nahm, sagte er: »Wir haben nicht ein Wort über den Fall verloren.«

»Und? Ist das schlecht?«

»Ganz im Gegenteil. Ich genieße den Abend sehr.« Das war nicht gelogen. Er fühlte sich in ihrer Gegenwart wohl und irgendwie entspannt, was ihm in Anwesenheit anderer Leute selten passierte. Er lehnte sich zurück.

»Ich bin neugierig, wie du wohnst«, sagte sie mit halb vollem Mund.

Es war wirklich recht forsch, wie sie die Sache anging.

»Da gibt's nicht zu sehen. Eine Wohnung mit drei Zimmern, einem Balkon, Küche, Bad …«

»Zeigst du's mir?« Es schwang eine so intime Nähe in diesem Satz mit, dass er überrascht zusammenzuckte. Was passierte hier gerade?

»Dann lass uns gehen«, brachte er irgendwie hervor. Ein dicker Kloß saß ihm im Hals. Seine Nervosität wuchs mit jeder Minute, die sie fuhren.

Als sie vor seinem Haus ausstiegen, sah er, wie Martina ihn im Dunkel der Nacht anlächelte. Ein Lächeln, wie er es schon lange nicht mehr gesehen hatte. Eines, das völliges Vertrauen und absolute Zuversicht ausstrahlte. Selbst in dieser Situation, in der lauen Nachtluft, unter einem silbernen Mond und goldenen Sternen und trotz der Verbundenheit zwischen ihnen, die wie selbstverständlich aus dem Nichts entstanden war, zögerte er einen Moment, zweifelte, ob er bereit war für das, was kam.

Sie näherte sich vorsichtig und nahm seine Hand. Sie war warm, und ihre Finger fügten sich ganz von allein ineinander, so als hätten sie es schon tausendmal getan. Tomasio war aus seinem Kopf verschwunden. Er vermutete keine Absichten mehr bei ihr, sondern spürte, dass sie sich auf seltsame Weise gefunden hatten.

Kaum dass er die Tür hinter ihnen geschlossen hatte und Martina sich stumm in der nur vom Mondlicht erhellten Wohnung umsah, fielen sie förmlich übereinander her. Die Welt um sie herum stürzte in einen Abgrund, und übrig blieben nur noch sie beide.

Später in der Nacht wurde Luca von einem Geräusch geweckt. Er öffnete die Augen und sah zum Fenster hinaus. Silbernes Mondlicht verfing sich in den leicht im Wind flatternden Vorhängen. Er roch einen süßlichen Duft vermischt mit Schweiß und spürte ein Gewicht auf seinem Körper. Er blickte an sich herab und erkannte Martinas Bein auf seinem Bauch. Ihr Gesicht lag dicht neben seinem. Ihr Atem stieß gegen seine Schulter. Er wollte so gerne glücklich sein, doch da war noch etwas. Ein dumpfer, schemenhafter Schatten, der wie ein Unglücksbote in der Mitte seines Zimmers stand. Er schloss die Augen und versuchte, in den Schlaf zurückzufinden.

»Hey«, flüsterte Martina ihm am nächsten Morgen ins Ohr und küsste ihn auf die Wange. »Ich muss los.«

Luca blinzelte ihr geblendet vom Sonnenlicht entgegen. Das war ein Traum, es musste einer sein. Das hier entsprach nicht seiner Wirklichkeit, seine Welt sah anders aus.

»Was ist?«, fragte sie und sah ihn ernst an. »Bereust du's?«

»Nein«, sagte er und küsste sie.

»Stopp, stopp, ich muss jetzt wirklich los.« Sie stand lachend auf und zog sich an.

»Was ist mit Tomasio?«

Sie hielt inne.

»Warum redest du immer von ihm?«

»Ich war fest davon überzeugt, dass ihr zusammen seid.«

»Ich mag ihn als Kollegen. Mehr nicht.«

»Und er?«

»Keine Ahnung, er denkt wohl genauso«, meinte sie.

»Hoffentlich«, sagte Luca leise.

»Du machst dir zu viele Gedanken, Luca.«

Es war so weit. Jetzt kam der unvermeidliche Abschied nach der ersten zusammen verbrachten Nacht. Das Tageslicht hatte alles verändert, die Nacht schien lange her zu sein. Unsicher stand Martina da und wechselte von einem Bein auf das andere. Luca empfand mehr für sie, als er wollte. Das spürte er in diesem Moment ganz deutlich, denn er fürchtete, nun von ihr die brutalen, oberflächlichen Worte zu hören, die ihn realisieren ließen, dass er ihr aufgesessen war, dass sie ihn für eine Nacht wie einen dummen Jungen vorgeführt hatte.

»Wann …«, sie rieb sich leicht verschämt die Stirn, »wann sehen wir uns wieder? Oder war das nur …«

»Nein, nein! Ich will dich sofort wiedersehen, Martina.« Luca stand auf. »Ich will dich so schnell wie möglich wiedersehen«, wiederholte er leise und berührte ihre Stirn mit seiner.

»Da bin ich froh …«

Er wusste, dass es zu früh war, das zu sagen, aber es lag ihm auf der Zunge: Er liebte sie. Das war ihm von Anfang an klar gewesen, seit dem Moment, als sie gestern Abend zusammen auf dem Parkplatz der Polizeistation gestanden hatten. Warum sollte er es nicht aussprechen? Warum warten? Er war keine zwanzig mehr. Chancen wie diese kamen nicht jeden Tag einfach um die Ecke.

»Ich komme wieder, sobald ich kann«, flüsterte sie und küsste ihn ein letztes Mal. Dann ging sie.

Luca trat in Boxershorts hinaus auf den Balkon und sah Martina in ihrem roten Jeep davonfahren. Er lächelte, als er sie schon nicht mehr sehen konnte, aber den Motor noch hörte. Alles war gut. So gut war es noch nie gewesen. Bis auf diesen dunklen Schatten in seinem Zimmer, kaum zu sehen, aber dennoch unverrückbar.

Wie ein Fels stand er da. In der Form einer Person.

SIEBEN

Es gab Zeiten, da war das Leben eine Serie von ständigen Wiederholungen, eingefahren, gleich getaktet und eintönig. Diese Routine war nun plötzlich aufgebrochen, und Luca merkte, dass es nicht nur eine zeitliche, sondern auch eine innere Routine gewesen war. Er fühlte sich wie ein neuer Mensch, die ganze Welt erschien ihm in neuem Licht, obwohl sich rein äußerlich nichts verändert hatte. Er wohnte noch in seiner alten Wohnung und tat das, was er immer tat, von der Kooperation mit der Polizei einmal abgesehen. Eigentlich hätte das einen bedeutenden Umbruch darstellen müssen, doch im Vergleich zu dem, was gestern Nacht geschehen war, blieb diese Veränderung nur eine unscheinbare Randnotiz.

Luca verhielt sich den ganzen Tag über wie ein kleiner verliebter Junge. Er konnte keinen klaren Gedanken fassen bis auf den, Martina wiedersehen zu wollen. Er war zappelig und unkonzentriert und konnte sich nicht entscheiden, wie er die Zeit verbringen sollte, bis sie endlich wieder da wäre. Er ertappte sich dabei, wie er alle paar Minuten auf das Display seines Handys starrte, um zu prüfen, ob nicht ein Anruf oder eine Nachricht von ihr eingegangen war.

Als er einkaufen ging, und diesmal kaufte er für ihn völlig untypische Dinge, beeilte er sich, weil er schnell wieder zu Hause sein wollte, falls sie früher auftauchte. Gegen zwei Uhr entschied er, dass er sich albern verhielt und gefälligst etwas Sinnvolles tun sollte, und beschloss, auf dem kleinen Bergweg, der hinter seinem Haus begann, einen Spaziergang zu machen. Er konnte sich nicht erinnern, sich jemals so kindisch verhalten zu haben. Allerdings war ihm auch noch nicht oft so eine Frau begegnet. Im Grunde hatte er bis jetzt nur eine längere Beziehung gehabt, die auf schmerzhafte Weise in die Brüche gegangen war. Damals hatte er noch in Mailand gelebt. Sie war Filmstudentin gewesen wie er, sie hatten sich während eines Drehs für einen Kurzfilm kennengelernt. Tess. Ein vorsichtiges

Lächeln strich über sein Gesicht. Tess, hatte er gefragt, als sie sich zum ersten Mal unterhalten hatten, wie die Hauptfigur aus dem Film mit Nastassja Kinski? Sie hatte ihn amüsiert angesehen, wirkte aber nicht eingenommen oder fasziniert von ihm. Dennoch waren sie an diesem Tag kaum von der Seite des anderen gewichen. Sie hatten miteinander geflüstert, als würden sie sich seit Jahren kennen. Als wären sie gute Freunde. Mit Martina war es ähnlich gewesen. Ein alter Freund, den man gerade erst kennenlernte. Dann hatte Tess ihm das Herz gebrochen. Oder war er es selbst gewesen? Er konnte sich kaum noch erinnern. Die Verwicklungen und Wirrungen ihrer Beziehung waren umgeben von einem Nebel, der alle Konturen verschluckte.

Luca erwachte aus seinen Gedanken und fand sich auf einer Dorfstraße am Ortsende wieder, die er gegangen sein musste, ohne es zu realisieren. Eine Marienfigur stand vor ihm. Verblasst vom Sonnenlicht, die Farbe rissig und angegraut. Sie hatte ihre Arme ausgebreitet und den Kopf leicht zur Seite geneigt. Ein Strauß mit frischen gelben Blumen lag zu ihren Füßen. Luca konnte den Anblick, diesen intensiven Gelbton, nicht ertragen. Er machte zwei Schritte rückwärts, drehte sich um und musste sich ins Gras am Wegrand übergeben.

Was war nur los mit ihm?

Auf seine zittrigen Knie gestützt, spuckte er noch ein paarmal aus und richtete sich dann auf.

Hatte er sich eine Grippe eingefangen? Oder lag es an der Hitze? Er hatte den Eindruck, als seien es die gelben Blumen gewesen, doch das war albern.

Luca schüttelte den Gedanken ab und lenkte seine Schritte in Richtung seiner Wohnung. Langsam ging es ihm besser. Er wischte sich den kalten Schweiß von der Stirn und ging immer schneller. Er wollte nur noch nach Hause und sich einen Moment aufs Bett legen. Das würde sicher helfen. Und wenn er Glück hatte, war Martina vielleicht schon da, wenn er aufwachte.

Tatsächlich riss sie ihn aus einem tiefen Schlaf. Das wiederholte Klingeln drang erst nach langen, wirren Sekunden in sein Bewusstsein. Stöhnend suchte er nach seinem Handy, das irgendwo neben ihm auf dem Bett lag.

»Hallo?«

»Martina hier. Ich komme jetzt vorbei. Bin etwas früher gegangen. In einer halben Stunde bin ich da.«

»Wunderbar«, sagte er und wischte sich die Augen.

»Bis gleich«, sagte sie und legte auf.

Luca sah auf die Uhr. Sechzehn Uhr fünfzehn. Er hatte knapp eine Stunde geschlafen, doch es fühlte sich an wie zehn. Er stand auf und kochte für sich und Martina einen Kaffee. Etwas Kuchen hatte er auch gekauft. Draußen auf dem Balkon deckte er den Tisch und spürte, wie sein Herz immer schneller schlug. Als Martina endlich da war, schafften sie es nicht mehr bis an die Kaffeetafel. Sie sprangen, sich gegenseitig die Kleider vom Leib reißend, auf das Bett, und Luca ermahnte Martina immer wieder lachend, leise zu sein, weil die Balkontür offen stand.

Eine halbe Stunde später lagen sie verschwitzt auf den Laken und schauten zu, wie die ersten Vögel sich am Kuchen zu schaffen machten.

»Was ist das für einer?«, fragte Martina.

»Der mit der gelben Brust?«

»Ja.«

»Keine Ahnung.« Er versenkte seine Nase in ihren Haaren und atmete ihren Duft ein.

»Guck, jetzt streiten sie sich.«

»Die spielen nur. Es ist doch genug Kuchen da.«

Sie kicherte und drückte sich enger an ihn. Da erklang dumpf eine Melodie, die Luca auf Anhieb erkannte.

»Das ist mein Handy«, sagte Martina und begann, in ihren Klamotten, die verstreut auf dem Boden herumlagen, zu wühlen. Luca beobachtete sie amüsiert. Sie war splitterfasernackt und sah einfach wunderbar aus.

»Das ist die Musik aus ›Der Pate‹«, stellte er fest. »Sogar dein Klingelton hat mit Verbrechern zu tun.«

Sie warf ihm einen liebevollen Blick zu und sah aufs Display. Sofort wurde sie ernst. »Scheiße«, flüsterte sie, bevor sie abnahm. »Ja?«

Es war so still im Raum, dass Luca Tomasios Stimme deutlich hören konnte.

»Martina, wo bist du? Wir haben einen Toten.«

»Ich … ich bin unterwegs. Einkaufen«, log sie.

»Am Monte Baldo ist ein Radfahrer verunglückt. Sieht nach Unfall aus, aber sein Name macht mich stutzig. Du hattest mir doch von diesem Kerl erzählt, den Luca bei YouTube ausfindig gemacht hat, wie hieß der noch gleich?«

Martina blickte sich suchend um. Dann legte sie eine Hand über das Mikrofon ihres Handys und wandte sich an Luca. »Wie hieß der Mountainbiker, den du bei YouTube gefunden hast?«, flüsterte sie.

»Sandro Sardi«, antwortete Luca leise.

»Sandro Sardi«, sagte sie in den Hörer.

»So heißt er«, sagte Tomasio dumpf.

Luca setzte sich im Bett aufrecht hin.

»Was?«, fragte Martina nach.

»Der Tote, den wir hier am Monte Baldo gefunden haben, ist laut Ausweis Sandro Sardi.«

Erschrocken blickte sie zu Luca.

»Wie schnell kannst du hier sein?«, fragte Tomasio.

Martina sah auf ihre Armbanduhr. »In einer halben Stunde bin ich da.«

»Herrgott, wo kaufst du ein …«, hörte Luca Tomasio noch sagen, da hatte sie auch schon aufgelegt.

»Das kann kein Zufall sein«, sagte Martina mit dünner Stimme.

Luca stand auf und suchte nach seinen Anziehsachen.

»Nein, unmöglich. Ich komme mit dir mit.«

»Aber wie sieht denn das aus, wenn wir da auf einmal zusammen erscheinen?«

Luca hielt inne und dachte einen Moment nach.

»Du hast recht. Es sollte besser keiner wissen. Ganz besonders Tomasio nicht. Ich glaube, es … Ich glaube, er empfindet etwas für dich.«

»Unsinn.« Sie klaubte ihren BH und ihr Hemd vom Boden auf.

»Wie auch immer. Ich rufe am besten bei Vialli an. Der wird ja Bescheid wissen und mich informieren, dann kann ich nachkommen.«

»Das ist gut.« Sie schlüpfte eilig in ihre Sachen und gab ihm dann einen Kuss. »Bis gleich«, hauchte sie.

»Ja, bis gleich.«

Sie fuhr los, und Luca machte seinen Anruf bei Vialli.

Eine Stunde später standen sie zu fünft unterhalb der Straße, die auf den Monte Baldo hinaufführte, in einem Waldstück, das gespickt war mit großen Felsbrocken in dunkler, von Wurzeln durchsetzter Erde, um die Leiche von Sardi herum. Der Bereich war mit Flatterband abgesperrt, und Tomasio hatte die Kriminaltechnik kommen lassen, die an dem steilen, unzugänglichen Hang konzentriert ihre Arbeit verrichtete. Außerdem hatte er alle Köpfe der Taskforce zusammengerufen, um ihre Meinung in diesem Fall zu hören.

»Er muss oben von der Straße abgekommen, über die Planke gestürzt und bis hierhin weitergerollt sein«, erklärte er. Sie blickten abschätzend nach oben. Bis zur Straße waren es gut fünfzig Meter.

»Wo ist das Fahrrad?«, fragte Martina.

»Es liegt ziemlich weit dort hinten«, sagte Tomasio und deutete nach rechts, wo zwei weiße Gestalten neben einem Gebüsch knieten.

Luca betrachtete die Leiche. Er war der Einzige in der Runde, der noch nie eine gesehen hatte. Der Anblick war schrecklich. Sardis rechter Oberarm war gebrochen, ebenso der linke Unterschenkel. Seine Gliedmaßen waren grotesk verdreht und abgewinkelt. Sardi lag verkrümmt halb auf dem Bauch. Sein Mund war geöffnet. Er hatte aus mehreren Wunden im Gesicht und an den Schultern und Knien geblutet. Der Helm saß noch schief auf seinem Kopf, hatte aber deutliche Brüche und Schrammen erlitten. Luca konnte kaum hinsehen. Wieder überkam ihn Übelkeit, und er ging schnell von der Stelle weg, hob das Absperrband und setzte sich auf einen Felsen. Martina warf ihm einen besorgten Blick zu.

»Was ist mit ihm?«, fragte Franco, der in die Hocke gegangen war, um die Leiche besser in Augenschein nehmen zu können.

»Du vergisst, dass er kein Polizist ist«, sagte Vialli.

»Wo ist seine GoPro?«, rief Luca, dem es einige Schritte von der Leiche entfernt sogleich etwas besser ging.

»Seine ...« Vialli stockte und verstand. Er wandte sich nach rechts. »He, Gigolo!«

»Leck mich!«, kam es aus dem Blätterwald zurück. Der Chef der Kriminaltechnik, der dort im Unterholz nach Spuren suchte, hieß Girolo, wurde aber von allen nur Gigolo genannt, was ihm gründlich missfiel.

»Habt ihr eine Kamera gefunden?«

»Wo?« Girolo war aus der Hocke aufgestanden und kam der Gruppe entgegen.

»Na, wenn ich das wüsste, bräuchte ich nicht fragen. Hier liegt keine«, sagte Vialli und deutete auf den Fundort.

»Sie war am Lenker befestigt«, rief Luca und erhob sich.

Girolo drehte sich um und formte mit beiden Händen einen Trichter um den Mund. »Ist da eine Kamera am Fahrrad?«, rief er seinen Kollegen zu.

»Positiv!«, schallte es zurück.

»Die brauchen wir«, ordnete Vialli an und sah seufzend zu Luca. »Verdammt, diese Videos lösen anscheinend alle unsere Fälle.«

Franco erhob sich. »Gab es irgendwelche Zeugen?«

»Nein. Wanderer fanden ihn, nachdem es bereits passiert war«, erklärte Tomasio.

»Und wenn es doch nur ein Unfall war?«

»Franco, vor zwei Wochen hat dieser Mann drüben auf der Ponale eine Frau gefilmt, die kurze Zeit später an ebendieser Stelle starb. Bei einem vermeintlichen Fahrradunfall. Und jetzt verunglückt dieser Mann auf quasi identische Weise. Was sagt dir das?«, fragte Martina ungeduldig und steckte ihre Hände in die Gesäßtaschen.

»Zufall.« Franco zuckte die Achseln und steckte sich ein Kaugummi in den Mund.

»Du vergisst die anonyme Anruferin, die behauptet, dass es

Mord war«, hielt Martina dagegen. »Du kannst doch nicht im Ernst glauben, dass das nichts zu bedeuten hat.«

Franco sah auf den Leichnam und hörte auf zu kauen. »Warten wir ab, was Gigolo rausfindet. Dann reden wir weiter. Das hier ist jedenfalls nicht die Aufgabe unserer Spezialeinheit. Wir sind an etwas anderem dran.« Er spähte kurz durch das Blätterwerk zum in der Ferne schimmernden See. Dann drehte er sich um und verließ die Gruppe.

»Er hat recht«, meinte Vialli.

»Er kann sich da ja raushalten«, entgegnete Tomasio, »aber du hast einen Todesfall in *deinem* Bezirk und einen anonymen Hinweis auf eine Straftat. Dem musst du nachgehen. Martina und ich haben *diesen* Unfalltoten. Das untersuchen wir. Du hättest Franco gar nicht erst benachrichtigen müssen. Und Luca ...«

»Ich war nur neugierig«, sagte Luca und kam näher. »Ich bin in den anderen Fall bloß so reingerutscht. Aber ich hab was darüber rausgefunden und halte es ebenso wie Martina für keinen Zufall.«

»Ja«, sagte Tomasio und nahm die Kamera entgegen, die ihm gerade von einem der Kriminaltechniker gereicht wurde. In ihrem Gehäuse klaffte ein breiter Riss. »Aber du bist kein Polizist.«

Luca presste die Lippen aufeinander und verkniff sich eine Replik. Er wollte kein Öl ins Feuer gießen, und außerdem konnte er den Anblick des Toten nicht länger ertragen.

»Ich geh jetzt«, sagte er daher und warf einen letzten versteckten Blick zu Martina, die das mit einem kaum merklichen Nicken quittierte.

»Ich will, dass Luca sich dieses Video ansieht«, beharrte Vialli und deutete auf die Kamera in Tomasios Händen.

»Glaubst du, ich könnte den Mörder nicht erkennen, wenn er hier drauf ist?«

»Nein, aber wenn er nicht drauf ist, entdeckt er vielleicht trotzdem noch etwas von Interesse. Luca sieht das alles mit ganz anderen Augen. Und er hat uns bisher gut helfen können.«

Viallis und Tomasios Blicke prallten aufeinander.

»Schön«, meinte Tomasio und sah hinab auf das gesprungene

Gehäuse. »Wenn das Ding noch etwas hergibt, schicke ich es dir.«

»Gut.« Vialli nickte Luca zum Abschied und zur Versicherung, dass er die Filmaufnahme bekommen würde, zu.

Luca ging ohne ein weiteres Wort und stieg den steilen Weg hinab. Er hatte den Wagen unten auf einem Schotterweg abgestellt, kurz vor der unscheinbaren Stelle, an der der Aufstieg zum Monte Baldo begann. Als er aus dem kühlen Schatten der Bäume in die Sonne hinaustrat, fühlte er sich wohler. Er wollte so viel Distanz wie möglich zwischen sich und den grausigen Fund am Berg bringen. Das von Menschen förmlich überquellende Malcesine, in das er auf seinem Weg nach Hause hineinfuhr, kam ihm da gerade recht. Die Touristen schoben sich durch die schmalen Gassen, während auf den Straßen die Autos Stoßstange an Stoßstange standen. Es würde Stunden dauern, bis er um diese Zeit hier fortkam. So parkte er oberhalb der Seilbahnstation in einer Seitengasse und ging zu Fuß ins Zentrum bis hinunter an den Hafen. Er hatte kein Ziel, ließ sich einfach treiben und badete in der Menge. Der Strom von Menschen zog ihn mit sich, vorbei an Cafés, Souvenirläden, Weinhandlungen und Restaurants. Er spürte das Pulsieren des Ortes, nahm die Gegenwart unzähliger Unbekannter wahr, deren Gesichter und Stimmen sanft an ihm vorbeiglitten, und genoss die Lebendigkeit. Der Tod lauerte irgendwo in den Hinterhöfen, in den Schatten, in der Stille von schweigenden Mauern und blinden Fenstern. Hier sah man ihn nicht, hier dachte man nicht an ihn, hier war das Leben.

Er verfolgte ein kleines Mädchen, das mit einem Ball an einem Gummiband geradewegs durch die Menge lief, ohne nach links oder rechts zu schauen. Die Mutter wollte es schnappen, doch sie kam nicht mehr hinterher. Das Mädchen steuerte direkt auf die Hafenmauer zu und ließ dabei seinen Ball hüpfen, den es mit beiden Händen wieder auffing. Kurz bevor der Weg endete und in das Hafenbecken hinabfiel, blieb die Kleine stehen und warf den Ball in Richtung des Sees. Ihre Mutter rief nach ihr, doch der Ball flog bereits übers Wasser, wurde zurückgerissen und prallte gegen die Hafenmauer, von wo er einen Bogen nach oben beschrieb und sicher wieder in den Händen des Mädchens landete.

»Maria, was machst du?«, schimpfte ihre Mutter besorgt und nahm sie an die Hand. Die Kleine streckte nur die Hand aus, in der sie den Ball hielt, und deutete auf ein Boot im Hafen. Dort fand offensichtlich eine Hochzeit statt. Braut und Bräutigam betraten soeben das obere Deck.

Luca blieb stehen und sah, wie das champagnerfarbene Brautkleid in der Sonne leuchtete. Die Gäste hatten größtenteils schon Platz genommen und beobachteten das Brautpaar, wie es Seite an Seite auf seinen Platz zusteuerte. Auf dem Achterdeck hatten sich die Brautjungfern versammelt und blickten erwartungsvoll nach oben. Vermutlich warteten sie auf den Wurf des Brautstraußes.

Tatsächlich stellte sich die Braut oben in Position und rief ihnen etwas zu. Die jungen Frauen reckten ihre Hände in die Luft, und dann warf die Braut den Strauß rückwärts nach hinten. Er flog über die Köpfe in den ersten Reihen hinweg und landete in mehreren Händen, die ihn aber nicht fassen konnten. Am Ende purzelte er achtern über die Reling und landete im Wasser.

Da schwamm er nun. Rote, gelbe und blaue Rosen im schwarz aussehenden Wasser des Hafenbeckens.

Luca wurde auf einmal bewusst, wie nah er dem Wasser gekommen war, und er machte unwillkürlich zwei Schritte zurück. Was hatte ihn nur angetrieben, hierherzukommen? Schnell drehte er sich um und reihte sich wieder in den Strom der Menschenmassen ein. Sein Herz schlug ihm bis in den Hals, und er begann zu schwitzen. Wie hatte er nur so unvorsichtig sein können? Er wollte nichts als nach Hause in seine Wohnung und mit einer guten Entfernung zum Wasser auf den See schauen.

Martina kam spät an diesem Abend. Sie umarmten sich lange und setzten sich anschließend mit einer Flasche Wein und etwas Brot und Käse auf den Balkon.

»Was hältst du von der Sache?«, fragte sie.

»Das weißt du doch«, sagte er und nahm einen Schluck Wein. Er war kühl, und Luca trank ihn in großen Schlucken. Hatte er überhaupt etwas getrunken heute?

»Hast du das Video schon gesehen?«, fragte Martina.

»Ist es denn bereits da?«

»Vialli wollte es dir doch schicken. Oder hat Tomasio …«

»Nein, nein, ich hab noch gar nicht nachgesehen, tut mir leid.«

»Es ist sowieso nichts darauf zu sehen. Es gibt jedoch eine Sache: Man hört ein Auto, das sich von hinten nähert. Dann ruckelt es und geht den Abhang hinunter. Für mich ist es eindeutig. Er wurde vor seinem Sturz angefahren. Und zwar absichtlich.«

»Wenn es Absicht war und wir einen Zufall ausschließen, würde das bedeuten, dass jemand die Frau tötete und anschließend ihn, um die Tat zu vertuschen, weil dieser Jemand von dem Video wusste«, konstatierte Luca.

»Vertuschungsmord, ja«, bestätigte sie. »Damit fehlt nur noch das Motiv für den ersten Mord. Warum stieß er die Frau hinunter?«

»Es wird ja fieberhaft daran gearbeitet, die anonyme Anruferin zu finden.«

Luca nahm nachdenklich sein Glas in die Hand, führte es aber nicht zum Mund. »Wir sollten vielleicht einfach dafür sorgen, dass *sie* sich noch mal meldet«, sagte er.

»Wie denn?«, wollte Martina wissen.

»Na ja, wann würdest du dich ein zweites Mal melden, wenn *du* angerufen hättest?«

Martina hob die Augenbrauen und schob die Unterlippe vor. »Wenn … wenn ich sehe, dass die Polizei in die falsche Richtung ermittelt.«

»Richtig«, sagte Luca und stellte sein Glas wieder ab. »Wenn alles so läuft, wie ich wollte, dass es läuft, prima. Dann brauche ich mich nicht unnötig einbringen. Aber wenn die Polizei einen Fehler macht, muss ich nachlegen.«

»Was schlägst du vor?«

»Ihr müsst an die Öffentlichkeit gehen. Ihr müsst bekannt

geben, dass es ein Unfall war und nicht weiterermittelt wird. Fall abgeschlossen. Das könnte sie aus der Reserve locken.« Martina trank etwas Wein und genoss ihn einen Moment lang auf ihrer Zunge, ehe sie schluckte.

»Du wärst ein guter Polizist geworden.« Sie lächelte verführerisch.

»Habt ihr jemanden bei der Presse, den ihr für solche Meldungen einweihen könnt?«

»Die Presse?«, fragte sie und legte ihre Stirn skeptisch in Falten. »Traue bloß keinem von der Presse, hörst du? Nein, wir können die Meldung rausgeben und sie später revidieren. Diesen Blutsaugern würd ich nicht mal zwei Meter weit über den Weg trauen.« Sie holte ihr Handy aus der Tasche und rief das Adressbuch auf.

»Wen rufst du an?«, fragte Luca.

»Vialli, der soll sich da gleich drum kümmern. Je eher, desto besser.«

»Schon, aber dann müsstest du ihm sagen, dass wir uns gerade unterhalten haben … Es ist recht spät. Nicht dass er Verdacht schöpft.«

»Ich sag einfach, es war meine Idee.« Ihre Augen glänzten vor diebischer Freude.

»Ach, so eine bist du? Na, da hab ich mir ja was eingebrockt.« Sie drückte die grüne Taste, und das Telefon wählte.

»Ich zeig dir gleich, was du dir eingebrockt hast«, flüsterte sie, kurz bevor Vialli sich meldete und sie ihm den Vorschlag von der Pressemitteilung unterbreitete.

ACHT

Die Meldung stand zwei Tage später in verschiedenen Tageszeitungen. Beide Fälle wurden erwähnt, genau wie die Schlussfolgerung der Polizei, dass nur ein Unfall die jeweilige Todesursache gewesen sein konnte. Den Verunglückten war eine zu hohe Geschwindigkeit attestiert worden, weswegen sie vom Weg abkamen und auf tragische Weise in den Tod stürzten. Für denselben Tag hatte Luca hinsichtlich der durch diese Ermittlung etwas in den Hintergrund geratenen Fälle vermisster junger Männer mit Viallis Unterstützung ein Meeting mit allen Teilnehmern der Taskforce in die Wege geleitet, um über die Details des Verschwindens der vermeintlichen Opfer zu sprechen.

So saßen sie am Abend alle im Konferenzraum der Polizeidirektion Riva zusammen, in dem sie sich auch getroffen hatten, als er vor genau einer Woche zum Team gestoßen war. Luca nahm am äußeren Ende der u-förmigen Sitzrunde Platz, um nicht in die Verlegenheit zu kommen, neben Tomasio sitzen zu müssen. Der ließ sich am anderen Ende nieder, gefolgt von Martina und Franco. Vialli setzte sich direkt neben Luca und eröffnete die Besprechung.

»Guten Abend, euch allen. Ich möchte dieses Treffen heute nutzen, um gewisse Dinge abzugleichen zwischen den Fällen dreier junger Männer, die auf unserer Liste der möglichen Morde stehen und die gleichzeitig von Luca in einem seiner Filme über Tuffis porträtiert wurden. Die Tuffis gehören ebenso wie die Surfer und Kiter zur Zielgruppe unseres Killers.«

»Da müsste ich kurz einen Einwand äußern«, sagte Martina mit erhobener Hand. »An der Stelle wäre es mir lieb, wenn wir sehr präzise unterscheiden. So, wie sich der Operationsmodus des Täters bisher darstellt, sind nicht die Sportler sein primäres Ziel, es geht ihm nicht um Tuffis, Surfer und Kiter im Speziellen. Diese Jungen treiben einen Sport, der den See voraussetzt. Sie müssen am Wasser sein, was sie für ihn zu potenziellen Opfern macht. Aber der Killer hat kein Interesse an ihnen wegen des Sports, sondern wegen anderer, mutmaßlich körperlicher Merkmale.«

»Kannst du darüber schon etwas sagen?«, fragte Vialli überrascht.

»Noch nicht abschließend, aber es entsteht ein Bild. Ich könnte auf jeden Fall Personen ausschließen.«

»Das klingt gut. Dann fang du doch bitte an, das macht es für Luca auch noch mal leichter, sich in unsere Arbeit einzufinden«, schlug Vialli vor und lehnte sich zurück.

»Nun, wir hatten bis jetzt zwanzig Fälle von männlichen Vermissten auf unserer Liste, bei denen es keine Augenzeugen gab, die den angeblichen Unfall beobachtet, und keine Hinweise, die einen Unfall zwingend bestätigt hätten. Diese Personen sind quasi spurlos verschwunden. Der letzte Fall in Campione reiht sich da nahtlos ein und ist somit die Nummer einundzwanzig in unserer Serie.« Sie dachte kurz über ihre nächsten Worte nach und rutschte dabei auf die vordere Kante des Stuhls. »Vergleicht man nun alle diese Fälle, gibt es gewisse Übereinstimmungen und Schnittmengen, zum einen in der Situation selbst, aber auch beim Aussehen der Männer und Jugendlichen. Alle Opfer waren zwischen sechzehn und dreiundzwanzig Jahre alt. Optisch lässt sich eine noch genauere Übereinstimmung feststellen: Die jüngeren Opfer wirkten eher älter, als sie tatsächlich waren, und die älteren wirkten jünger. Alle Jungen wurden von ihren Angehörigen als gut aussehend, gebräunt, sportlich, freundlich, hilfsbereit und intelligent beschrieben. Dennoch sind sie durchaus von unterschiedlichem Typus. Sie hatten unterschiedliche Haarfarben und Frisuren, unterschiedliche Augen- und Kopfformen, manche waren groß und schlaksig, andere eher muskulös. Einheimische und andere Italiener gehören ebenso zu den Opfern wie Urlauber verschiedener Nationalitäten. Es kann aber natürlich sein, dass wir das eine Merkmal, das alle gemeinsam haben, bis jetzt noch nicht entdeckt haben.«

Sie legte beide Hände auf den Knien ab und setzte neu an.

»Das zweite Feld, das meinen Annahmen zugrunde liegt, ist die Situation am Ort des Verschwindens«, führ sie fort. »In keinem der Fälle gab es Zeugen. Die Opfer waren zumeist allein und entweder an abgelegenen Stellen oder sehr früh oder spät am Tag unterwegs. Häufig fand man ihre Habseligkeiten an Uferrändern, auf Felsen oder an Straßen. Und in vielen Fällen eben auch Sportgeräte, aber nicht in allen. Das hervorstechende Merkmal in diesem Zusammenhang ist meiner Meinung nach: Was immer auch zurückgelassen wurde, befand sich in allen Fällen in direkter Nähe zum See.«

»Da würde ich gern einhaken«, sagte Luca, und alle Gesichter wandten sich ihm zu. »Ich habe, wie eben schon gesagt wurde, für einen Film Jugendliche porträtiert, die sich als Klippenspringer betätigen. Seit Abschluss der Dreharbeiten vor fünf Jahren sind drei dieser Jugendlichen auf ähnliche Weise verschwunden, wie Martina es gerade geschildert hat.«

Aus dem Augenwinkel sah Luca, wie Tomasios Kopf zu Martina herumruckte. Habe ich mich etwa allein schon durch die Betonung ihres Namens verraten?, fragte sich Luca, während er sich den nächsten Satz zurechtlegte.

»Ich habe mir die Akten dieser drei Fälle angesehen und eine Gemeinsamkeit gefunden.« Er machte eine rhetorische Pause. »Alles, was Martina sagte, trifft auch auf sie zu, aber bei ihren Habseligkeiten fand man lediglich Handtücher, Portemonnaies und Kleidungsstücke, niemals jedoch die Schuhe. Die fehlten immer. War das bei den anderen Vermissten auch so?« Er adressierte die Frage direkt an Martina.

Sie blickte ihm so lange in die Augen, dass Luca schon Angst bekam, die anderen könnten die Gefühle, die sich zwischen ihnen entwickelt hatten, erkennen.

»Ja«, entgegnete sie schließlich nachdenklich. »Die Schuhe fehlten fast immer, soweit ich mich erinnern kann.«

Luca hätte sich am liebsten geohrfeigt. Sie beide hatten dieselbe Beobachtung gemacht und nicht darüber gesprochen. Stattdessen hatten sie miteinander geschlafen und diese Dinge fast völlig vergessen.

»Ich habe auf dem Video nachgeschaut«, warf Luca hastig ein, vielleicht auch, um sich selbst zu rehabilitieren, »Toni Cardini trug ebenfalls Schuhe, als er sich vom See entfernte.«

»Und was bedeutet das für uns?«, fragte Franco mit hoch konzentriertem Gesichtsausdruck, in dem eine unterschwellige Aggression lag. Luca war sich nicht sicher, wie er reagieren würde, wenn sie den Mörder schnappten. Ob er zur Selbstjustiz neigte? Franco wirkte auf ihn wie ein Mann, der Verbrechen persönlich nahm und der alles dafür tun würde, dass einem Mörder das Handwerk gelegt wurde. Auf welche Weise auch immer. Luca musste zugeben, dass ihn diese Vorstellung sogar ein wenig beruhigte. Er blickte zu Martina und überließ es ihr, zu antworten. Er hätte seine Sicht der Zusammenhänge schildern können, doch Martina war die Expertin. Er war selbst neugierig, was sie daraus folgerte.

»Setzen wir voraus, dass die Hand, die Luca aufgenommen hat, dem Mörder gehört, und betrachten wir dazu die Umstände des Verschwindens der Opfer, müssen wir davon ausgehen, dass der Mörder seine Opfer anspricht, sie irgendwie von ihren Vorhaben, sei es Klippenspringen, Baden oder Surfen, abbringt und dass sie dem Mann folgen. Ziehen sie dazu ihre Schuhe an, wissen sie vermutlich, dass das, was sie nun erwartet, etwas sein muss, das barfuß nicht oder nur schlecht zu erreichen ist. Es könnte ein gewisser körperlicher oder auch ein zeitlicher Aufwand dahinterstecken. Was wir nicht wissen, ist, ob der Mörder seine Opfer eventuell schon bei einer früheren Begegnung angesprochen hat, ob sie ihn also erkennen und ihm vertrauen, oder ob sie einem für sie völlig Fremden folgen. Beide Möglichkeiten setzen ein hohes Maß an Menschenkenntnis und Intelligenz des Täters voraus. Ganz besonders in letzterem Fall ersinnt er vielleicht einen Vorwand, dem diese Jungen einfach nicht widerstehen können.«

»Geld? Er könnte ihnen Geld anbieten«, mutmaßte Franco.

»Ja, ein finanzieller Anreiz ist für so junge Burschen sicherlich attraktiv«, stimmte Martina zu. »Aber das kann vielfältige Formen annehmen. Es muss auch nicht immer dieselbe Masche sein. Wenn er erkennt, dass etwas nicht funktionieren wird, kann er vielleicht umschwenken.«

Stille trat ein. Jeder verarbeitete für sich, was er soeben gehört hatte, und war davon sichtlich angegriffen. Sie hatten es hier mit einem Gegner zu tun, der es ihnen nicht leicht machen würde, so viel wussten sie.

Vialli regte sich zuerst und fuhr sich mit beiden Händen durch die Haare. »Das war sehr aufschlussreich, danke, Martina. Wann, denkst du, können wir mit einem von dir erstellten Profil des Täters rechnen?«, fragte er vorsichtig, auch wenn man heraushörte, dass ihn die Zeit drängte. »Ich habe nämlich Angst, dass er sich bald ein neues Opfer sucht.«

Martina sah auf ihre Hände und drehte die Handflächen nach oben. »Von mir aus kann ich es jetzt gleich tun. Ich hatte mir schon einige Gedanken gemacht, und was wir gerade besprochen haben, bestätigt meine Annahmen.«

Tomasio holte einen Notizblock und einen Kugelschreiber aus der Innentasche seiner Jacke.

»Fang an«, sagte er dann.

»Ich schicke euch das noch schriftlich.«

Vialli nickte und sah sie erwartungsvoll an.

Martina räusperte sich und zog kurz ihre Lippen ein, bevor sie begann. »Aufgrund der Zeitspanne, die er nun schon aktiv ist, unser ältester Fall liegt ja bereits zwanzig Jahre zurück, und aufgrund der Perfektion, mit der der Mörder seine Taten durchführt, ohne nennenswerte Spuren zurückzulassen, würde ich sein Alter auf fünfundfünfzig bis sechzig Jahre schätzen, wobei er jünger erscheinen mag. Er ist narzisstisch veranlagt und wird sich und seinen Körper pflegen und auch sportlich sein. Da er sich ausschließlich männliche Opfer aussucht, ist er entweder homosexuell oder bisexuell, er lebt seine Sexualität aber nicht aus. Er ist höchstwahrscheinlich gebunden, in einer festen heterosexuellen Beziehung, die er als Tarnung nutzt. In seiner Jugend wird er aber mit Delikten wie der Belästigung oder Nötigung anderer männlicher Kinder und Jugendlicher aufgefallen sein. Auch damals hat er Lügenkonstrukte benutzt, um diese Kinder zu beeinflussen, und sein Vorgehen aufgrund der gemachten Erfahrungen als Erwachsener weiter perfektioniert. Er ist selbstbewusst und besitzt eine ausgeprägte Menschenkenntnis. Ich denke, dass er einen Beruf ausübt, in dem er viel mit Menschen zu tun hat. Er ist wohlhabend, ein angesehener Bürger, jemand, dem man leicht vertraut und dem niemand, der ihn kennt, solche Taten zuschreiben würde.«

Sie blickte die anderen ernst mit ihrem linken Auge an und befreite dann ihr rechtes von der Haarsträhne, ehe sie fortfuhr.

»Da er seine Opfer spurlos verschwinden lässt, wird er sie mit in sein Haus oder seinen heimlichen Rückzugsort nehmen und sie dort töten. Er besitzt also ein frei stehendes Haus in Alleinlage oder gar ein zweites Domizil, wie etwa ein Ferienhaus, in dem er sich in aller Ruhe mit seinen Opfern beschäftigen kann. Da wir keine einzige Leiche gefunden haben und somit nicht wissen, was er seinen Opfern antut, kann ich leider keine Rückschlüsse ziehen, was das über ihn aussagt. Er fährt ein Auto, das seinen sozialen Stand erkennen lässt. Entweder ein sehr schnelles oder ein sehr großes. Ich tippe eher auf Ersteres, weil er so geduckt und schleichend wie eine Katze agiert. Der Wagen ist weiß, was seine Reinheit und Vollkommenheit widerspiegeln soll. Aber er besitzt noch einen anderen, andersfarbigen Wagen, mit dem er seine Taten begeht. Der Erste wäre dafür viel zu auffällig.«

Tomasio blickte, verwundert über diese Genauigkeit in Martinas Angaben, von seinen eigenen Notizen auf. Martina fuhr dessen ungeachtet fort.

»Dass der Mörder sein letztes Opfer von der Wohnung in Campione aus zunächst beobachtet hat, zeigt, wie planvoll er vorgeht. Er überlässt nichts dem Zufall, was mich zu dem Schluss führt, dass er über eine deutliche zeitliche Flexibilität in seinem Beruf verfügt. Anders wäre es ihm nicht möglich, stundenlang Beobachtungen durchzuführen. Diese Flexibilität schließt auch seine Frau mit ein. Wenn sie ihn in der Zeit nicht vermisst, ist sie entweder selbst nicht da, oder sie leben getrennt. Der Wein, den er wahrscheinlich getrunken hat, ist sehr interessant, denn er zeigt, dass er neben aller Kontrolle und Planung auch ein Laster besitzt, das er nicht vollständig im Griff hat: Er liebt teuren Wein. Er ist also Weinkenner, vielleicht sogar Gewohnheitsalkoholiker, aber auch Genießer. In seinem Haus hat er demnach einen Weinkeller oder wenigstens ein spezielles Regal, vielleicht auch einen Weinkühlschrank, für die

Flaschen. Sein Haus wird gut strukturiert, sehr sauber und aufgeräumt aussehen. Er liebt Ordnung und Design. Weiß ist auch hier die vorherrschende Farbe, Einrichtung, Küche und Bäder sind hochmodern. Seine Ortskenntnisse rund um den See sind hervorragend. Er ist hier geboren oder lebt seit frühester Kindheit hier. Seine Taten sind Ausdruck seines problematischen Verhältnisses zu seinem Vater, worüber ich ohne die Leichen aber ebenfalls nicht mehr sagen kann. Ja … das war's.« Sie sah zu Vialli.

»Wow, das war unglaublich«, sagte Franco gleichermaßen überrascht wie begeistert.

»In der Tat, sehr gut, Martina«, bestätigte Vialli. Tomasio warf ihr einen bewundernden Blick zu, und Luca wusste intuitiv, dass er richtiglag mit seiner Vermutung. Tomasio empfand etwas für Martina – was ihr in diesem Moment offenbar auch klar wurde. Ihre Lider begannen zu flattern, und sie senkte den Blick.

»Wie … wie gehen wir denn jetzt mit dieser Analyse um?«, fragte Luca.

»Wir werden sie aktiv und passiv nutzen«, entgegnete Tomasio und klappte sein Notizbuch zu. Dann wandte er sich an Martina, so als habe Luca nicht gefragt. »Wenn du sagst, dass er ein weißes exklusives Auto besitzt, sollten wir bei der Zulassungsstelle und in den jeweiligen Autohäusern nach entsprechenden Haltern suchen. Außerdem können wir uns bei Weinhändlern nach gut situierten Stammkunden erkundigen, die größere Mengen Wein abgenommen haben. Das wären die aktiven Maßnahmen. Passiv können wir alles, was du eben aufgezeigt hast, mit etwaigen Verdächtigen abgleichen. Sollten wir also jemanden haben, bei dem sich allerdings herausstellt, dass er einen roten Wagen fährt und in einem chaotischen Zuhause mit dunklen Holzmöbeln lebt, müssen wir in Betracht ziehen, dass es wahrscheinlich der Falsche ist«, dozierte Tomasio.

»Verstehe«, meinte Luca.

»Ich kann die Suche nach dem Auto übernehmen«, erklärte Franco.

»Gut. Ich kümmere mich um die Weinhandlungen«, sagte Vialli.

»Da könnte ich behilflich sein«, bot Luca sich an. »Der Winzer, den ich kenne, hat bestimmt einige Kontakte, die wir nutzen können.«

»Sehr gut, Kollegen. Das war ein Meeting, das uns mit Sicherheit ein paar Schritte weiterbringen wird. Für heute machen wir Schluss.« Vialli stand auf, und alle anderen folgten seinem Beispiel.

Luca machte bewusst langsam. Er hoffte, dass er noch mit Martina sprechen konnte, ohne dass es jemand mitbekam. Als er nach einem Gespräch mit Vialli auf den Parkplatz trat, war ihr Jeep zu seiner Verwunderung aber nicht mehr da. Enttäuscht und auch ein wenig beleidigt stieg er in seinen Flavia und wollte gerade den Motor starten, als er hörte, wie er eine SMS erhielt. Sofort griff er zu seinem Handy und öffnete die Nachricht.

Meine Adresse: Via Sant' Antonio 46, Malcesine. Komm schnell. Gruß, Martina.

Er lächelte glücklich und tippte seine Antwort.

Bin gleich da.

Er blickte in den Rückspiegel, legte die Hand an den Zündschlüssel und wollte erneut den Motor starten, als er an Viallis Auto eine dunkle Gestalt mit einer Kapuze und einem halblangen Mantel entdeckte. Der Statur nach zu urteilen, musste es sich um eine Frau handeln. Sie hob einen der Scheibenwischer an und steckte einen Umschlag darunter. Dann huschte sie eilig davon. Vialli war noch oben. Luca entschied sich daher, auszusteigen und nachzusehen. Er hatte ein komisches Gefühl, ein nervöses Kribbeln im Bauch.

Es war ein ganz gewöhnlicher Briefumschlag, der nicht zugeklebt war und auf dem kein Name stand. Luca nahm ihn und lugte hinein. Ein Blatt war darin zu erkennen. Mit Daumen und Zeigefinger zog er es heraus. Nur ein einzelner Satz stand darauf: *Morgen, zehn Uhr, die Kapelle am Hotel St. Michele.*

Sein Blick glitt über die Hauptstraße, doch die Frau war nicht mehr zu sehen. Kurz dachte er darüber nach, ihr nachzulaufen, verwarf den Gedanken jedoch wieder und steckte den Brief zurück in den Umschlag. Er wählte Martinas Nummer.

»Was ist? Hast du eine Panne?«, meldete sie sich. Im Hintergrund hörte er das Grollen des Jeepmotors.

»So in etwa. Ich kann nicht kommen, Martina. Entweder Vialli hat eine heimliche Verehrerin, oder die anonyme Anruferin hat gerade einen Brief bei Vialli abgegeben.«

»Im Ernst?«

»Ich schätze schon. Ich hab ihn gelesen. Sie will sich morgen mit ihm treffen. Er ist noch oben im Büro. Ich gehe jetzt zu ihm rauf.«

»Gut, aber dann komm doch danach zu mir.«

»Mach ich.«

»Schön. Bis dann.«

Luca legte auf und ging zurück zu Vialli. Der war recht überrascht, ihn zu sehen.

»Luca? Was ist?«

Er hielt den Umschlag in die Luft.

»Den hat dir gerade eine Dame an die Windschutzscheibe gesteckt. Tut mir leid, aber ich habe ihn gelesen. Hatte so eine Ahnung.«

In der Tat schien Vialli nicht sehr erbaut darüber, dass Luca seine Post las.

»Und?«, erkundigte er sich reserviert.

»Die anonyme Anruferin, denke ich. Sie will sich morgen mit dir treffen.«

»Zeig mir das«, sagte er und streckte fordernd die Hand aus. Er las die Nachricht und ließ dann seine Hände auf die Tischplatte fallen. »Und du hast sie gesehen?«

»Nur im Rückspiegel. Sie trug eine Kapuze und einen Mantel. Aber es war eine Frau.«

Vialli blickte wieder auf das Blatt und überlegte.

»Ich will, dass du mich begleitest. Ist das in Ordnung für dich?«

»Ähm, ja, sicher.«

»Okay. Ich möchte, dass wir etwas früher dort sind. Sagen wir halb zehn?«

»Gut.«

Sie verabschiedeten sich, und Luca fuhr nach Malcesine. Er

ließ sich von seinem Handy zu der Adresse navigieren, weil er sich hier nicht so gut auskannte. Die Nummer 46 war ein zweistöckiges Haus am nördlichen Ortsrand, wo die Olivenhaine begannen. Martina bewohnte die obere Etage.

Luca klingelte und musste nicht lange warten, bis ihm geöffnet wurde. Martina machte ihm Licht im Hausflur, als er eingetreten war, und er stieg nach oben, wo sie schon auf ihn wartete.

»War sie's?«, fragte sie neugierig.

»Ich denke schon. Morgen früh wissen wir mehr. Vialli will, dass ich dabei bin.«

»Komm rein«, flüsterte sie und zog ihn an der Jacke in die Wohnung.

Es war eine hübsche, von hellen Holzbalken und Dachschrägen durchzogene Wohnung. Auf dem kleinen Couchtisch aus Olivenholz vor dem roten Sofa brannte eine Kerze. Das Deckenlicht war gedimmt, und in der kleinen offenen Küche standen ein geöffneter Weißwein und zwei Gläser bereit.

»Tja, das ist mein Zuhause«, sagte sie und ging rückwärts vor ihm her, seine Reaktion abwartend.

»Schön. Ich mag es.«

»Ich kann von hier aus über den See schauen, sogar bis zu dir hinüber.«

»Gut zu wissen«, sagte er und nahm ihre Hand.

»Ich hab Wein für uns, setz dich.«

Luca nahm auf der Couch Platz, und Martina holte Flasche und Gläser.

»Was war das nun für eine Frau?«, fragte sie.

»Ich konnte sie kaum sehen. Sie legte den Brief unter Viallis Scheibenwischer und verschwand. Morgen um zehn Uhr will sie ihn in der Kapelle neben dem Hotel St. Michele treffen. Weißt du, wo das ist?«

»Nein. Drüben am Westufer?«

»Ja, oberhalb von Gardone. Ich war als Kind einmal dort. Kann mich noch an die große Terrasse erinnern. Ich frage mich nur, ob es nicht besser wäre, wenn du als Frau ebenfalls mitgingst. Dir gegenüber hat sie vielleicht mehr Vertrauen.«

»Ich glaube, in dieser Sache ist das nicht von Wichtigkeit, und sie ist ja auch kein Opfer.«

Noch nicht, dachte Luca. Die Vorsicht, die sie an den Tag legte, war mit Sicherheit nicht unbegründet. Ganz im Gegenteil. Wenn sie etwas über den mutmaßlichen Mord an Nuncia Tavese wusste und Sandro Sardi aus demselben Grund umgebracht worden war, stellte das Treffen morgen früh eine erhebliche Gefahr für sie dar. Er sah auf die Uhr.

»Was ist?«, fragte Martina.

»Nichts, ich dachte nur, es wäre gut, wenn ich mich heute Nacht im Hotel St. Michele einquartieren würde.«

»Denkst du, dass sie dort untergekommen ist? Wenn sie schlau ist, und davon gehe ich aus, wird sie dort bestimmt nicht wohnen.«

»Ja, du hast recht«, sagte er und schaute ihr dabei tief in die Augen, »ich bleibe auch lieber bei dir.«

Das zauberte ein Lächeln auf ihr Gesicht.

Sie tranken die halbe Flasche Wein aus, bevor sie ins Bett gingen. Was beide nicht bemerkten, war das Auto von Tomasio, das langsam die Straße heraufgefahren kam.

Tomasio hielt an und entdeckte, noch während der Motor lief, Lucas alten Alfa Romeo Flavia, der zwischen all den modernen Autos sofort ins Auge fiel. Was immer er auch hier gewollt hatte um diese Zeit – und er konnte nicht einmal für sich selbst genau bestimmen, was das gewesen war –, er legte augenblicklich den Rückwärtsgang ein.

Verbissen blickte er über seine Schulter zurück und rollte den kleinen Abhang hinab.

NEUN

Martina verließ die Wohnung um sieben Uhr. Luca blieb noch ein wenig allein dort und stöberte durch ihre Wohnung, sah sich die Fotos an den Wänden und die Buchtitel in den Regalen an. Die Bilder zeigten sie zumeist mit Freunden und Kollegen, fast immer in Gruppen. Es gab kein Einzelbild und nur eines mit einer Frau, die sie umarmte. Kein Bild von einem Mann, einem Freund oder Partner. Ein Foto zeigte sie als junges Mädchen mit Sommersprossen und langen blonden Haaren. Es war ihr Einschulungsfoto, sie stand zwischen ihren Eltern und hielt eine sie überragende rote Schultüte im Arm.

An Literatur fand Luca viele Bücher von Allende und T. C. Boyle und verschiedene italienische Autoren. Krimis waren nicht dabei. In ihrer Freizeit wollte sie sich wohl nicht mit Kriminalfällen befassen, was er gut verstand.

Um acht Uhr fuhr er los, obwohl das schon ein wenig spät war, doch er gelangte ohne größere Staus nach Gardone und fuhr dann über die sich windenden Straßen an der Parkanlage und dem Amphitheater vorbei bis hinauf nach St. Michele. Der Weg war an manchen Stellen so einsam, dass man kaum noch erwartete, auf eine Ortschaft zu stoßen, ehe man sie schließlich erreichte. Er war Jahrzehnte nicht hier gewesen, und auch wenn der Ort sich nicht sehr verändert hatte, musste er langsam fahren und sich ein paarmal orientieren, bis er das zurückversetzt hinter Bäumen liegende Hotel fand.

Er stellte seinen Wagen auf dem großen Parkplatz an der Straße ab. Von hier aus gab es einen direkten Weg zur Kapelle und zum Eingang des Hotels. Luca ging zunächst zum Hotel und fand den schmalen Weg wieder, der links vom Haus zwischen Pinien hindurch zu der Kirche führte. Die Terrasse des Hotels war nahezu verwaist. Zwei durch Sonnenschirme verdeckte Tische waren belegt, und eine Kellnerin räumte mit einem Tablett Geschirr ab. Von hier oben hatte man einen herrlichen Blick auf den See.

Er erinnerte sich daran, wie er damals hier gespielt hatte. Es musste die Kommunionsfeier seiner Cousine gewesen sein, der einzigen Verwandten, die er noch besaß. Sie lebte jetzt in Australien, war mit ihrem Mann und zwei Kindern vor gut zwanzig Jahren dorthin ausgewandert. Niemand schien hier zu sein. Viallis Wagen hatte noch nicht auf dem Parkplatz gestanden, und als Luca einen Blick in die Kapelle warf, war sie leer. Er setzte sich draußen auf die Mauer und wartete. Mit einem Anflug von Wehmut dachte er an die Zeit seiner Kindheit zurück, in der er diesen Ort besucht hatte. Er musste zehn oder elf gewesen sein. Die Leichtigkeit, die sein Leben damals gehabt hatte, war etwas, um das er sein jüngeres Ich heute beneidete. Alles war hell und einfach gewesen. Nur wenige Jahre später hatte sich das geändert, und Dunkelheit war in sein Leben getreten.

Ein leises Knacken riss ihn aus seinen Gedanken. Er meinte, deutlich gehört zu haben, wie jemand auf einen Pinienzapfen trat. Ein Autogeräusch hatte er jedoch nicht vernommen. Wieder ein Knacken. Jemand näherte sich vom Weg hinter der Kirche. Er stand auf, und da lugte plötzlich eine Frau um die Mauer. Sie trug beigefarbene Hosen und schwarze Sportschuhe, ein blau-weiß kariertes Trekkinghemd und einen Rucksack über einer Schulter.

»Sie sind nicht Vialli«, sagte sie und blieb in sicherer Entfernung stehen.

»Äh … nein, ich bin ein Berater der Polizei. Commissario Vialli wird jeden Moment hier sein.«

Sie blickte sich misstrauisch um.

»Ich habe Sie gestern Abend gesehen. Auf dem Parkplatz«, sagte Luca. Sie wurde hellhörig und musterte ihn eindringlich.

»Wer sind Sie?«

»Ich heiße Luca Spinelli.«

Sie nahm das ohne weitere Reaktion auf und blieb stehen, wo sie war. Da hörten beide ein sich näherndes Motorengeräusch.

»Das ist er sicher«, meinte Luca. Sie trat zur Seite, sodass sie den Weg und Luca im Auge behalten konnte. Wenige Sekunden später kam Vialli den Weg herauf und stockte, als er die beiden erkannte.

»Tut mir leid. Ich wurde aufgehalten«, entschuldigte er sich.

»Ich war zu früh«, entgegnete sie und deutete auf den Eingang der Kapelle. »Nach Ihnen.«

Luca und Vialli warfen sich einen kurzen Blick zu und betraten dann den kühlen Innenraum der Kirche. Die dicht wachsenden Pinien ließ nicht viel Licht durch die hohen Fenster herein. Über den Mittelgang näherten sie sich dem Altar, hinter dem ein goldenes Bild der Muttergottes mit ihrem Kind prangte. Kerzen brannten zu beiden Seiten. Luca und Vialli gingen bis nach vorn.

»Setzen Sie sich«, wies die Frau die beiden an, und sie nahmen links in der ersten Bank Platz. Sie setzte sich genau hinter sie und stellte ihren Rucksack neben sich ab.

»Sie liegen falsch, wenn Sie glauben, dass das ein Unfall war«, begann sie ohne Umschweife, und Luca und Vialli drehten sich zu ihr um. »Nuncia ist mit Sicherheit getötet worden.«

»Was veranlasst Sie zu dieser Vermutung? Woher kannten Sie Nuncia Tavese?«

Die Frau blickte sich absichernd nach hinten um. Dann beugte sie sich etwas vor, um leiser sprechen zu können. Luca legte einen Arm auf die Rückenlehne der Bank und nahm sie genauer in Augenschein. Sie war in den Vierzigern, schätzte er, und trug ihr langes dunkelbraunes Haar, in das sich die ersten grauen Strähnen eingeflochten hatten, zu einem Zopf gebunden. Sie war nicht geschminkt. Ihre blassen Lippen und die dunklen Ränder unter ihren großen braunen Augen zeigten, dass sie großem Stress ausgesetzt war. Sie machte einen sehr gepflegten Eindruck, und die Art, wie sie sprach, und ihre Haltung verrieten, dass sie vermutlich in einer gehobenen Position arbeitete und geschult im Sprechen war.

»Nuncia war eine Mitarbeiterin von mir. Sie arbeitete zehn Jahre lang in unserer Niederlassung auf den Philippinen. Vor einigen Wochen erhielt ich einen Anruf von ihr. Sie sei auf etwas gestoßen, über das sie mit mir reden wolle. Es sei sehr wichtig, meinte sie.«

»Entschuldigen Sie bitte«, warf Luca ein, »könnten Sie mir kurz erklären, was Sie beziehungsweise Nuncia genau machen? Sie war Content-Moderatorin, glaube ich. Ich kann mir darunter nichts vorstellen.«

Die Frau blickte zu Vialli, der anscheinend besser im Bilde war. Sie setzte sich aufrecht hin und legte die Hände ineinander. »Wir sind so etwas wie die Polizei des Internets«, sagte sie. »Nein, eigentlich mehr wie eine Putzkolonne. Unsere Firma beschäftigt Mitarbeiter, die das Internet nach illegalen, kriminellen, pornografischen und gewaltverherrlichenden Seiten, Bildern, Posts und Videos durchsuchen und diese entfernen.«

»Das macht nicht die Polizei?«, fragte Luca irritiert. »Sie sind eine private Firma?«

»Richtig. Wir unterstehen nicht der Polizei oder dem Staat. Unsere Content-Moderatoren durchforsten und reinigen das Internet nach gewissen Vorgaben im eigenen Ermessen für die großen Social-Media-Anbieter.«

»Aber ist das nicht …« Luca konnte nicht glauben, dass das eine legale Vorgehensweise war.

Die Dame lächelte verständnisvoll. »Ich verstehe Ihre Bedenken. Aber sehen Sie, es gibt so eine ungeheure Fülle an Internetinhalten, dass diese Datenmenge niemals allein von einer Behörde kontrolliert werden könnte. Dafür sind wir da. Wir haben dreitausend Mitarbeiter, die für uns in Büros auf den Philippinen rund um die Uhr nur damit beschäftigt sind, solche Inhalte zu löschen. Und es gibt noch Hunderte andere Firmen, die das Gleiche tun. Sollte mal etwas besonders auffällig sein, sagen wir, ich finde einen Hinweis darauf, dass bald eine Bombe gezündet werden soll, dann sind wir natürlich dazu angehalten, das den Behörden zu melden. In diesem Falle wenden sich die Mitarbeiter an mich. Ich bin hier in Italien tätig. Und Nuncia informierte mich über etwas, das sie gefunden hatte.«

»Was war es?«, fragte Vialli.

Die Kerzen neben dem Altar flackerten auf, als wäre eine Tür geöffnet worden. Luca sah sich um, doch alles blieb still. Da war niemand. Die Frau senkte den Kopf.

»Sie … nun ja, sie bat um Urlaub und wollte gern mit mir

persönlich sprechen. Sie vermutete, ein Verbrechen entdeckt zu haben, Videos und Fotos, mehr sagte sie zunächst nicht. Ich bat sie, mir die Aufnahmen zu schicken, doch das wollte sie nicht. Sie hatte Angst. Unser Sitz hier in Italien ist in Rovereto. Sie wollte herkommen und mich treffen. Ich hakte noch mal nach und wollte wissen, um was es gehe, und sie sagte, sie habe Fotos, die ein Verbrechen zeigen würden. Ein furchtbares Verbrechen.« Sie stockte und musste schlucken, ehe sie fortfuhr. »Wir verabredeten uns, doch einen Tag bevor wir uns sehen wollten, hörte ich von dem Unfall. Irgendwie wusste ich sofort, dass sie es war und dass es kein Zufall sein konnte. Kein Unfall.«

Sie blickte die Männer aus tränengefluteten Augen an. Luca ließ seinen Blick erneut durch den Kirchenraum gleiten. Er hatte das Gefühl, aus irgendeiner der dunklen Ecken, aus den Schatten heraus, beobachtet zu werden.

»Wie wollte sie diese Daten an Sie übergeben?«, fragte Vialli.

»Auf einem Stick oder einer Speicherkarte oder Ähnlichem, nehme ich an.«

»Hatte sie die betreffenden Einträge gelöscht?«

»Ja.«

»Können Sie von hier aus auf ihren Computer auf den Philippinen zugreifen?«

»Das könnte ich, ja. Aber wenn die Daten gelöscht wurden, sind sie dort nicht mehr zu finden.«

Vialli blickte nachdenklich zu Boden. »Bei ihren Sachen haben wir keinen Datenträger gefunden. Sie kam gleich hierher, nicht wahr? Sie flog bis Mailand und kam dann sofort zum See.«

»Soviel ich weiß, ja«, entgegnete sie.

»Wo hat sie gewohnt?«, fragte Luca.

»In einem Hotel in Limone. Wir werden das Zimmer noch mal durchsuchen müssen. Und auch ihre Kleidung.«

»Und das Fahrrad«, schlug Luca vor.

»Ja«, sagte Vialli. »Wir müssen den Datenträger finden.«

»Und … was soll ich jetzt tun?«, fragte die Frau ängstlich. »Ich bin seitdem quasi untergetaucht und wohne in kleineren Herbergen und Pensionen hier in der Gegend.«

Vialli drehte sich noch weiter zu ihr um. »Signora …«

»Testaro«, sagte sie flüsternd, »Carla Testaro.«

»Signora Testaro, ich verstehe Ihre Sorge. Ich werde mich darum bemühen, dass Sie unter Polizeischutz gestellt werden, kann Ihnen aber nichts versprechen. Darüber entscheidet die Staatsanwältin. Und da Sie nicht direkt eine Zeugin sind, Sie wissen ja ebenso wenig wie wir, wird es schwierig, das sage ich Ihnen gleich.«

Sie bemühte sich zu lächeln, doch ihre Mundwinkel zitterten.

»Ich könnte Sie unterbringen«, sagte Luca da. »Nicht bei mir, aber ich kenne jemanden, bei dem Sie bleiben könnten. Ohne Kosten für Sie.«

Vialli wandte sich überrascht an Luca. »Würde das gehen? Das wäre eine schnelle und gute Lösung, bis wir die Sache klären konnten.«

»Kein Problem.«

»Wären Sie damit einverstanden, Signora Testaro?«

»Sicher. Vielen Dank«, sagte sie an Luca gewandt.

»Ich bedanke mich für Ihre Aussage«, meinte Vialli und reichte ihr die Hand. »Das war sehr mutig von Ihnen. Sobald wir etwas finden, informiere ich Sie.«

Vialli verabschiedete sich, und Luca und Signora Testaro gingen nebeneinander dem Ausgang entgegen.

»Dürfte ich noch schnell eine Kerze anzünden?«, fragte sie Luca.

»Sicher.«

Sie warf ein Geldstück in die Kassette und nahm sich eine Kerze, die sie in dem ringförmigen Ständer an einer anderen entzündete. Sie suchte sich einen freien Steckplatz und bekreuzigte sich. Dann kam sie zu Luca zurück, und sie gingen hinaus in die blendende Sonne.

»Haben Sie noch Sachen in der Pension, in der Sie wohnen?«

»Nein, ich habe alles bei mir.«

»Gut, dann fahren wir gleich los.«

Sie lachte, als sie den alten Flavia sah.

»Das ist Ihrer?«

»Ja. Ich bin Luca«, stellte er sich mit Vornamen vor.

»Carla«, sagte sie, und sie gaben sich die Hände.

Sie sah sich aufmerksam im Wagen um. »Darf ich fragen, wo wir hinfahren?«

»Es ist ein kleiner Ort in Tremosine. Veso. Kennst du ihn?«

»Nein.«

»Ich kenne dort ein älteres Ehepaar, das eine kleine separate Wohnung im Haus hat. Sehr nette Leute, es wird dir gefallen.«

»Klingt gut.«

Sie sah während der Fahrt aus dem Fenster, aber auch immer wieder in den Rückspiegel. Sie musste große Angst haben, verfolgt zu werden.

»Du sagtest, du bist Berater oder so ähnlich für die Polizei?«

»Ja, Vialli hat mich in einer anderen Sache gefragt, ob ich helfen könnte. Ich fand es selbst etwas befremdlich. Eigentlich bin ich Filmemacher.«

»Filmemacher?«

»Ja, Dokumentarfilme.«

»Kenne ich etwas von dir?«

»Keine Ahnung. Ich habe mehrere Filme über die Menschen hier am See gemacht.«

»Luca? Luca Spinelli?«, fragte sie und musterte ihn von oben bis unten. »Du bist *der* Luca Spinelli?«

»Ja«, erwiderte er lachend.

»Ich war im Kino, in ›High and deep‹.«

»Wirklich?«

»Das gibt's doch nicht«, staunte sie. »Und du lebst hier?«

»Ja, auch oben in den Bergen, ganz in der Nähe von dir.«

Kurz vor dem Ortseingang von Veso fuhr Luca links in einen kleinen unscheinbaren Feldweg, und sie kamen an einem Häuschen heraus, das von einem Gemüsegarten und drei Fischbecken umgeben war. Ein alter Toyota-Pick-up parkte in der Einfahrt, und Luca hupte einmal kurz, bevor er dahinter hielt.

Als sie ausstiegen, kam ihnen auch schon ein älterer Mann mit schlohweißem Haar und dicker Hornbrille entgegen. Er trug trotz der Hitze einen alten angegrauten Pullover und lange Hosen.

»Luca, das ist ja eine schöne Überraschung!«, rief er, und sie umarmten sich. »Und wen hast du uns da mitgebracht?«

»Das ist Carla Testaro. Sie benötigt eine Unterkunft für sofort. Es ist quasi ein Notfall.«

»Ich bin Cesare«, er reichte Carla die Hand. »Aber wir haben doch die Wohnung, gar kein Problem. Kommt rein, ihr zwei.«

Sie gingen über einen schmalen Weg nach hinten auf die Terrasse, wo die Tür weit offen stand und es nach frisch gebackenem Brot roch.

»Loretta, wir haben Besuch!«, rief er ins Haus, und eine kleine Frau kam aus der Küche. Sie hatte lockiges schwarzes Haar und humpelte freudestrahlend auf Luca zu.

»Luca, mein Lieber«, sagte sie und umarmte ihn.

»Ciao, Loretta.«

»Und das ist?«

»Ich bin Carla, buongiorno.«

»Buongiorno.«

»Sie braucht eine Wohnung«, informierte Cesare.

»Bei uns? Das wär aber schön.«

»Natürlich bei uns, sonst wären sie ja nicht hier.«

»Oh, dieser alte Granitkopf, immer freundlich, was?«

»Ja, ja …« Cesare winkte ab und verschwand in der Küche.

»Carla braucht ab sofort eine Unterkunft, und da seid ihr mir eingefallen. Es darf aber keiner wissen, dass sie hier ist.«

»Ach, das klingt ja spannend«, sagte Loretta. »Nun setzt euch erst mal.«

Cesare kam mit einem Krug Wein und vier Gläsern aus der Küche zurück. »So, jetzt trinken wir erst mal was Kühles. Selbst gemacht. Das ist mein Wein.«

»Red nicht so viel, schenk lieber ein«, sagte Loretta und verdrehte die Augen.

»Um was geht es also?«, fragte Cesare und setzte sich. Sie stießen an und tranken alle einen Schluck.

»Carla müsste auf unbestimmte Zeit hier unterkommen. Warum, kann ich euch nicht sagen, und ihr solltet es wie gesagt für euch behalten.«

»Ihr habt doch nichts angestellt, oder?«, fragte Loretta.

»Nein, wir sind die Guten«, sagte Luca grinsend.

»Schön«, meinte Loretta und schlug sich auf die Knie. »Dann ist es abgemacht. Ich muss nur noch das Bett beziehen. Und wenn du magst, kannst du heute mit uns essen.«

»Sehr gern, danke«, antwortete Carla, und Luca freute sich, dass sie so gut mit den beiden zurechtkam.

»Bleibst du auch?«, fragte Loretta.

»Nein, ich muss wieder. Hab noch zu tun.«

»Ein neuer Film?« Cesare lugte neugierig über sein Glas.

»So was Ähnliches.«

»Du gefällst mir nicht, dich bedrückt doch was.« Loretta sah ihn ungewöhnlich ernst an, wie sie es sonst nie tat. Die beiden waren Freunde seiner Eltern, für Luca waren sie jedoch immer so etwas wie Onkel und Tante gewesen. Er hatte selbst eine Weile bei ihnen gewohnt, als es ihm einmal nicht gut gegangen war. Das war lange her.

»Es ist nichts«, entgegnete er.

»Lüg mich nicht an«, drohte sie.

»Ach, Loretta, du lässt nicht locker, was? Ich versuche gerade mit der Polizei zusammen einem Verbrechen auf die Spur zu kommen«, sagte er vorsichtig.

Loretta blickte listig zu Carla und wieder zurück zu ihm.

»Soso … dann wünsche ich dir viel Glück.« Sie herzte ihn. »Jetzt muss ich aber nach meinem Brot sehen.«

Luca und Carla tauschten noch ihre Handynummern aus, dann verließ er die drei. Hier war Carla gut aufgehoben, und er konnte hin und wieder mal nach dem Rechten sehen. Er schloss gerade den Flavia auf, da kam Loretta noch mal zu ihm nach draußen.

»Was ist?«, fragte er.

»Hier«, flüsterte sie und drückte ihm etwas in die Hand, »das wird dich beschützen.« Luca blickte nach unten und erkannte ein hölzernes Kruzifix. »Du machst etwas sehr Gefährliches, das sehe ich dir an.«

»Es geht um Mord«, gestand er.

Sie sah ihn lange prüfend an, bevor sie die Augen niederschlug. »Es gibt eine Hellseherin ganz in deiner Nähe.«

»Eine was?«

»Ja, man kann geteilter Meinung darüber sein. Aber sie hat mir mal geholfen, und ich weiß, dass sie den Erdrutsch von Campione vorausgesagt hat. Und den Brand in dem Hotel in Gardone vor zwei Jahren.«

Den Erdrutsch vorauszusagen ist keine Kunst, dachte Luca. Früher oder später hatte das passieren müssen. Auch jetzt gab es immer noch Abgänge von Tremosine aus. Ein absehbares Phänomen. Und den Hotelbrand hätte man mit gesundem Menschenverstand und etwas technischem Wissen ebenfalls weissagen können. Die elektrischen Leitungen waren völlig veraltet gewesen.

»Sie ist ... ein wenig merkwürdig, aber sie hat diese Fähigkeiten«, schob Loretta nach und klopfte ihm auf die Schulter. »Denk drüber nach. Sie wohnt in Pieve, in dem Swimmingpoolgrundstück.«

Das Swimmingpoolgrundstück in Pieve lag direkt zwischen dem Verkehrskreisel in der Ortsmitte und der Apotheke. Man blickte von der Straße aus hinunter auf einen leeren und verwitterten Pool, der inmitten eines wilden Gartens lag. Im Schatten eines Birnenbaums stand dort seit eh und je ein kleiner Tisch mit zwei Stühlen. Aber Luca hatte nie jemanden dort sitzen sehen. Wenn er über Pieve zu sich nach Hause fuhr, kam er immer daran vorbei.

Er lachte innerlich bei dem Gedanken, eine Hellseherin zu engagieren, um eine Mordserie aufzuklären. Hatte Loretta ihn überhaupt richtig verstanden? Und wie war sie darauf gekommen, dass ihn etwas beschäftigte? Das war sicher so eine Art mütterlicher Instinkt. Er konnte sich gar nicht mehr entsinnen, ob das auch so gewesen war, als er damals bei ihnen gelebt hatte. Aus jetziger Sicht kam es ihm ohnehin mehr als merkwürdig vor. Was waren die genauen Gründe gewesen? Sosehr er sich auch anstrengte, er konnte sich nicht erinnern.

Den Rest des Tages verbrachte Luca am Computer mit der Durchsicht alter Interviews. Einzig mit Stefano, dem Winzer, telefonierte er und bat ihn um seine Mithilfe, was die Weinhändler und ihre Stammkunden anging. Stefano versprach, sich bei ihm zu melden.

Nur kurze Zeit später trat bei ihm eine Erschöpfung auf, die ihn fast lähmte. Er konnte sich kaum noch wach halten und hatte keine Kraft mehr, sich aufzuraffen und andere Dinge anzupacken, sodass er vor dem Bildschirm einnickte und erst zwei Stunden später vom Klingeln seines Handys geweckt wurde.

»Luca? Vialli hier«, meldete sich der Commissario, während Luca sich die Augen rieb und versuchte, seine Schläfrigkeit abzuschütteln. »Ich melde mich in einer Angelegenheit, die unseren eigentlichen Fall betrifft. Wir haben den Angler hier, den du neulich befragt hast. Könntest du kommen und ihn dir ansehen?«

»Natürlich«, antwortete Luca und schielte zur Uhr. »Halbe Stunde, wie immer.«

»Bis gleich.«

Luca machte sich noch schnell einen Espresso und fuhr dann nach Riva. Er hoffte, dort auch auf Martina zu treffen, und wurde nicht enttäuscht. Sie, Franco und Vialli waren bereits dort, wie ihm am Empfang gesagt wurde, und ein Beamter führte ihn in einen Trakt des Gebäudes, den er nicht kannte. Wie sich herausstellte, waren es die Verhörzimmer. Luca klopfte an die Tür mit der Aufschrift »V 2«, und Martina öffnete ihm. Sie warf ihm einen liebevollen Blick zu, solange Vialli sich noch hinter ihr befand und es nicht sehen konnte.

»Buongiorno, Luca. Komm rein.«

Luca betrat einen schmalen dunklen Raum, der an der linken Seite fast vollständig verglast war und den Blick in den Nebenraum freigab. Dort saßen sich Franco und Carlo Brunato, der Angler, an einem Tisch gegenüber. Vialli reichte Luca stumm die Hand und konzentrierte sich wieder auf die Geschehnisse im anderen Raum.

»Wie alt sind Sie?«, fragte Franco. Seine Stimme kam leicht blechern aus einem Lautsprecher neben dem Fenster.

»Sechsundsiebzig«, antwortete der Mann, der mit dem Gesicht zu ihnen gewandt saß und fast hinter Francos breiten Schultern verschwand.

»Wir haben Zeugen, die Sie und besagten jungen Mann an

dem Tag zusammen gesehen haben wollen«, hielt Franco ihm mit drohendem Unterton vor.

»Was? Wer? Ich habe niemanden gesprochen oder gesehen. Ich bin immer allein.«

»Sie haben doch sogar einem … Beamten, der sie befragte, erzählt, Sie seien mit ihm zusammen gewesen. Was stimmt denn nun?«

»Ach so, *der* Junge. Ja … ich … er half mir mit den Fischen.«

»So«, meinte Franco skeptisch. »Und ebendieser Junge wird seither vermisst, merkwürdig, nicht?«

»Ich hab nichts damit zu tun.«

»Sie haben ihn also gefragt, ob er Ihnen mit Ihren Fischen helfen kann?«

»Ja, ich hatte drei Eimer voll und kriegte sie nicht allein in meinen Wagen. Er trug sie mir zum Auto, und dann ist er wieder gegangen.«

»Wo sprachen Sie ihn an?«

»In einer Straße.«

»Und warum ihn? Und was machten Sie dort? Sie gaben an, auf dem Hauptparkplatz geparkt zu haben.«

»Ich suchte jemanden, der mir hilft.«

»Und sprachen ihn an. Kannten Sie ihn bereits?«

»Nein.«

»Was sagten Sie zu ihm?«

»Ob er mir beim Tragen helfen könnte.«

Unzufrieden schnaubend ließ Franco den Kopf hängen.

»Gehen Sie oft dort angeln?«

»Ja, jeden Tag.«

Franco ließ sich nach hinten gegen die Rückenlehne sinken und legte den Kopf leicht schief. Mit einem Bleistift tippte er auf der Tischplatte herum. »Seit dem Gespräch mit dem Beamten waren Sie komischerweise nicht mehr dort. Wie kommt das?«

Carlo Brunato leckte sich die aufgesprungenen Lippen und knetete seine knorrigen Hände.

»Ich war krank«, gab er an und hob dabei ängstlich seine Augenbrauen.

»Was hatten Sie denn?«

»Fieber und Husten.«

»Und waren Sie auch beim Arzt?«

»Nein.«

»Kann irgendjemand bezeugen, dass Sie krank waren?«

»Nein. Ich lebe allein.«

»Wo?«

»In Pieve.«

Luca stutzte. Er hatte ihn nie dort oben gesehen.

»Und Sie fahren jeden Tag von Pieve nach Campione zum Angeln runter?«

»Ich gehe.«

»Sie gehen?«

»Ja, den alten Weg, den die Fabrikarbeiter früher gegangen sind.«

»Der ist gesperrt«, entgegnete Franco.

»Ja«, er lächelte schüchtern und zeigte seine stummeligen Zähne, »aber ich kenne mich aus.«

»Eben haben Sie aber gesagt, dass Sie mit dem Auto dort waren.«

»An dem Tag hatte ich mir das Auto von meinem Nachbarn geliehen.«

»Name?«

»Frederico Casta«, sagte Carlo nach kurzem Zögern.

Vialli drehte sich zu Luca um und deutete mit dem Daumen auf Brunato. »Und, ist er das? Mit dem hast du gesprochen?«

»Ja«, bestätigte Luca und verstand jetzt seine Angst, die er damals empfunden hatte, nicht mehr. Der Mann sah einfach nur hilflos und verloren aus. Aber er trug genau die Kleidung, die ihn für Luca so auffällig hatte werden lassen.

»Sind Sie in eine der leer stehenden Wohnungen in Campione eingestiegen?«, fragte Franco nun lauernd.

»Was? Nein!« Er schüttelte verzweifelt den Kopf.

»Er macht widersprüchliche Aussagen, das kommt mir höchst verdächtig vor«, kommentierte Vialli das Interview.

»Dieser Mann«, widersprach Martina energisch, »kann nie und nimmer unser Täter sein. Es sei denn, er täuscht uns auf geniale Weise. Er ist das genaue Gegenteil von dem Profil, das ich erstellt habe. Völlig unmöglich, dass er es ist.«

»Wenn wir das Profil nicht hätten, würde ich ihn für den Täter halten«, erwiderte Vialli.

Es klopfte, und Martina ließ Tomasio ein. Luca war nicht begeistert, hier in dem engen Raum mit ihm eingesperrt zu sein.

»Und?«, fragte er mit einem Blick auf Carlo Brunato, der auf seinem Stuhl immer kleiner wurde.

»Er kann es nicht gewesen sein«, wiederholte Martina. »Er besitzt ja nicht mal einen Wagen.«

»*Sagt* er«, meinte Vialli.

»Prüft es doch nach. Die Befragung hat keinen Zweck, es sei denn, er wohnt in einer Villa und besitzt einen Lamborghini.«

»Darf ich mal kurz zu ihm rein?«, fragte Luca.

»Was soll das bringen?«, wollte Vialli wissen.

»Ich habe so eine Ahnung, dass er etwas damit zu tun hat oder zumindest etwas weiß. Wir hatten am See über diesen Fisch geredet, den Marchetti sucht, und er war so ... so ... ich weiß auch nicht. Er hat sich mir gegenüber einfach anders verhalten, als er es jetzt tut.«

»Na gut, von mir aus.« Vialli machte eine wegwerfende Handbewegung, und Luca zwängte sich an Tomasio und Martina vorbei nach draußen.

Er klopfte an die Tür mit der Aufschrift »V 1« und trat ein. Franco war erstaunt, ihn zu sehen, aber der Angler machte noch größere Augen.

»Ich kenne Sie«, sagte er mit offenem Mund.

»Was willst du?«, fragte Franco.

»Nur ein, zwei Fragen stellen, nichts weiter.«

Luca wandte sich an den alten Mann und lächelte ihm zu.

»Sie erinnern sich an mich?«

»Ja, Sie waren in Campione und haben mich was gefragt.«

»Genau. Sie hatten geangelt und mir vom Teufel im See erzählt«, sagte Luca. Da es keinen dritten Stuhl gab, hockte er sich neben Franco und stützte sich mit einer Hand auf dem Tisch ab.

»Der Diavolo, richtig«, sagte der Alte und griff sich kurz an das Kreuz um seinen Hals.

»Können Sie sich an zwei kleine Mädchen erinnern, die Eis gegessen haben?«

Sein Gesicht sank in sich zusammen und wurde ausdruckslos.

»Nein.«

»An einen jungen Mann, der seine nassen Haare geschüttelt hat?«

»Nein«, wiederholte er mit mehr Nachdruck.

Luca nickte und sah auf die zerschlissenen Schuhe des Mannes. An der Ferse war noch gut ein Zentimeter Luft zwischen Schuh und Achillessehne. Sie waren ihm zu groß, auch wenn er sie eng geschnürt hatte.

»Wo haben Sie die Kleidung gekauft?«, fragte Luca und stemmte sich hoch. Der Alte folgte ihm mit seinem Blick.

»Wie meinen Sie das?«

»Na, wo Sie Ihre Kleidung gekauft haben, das Hemd, die Hose, die Schuhe.« Luca deutete mit dem Finger drauf.

»Die hab ich aus … einer Sammlung. Ich kann mir nicht so viel leisten …«

»Verstehe. Aber lange haben Sie die Sachen noch nicht, oder?«

Franco blickte fragend zu Luca, weil er nicht verstand, worauf dieser hinauswollte.

Wenn Luca wegen seiner Filmaufnahmen in Campione gewesen war, hatte er dort immer die beiden Fischer gesehen. Aber erst jetzt war ihm wieder bewusst geworden, dass er sich dabei an einen Mann mit einem weißen Hemd und einen mit einem türkisfarbenen T-Shirt erinnerte. Letzterer musste Carlo Brunato gewesen sein.

Der Alte sah ihn aus zusammengekniffenen Augen an. Seine Lider zitterten.

»Doch.«

Die Art, wie er das sagte, ließ Franco näher an den Tisch heranrücken. Luca bemerkte es nur aus dem Augenwinkel, aber meinte, dass Franco eine Lüge detektiert zu haben glaubte.

»Sind das Ihre Kleider?«, fragte er laut.

»Natürlich«, entgegnete der Alte und zeigte seine Zähne wie zu einem Lächeln.

»Haben Sie Angst?«, fragte Franco.

»Nein, vor was denn?«

»Sagen *Sie* es mir.«

»Was hab ich denn getan?«

»Das wollen wir rausfinden. Sind das Ihre Kleidungsstücke?«

»Ja.«

»Nein, Sie lügen. Warum? Wem gehören sie?«

»Mir. Es sind meine Sachen«, beharrte er und schien kurz davor zu sein, in Tränen auszubrechen.

»Tut mir leid«, sagte Franco und beugte sich noch weiter vor, »Sie lügen. Ich kann es sehen. Ich weiß nicht, wieso, aber Sie werden es mir gleich erzählen.«

Luca hatte Angst, dass Franco diese Drohung körperlich meinte. Wenn er den Alten schlug oder sonst etwas mit ihm tat, würde Luca nicht zusehen können. Das musste er unterbinden. Er hockte sich nun direkt vor den Mann. Er roch seinen sauren Schweiß.

»Signore Brunato, hören Sie. Die Wahrheit kommt am Ende immer heraus. Tun Sie sich einen Gefallen, und erleichtern Sie sich selbst. Wir wissen, dass etwas nicht stimmt. Also hat es keinen Zweck, so zu tun, als wüssten Sie von nichts. Machen Sie es sich nicht unnötig schwer. Es kann ja nicht so schlimm sein.«

Der Alte jammerte auf und schüttelte abwehrend den Kopf.

»Sie haben ja keine Ahnung.«

»Wovon hat er keine Ahnung?«, hakte Franco nach.

Doch der Alte schüttelte nur weiter den Kopf und schloss seine Augen ganz fest. Luca stand auf und legte ihm eine Hand auf die Schulter, sodass er zurückzuckte.

»Keine Angst, wir helfen Ihnen.«

Er lachte verzweifelt auf. »Niemand kann mir helfen. Es ist bereits zu spät.«

»Was ist zu spät? Sie können mir alles sagen«, meinte Luca freundschaftlich.

»Oh nein, das geht nicht. Ich bin tot, wenn ich es tue.«

Luca richtete sich auf. »Tot? Wie meinen Sie das?«

»Bitte lassen Sie mich gehen«, bettelte er.

»Unmöglich«, sagte Luca.

»Er bringt mich um«, hauchte der Alte durch seine lückenhaften Zähne.

Franco und Luca tauschten einen irritierten Blick.

Luca setzte sich mit einem Bein auf den Tisch.

»Wer sollte das tun?«

Brunatos Kopfschütteln verstärkte sich nur noch.

»Sagen Sie es mir, von wem sprechen Sie? Sie sind hier sicher.«

Der Alte hielt inne und starrte Luca aus seinem schwarzen und seinem blinden Auge an. »Niemand ist sicher vor ihm«, wisperte er und nahm das Kruzifix in seine Finger.

»Wer ist er?«, fragte Luca leise und näherte sich Carlo Brunatos Gesicht. Das blinde Auge durchbohrte Luca förmlich, und er musste blinzeln.

»Der Teufel selbst«, sagte er krächzend und schlug sich eine Hand vor den Mund.

Luca konnte sich einen Moment lang nicht rühren und auch nichts denken, alles an ihm schien auf einmal taub zu sein. Bis Franco aufsprang und um den Tisch herumstampfte. Er packte Carlo Brunatos linken Unterarm an Handgelenk und Ellbogen und legte ihn über die Tischkante wie einen Ast, den er zerbrechen wollte.

»Nein«, jammerte der Alte.

»Nein«, rief auch Luca und wollte Franco davon abhalten.

»Mir reicht's! Du Scheißkerl redest jetzt! Los! Fang an oder ich schwöre dir, ich brech dir jeden einzelnen Knochen im Leib.

»Franco«, rief Luca und klammerte sich an einen seiner Arme, ohne jedoch viel damit auszurichten. Franco hatte Bärenkräfte.

»*Er* hat mir die Sachen gegeben und gesagt, ich soll sagen, dass der Junge mir geholfen hat!«, schrie Carlo Brunato in heller Panik.

»Wer ist er?«, brüllte Franco. »Wer ist *er*?«

Da sprang die Tür auf, und Vialli erschien.

»Lass ihn los!«, befahl er.

Franco zögerte, löste dann aber doch seinen Griff und richtete sich auf.

»Los, raus hier«, sagte Vialli und sah sie beide an.

Carlo Brunato sackte erleichtert in sich zusammen, und Franco verließ, gefolgt von Luca und Vialli, den Verhörraum. Nebenan standen sie dicht gedrängt mit den anderen vor der Scheibe, hinter der der weinende Carlo Brunato am Tisch saß.

»So etwas kann und werde ich nicht dulden«, fauchte Vialli, als er die Tür hinter sich zugezogen hatte. »Noch einen solchen Aussetzer, Franco, und ich schließe dich aus dieser Gruppe aus.«

»Es tut mir leid«, presste Franco zähneknirschend heraus. »Aber der Kerl lügt doch wie gedruckt, er führt uns an der Nase herum.«

»Mag sein, aber das sind keine Methoden, die wir anwenden. Außerdem ist Martina davon überzeugt, dass er es nicht sein kann.«

Franco blickte zu Martina.

»Keine Chance. Dieser Mann ist kein Täter, er ist höchstens —«

»Hey!«, schrie Tomasio da wie aus heiterem Himmel und schlug gegen die Scheibe. Alle fuhren herum und sahen Carlo Brunato im Verhörraum auf dem Boden liegen. Der Stuhl war umgefallen. Vialli, der der Tür am nächsten stand, stieß sie auf und rannte hinüber. Luca folgte ihm in das Verhörzimmer und sah Carlo Brunato mit aufgerissenem Mund und starren Augen daliegen. Sie knieten sich neben ihn und prüften seine Vitalfunktionen.

»Er atmet nicht mehr«, stellte Vialli fest und zog Brunatos Unterkiefer auf, um in den Mund sehen zu können. »Er hat seine Zunge verschluckt.«

ZEHN

Kaum fünf Minuten später war der Notarztwagen da gewesen, der Arzt hatte aber nur noch den Tod von Carlo Brunato feststellen können.

Betreten saßen sie zwei Stunden später in einem Restaurant in Riva beisammen. Keiner konnte etwas essen, und so hielten sich alle nur an ihren Gläsern fest und schwiegen. Sie hatten sich einen Tisch im Innenraum genommen, wo sie die einzigen Gäste waren, während draußen, in der kleinen Seitenstraße, die zum Hafen führte, alle Plätze belegt waren. Luca hatte sich einen Ramazzotti bestellt und erst einen Schluck genommen, obwohl sie schon über zwanzig Minuten hier waren. Er stand unter Schock. Vorhin hatte er sich kurz hinlegen müssen und hatte die Füße gegen die Wand gestemmt. Auch jetzt spürte er noch etwas Schwindel und Kraftlosigkeit in seinen Gliedern.

»War das Absicht, was meint ihr?«, erhob Franco als Erster seine Stimme, blickte dabei aber nicht von seinem Glas Sambuca auf.

»Natürlich war es das«, sagte Vialli nüchtern. »Wir werden nur erhebliche Schwierigkeiten haben, das zu beweisen. Zuallererst wird man uns unter den Generalverdacht der Gewaltanwendung während einer Befragung stellen. Genau danach sieht es ja aus.«

Franco ließ schuldig seinen Kopf hängen.

»So wird es die Presse gern hinstellen wollen«, meinte Tomasio. »Aber es gibt keinerlei Beweise für diesen Verdacht, schließlich ist es nicht dazu gekommen.«

»Wir sollten vielmehr darüber nachdenken, was das für unseren Täter bedeutet«, mahnte Martina. Sie hielt ihr Glas Wasser mit ein paar Eiswürfeln zwischen beiden Händen und schwenkte es unbewusst im Kreis. Das Eis klirrte leise.

»Carlo Brunato hatte so viel Angst vor dem Mann, dass er sich selbst umbrachte«, sagte Luca und blickte jeden von ihnen der Reihe nach an. »Der Teufel, wie er ihn nannte, hat ihn gezwungen, diese Kleidung zu tragen und jedem, der fragt, die Geschichte zu erzählen, dass er einen jungen Mann bat, ihm beim Tragen der Fische zu helfen. Er hat ihn aber nie gesehen. Als ich ihn da drin auf die Mädchen ansprach, war er völlig ahnungslos. Und auch dass der Junge sich die nassen Haare schüttelte, wusste er nicht. Er ist ein Sündenbock, ein Opferlamm.«

Martina nickte nachdenklich. »Wie gesagt, er ist das genaue Gegenteil unseres Täters. Ich muss Lucas Vermutung zustimmen. Der Täter hat ihn benutzt. Und das bedeutet, dass er noch planvoller, noch gerissener und noch durchtriebener ist, als wir dachten. Er kleidete diesen Mann genauso ein wie sich und ließ ihn eine Geschichte erzählen, die jeden Verdacht von ihm ablenken würde. Und er flößte dem armen Kerl so viel Angst ein, dass der sich selbst das Leben nahm, als wir die Lüge bemerkten. Seine Menschenkenntnis und seine Manipulationsfähigkeiten sind beängstigend.«

»Wir haben heute den wichtigsten Zeugen in dieser Sache gefunden und direkt wieder verloren«, resümierte Tomasio niedergeschlagen. »Das darf uns aber nicht den Mut nehmen, weiterzumachen. Wir müssen weiterhin die Merkmale des Profils ausloten, die Autohäuser und Weinhändler abklappern und den Kreis enger ziehen. Ganz im Ernst, viele Verdächtige können irgendwann nicht mehr übrig bleiben.«

»Tomasio hat recht.« Vialli hob motivierend seine Stimme und klopfte Franco unter dem Tisch aufmunternd gegen das Bein. »Lasst die Köpfe nicht hängen. Wir haben große Fortschritte gemacht in letzter Zeit.«

Luca bemerkte, dass Tomasio ihn beobachtete. Den Augenkontakt vermeidend, hielt er den Blick auf sein Glas gerichtet, aus dem er jetzt einen Schluck nahm. Sein Magen quittierte den Alkohol mit einem unzufriedenen Grummeln. Ich sollte besser etwas essen, dachte er, zumal ich auch schon diese geringen Mengen Alkohol im Kopf merke. Er sah sich nach der Bedienung um. Der Kellner, der immer wieder von der Küche nach draußen hastete, war nicht zu sehen, nur aus der Küche drangen Klappern und ein entspanntes Pfeifen, das ganz und gar nicht zu der Hektik passte, die im Bedienbereich geherrscht hatte. Luca fielen die großformatigen Fotografien an den blassgelb gestrichenen Wänden auf. Es waren Schwarz-Weiß-Bilder vom See, und eines schlug ihn sofort in seinen Bann. Es hing in einer kleinen Nische in der linken hinteren Ecke des Lokals. Die Jesusfigur, die man hier in der Bucht vor Riva versenkt hatte, damit sie ihre schützenden Arme über den Ort ausbreitete, war darauf abgebildet. Es herrschte eine eigentümliche Stimmung auf dem Bild. Die Fotografie zeigte die riesenhafte Figur in leichter Untersicht, sodass Jesus mit seinen dunklen Metallaugen fast verloren in die Höhe blickte, dorthin, wo das Wasser sich allmählich aufhellte. Die Arme weit ausgebreitet, schien er den Ort nicht nur segnen, sondern ihn vielmehr umarmen und allen dort lebenden Menschen Zuflucht gewähren zu wollen. Cassius, Fifo und Zorro waren seinem Ruf gefolgt. Sie waren jetzt bei ihm, tief unten im See, in absoluter Dunkelheit, sinnierte Luca. Seine Gedanken verloren sich in schwarzer Tiefe wie ein im Wasser versinkender Stein, und eine große Trauer nahm von ihm Besitz.

»Luca?«, hörte er jemanden sagen. Er erkannte die Stimme nicht sofort. »Luca?«

Er blinzelte und war wieder zurück in dem Restaurant. Er saß ganz allein am Tisch. Alle anderen waren gegangen, nur Vialli stand noch an der Tür und beugte sich besorgt zu ihm. »Alles in Ordnung mit dir?«

»Ja, ja.«

»Kommst du?«

Luca erhob sich schwerfällig. Sein Körper fühlte sich an wie Blei. Oder er war einfach nur geschwächt von … von den Erlebnissen der letzten Tage.

Vialli hielt ihm die Tür auf, und Luca ging hinaus auf die Terrasse mit den eng besetzten Tischreihen und dem wirbelnden Stimmgewirr der Gäste.

»Leg dich hin und schlaf dich mal richtig aus, wenn du zu Hause bist«, riet Vialli ihm und legte dabei eine Hand auf seine Schulter.

Luca sicherte es ihm zu, notierte dann noch kurz die Adresse und die Handynummer von Carla Testaro und reichte sie ihm. Die anderen warteten am Ausgang der kleinen Gasse, und gemeinsam gingen sie den Weg zur Polizeistation. Mit Martina ließ Luca sich kurz vor dem Parkplatz etwas zurückfallen.

»Zu dir oder zu mir?«, flüsterte sie, während sie auf den Boden schaute.

Eigentlich wollte Luca heute gern für sich allein sein. Das Bedürfnis nach Ruhe und Abgeschiedenheit, um sich wieder zu sammeln, war in ihm aufgekeimt, aber er hatte auch den Wunsch, mit Martina zusammen zu sein und mit ihr gemeinsam über das Geschehene nachzudenken.

»Zu dir«, antwortete er und machte sogleich einen schnellen Schritt nach vorn, um sich wieder von ihr abzusetzen.

Auf dem Parkplatz verabschiedeten sich alle voneinander und stiegen in ihre Autos, bis auf Vialli, der mit gesenktem Kopf wieder im Gebäude verschwand.

Luca machte einen Umweg durch die Stadt und besorgte Wein und etwas Brot in einem Supermarkt, bevor er nach Malcesine fuhr. Die Dunkelheit war über den See hereingebrochen, und die matten Lichtkegel der eher schwachen Scheinwerfer des Flavia tasteten sich über den grauen Asphalt. Der Mond stand in einer silbernen Sichel am schwarzblauen Himmel und schnitt immer wieder durch die Spitzen der Pinien am Straßenrand. Um den Gipfel des Monte Baldo hatten sich in der Dunkelheit grau schimmernde Wolken verfangen. Der See lag schwarz wie Teer zu seiner rechten Seite, und die Lichter der vor ihm liegenden Promenaden warfen ihren Schein wie Messerklingen auf die Uferseiten. Schon vor der nächsten Linkskurve vernahm Luca ein tiefes Röhren, das sich kurze Zeit später als der Motor eines weißen Lamborghini herausstellte. Geduckt über die Fahrbahn gleitend, kam er auf ihn zu. Die Scheinwerfer sahen aus wie böse funkelnde Augen, und Luca dachte an Martinas Ausführungen zum Profil des Täters. Genau so einen Wagen musste er fahren. Es war möglich, dass der Mörder in diesem Moment an ihm vorbeifuhr, nur knapp einen Meter von ihm entfernt. Luca ertappte sich bei dem Gedanken, das Steuer des Flavia herumreißen und dem Wagen folgen zu wollen. Doch das wäre ebenso aussichtslos wie der Versuch, einen Blick in die getönten Scheiben des Boliden zu werfen. Das flache Gefährt rauschte an ihm vorbei, und was blieb, war lediglich die Druckwelle, die der Lamborghini vor sich herschob und die den Oldtimer kurz ins Wanken brachte.

Er war diesem Wagen schon ein paarmal begegnet, hatte dem aber nie eine Bedeutung beigemessen. Das war heute Abend anders. Doch Luca setzte seine Hoffnung darauf, dass Franco seine Arbeit gründlich tat und der Besitzer des Sportwagens auf seiner Liste auftauchen würde.

Malcesine war weniger von Autos als von Menschen bevölkert, die durch die Fußgängerzonen und an der Hauptstraße entlangflanierten und in den dortigen Restaurants und Bars saßen.

Luca bog nach links ab, und schon bald standen immer weniger Häuser am Straßenrand. Die alten Laternen konnten die Straße nur noch dürftig durch die Olivenhaine beleuchten. Ein einziger Wagen war etwa hundert Meter vor ihm unterwegs. Sonst sah er niemanden, höchstens einmal, wenn ein geöffnetes Fenster den Blick in eines der Häuser freigab.

Es war jetzt nicht mehr weit bis zu Martinas Haus. Die Straße wand sich linksseitig um den Berg herum, und Luca blinkte, als das Grundstück in Sicht kam. Er bog in die kleine Auffahrt ein und fand sich statt hinter Martinas Jeep hinter dem Wagen von Tomasio wieder, der soeben ausstieg und mit einem entsetzten Blick Lucas Flavia erkannte. Er bremste. Der Motor lief noch. Tomasio stand wie ein Stück Wild im Licht seiner Scheinwerfer.

»Scheiße«, fluchte Luca und schaltete den Motor ab.

Das war nach diesem anstrengenden Tag wahrlich das Letzte, was er gebrauchen konnte. Sie konnten diese Begegnung nicht bis in alle Ewigkeit vermeiden, aber jetzt … Luca drückte ermattet und widerstrebend die Tür auf und stieg aus. Den Wein und das Brot ließ er vorerst im Wagen.

Tomasio stand vor ihm, die Arme wie bei einem Duell leicht angewinkelt, und pendelte nervös von einem Bein aufs andere. »Hätt ich mir ja denken können«, sagte er in die abendliche Stille hinein. Nur die Zikaden waren zu hören und das Knacken vom Abkühlen des Motors.

»Und?«, fragte Luca. »Was soll das bedeuten?«

Tomasio blickte auf seine Füße und schob, sich die Wut verbeißend, seine Lippen vor. »Nichts, gar nichts«, sagte er und steckte seine Hände in die Hosentaschen. »Hab mir schon so was gedacht. Ich kenn dich ja ganz gut.«

»Ist lange her, dass wir uns kannten.«

Tomasio hob seinen Blick. »Manche Dinge ändern sich nicht.«

»Alles ändert sich«, sagte Luca. »Rasend schnell sogar.«

Die Haustür schwang auf, und Martina erschien im Licht einer gelblich scheinenden Lampe direkt über dem Eingang. Ihre Haltung verriet, wie unangenehm ihr die Situation war. Gebückt, wie unter Magenkrämpfen, schritt sie auf die beiden zu und verschränkte die Arme vor der Brust.

»Ja, das sehe ich«, meinte Tomasio mit einem Blick auf Martina.

»Tomasio«, sagte sie verunsichert.

»Überraschung«, brummte er mit bitterem Sarkasmus.

»Was … was wolltest du denn?«, fragte sie zaghaft.

»Nur über das Video sprechen, aber das können wir auch morgen machen.«

Sie erwiderte nichts, was umso mehr wie eine Zustimmung klang.

»Dann geh ich jetzt mal wieder. Lässt du mich raus?«, fragte er Luca, doch sein Blick streifte ihn nur.

»Geh doch schon mal rein, Martina«, sagte Luca und folgte Tomasio bis an dessen Autotür.

Martina schlich geräuschlos ins Haus.

»Tomasio …« Luca wollte etwas klarstellen, wusste aber nicht, wie er beginnen sollte. Er fühlte sich schuldig, sein Gefühl hatte ihn nicht getäuscht, was Tomasios Gefühle für Martina betraf. Sich anbiedern oder zu Kreuze kriechen wollte er jedoch auch nicht. »Hör zu, es … es tut mir leid, wenn … wenn … Ach, Scheiße, es ist einfach passiert, was soll ich sagen? Ich hab ja gemerkt, dass du auch …«

Tomasios Kopf fuhr zu ihm herum. Er fühlte sich entblößt, so sah es zumindest aus. »Gar nichts hast du. Fahr dein Auto weg.«

»Tomasio …«

»Was willst du denn noch?«, fuhr er ihn an. »Hast du nicht schon alles, was du wolltest? Du kriegst immer deinen Willen. Du wolltest nichts mehr mit mir zu tun haben, also haben wir nichts mehr miteinander zu tun. Du wolltest, dass ich mich schuldig fühle, also bitte, schuldig. Du wolltest Martina, und schon liegt sie dir zu Füßen.« Da war so viel aufgestaute Wut in ihm, dass seine Augen in der Dunkelheit förmlich leuchteten. »Geh rein, aber quatsch mich nicht voll von wegen, dass es dir leidtut. Und jetzt fahr deine Kiste da weg.«

»Das war keine gute Idee«, meinte Luca leise und senkte den Kopf. »Zusammenzuarbeiten, meine ich.«

In der Tat hatte seine Entscheidung, sich auf Viallis Angebot einzulassen, ihm nichts als Probleme und schlechte Träume eingebracht. Er wäre lieber ahnungslos in seinen Bergen geblieben und hätte das getan, was er immer tat, statt sich hier mit den Dämonen seiner Kindheit herumzuschlagen.

»Meine Idee war's jedenfalls nicht. Was immer du tust, musst du auch selbst verantworten. Aber manchmal solltest du vorher drüber nachdenken, wie andere mit deinen Entscheidungen leben müssen. Wir sollten reden. Allerdings nicht jetzt.«

Er riss seine Tür auf, warf sich auf den Sitz und knallte sie dröhnend wieder zu. Augenblicklich sprang der Motor mit einem Aufheulen an, und eine Abgaswolke schoss aus dem Auspuff. Luca machte kehrt und manövrierte seinen Wagen an die Seite, sodass Tomasio hinausfahren konnte.

Als er wieder geparkt hatte und durch die offene Tür hinauf in Martinas Wohnung gegangen war, fand er sie mit auf die Hände gestütztem Kopf auf dem Sofa vor. Ihre blonden Haare quollen zwischen ihren Fingern hervor. Luca stellte den Wein und das Brot auf dem Tischchen ab.

»Wie soll ich denn jetzt noch mit ihm zusammenarbeiten?«, fragte sie, und Luca meinte, einen Vorwurf darin mitschwingen zu hören.

»Der beruhigt sich wieder.«

»Ach ja? So einfach ist das?« Sie blickte aus geröteten Augen zu ihm hoch.

»Gibst du mir jetzt die Schuld an der Sache? Wenn ich mich recht entsinne, warst du nicht abgeneigt, dass ich dich besuche.«

Sie ließ ihren Kopf zurück in ihre Hände fallen.

»Soll ich gehen?«, fragte Luca.

Martina streckte eine Hand nach ihm aus, die er nach einer Weile ergriff.

»Tut mir leid«, flüsterte sie.

»Ja, mir auch.« Er setzte sich neben sie. Ratlos blickten beide auf die Flasche auf dem Tisch.

»Es war mir schrecklich peinlich«, gab sie zu.

»Mir erst. Er ist auch nur sauer auf mich, da mach dir mal keine Sorgen.«

Sie starrten weiterhin auf den Wein.

»Vielleicht sollte ich aussteigen«, schlug Luca vor.

»Nein«, sagte sie schnell und drückte seine Hand.

»Wir könnten uns weiterhin sehen, aber ich wäre aus dem Fall raus und käme nicht mehr mit ihm in Kontakt.«

»Nein, Luca. Bis jetzt war deine Hilfe genau das, was wir gebraucht haben. Du bist ein Glücksbringer. Wir brauchen dich. Dieser Fall braucht dich. Das war einfach Schicksal, dass du zu uns gekommen bist.«

»Ich mach den Wein auf«, sagte er resigniert. Sie lachte schnaubend und ließ den Kopf hängen.

Luca öffnete die Flasche in der Küche. Der Korken quietschte leise, als er ihn vom Korkenzieher drehte.

»Was hat euch beide eigentlich so verärgert, dass ihr nichts mehr miteinander zu tun haben wollt?«

Das Quietschen erstarb abrupt. Luca stand da, als wäre er in der Bewegung eingefroren. Steif, mit leicht gesenktem Kopf, angespannt durch den geöffneten Mund atmend. Wie kam sie nur darauf, ihn das zu fragen? Sicher, die Frage hatte früher oder später kommen müssen. Aber er wollte sie nicht hören und schon gar nicht beantworten. Sie stand auf.

»Luca?«

»Wenn ich's mir recht überlege, will ich keinen Wein mehr.«

Bereits um sieben Uhr am nächsten Morgen erhielt er einen Anruf von Stefano. Martina hatte sich ein Brot geschmiert und saß kauend vor ihm am Frühstückstisch.

»Luca? Guten Morgen, ich hoffe, ich wecke dich nicht«, begrüßte Stefano ihn.

»Nein, nein, hast du etwas herausfinden können?«

»Ja. Drei meiner Freunde haben Weinhandlungen in der Größenordnung, wie du sie suchst. Ich habe ihnen erzählt, dass du für die Polizei arbeitest, dennoch waren sie nicht erfreut darüber, dass sie die Daten ihrer besten Kunden preisgeben sollten. Ich wusste auch nicht, wie viel ich über den Fall verraten darf, deshalb wäre es gut, wenn du selbst mit einem Polizisten dort vorbeigehst und das Ganze besprichst.«

»Verstehe.« Lucas Freude über die schnelle Rückmeldung erhielt einen Dämpfer, er verstand jedoch, was die Händler befürchteten.

»Hast du was zu schreiben? Ich geb dir die Adressen einfach mal durch.«

»Ja, Moment«, sagte Luca und deutete Martina an, dass er einen Stift und Papier brauchte. Sie flitzte in die Küche und kam mit Notizblock und Kugelschreiber wieder. Luca notierte sich die Namen und Niederlassungen und beschloss, Vialli zu bitten, mit ihm zu kommen, um es offiziell zu machen.

Sie trafen sich um neun Uhr in der Polizeistation. Die erste Adresse lag im Norden von Riva in einem sehr modernen Gebäude, welchem man sofort die finanzkräftige Kundschaft ansah. Auf dem Parkplatz standen ein silberner Maserati aus den Siebzigern, ein schwarzer Porsche Panamera und ein Audi Q7 in Weiß. Luca und Vialli warfen sich einen vielsagenden Blick zu, als sie das Auto sahen, und betraten dann gemeinsam den Verkaufsraum, der einem gläsernen, verschachtelten Kubus glich. Der Boden war mit Terrakottafliesen ausgelegt, der Raum klimatisiert, und die Weine standen in aufwendig beleuchteten Vitrinen, an denen eine Digitalanzeige die perfekte Temperatur für die Weine anzeigte. Es gab einen Verkostungsbereich, der eher einer luxuriösen Bar glich. Die Bedienungen, die sich hier um die Kunden kümmerten, trugen Lederschuhe, schwarze

Hosen oder Röcke für die Damen und weiße Hemden und Blusen, die ein kleines, unauffälliges Logo des Ladens auf der Manschette hatten.

»Guten Morgen, mein Name ist Andrea, wie kann ich Ihnen behilflich sein?«, fragte sie ein junger Mann mit Vollbart und einer akkurat nach oben geföhnten Haartolle. Seine Zähne waren makellos weiß und blitzten zwischen den irgendwie glitzernden Barthaaren hervor.

»Commissario Vialli von der Kriminaldirektion Riva und mein Berater Luca Spinelli«, stellte Vialli sie beide diskret mit gedämpfter Stimme vor. Das Lächeln wich aus dem Gesicht des jungen Mannes. »Wir möchten gern den Geschäftsführer sprechen.«

»Oh, ja, selbstverständlich«, entgegnete der Mitarbeiter. »Ich rufe ihn an.«

Während Andrea hinter dem Tresen leise und abgewandt telefonierte, sahen Luca und Vialli sich im Laden um, neugierig, wem wohl der weiße Audi gehören mochte. Ein Ehepaar und ein einzelner Herr saßen an zwei Eichenfässern, deren Oberseiten mit beleuchteten Glasplatten bestückt waren, und verkosteten die dargebotenen Weine.

Als sich die Tür hinter ihnen öffnete, betrat ein kleiner, in ein dunkles Jackett und ein blau-weiß kariertes Hemd gekleideter Mann den Raum. Seine ledernen Schuhe glänzten wie poliertes Glas, und an seinen Fingern blitzten massive goldene Ringe.

»Ich komme sofort zu Ihnen«, raunte er Luca und Vialli zu, legte Vialli im Vorbeigehen eine Hand auf den Arm und begrüßte dann herzlich die Kunden an den Verkostungstischen, die offenbar zu seinen Stammkunden gehörten. Luca und Vialli warteten geduldig, bis er sich ihnen widmete und mit der Hand in Richtung Ausgang deutete. »Wollen wir in mein Büro gehen? Da sind wir ungestört.«

»Gern«, sagte Vialli, und sie folgten dem Geschäftsführer nach draußen. Hier kamen ihnen der Besitzer des Audi und ein Mitarbeiter entgegen, der fünf Kisten Wein auf einem Rollwagen vor sich herschob. Per Fernbedienung ließ der Audifahrer den Kofferraum aufgleiten. Er war sportlich elegant gekleidet und hatte grau meliertes Haar. Die Sonnenbrille verhinderte eine genaue Schätzung seines Alters, doch Luca hielt ihn für um die sechzig. Das war nur wenig älter, als Martina es prognostiziert hatte. Vialli dachte offenbar das Gleiche wie Luca, denn er notierte sich im Gehen unauffällig das Nummernschild.

Sie wurden in einen gläsernen Anbau geführt, der im Schatten einiger Olivenbäume stand. In dem quadratischen Büro stand eine Ledersitzgruppe um ein halbiertes Weinfass herum, das als Tisch diente. An der hinteren Wand befand sich ein gläserner Schreibtisch, auf dem lediglich ein Monitor und eine Tastatur zu sehen waren.

»Bitte nehmen Sie Platz«, sagte der Geschäftsführer. »Möchten Sie etwas trinken?«

»Nein, vielen Dank«, lehnte Vialli ab, und sie setzten sich nebeneinander auf die Couch. Der Geschäftsführer nahm ihnen gegenüber Platz und lächelte, als er seine Beine übereinanderschlug und einen Arm auf die Rückenlehne legte.

»Die Polizei ist, wie Sie sich denken können, ein eher seltener Gast in unserem Haus«, eröffnete er das Gespräch.

Vialli stellte sich und Luca erneut vor.

»Oh, Antonio Venaro, entschuldigen Sie bitte«, entgegnete er und reichte ihnen die Hand. »Stefano hatte mich ja bereits vorgewarnt«, fuhr er fort, »und ich muss sagen, dass wir unsere Kundschaft sehr pflegen und mit den Daten selbstverständlich diskret umgehen.«

»Das ist mir völlig klar, Signore Venaro«, meinte Vialli freundlich und wurde dann ernst. »Allerdings geht es um die Ermittlungen in einem Mordfall, und wir benötigen Ihre Angaben sehr dringend.«

»Mord?«, hakte er nach.

»Richtig. Wie Sie sicher verstehen werden, können wir in solchen Fällen keine Rücksicht auf den Datenschutz nehmen.«

Venaro schürzte abschätzend die Lippen. Sein enger Kragen schnitt ihm in den Hals, was ihn aber nicht zu behindern schien.

»Ungern. Sehr ungern. Für uns als Betrieb stellt eine solche Weitergabe ein hohes Risiko dar. Die Kunden könnten uns ihre Treue kündigen, wenn sie erführen, dass wir ihre Daten weitergegeben haben.«

»Signore Venaro«, hob Vialli erneut an, »Sie sind dazu verpflichtet, im Zuge einer polizeilichen Ermittlung mit uns zu kooperieren.«

Unschlüssig fuhr Venaro sich mit dem Zeigefinger über seine Schläfe und blickte nach draußen. Luca war überrascht, wie wenig entgegenkommend er war.

»Also gut«, meinte er schließlich und atmete widerwillig aus. »Was genau brauchen Sie?« Er stand auf und begab sich hinter seinen Schreibtisch.

»Wir benötigen eine Liste Ihrer Stammkunden, die regelmäßig hochwertige Weine, vor allem Weißwein, in größeren Mengen bei Ihnen einkaufen.«

»Ich kann Ihnen gleich sagen, dass das nicht wenige sind. Das ist quasi der Hauptteil unserer Kundschaft.«

»Mag sein«, erwiderte Vialli unbeeindruckt.

»Es wird etwas dauern, bis ich die Daten zusammengestellt habe. Kann ich Sie irgendwie erreichen?«

Vialli stand auf und legte ihm eine Visitenkarte auf den Tisch.

»Soll ich Ihnen die Liste an diese Adresse mailen?«

»Nein, bitte rufen Sie mich an, ich hole sie dann ab. Das ist sicherer.«

»Na gut.«

»Vielen Dank.« Vialli reichte ihm die Hand.

Sie fuhren davon und wechselten einen belustigten Blick.

»Wenn die alle so sind ...«, meinte Vialli mit einer skeptischen Kerbe im Mundwinkel.

Die Ansprechpartner an den nächsten beiden Adressen waren wesentlich zuvorkommender und verständiger. Hier bekamen sie die Adresslisten sofort ausgehändigt. Am frühen Nachmittag waren sie bereits wieder auf dem Rückweg und näherten sich über die Landstraße von Rovereto dem Gardasee. Geradeaus blickte man auf die rot schimmernden Dächer des Ortes unter ihnen und in die Schneise, in der der See sich zwischen den hoch aufragenden, sanft ansteigenden Bergen der Ostseite und den steil und schroff angrenzenden Bergen der Westseite erstreckte. Luca sah hinüber auf seine Seite, die Westseite. Von hier oben bekam man eine Ahnung davon, wie die Felswände unter Wasser weiter steil abfielen, bis sich das Wasser von dem strahlenden Türkis in ein undurchschaubares Schwarz verwandelte. Die Fenster der Tunnel wirkten wie aufgerissene schwarze Münder, die zu ihnen herüberschrien, und Luca spürte trotz der heute sehr schwülen Hitze eine eisige Kälte seinen Rücken hochkriechen. Der Anblick der Westseite machte ihm Angst. Es ist die Todesseite, hörte er eine Stimme in seinem Kopf leise hallend flüstern.

»Heute gewittert's noch«, sagte Vialli und duckte sich, um besser auf die Berge zu seiner Linken schauen zu können.

»Drüben ist die Todesseite«, sagte Luca dumpf.

»He?« Vialli sah ihn entgeistert an.

»Alle Opfer sind auf der Westseite verschwunden, oder?«

»Richtig. Einige stammen von hier, aber verschwunden sind sie drüben.«

»Dann können wir die Städte auf dieser Seite als Wohnsitz vermutlich ausschließen«, sagte Luca.

»Ja, du hast recht. Das hilft uns, wenn wir die Listen miteinander abgleichen.«

Luca sah wieder die Jesusfigur vor seinem inneren Auge. Wie sie in die Höhe starrte. Ein Segen aus der Tiefe. Er hatte das Segnen immer als eine Geste von oben empfunden. Jesus, der Erretter und Beschützer, wirkte aus der Höhe. *Über* jemanden wachen hieß es doch auch. Ob es den gleichen Effekt hatte, wenn er aus der Tiefe agierte? Oder war das eine Geste, die zum Scheitern verurteilt war? Die sich, viel schlimmer noch, ins Gegenteil verkehren konnte?

Viallis Handy klingelte. Er nahm ab, nannte seinen Namen und lauschte einen Moment. Dann warf er Luca einen Blick zu und sah wieder auf die Straße. Sie hatten die letzte Kurve vor Riva erreicht. Links sprangen einige Kinder und Jugendliche vom Geländer an der Promenade hinunter ins Wasser.

»Ich bringe noch jemanden mit. Wir sind in fünf Minuten da.«

Er legte auf. Luca blickte ihn fragend an.

»Das war die Kriminaltechnik. Der zweite Fall ruft. Möchtest du dabei sein? Sie haben die Speicherkarte gefunden.«

Girolo, den Luca kaum wiedererkannt hätte ohne seinen weißen Schutzanzug, erwartete sie bereits in der in einem Extragebäude untergebrachten Kriminaltechnik auf der anderen Seite des Parkplatzes. Er ging ihnen voraus in einen Raum, in dem die Kleidungsstücke von Nuncia Tavese einzeln ausgebreitet auf einem metallenen Tisch lagen. Luca fuhr zurück, als er die großflächigen rostbraunen Flecke auf der Fahrradhose, dem Trikot und auf der Unterwäsche als Blut erkannte.

»Wir haben in ihrem Hotelzimmer alles auf den Kopf gestellt, ebenso haben wir das gesamte Fahrrad auseinandergenommen. Nichts«, erklärte Girolo und stützte seine Finger auf dem Tisch ab. »Also haben wir uns nochmals der Kleidung zugewandt, und da wir ja von euch wussten, was wir ungefähr suchen, haben wir die Kleidungsstücke durchleuchtet. Wir haben sie durch den Röntgenapparat geschickt. Und siehe da …«

Schnell und geschickt schlüpfte er in ein Paar Latexhandschuhe und zog das Trikot näher zu sich heran. Luca konnte kaum hinsehen. Der ursprünglich weiße Sport-BH war mit Blut getränkt. Er konnte und wollte sich nicht ausmalen, welche Verletzungen zu so viel Blut geführt hatten.

»Hier«, meinte Girolo und tippte auf ein rechteckiges Logo der Herstellerfirma auf dem linken Ärmel. »Dieses Stoffemblem ist aufgenäht. Allerdings wurde die obere Naht aufgetrennt und in Handarbeit notdürftig wieder zugenäht.« Er öffnete den kleinen Spalt von kaum anderthalb Zentimetern, und der Aufnäher sah aus wie eine kleine Tasche. »Darin fanden wir diese Mikro-SD-Karte.« Er griff zu einem kleinen Plastikbeutel, in dem sich eine schwarze Speicherkarte befand. »Die Fingerabdrücke sind vom Opfer. Sie ist äußerlich unbeschädigt. Den Rest müsst ihr erledigen.« Damit händigte er Vialli den Beutel aus und blickte nicht ohne Stolz über den Rand seiner Brille hinweg.

»Gute Arbeit, Gigolo«, kommentierte Vialli.

»Ich will Carla Testaro dabeihaben, wenn wir uns die ansehen«, meinte Vialli und drehte die Karte in seinen Fingern.

»Wollen wir hochfahren, oder soll ich sie herholen?«

»Wir fahren hoch. Mit getrennten Autos.«

»In Ordnung.«

Luca fuhr vor und leitete Vialli bis nach Veso in die unscheinbare Einfahrt von Cesare und Loretta. Wieder kam ihnen Cesare entgegen, kaum dass sie den Motor abgestellt hatten.

»Luca!«, rief er und breitete seine Arme aus.

»Wie sieht es aus? Alles ruhig?«, fragte Luca.

»Natürlich, Junge. Wir kommen gut klar mit ihr, ist ein nettes Mädchen.«

»Cesare, das ist Commissario Vialli aus Riva. Wir müssen dringend mit Carla reden.«

Die beiden reichten sich die Hände.

»Sie ist hinten.« Cesare führte sie in den Garten, wo Carla zusammen mit Loretta bei den Tomatenranken im Gemüsebeet arbeitete. Sie trug ein Kopftuch, ein kariertes Hemd und alte Jeans.

»Besuch!«, rief Cesare über den Garten hinweg. Ein Echo wurde aus dem Flusstal zurückgeworfen. Die beiden Damen blickten auf, und Carla erstarrte, so als ahnte sie bereits, dass Viallis Anwesenheit nur eins bedeuten konnte. Ängstlich kam sie auf sie zugetapst. Loretta folgte ihr.

»Buongiorno«, grüßte sie die beiden Männer.

»Wir haben die Speicherkarte gefunden«, sagte Vialli.

»Wollen wir raufgehen?«, schlug Luca vor.

Sie stiegen die Treppe hinauf in die kleine Wohnung, die nun von Carla bewohnt wurde. Als sie das Zimmer betraten, sah Luca sich aufmerksam um. Alles sah noch so aus wie damals, als er hier gewohnt hatte. Keine Veränderung. Er schien soeben aus einer Zeitmaschine ausgestiegen zu sein, was ihn kurz in Gedanken versinken ließ.

Vialli stellte einen Laptop auf den Esstisch, und sie nahmen Platz.

»Ich hoffe, dass Sie uns erklären können, was wir gleich sehen werden, was immer das sein wird.«

Carla schluckte nur und traute sich kaum, auf den Bildschirm zu schauen. Vialli holte die Speicherkarte aus seiner Tasche und schob sie in den Schlitz an der Seite. Es gab ein Geräusch, der Computer hatte die Karte erkannt, und ein Fenster öffnete sich. Auch bei Luca wuchs die Nervosität. Was auf dieser Speicherkarte war, war für jemanden so gefährlich, dass er dafür getötet hatte.

Zwei Ordner waren zu sehen. »Screenshots« stand über dem ersten, »Videos« über dem zweiten.

»Soll ich?« Vialli bewegte den Cursor auf den Screenshot-Ordner.

Carla nickte, doch die Furcht stand ihr ins Gesicht geschrieben.

Vialli klickte zweimal, und eine lange Reihe an Dateien erschien. Er klickte die erste an, und eine Internetseite öffnete sich. »Devil's Date« lautete eine schwarze Überschrift vor rotem Hintergrund. Es war anscheinend eine italienische Chatseite mit verschiedenen Einträgen, Posts und Dialogen. Die User waren per Bild vertreten, obwohl nie ein persönliches Foto ausgewählt war. Es waren Horrorbilder von Waffen, Verletzungen, Filmszenen und Teufels- und Monsterfratzen.

Der abgebildete Chat war eine Unterhaltung über einen Film aus der Slasherszene, der Luca nicht bekannt war. Es wurde darüber debattiert, welche Szenen echt gewesen sein könnten. Ein User bot eine kleine Liste von »echten« Gewaltfilmen, sogenannten Snuff-Movies, an, mit dem Hinweis darauf, wo man sie runterladen konnte.

Vialli rief den nächsten Screenshot auf und stieß irgendwann auf ein Foto. Es zeigte einen jungen Mann von Anfang zwanzig von sehr Nahem. Es schien das Standbild eines Videos zu sein, denn es war etwas unscharf und an den Konturen des Gesichts verwischt. Der Mann war abgemagert und blickte erschrocken und mit einem zum Schrei geöffneten Mund in die Kamera. Die Augen lagen in dunklen Höhlen, und seine Wangen waren hohl.

»Das ist ein Video«, sagte Carla, »man kann es auf der richtigen Seite anklicken. Wir müssen das passende Video in dem anderen Ordner suchen.« Ihre Stimme zitterte.

Vialli verließ den Ordner und suchte im zweiten das passende Video. Er zögerte einen Moment, ehe er es etwas widerwillig zum Laufen brachte.

Der Videoplayer sprang an. Was folgte, war das Schrecklichste, was Luca je gesehen hatte. Eiskaltes Entsetzen packte ihn. Die Kamera fuhr schnell auf den jungen Mann zu, der versuchte zu flüchten, jedoch viel zu schwach war. Er war bis auf die Knochen abgemagert, ein menschliches Gerippe, sein Kopf sah aus wie ein Totenschädel. Blasse Haut spannte sich über seinem eingefallenen Gesicht. Panik lag in seinen weit aufgerissenen Augen, und ein grauenhafter Schrei, der mehr wie der Laut eines Tieres klang, löste sich aus seiner Kehle. Es war ein tiefes, panisches Jammern, bei dem sich seine Stimme überschlug. Die Kamera kam immer näher, er versuchte zu entweichen, sich zu wehren und schrie erneut, und dann blieb das Bild stehen. Nur sein Gebiss war noch zu sehen und der schwarze Abgrund seiner Kehle.

Luca sprang auf und lief ins Badezimmer. Er übergab sich in die Toilette und blieb kraftlos vor der Schüssel hocken, beide Ellbogen auf dem Rand abgestützt. Die Übelkeit hatte er nicht kommen sehen. Er brauchte ein paar Minuten, bis er sich so weit erholt hatte, dass er wieder rausgehen konnte.

»Entschuldigt bitte«, sagte er kleinlaut und schlich zurück an seinen Platz.

»Wieder in Ordnung?«, fragte Vialli.

Luca nickte und rieb sich mit beiden Händen das Gesicht. Er konnte sich selbst nicht erklären, warum er so reagiert hatte. Es waren keine Brutalitäten auf dem Video zu sehen, doch die unbeschreibliche Angst des Jungen hatte ihm zugesetzt.

»Es tut mir leid, aber wir müssen weitermachen«, erklärte Vialli und bewegte den Cursor auf die nächste Videodatei.

Es war erforderlich, dass sie sich alle Aufnahmen ansahen, doch was Luca einen Schlag versetzte, war ein Blick auf die Anzahl der Dateien im Ordner.

»Habt ihr gesehen?« Er legte seinen Finger auf die Zahl.

»Zweihundertsieben«, sagte Carla entsetzt.

Man konnte nur raten, was das bedeutete.

Vialli klickte die Datei an, und der Player öffnete sich.

Es war derselbe Junge. Nur in noch schlechterem Zustand, falls das überhaupt möglich war. Diesmal lag er auf einer Matratze in irgendeiner Ecke und war zu schwach, um sich wehren zu können. Man sah, wie sich die Kamera ihm wieder näherte. Seine Lippen schoben sich auseinander, und er öffnete den Mund. So elend wie er aussah, so sehr strahlten seine Zähne, die im Vergleich zum Rest des Gesichts übermäßig groß wirkten. Ein Klagelaut drang aus seiner Kehle. Er würde nicht mehr lange am Leben sein. Das Licht schien bereits aus seinen Augen zu weichen. Dann war das Video zu Ende.

Vialli wollte sogleich mit der dritten Filmsequenz weitermachen.

»Halt. Stopp. Ich … ich will das nicht mehr sehen«, wehrte sich Luca und winkte ab. »Ich kann mir nicht noch mehr davon anschauen.«

»Dann sieh nicht hin«, meinte Vialli ungewohnt hart und mitleidslos. Sein Spürsinn hatte angeschlagen, er witterte das Unvermeidliche, das hinter diesen Bildern steckte, und er wollte alles erfahren.

Luca ging zum Fenster und sah hinunter in den Garten, wo Cesare über eins der Fischbecken gebeugt dastand und etwas Fischfutter mit der Hand hineingab. Die Forellen, die er hier hielt, tummelten sich sofort wild um die gelbliche Wolke, die nach wenigen Augenblicken aufgelöst war.

Luca vernahm den Ton des nächsten Videos, er wartete auf einen weiteren Schrei oder ein Jammern, ein Weinen oder Schluchzen. Doch außer einem leisen Rascheln ganz nah am Mikrofon war nichts zu hören. Er drehte sich um. Carla blickte mit zitternden Lippen auf den Bildschirm.

»Ist er …«

»Ja, ich denke schon«, antwortete Vialli ruhig.

Carla wandte sich ab und konnte ihre Tränen nicht mehr zurückhalten. Vialli hob seinen Blick zu Luca. Seine Augen lagen in einem düsteren Schatten. »Er ist tot.«

Für eine gefühlte Ewigkeit verharrten sie in ihren Positionen. Jeder für sich. Kein Wort kam über ihre Lippen, bis

Vialli den Anfang machte und langsam den Deckel des Laptops zuklappte.

»Nuncia Tavese hat ein Verbrechen entdeckt. Hier wurde jemand gefangen gehalten, den man elendig verhungern ließ. Ich schätze, dass dem Ganzen eine Entführung vorausgegangen sein muss. Eine Freiwilligkeit können wir bei diesen Aufnahmen ausschließen.«

Carla wischte sich mit den Hemdsärmeln das nasse Gesicht und schniefte.

»Signora Testaro, können Sie ermitteln, von wo diese Aufnahmen ins Netz gestellt wurden?«

»Ich schätze, das Nuncia es bereits versucht hat. Wenn wir hier bei den Dateien keinen Hinweis darauf finden, scheint es wohl nicht möglich gewesen zu sein. Ich kann es noch mal versuchen, müsste mir die Dateien dazu aber kopieren.«

»Ich werde die Speicherkarte an die Abteilung für Internetkriminalität weitergeben. Die sitzen allerdings nicht hier, sondern in Brescia bei Franco«, sagte Vialli.

»Zweihundertsieben Dateien«, mischte sich Luca in das Gespräch ein. »Ist der Junge dann nicht das einzige Opfer?«

Vialli klappte den Bildschirm wieder hoch und klickte sich schnell durch mehrere Dateien. Auch Carla konnte nun nicht mehr hinschauen.

»Nein. Ich habe jetzt zehn Videos geprüft, und es sind schon sechs verschiedene Personen darauf zu sehen.«

»Mein Gott!«, entfuhr es Carla.

»Wir haben es hier anscheinend mit einer Serie zu tun. Von ungeahnten Ausmaßen. Der zweiten bereits.« Vialli ließ sich kraftlos gegen die Stuhllehne fallen. »Was ist nur los mit den Menschen?«

»Der zweiten?«, fragte Carla.

»Ja, Luca hilft mir eigentlich in einer anderen Angelegenheit. Er stieß nur durch Zufall auch hier dazu. Aber das ist jetzt uninteressant. Wir müssen diese Speicherkarte von unseren Experten auswerten lassen. Was da noch alles auf uns zukommt, ist jetzt noch gar nicht absehbar. Aber es wird —«

»Pasquale.« Luca benutzte zum ersten Mal Viallis Vornamen.

Und indem er das tat, drückte er aus, wie wichtig diese Unterbrechung war. Vialli klappte den Mund zu und blickte zu Luca, der immer noch an der Fensterbank lehnte. »Verstehst du nicht?«, flüsterte er fast.

»Was?«

»Wie alt, meinst du, sind diese Opfer?« Luca deutete mit dem Zeigefinger auf den Laptop.

»Jung, um die zwanzig. Ist schlecht zu schätzen in ihrem Zustand.«

»Und sind die Opfer alle männlich?«

Jetzt schien bei Vialli der Groschen zu fallen. Aber er wollte es nicht wahrhaben.

»Ich habe nicht alle gesehen ...«, sagte er wie abwesend.

»Aber die sechs, die du gesehen hast.«

»Ja, alle männlich.«

»Ist das bedeutsam?«, fragte Carla vorsichtig dazwischen.

Luca kam näher an den Tisch und stützte beide Hände auf die Platte. »Es bedeutet, dass wir nicht zwei, sondern nur einen Fall haben. Die Mordserie, in der wir ermitteln, ist diese hier. Das sind die Opfer.«

»Das kann nicht sein«, meinte Vialli leise.

»So einen Zufall gibt es nicht. Ich bin mir sicher, Pasquale.«

Vialli rieb sich die Stirn und versuchte, alle Fakten in seinem Kopf zu ordnen.

»Du kennst doch drei der Jungen«, sagte er schließlich, »du musst sehen, ob du einen von ihnen erkennst.«

»Nein, das mache ich nicht.«

»Luca, bitte. Wir müssen sicher sein. Weißt du, was das hier für unsere Ermittlungen bedeuten würde?«

Luca wandte sich ab und vergrub sein Gesicht in den Händen.

»Ich kann nicht«, murmelte er, »ich kann das nicht.«

»Du musst. Ich verstehe, dass es nicht einfach ist, aber du musst über deinen Schatten springen, Luca.« Vialli sah ihn auffordernd an.

Über den eigenen Schatten springen? Es war mehr als das, aber das verstand Vialli nicht. Wie sollte er auch? Das letzte Mal, als er in diesem Zimmer war ...

»Luca«, insistierte Vialli.

Verloren blickte Luca hinab auf die sprudelnden Fischbecken. Die Forellen huschten als blassgraue Schemen unter der Wasseroberfläche dahin wie Geister aus längst vergessenen Tagen. »Such nach einem Jungen mit einem tätowierten Blitz auf der Wade«, sagte er matt gegen die Scheibe.

Bitte lass ihn nicht dabei sein, flehte Luca. Er blieb so stehen und hörte die Mausklicks von Vialli und das Schniefen von Carla. Wie sollte er das Cassius' Eltern erklären, wenn es sich bewahrheitete? Wie berichtete man Eltern von so einer Folter, wenn man es selbst kaum ertrug?

»Luca?«

Nein. Nein, nein, bitte nicht. Viallis Tonfall klang so niedergeschmettert, dass er ihn gefunden haben musste.

»Bitte, sieh dir das an.«

Jede Faser seines Körpers widersetzte sich dem Zwang, zum Tisch zu gehen und auf den Bildschirm zu sehen. Alles in ihm rebellierte dagegen. Und trotzdem ging er. Wenn es Cassius war, war er es ihm schuldig.

Vialli hatte die Sequenz angehalten. Der Junge lag diesmal in einem anderen Raum, höhlenartig wie der davor, ohne Winkel und Ecken, aber niedriger und dunkler. An der Wand lag eine Matratze, und der Körper darauf war gekrümmt wie ein Embryo. Die Kamera näherte sich von hinten. Hüftknochen stakten durch den Stoff der kurzen Hose, und die Beine waren dünn wie Lucas Unterarme. Auf der blassen, wächsernen Haut hob sich das Tattoo deutlich ab. Es war klein und schwarz. Ein Blitz in einem Kreis. Es war eindeutig das Tattoo von Cassius. Aber dieser Körper konnte nicht er sein.

Nicht mehr, flüsterte eine Stimme in Lucas Ohr. Nicht mehr.

»Das ist Cassius Vardone«, sagte er mit einer Stimme, die er nicht kannte. Seine Kehle war wie zugeschnürt.

»Danke«, sagte Vialli. »Dann ist es Gewissheit.«

ELF

Luca war verstört, als er das Haus verließ und seinen Wagen nach Hause lenkte. Vialli war nach Riva gefahren. Er hatte viel zu erledigen, und er wollte so schnell wie möglich die anderen Mitglieder der Taskforce informieren. Sie hatten eine unglaubliche Entdeckung gemacht, einen eindeutigen Beweis gefunden. Die Videos belegten, dass Cassius nicht ertrunken, sondern genau wie wahrscheinlich auch die anderen Jungen auf Viallis Liste Opfer eines Serienmörders geworden war. Sie belegten, dass beide Fälle zusammenhingen, und sie zeigten, was der Mörder mit seinen Opfern tat, nachdem er sie entführt hatte.

Luca begriff nicht, was gerade mit ihm passierte. Er fühlte sich angegriffen von dem Fall, persönlich angegriffen. Es musste daran liegen, dass der Mörder drei Personen entführt und wahrscheinlich auf grausame, qualvolle Weise getötet hatte, die er kannte. Das kam ihm zu nahe. Der Fall rückte ihm immer mehr auf den Leib, auf die Seele. Der dunkle Schemen, den er in seinem Zimmer hatte stehen sehen, begleitete ihn jetzt wie sein eigener Schatten und berührte ihn hin und wieder von hinten.

Er war noch ein paar Kurven von Pieve entfernt, da rief Martina an.

»Hallo«, begrüßte er sie kraftlos, während er mit einer Hand das Auto steuerte.

»Ist das wahr?«, fragte sie nur. Sie schien eben von Vialli ins Bild gesetzt worden zu sein.

»Ja. Es muss unser Mann sein.«

»Mein Gott, wie viele Jungen sind es?«

»Das wissen wir nicht. Aber es befinden sich zweihundertsieben Videodateien auf der Karte. Es muss eine hohe Zahl sein. Sehr hoch.«

»Oh, Luca. Ich kann's nicht glauben. Vialli meinte, wir sehen uns heute vielleicht noch zu einem Meeting?«

Darauf antwortete Luca nichts. Er war auf dem Weg nach Hause und würde auch dort bleiben.

»Geht's dir gut?«

»Es war kein schöner Anblick. Lass uns später noch mal reden, ja? Ich bin gerade im Auto.«

»Okay. Ruf einfach an. Bis später.«

Luca legte auf und warf das Handy auf den Beifahrersitz. Er fuhr um eine Rechtskurve, die dann zu einer Linkskurve wurde, und passierte einen schmalen Eingang im Mauerwerk zum dahinterliegenden Swimmingpoolgarten. Die Tür stand, wie sonst nie, offen, und auf einem Stück Rasenfläche sah Luca eine Frau, die ihm zuwinkte. Reflexartig stieg er in die Bremsen und wurde im Gurt nach vorn geworfen. Er stand auf der Straße und blickte in den Rückspiegel. Kein Auto hinter ihm. Nur zu leicht hätte er mit diesem Manöver einen Unfall verursachen können. Hatte er das wirklich gesehen, oder war es nur eine Illusion gewesen, verursacht durch seine seltsame Gefühlslage?

Er schaute über seine Schulter zurück. Loretta hatte ihm geraten, hierherzukommen und mit der Frau zu sprechen. Aber was konnte sie ihm schon weissagen? Wie dieser Fall ausgehen würde? Wer der Mörder war? Loretta war eigentlich eine sehr patente Frau, die sich nicht in esoterischen Hirngespinsten verlor.

»Ach, scheiß drauf«, sagte er und legte den Rückwärtsgang ein. Das Auto stieß zurück, und als er das Tor erreicht hatte, sah Luca, dass es weit offen stand, sodass er hineinfahren konnte. Auf der Straße konnte er so direkt in der Kurve nicht parken, also lenkte er den Wagen rückwärts auf das Grundstück. Wenn es ein Irrtum war, konnte er immer noch fahren.

Zu seiner Linken stand ein kleines Häuschen, das sich unter einer hohen Mauer duckte, die bis hinauf in den Ort reichte. Hier drin war es, wie am Boden einer Schüssel zu stehen. Er stieg aus und sah sich im nächsten Augenblick der Hellseherin gegenüber.

Er verstand sofort, was Loretta mit ihrer Vorwarnung gemeint hatte, sie sei etwas ungewöhnlich. Vor ihm stand, die Hände brav vor dem Körper gefaltet, eine recht große Frau in einem schwarzen Rock, einer schwarz-weiß gemusterten Bluse und mit einer schwarzen Stola um die Schultern. Sie trug die schulterlangen braunen Haare offen und hatte etwas roten Lippenstift und Eyeliner aufgetragen. Der kräftige Unterkiefer und die trotz einer guten Rasur durchschimmernden Barthaare verrieten Luca jedoch sofort, dass er vor einem Mann in Frauenkleidern stand. Sein Blick glitt hinunter zu den muskulösen Waden. Kein Zweifel. Es war ein Mann. Er hatte sich noch nicht mal große Mühe gegeben, wie eine Frau auszusehen. Luca war einigermaßen verunsichert und fühlte sich unangenehm an Anthony Perkins, verkleidet als seine Mutter, in dem Film »Psycho« erinnert.

»Schön, dass du endlich mal vorbeikommst«, sagte sie – oder er. Die Stimme sollte weiblich klingen, jedenfalls versuchte er es.

»Hat Loretta mich schon angemeldet?«, fragte Luca und reichte ihr die Hand.

»Ich hab nie mit ihr über dich gesprochen.«

Ach, so läuft das also, dachte Luca, so will sie ihre Fähigkeiten gleich von Anfang an bewerben.

»Komm, wir setzen uns in den Garten.«

Sie ging vor, und einmal mehr versicherte ihm der Gang dieser Person, dass es sich um einen Mann handelte. Luca wollte das Spiel aber mitspielen, einfach aus Respekt vor ihrem Wunsch, eine Frau zu sein. Sie bot ihm einen der Stühle unter dem Birnbaum an. Luca sah nach oben zur Straße, wo er schon hunderte Male entlanggegangen war und sich gefragt hatte, wem das Grundstück gehörte.

»Ich bin Stella«, stellte sie sich vor, als sie ihre Beine übereinandergeschlagen hatte.

»Luca.« Er räusperte sich, als er sah, dass sie das zu amüsieren schien, so als ob sie längst gewusst hätte, dass dies sein Name war. »Loretta meinte, ich könnte mich an dich wenden …«

»Nur zu«, sagte Stella und lächelte mit spitzem Mund.

»Ich … ich … weiß gar nicht …«, stotterte Luca, »also, wie ich das alles erklären soll. Ich weiß ehrlich gesagt auch gar nicht, wie du mir helfen könntest.«

»Was ist dein Wunsch?«

»Mein …« Er überlegte, was er dieser fremden Person alles anvertrauen konnte.

»Warte«, sagte sie und setzte beide Füße auf den Boden. Dann beugte sie sich vor und fuhr mit ihren Händen im Abstand von wenigen Zentimetern an Lucas Gesicht entlang. Schließlich lehnte sie sich wieder zurück und murmelte etwas, das klang wie ein zustimmendes Brummen. »Du schläfst sehr fest«, sagte sie und sah ihn dabei fast besorgt an. »Du wartest auf Antworten, die nur du dir geben kannst.«

Was? Was sollte das? Diese kryptischen Mutmaßungen konnten alles bedeuten, für jeden, der sich hier hereintraute. Wahrscheinlich hatte sie Loretta exakt das Gleiche gesagt.

»Du zweifelst und glaubst gleichzeitig zu wissen. Es sollte andersherum sein. Du gehst rückwärts mit dem Blick nach vorn.«

Es war, als ob sie ihm Sprüche aus einem Glückskeks vorlas. Nichts davon stimmte, und alles traf zu.

»Tomasio tust du unrecht.«

Das traf ihn wie eine Ohrfeige. Luca versteinerte.

»Eine Komödie, über die keiner lacht«, fuhr Stella ungerührt fort. »Der Teufel haust in sieben Räumen.«

Luca würgte einen Kloß im Hals herunter. Hitze stieg in ihm auf, und gleichzeitig fror ihn bei den Worten. Der Teufel? Sprach sie von dem Mörder, so wie Carlo Brunato es getan hatte? Sieben Räume?

»Wer ist er?«, fragte Luca.

»Viele kennen ihn.« Ihre Augen wurden ernst und düster. Sie neigte leicht den Kopf und fixierte Luca auf unheimliche, unheilvolle Art.

»Ich auch?«, fragte er ganz leise.

»Ja, du auch.«

»Wie ist sein Name?«

»Den sehe ich nicht. Aber ich schmecke Wein.«

Und wieder eine Ohrfeige. Wie konnte sie das wissen? Seine Vorliebe für Wein. Er hatte nur mit Vialli, Martina, Tomasio und Franco darüber gesprochen. Niemand sonst konnte das wissen. Außer Stefano, aber der …

»Du musst dich auf die Suche machen«, sagte sie, und diesmal war ihre Stimme so tief, dass sie nicht mehr zu versuchen schien, sie zu verstellen. Es war ihre richtige Stimme. Sie hatte die Maske fallen lassen. »Du bist gut in dem, wovor du Angst hast. Und ...« Sie machte eine Pause und nahm Luca noch intensiver in Augenschein. Es war, als versuchte sie, mit ihrem Blick direkt in seine Seele einzudringen. Luca konnte sich nicht rühren und spürte eine grässliche, lähmende und kriechende Angst. »... du musst die Blumen finden.«

Luca verstand nicht im Geringsten.

»Was für Blumen?«

»Findest du sie, findest du auch Leonardo.«

»Wer ist Leonardo?«

Stella, der Name passte nicht, jetzt weniger als zuvor, grinste ihn an. Ob aus Spott und purer Freude daran, ihn so vorzuführen, konnte Luca nicht sagen.

Er wollte noch etwas fragen, doch er fand keine passenden Worte. Für einen Moment meinte er sogar, nie wieder auch nur ein einziges Wort sprechen zu können. Er hatte verlernt, wie man sich artikulierte, wie man Stimme, Atmung, Zunge und Zähne einsetzte, um Worte zu formen. Eine leichte Brise ließ die Blätter des Birnenbaums rascheln. Der Garten verströmte einen wunderbaren Duft. Es musste eine Mischung aus dem Geruch von reifen Birnen und frischen Kräutern sein, die hier im hohen Gras wuchsen.

Jetzt erst fiel Luca auf, dass das Muster auf ihrer Bluse kleine Kreuze waren. Umgedrehte Kreuze. Das Zeichen des Teufels.

Stella stand auf und begann, ihren Blick suchend durch die Zweige des Baums gleiten zu lassen. Dann streckte sie eine Hand aus und pflückte behutsam eine reife Birne.

»Diese ist für dich.«

Luca stand wie von einer unsichtbaren Schnur gezogen auf und nahm die Birne entgegen.

»Geh jetzt«, sagte Stella freundlich.

Luca und sie gingen Seite an Seite zu seinem Wagen, vorbei an dem leeren Pool, und sie sah zu, wie er einstieg.

Im Wagen kam Luca langsam wieder zu sich. Er empfand

diese Unterhaltung als völlige Farce. Er war einem schlechten Transvestiten aufgesessen, der nichts weiter als Phrasen gedroschen hatte. Ein Quacksalber in Frauenklamotten. Wie hatte er nur so dumm sein können, sich darauf einzulassen, gerade jetzt, wo die Zeit drängte und sich so viele neue Beweise aufgetan hatten. Ärgerlich zündete er den Motor und legte den ersten Gang ein. Er hatte den Fuß schon auf dem Gaspedal, da schaute Stella durch das offene Fenster herein.

»Es sind gelbe Blumen.«

Vor Schreck drückte Luca seinen Fuß nach unten, und der Wagen schoss aus der Ausfahrt hinaus auf die Straße. Er musste hastig am Lenkrad kurbeln, um ihn wieder unter Kontrolle zu bekommen. Mit quietschenden Reifen fuhr er um die enge letzte Kurve nach Pieve hinein und wäre im Ortszentrum fast noch mit einem BMW kollidiert, der ihm in der schmalen Durchfahrt zwischen zwei Häusern entgegenkam. Er flüchtete förmlich nach Hause. Die Angst saß ihm wie eine riesige Spinne im Nacken, und er wollte nur weg, weit weg von diesem Ort und diesem verkleideten Kerl, der offensichtlich den Verstand verloren hatte.

»Diese dämliche Schwuchtel gehört in die verdammte Klapsmühle«, rief er laut und lachte kläglich. Er spürte die Tränen kommen und verstand nicht, was mit ihm los war. War er dabei, den Verstand zu verlieren?

Als er die steile Auffahrt zu seiner Wohnung hinauffuhr, sah er ein fremdes Auto auf dem Hof stehen. Erst dachte er, Tomasio sei gekommen, doch vor seiner Haustür stand ein fremder Mann und drehte sich zu ihm um. Nicht jetzt, dachte Luca verzweifelt. Er wollte jetzt mit niemandem reden.

»Luca Spinelli?«, fragte der Mann laut, als Luca ausstieg.

»Ja, und wer sind Sie?«

»Luigi Batistano«, sagte er freudestrahlend und kam mit ausgestreckter Hand auf ihn zu. Er hatte kleine, feste Hände. Sein noch junges Gesicht wurde von einem rötlichen Vollbart verdeckt, und seine kleinen, eng zusammenstehenden Augen blitzten eigensinnig. »Ich bin von der ›Gazzetta Garda‹, der hiesigen Tageszeitung. Ich sprach eben mit Commissario Vialli über die Mordserie und den mysteriösen Tod eines Zeugen im Verhörraum.«

Luca versteifte sich. Ein Mann von der Presse. Das war nicht gut. Und für seinen Geschmack wusste dieser Batistano jetzt schon viel zu viel. Allem voran seine Adresse.

»Ich erfuhr, dass der große Luca Spinelli als Berater in dem Fall fungiert, und na ja … da bin ich«, schloss er mit einem falschen Grinsen hinter seinem Bart. Seine Zähne standen weit nach innen und schienen zu klein für sein Gesicht zu sein.

»Hat Vialli Ihnen meine Adresse gegeben?«

»Nein, die hab ich erfragt. Sie sind ein beliebter Mann hier in der Gegend. Und Sie fahren ein auffälliges Auto.«

»Mmh«, machte Luca nur.

»Ich dachte, Sie könnten mir kurz schildern, wie Sie dazu gekommen sind, der Polizei in einem spektakulären Mordfall zur Seite zu stehen.«

»Nein«, entgegnete Luca nur.

»Aber Sie müssen doch zugeben, dass das eine sensationelle Nachricht ist.«

»Ich weiß nicht, wo Sie das herhaben.«

»Aber es stimmt doch, machen wir uns nichts vor. Und eine andere Frage haben ich auch noch: Waren Sie dabei, als der Zeuge Brunato ums Leben kam? Können Sie mir etwas über die Umstände seines Todes sagen?«

Luca war nicht vorbereitet auf ein solches Gespräch. Er hatte im Rahmen seiner Filmarbeit einige Interviews geführt, aber hier war Vorsicht geboten. Alles, was er sagte, konnte fatale Auswirkungen haben.

»Kein Kommentar.«

»Aber Sie möchten doch sicher etwas zur Entlastung Ihrer neuen Kollegen sagen, nicht?«

»Kein Kommentar. Darf ich jetzt, bitte?« Luca deutete an, dass er zu seiner Wohnung gehen wollte. Das Grinsen von Batistano wurde noch breiter.

»Ich bin ein großer Fan von Ihnen. Wie viele Opfer gibt es, können Sie dazu etwas sagen? Müssen sich die Leser Sorgen um ihre Sicherheit am See machen?«

»Verschwinden Sie«, sagte Luca, dem der Geduldsfaden gerissen war. Er zog seine Schlüssel aus der Hosentasche und ging an Batistano vorbei zur Haustür.

»Signore Spinelli, dürfte ich …«

Luca schloss auf und huschte hinein. Einen Augenblick horchte er noch an der geschlossenen Tür, bis er endlich einen Motor anspringen hörte. Kaum dass der Reporter vom Hof gefahren war, rief Luca Vialli an.

»Vialli?«

»Luca hier. Ich hatte gerade Besuch von einem schrecklich neugierigen Reporter, Batistano. Hast du ihm gesagt, dass ich euch helfe?«

»Was? Nein. Er war bei dir?«

»Ja, stand vor der Tür, als ich nach Hause kam.«

»Ich habe mit ihm gesprochen, dem Mistkerl. Kann ihn nicht ausstehen, aber ich habe deinen Namen nicht erwähnt.«

»Er wusste, dass ich dabei bin, und vom Tod von Carlo Brunato.«

»Darüber musste ich mit ihm sprechen.«

»Auch darüber, dass es eine Mordserie gibt?«

»Ich habe nur von einem vermeintlichen Mordfall gesprochen. Hast du ihm was gesagt?«

»Nicht ein Wort.«

»Gut. Ich möchte, dass wir uns alle morgen früh treffen. Bis dahin kann ich noch mehr Informationen über die Videos sammeln. Könntest du um acht Uhr hier sein?«

Luca zögerte. Er wollte gar nicht mehr kommen. Doch er musste zumindest persönlich mit Vialli sprechen, um ihm das zu sagen.

»Das geht.«

»Also, dann bis morgen.«

Sie legten auf, und Luca war etwas erleichtert. Ja, er hatte eine Entscheidung getroffen. Er wollte aussteigen aus der Sache. Der Fall uferte aus, und zwar in eine Richtung, die ihm gefährlich wurde. Solchem Stress war er nicht gewachsen. Und niemand konnte ihn zwingen, weiterzumachen. Ja, das war die richtige Entscheidung, stellte er fest. Niemand konnte ihm das übel nehmen. Er hatte seinen Teil beigetragen, und nun gab es Beweise, die es Vialli und seinen Kollegen leichter machen würden, den Täter zu fassen.

Er legte sich aufs Bett und einen Arm über seine Augen. Etwas Schlaf würde ihm guttun. Doch sobald er die Lider schloss, sah er Stella vor sich. Auf so offensichtliche und gleichzeitig unheimliche Weise als Frau verkleidet. Gelbe Blumen, hatte sie gesagt.

Ein heftiger Knall riss Luca aus seinen Träumen. Irgendwie musste er doch in den Schlaf gefunden haben. Ein Windstoß fuhr rauschend und heulend ins Zimmer und ließ die Vorhänge bis an die Decke flattern. Es pfiff durch den Spalt unter der Haustür. Luca sprang aus dem Bett und schloss die aufgeflogene Terrassentür, wobei er sich die schwer zu bändigenden Vorhänge in den Arm klemmte. Draußen hatte sich die Welt in ein düsteres Schwarz-Weiß-Szenario verwandelt. Über das Monte-Baldo-Massiv wälzte sich eine schwarze Gewitterwolke. Blitze zuckten und brachten sie von innen zum Glühen. Ein tiefer, alles erschütternder Donner rollte über die Bergspitzen auf Luca zu und ging über in ein Krachen und Splittern wie von trockenen Knochen. Ein feiner Tropfen zerplatzte auf der Türscheibe, dann ein zweiter und ein dritter, bis schließlich, mit einer aufbrandenden Bö, ein ganzer Schwall Wasser gegen das Glas schlug. Luca fühlte sich wie auf der Brücke eines im Sturm fahrenden Schiffes. Die Welt vor seinem Fenster, die Häuser, die Kirchturmspitze und die kleine Bergspitze, die wie ein Zuckerhut aufragte, verschwand fast völlig hinter einem schmutzig grauen Vorhang. Alle Konturen wurden fortgewaschen.

Der Regen prasselte gegen die Scheibe und trommelte aufs Dach. Minutenlang war nichts mehr zu sehen. Dann verzog sich der Schleier so schnell, wie er gekommen war. Wolkenreste schwebten wie schieferfarbener Rauch nach Süden und gaben den Blick auf die andere Seeseite frei, die jetzt in einer noch viel größeren Gewitterwand zu versinken drohte. Schwarze Wolken rollten wie eine Lawine auf Malcesine zu. Lucas Handy klingelte. Es war Martina.

»Luca?«

»Ja, hallo.«

»Wie geht's dir?«

»Da kommt gerade ganz schön was auf dich zu«, sagte er und sah, wie ein riesiger Blitz aus der Wolke anscheinend mitten in den Ort einschlug. Wie ein Ast stand der Blitz für eine Sekunde da und erhellte alles um sich herum. Dann erloschen auf der gesamten anderen Uferseite die Lichter. Es wurde stockdunkel. Luca hörte, wie Martina aufstöhnte.

»Martina?«

»Das Licht ist aus«, sagte sie atemlos, »im ganzen Ort.«

»Die ganze Ostseite ist ohne Strom.«

»Mein Gott«, rief sie dumpf, und ein Rauschen war zu hören.

»Was ist los bei dir?«

»Hier versinkt alles im Regen. Die Straße sieht aus wie ein Fluss. Luca, ich muss Schluss machen, hier kommt Wasser rein. Wir können uns erst morgen sehen.«

»Ja, mach's gut.«

Sie legte auf, und Luca sah zu, wie das Gewitter Malcesine verschluckte.

Am nächsten Morgen war Luca der Erste, der sich zum vereinbarten Termin einfand. Es hatte die ganze Nacht geregnet, und Luca war der Meinung, der Regen hätte ihm geholfen, zu schlafen. Gegen fünf Uhr war er aufgewacht und saß jetzt allein in dem Konferenzraum und wartete auf die anderen. Überall auf den Straßen hierher hatte er Schlammpfützen gesehen, die sich von den Bergen auf den Asphalt ergossen hatten. Eine dünne Wolkendecke hing immer noch über dem See und ließ die Sonne nur erahnen. Es hatte deutlich abgekühlt.

Es klopfte, und Tomasio trat ein. Sein Schritt wurde langsamer, als er Luca als Einzigen hier erkannte.

»Morgen«, sagte er gedämpft.

»Morgen«, antwortete Luca und senkte seinen Blick. Das hatte ja so kommen müssen. Sie beide allein in einem Raum. Tomasio nahm mit einigem Sicherheitsabstand Platz und stellte seine Tasche neben den Stuhl. Dann trat eine peinliche, unangenehme Stille zwischen sie. Tomasio sah auf die Uhr und ließ seinen Arm wieder fallen.

»Wir sollten mal miteinander reden«, sagte er nach einer Weile.

»Worüber?«

»Wir haben einiges zu besprechen.«

»Falsch«, entgegnete Luca, »es ist alles gesagt.«

»Das sind Ausflüchte von dir. Lass uns das ein für alle Mal wie Erwachsene regeln.«

»Was willst du? Du willst hören, dass ich mich bei dir entschuldige, richtig? Mehr ist es doch nicht.«

»Luca ... ich ... ich würde dich nur gern verstehen. Seit damals warte ich darauf, dass ...« Er stockte.

»Dass ich mich entschuldige«, beendete Luca den Satz für ihn.

»Dass du mir Absolution erteilst«, korrigierte Tomasio.

»Absolution?«, wiederholte Luca sarkastisch. »Ein ziemlich großes Wort, meinst du nicht?«

»Es war ja auch eine ziemlich große Sache, für uns beide«, hielt Tomasio dagegen, »vor allem aber für dich.«

»Ich bin nicht derjenige, der das alles noch mal aufwärmen will. Belass es dabei.«

»Das kann ich nicht«, meinte Tomasio. »Wir haben durch diesen Fall die Chance, uns damit auseinanderzusetzen, und ich denke, wir sollten sie nutzen. Das ist eine Fügung, die man nicht einfach wegwerfen darf.«

»Fügung, schon wieder so ein großes Wort.« Luca lachte bitter und faltete die Hände so fest, dass seine Knöchel weiß hervortraten.

»Bitte, Luca.«

»Ach, hör auf!« Luca fuhr hoch und stellte sich mit verschränkten Armen ans Fenster.

Da öffnete sich die Tür, und Martina kam herein. Sie blieb stehen, als sie dessen gewahr wurde, was gerade zwischen ihnen vorgefallen sein musste. Ihr Blick flog von einem zum anderen.

»Guten Morgen«, sagte sie. »Wow, das war vielleicht eine Nacht, was?«

Luca und Tomasio antworteten nicht. Tomasio ließ den Kopf hängen, enttäuscht, dass es bei seinem ehemaligen Freund offenbar kein Durchkommen gab.

»Bei uns ist der ganze Keller vollgelaufen«, erzählte Martina weiter, um die Stimmung aufzubessern und die beiden abzulenken. »Ich hab Glück gehabt, weil ich oben wohne. Ich habe zusammen mit denen von unten die ganze Nacht Wasser geschöpft. Und heute Morgen stellen wir fest, dass unsere Mülltonnen weggeschwommen sind.« Sie lächelte, doch konnte sie nichts damit ausrichten. Erleichtert blickte sie zur Tür, als draußen auf dem Gang die Stimmen von Vialli und Franco zu vernehmen waren. Sie traten ein und begrüßten die Anwesenden.

»Ich hoffe, alle haben das Gewitter gut überstanden?«

»Mehr oder weniger«, sagte Martina und setzte sich.

»Gut, dann wollen wir gleich zur Sache kommen«, meinte Vialli eifrig und öffnete eine Mappe. »Wie ich gestern schon andeutete, haben wir eine Entdeckung gemacht, die unseren Fall in eine ganz neue Richtung lenkt. Wir haben nun die Gewissheit, dass der Tod der an der Ponale verunglückten Nuncia Tavese mit unserer Mordserie in direkter Verbindung steht.« Er blickte allen nachdrücklich in die Augen und legte die Hände ineinander. »Nuncia Tavese vernichtete für eine Privatfirma unerwünschte, potenziell kriminelle Interneteinträge. Bei ihrer Arbeit stieß sie auf mehrere Beiträge eines Users von Chatforen, der Videos mit einem schrecklichen Inhalt postete. In diesen Videos waren verschiedene junge Männer zu erkennen. Sie waren gefangen, und sie wurden über einen gewissen Zeitraum beobachtet, während sie anscheinend kläglich verhungert sind. Ich habe die Aufnahmen bereits an die Abteilung für Internetkriminalität nach Brescia weitergeleitet. Dort kümmern sich zurzeit noch drei Beamte um die Auswertung dieser Videos. Was wir zu diesem Zeitpunkt aber schon sagen können, ist Folgendes.« Er atmete tief durch, beschwerlich, wie es schien. »Auf der Speicherkarte, die Nuncia Tavese nach Italien gebracht hat, um sie ihrer Teamleiterin zu übergeben, sind zweihundertsieben verschiedene Videodateien. Sie zeigen Aufnahmen des körperlichen Verfalls von insgesamt dreiundfünfzig verschiedenen jungen Männern.«

Das Entsetzen stand allen ins Gesicht geschrieben. Stocksteif saßen sie da und starrten Vialli aus großen, ungläubigen Augen an.

»Ihr habt richtig gehört«, fuhr er fort. »Dreiundfünfzig. Und wir müssen davon ausgehen, dass Nuncia Tavese vielleicht nicht alle Dateien entdeckt oder derjenige nicht alles verfügbar gemacht hat. Die Zahl der Opfer kann insgesamt also weitaus höher sein.«

Verstörte Blicke wurden zwischen Franco, Martina, Tomasio und Luca ausgetauscht. Das war eine Größenordnung, mit der sie nicht gerechnet hatten. Sie waren von zwanzig Opfern in den letzten zwanzig Jahren ausgegangen, jetzt hatten sie es mit zweieinhalb mal so vielen zu tun. Luca rechnete nach. Wenn der Täter, wie Martina sagte, Mitte fünfzig war, und er ungefähr mit zwanzig das Töten begonnen hatte, dann war er seit dreißig Jahren aktiv. Und suchte sich etwa alle sechs Monate ein neues Opfer.

»Wir haben Beweise gefunden, die belegen, dass einige der Opfer auf unserer Vermisstenliste stehen. Mit diesen neuen Erkenntnissen zeichnet sich folgendes Bild über den Täter ab: Wir haben es mit einem Serienmörder zu tun, dem wahrscheinlich schlimmsten in der Geschichte Italiens. Er entführt die Jungen und bringt sie in eine Höhle oder ein Bergwerk, in dem er sie über Wochen, vielleicht sogar Monate hungern lässt, bis sie schließlich sterben, was von ihm gefilmt wird. Diese Aufnahmen stellt er ins Internet. Wir wissen außerdem von zwei Fällen, in denen er Vertuschungsmorde begangen hat. Zum einen an Nuncia Tavese, die ihm im Internet auf die Schliche gekommen ist. Wie er *ihr* auf die Spur kam, können wir noch nicht beantworten. Im Anschluss daran ermordete er den Mann, der durch seine Aufnahme Nuncia Taveses Unfalltod widerlegt hat, Sandro Sardi. Wie es dazu kam, ist ebenfalls fraglich. Womöglich sind wir ihm schon mal gefährlich dicht auf den Fersen gewesen, ohne es zu ahnen. Sämtliche Ermittlungsergebnisse, die sich auf das psychologische Profil von Martina stützen, werden nun in eine Rasterfahndung einfließen, mit der wir den Täterkreis um einiges einschränken können. Dazu würde ich nun gern eure Ergebnisse hören.«

»Können wir die gefundenen Videos sehen?«, meldete sich Franco zu Wort.

»Selbstverständlich. Ich habe sie auf den Polizeiserver geladen. Wir können sie uns gemeinsam ansehen und diskutieren.«

Alle nickten zustimmend, bis auf Luca.

»Dann fange ich mal an«, sagte Franco, setzte sich breitbeinig hin und zog einen Zettel aus der Innentasche seiner Lederjacke. »Es gibt in der Region rund um den Garda, und ich habe Brescia und Verona mit einbezogen, dreizehn Autohäuser, die Edelmarken verkaufen. Es handelt sich hierbei zumeist um Vertretungen italienischer Sportwagen, aber auch internationaler Marken wie Aston Martin, Porsche, Bentley, Audi, Hummer und Corvette. Von diesen dreizehn Vertretungen wurden in den letzten zehn Jahren über fünfhundert Autos verkauft. Neunundsiebzig davon in der Farbe Weiß. Und dreiunddreißig Käufer haben ihren Wohnsitz direkt am See.«

Er blickte vielsagend auf. Das war eine Zahl, die mehr als gut überprüfbar war.

»Sehr gut«, lobte Vialli.

»Wenn du dir wirklich sicher bist, dass es nur Weiß sein kann ...«, relativierte Franco seine Ausführungen direkt an Martina gewandt.

»Bin ich«, gab sie kurz und unmissverständlich zurück.

»Wie viele davon leben auf der Westseite?«, fragte Luca.

Franco stutzte kurz, blickte in seine Aufzeichnungen und zählte nach.

»Einundzwanzig.«

»Es ist sehr wahrscheinlich, dass der Täter auf der Westseite lebt«, erklärte Vialli. »Ich habe mit Hilfe von Luca einige Weinhandlungen gefunden, die sich auf edle Weine spezialisiert haben. Luca nannte drei Läden, ich fand noch neun weitere, von denen einige vielleicht zu klein sind, aber das schadet erst mal nicht.« Er blätterte in seinen Unterlagen und zog ein Blatt heraus. »Es sind insgesamt einundsechzig Kunden, die in unser Raster passen würden. Neununddreißig davon wohnen auf der Westseite. Gibt es bei den einundzwanzig Namen auf der Autoliste und den neununddreißig Weinkonsumenten eine Schnittmenge, sind das unsere Verdächtigen Nummer eins, die wir unverzüglich überprüfen werden. Dafür habe ich weiteres Personal angefordert, das uns auch bei Observationen unterstützen kann.«

»Das klingt gut«, meldete sich Tomasio zu Wort. »Ich habe das Video von Sardi analysiert und konnte drei Wagen auf dem Parkplatz an der Mittelstation und ein entgegenkommendes Auto ausmachen. Hier sind die Kennzeichen, um sie mit denen von Franco abzugleichen.« Er reichte Vialli einen Ausdruck. »Außerdem habe ich in den größeren Werkstätten nachgefragt, ob Autos mit einem Schaden am vorderen rechten Kotflügel abgegeben wurden. Leider Fehlanzeige.«

Vialli registrierte das mit einem bedauernden Zucken im Augenwinkel und legte die drei Listen nebeneinander auf den Tisch. Neugierig reckten alle die Hälse, bis sie schließlich aufstanden und sich um Vialli reihten. Nur Luca blieb auf seinem Platz sitzen.

»Da!«, sagte Martina und deutete auf einen Namen. Vialli umkreiste ihn mit einem Kuli auf beiden Listen. Auch er fand gleich darauf einen Namen und noch einen und noch einen. Am Ende waren es dreizehn Namen von Wein- und Autokäufern.

»Dreizehn, das ist phantastisch.« Franco war begeistert. »Eine Überprüfung dieser Personen dauert knapp eine Woche, wenn wir nicht langwierige Observationen durchführen müssen. Aber Leute, das heißt, in sieben Tagen könnten wir ihn bereits haben.«

»Lasst uns jetzt nicht übermütig werden«, bremste Vialli Francos Enthusiasmus. »Ich finde auch, dass diese Anzahl ein unglaublicher Fortschritt ist. Vor zwei Wochen hätte ich im Traum nicht daran gedacht, da haben wir alle noch im Trüben gefischt. Jetzt haben wir dreizehn Personen. Aber«, er hob mahnend den Finger, »der Kerl ist hochintelligent, und wir werden ihn nicht auf die einfache Tour kriegen, davon bin ich überzeugt. Außerdem gibt es immer Unsicherheitsfaktoren, die alles ins Wanken bringen könnten.«

»Zum Beispiel?«, wollte Tomasio wissen.

»Die Presse«, antwortete Vialli.

»Jemand hat einem Batistano von der ›Gazzetta Garda‹ etwas über die Mordserie gesteckt«, meldete sich Luca zu Wort.

»Ich hatte zuvor ein Gespräch mit ihm wegen Carlo Brunatos Tod«, erklärte Vialli.

»Aber er tauchte bei mir zu Hause auf und wusste, dass es um eine Mordserie geht. Jemand muss ihm das verraten haben«, sagte Luca, und für einen Augenblick hing dieser Satz wie eine Anschuldigung in der Luft.

»Wer von uns soll das getan haben?«, fragte Franco.

»Ich weiß es nicht«, entgegnete Luca.

»Ich lege für jeden hier im Raum meine Hand ins Feuer«, stellte Vialli fest.

»Aber wer weiß denn noch davon?«, fragte Martina.

»Es sind noch gut fünf oder sechs Beamte an den Untersuchungen beteiligt gewesen. Plus die Kollegen aus der Kriminaltechnik«, zählte Vialli auf.

»Das sind doch alles Profis«, meinte Tomasio. »Das kann ich mir nicht vorstellen.«

»Vielleicht hat jemand das große Geld gerochen«, sagte Franco.

»Bei der ›Gazzetta Garda‹?«, fragte Martina.

»Einen anderen gibt es noch«, sagte da Franco, und alle blickten zu ihm. »Marchetti, unser Monsterangler. Er war sauer, als er ging. Gut möglich, dass er uns damit eins auswischen wollte.«

Alle dachten darüber nach, und man sah jedem von ihnen an, dass sie das als plausibelste Antwort empfanden.

»Ich werde mit ihm reden«, versprach Vialli. »Aber weiter zur Sache. Ich würde jetzt die Videos zeigen wollen. Alles, was wir darauf an Details erkennen können, ist ein Schritt in die richtige Richtung. Ich bitte euch also, die Aufnahmen sehr aufmerksam zu sichten. Es wird allerdings nicht leicht werden.«

Luca erhob sich und stützte sich mit ausgestreckten Fingern

auf der Tischplatte ab. »Ich muss euch etwas sagen«, begann er. »Ich werde diese Aufnahmen nicht mit ansehen. Ich habe alles getan, was in meiner Macht stand, um euch in diesem Fall zu helfen und zu unterstützen, doch ich denke, dass es nun Zeit für mich ist, auszusteigen.«

Er konnte nicht anders, er musste zu Martina sehen. Sie starrte ihn fassungslos und völlig überrascht von seinem Rückzug an. So ging es allen, einschließlich Vialli, den es wohl am härtesten traf.

»Luca, das ... wieso?«, fragte er.

»Ich bin kein Polizist, vergesst das nicht. Alles, was jetzt kommt, ist Polizeiarbeit. Ihr braucht mich nicht.«

»Aber willst du denn gar nicht dabei sein, wenn wir ihn drankriegen?«, fragte Franco.

Luca schüttelte den Kopf und lächelte.

»Unsere wichtigsten Beweise sind auf diesem winzigen Chip«, sagte Vialli und hielt die Speicherkarte hoch. »Videos, die der Mörder selbst gedreht hat. Und du bist Filmemacher. Wer könnte uns besser helfen?«

»Ich nicht«, entgegnete Luca. »Tut mir leid. Ich bin raus.«

Keiner wusste, was er noch sagen sollte, um ihn umzustimmen.

»Macht's gut«, verabschiedete er sich und gab jedem der Reihe nach die Hand. Martina konnte ihn nicht dabei ansehen. Sie schien sehr getroffen von seiner Entscheidung. Im Gegensatz dazu sah Tomasio ihm direkt in die Augen, so direkt, wie er es wohl in der ganzen Zeit nicht getan hatte, die sie an dem Fall arbeiteten. Bei Franco und vor allem bei Vialli las er auch deutliche Verärgerung in den Gesichtern, was verständlich war, denn Vialli war so etwas wie sein Mentor gewesen. Aber trotz dieser Konfrontationen freute sich Luca. Denn endlich, wenn er alle Hände geschüttelt hatte, war er frei.

Er verließ die Polizeidirektion mit Erleichterung und Vorfreude. Jetzt konnte er sich wieder seinen Angelegenheiten widmen, und Martina war ja dadurch nicht aus der Welt. Sie konnten sich weiterhin sehen und waren dann völlig unbelastet, was diesen Fall anging. Zumindest er würde es sein.

Ein Blick in den Himmel sagte ihm, dass die Sonne heute nicht mehr auftauchen würde. Die Wolkendecke war eine geschlossene Kuppel. Allenfalls würde der Regen erneut einsetzen. Er beschloss, den Rest des Tages nur Dinge zu unternehmen, die ihm Spaß machten. Er kaufte etwas Wein, Brot, Wurst und Obst im Supermarkt in Pieve und fuhr nach Hause, um sich einen Rucksack für ein schönes Picknick zu packen. Das Wetter war nicht ideal für einen solchen Ausflug, aber nach dem Regen war die Luft wunderbar klar und frisch. Er musste sich bewegen und dabei ein paar Fotos schießen.

Auf der Piazza von Pieve meinte er im Vorbeifahren Batistano erkannt zu haben, der sich dort mit einem Mann unterhielt. Sie hatten die Köpfe zusammengesteckt, und Batistano gestikulierte mit einer Hand. Das gefiel ihm nicht, und Luca wollte sich beeilen, um diesem Reporter keine Chance zu geben, ihn noch in seiner Wohnung anzutreffen.

Eilig stopfte er Regensachen und das Essen in seinen Rucksack und zog seine Stiefel aus dem Schrank, als es klingelte.

»Verdammt.« Er überlegte, ob er überhaupt öffnen sollte.

»Luca?«, erklang da eine Stimme von draußen. Es war Martina.

Er schloss die Tür auf.

»Martina, was machst du hier?«

»Was *ich* hier mache?«, erwiderte sie wütend und trat ein. Sie ging an ihm vorbei bis in die Mitte des Zimmers und drehte sich zu ihm um. »Was ist los? Was machst du hier?« Sie blickte flüchtig auf den Rucksack und seine Wanderstiefel.

»Ich wollte einen Ausflug machen.«

»Sag mal ...« Sie suchte nach Worten und strich sich erregt ihre Haare zurück. »Wie kannst du einfach so abhauen und uns alle im Stich lassen?«

»Martina«, sagte er und hob beschwichtigend die Hände, »ich will das nicht mehr, ich bin kein Polizist, das ist nicht meine Aufgabe.«

Sie presste ihre Lippen so hart aufeinander, dass sie fast nicht mehr zu sehen waren. »Da hast du recht. Du bist Filmemacher und kein Beamter. Aber du musst doch zugeben, dass du Teil eines Teams warst, das du weit vorangebracht hast. Du kennst einige der Opfer, hast du denn kein … Herrgott, wir sind kurz davor, ihn zu fassen. Einen Mörder, der über fünfzig Menschen auf dem Gewissen hat. Wir müssen ihm so schnell wie möglich das Handwerk legen, wie kann man da einfach abhauen? Und wieso redest du nicht mit mir, wenn du solche Absichten hattest?«

»Ich hab mich kurzfristig entschieden.«

»Ach, so … Na dann. Weißt du, ich dachte, wir hätten so etwas wie eine Beziehung oder zumindest etwas, das in die Richtung geht. Ich wollte dir vertrauen, aber jetzt weiß ich nicht, ob ich das kann. Du tust so, als wäre ich nicht da …«

Er machte einen Schritt auf sie zu. »Martina, ich will mit dir zusammen sein. Ich will nur nicht mehr an diesem Fall beteiligt sein. Das sind doch zwei verschiedene Paar Schuhe.«

»Schon, aber es geht um …« Sie blickte zur Seite. Eine Haarsträhne rutschte in ihr Gesicht und legte sich über ihr Auge. Sie haderte lange mit den nächsten Worten, doch dann wurde sie von einem erneuten Klingeln unterbrochen.

Jetzt ist es Batistano, dachte Luca. Wenn dieser schmierige Kerl Martina und ihn hier so vorfand, hätte er schnell erraten, was zwischen ihnen lief, und das würde mit Sicherheit als würzende Beigabe in seinem Artikel erscheinen. Er legte einen Finger auf den Mund, um ihr anzuzeigen, dass sie still sein sollte.

Es klingelte ein zweites Mal. Luca horchte in Richtung Tür. Dann klopfte es.

»Luca! Ich weiß, dass ihr da seid«, rief eine Stimme.

»Tomasio«, flüsterte Martina überrascht.

Lucas Schultern sackten müde herab, und er öffnete.

»Was willst du?«, fragte er ungeduldig. Tomasio nahm die Situation, in der sich die beiden befanden, mit einem Blick auf und deutete sie richtig.

»Darf ich reinkommen?«

Luca machte eine einladende Handbewegung, die jedoch nicht sehr gastfreundlich gemeint war. Er drückte die Tür ins Schloss und verschränkte die Arme. Da standen sie nun zu dritt in einer peinlichen und irgendwie aufgeladenen Atmosphäre. Tomasio hatte seine Hände auf den Rücken gelegt.

»Ich störe ungern«, begann er. »Aber es muss sein. Ihr zwei könnt euch ja später noch unterhalten, und es geht auch gar nicht um Martina und dich. Es geht mir um die Sache. Ich verstehe, wenn du mit mir nichts zu tun haben willst. Und ich finde, wir haben bis jetzt bei diesen Ermittlungen auch recht wenige Berührungspunkte gehabt. Was ich aber nicht verstehe, ist, wie du jetzt einfach so aussteigen kannst und so tust, als ginge dich das alles nichts mehr an.«

»Es geht mich auch nichts an«, antwortete Luca.

»Da liegst du falsch, Luca. Du bist mittendrin in dem Fall. Was du jetzt machst, kurz vor dem Ziel, ist, einfach den Schwanz einzuziehen, weil du Schiss hast, das machst du.«

Tomasio war lauter geworden. Seine kräftigen rundlichen Hände ballten sich zu Fäusten, und in seinem Gesicht arbeitete es. Er unterdrückte Wut. Martina schaute ihn mit großen Augen an wie einen Vulkan kurz vor dem Ausbruch.

»Das siehst *du* so«, hielt Luca dagegen.

»Genau, *ich* sehe es, weil du es nicht kannst. Du erkennst nicht, was du tust. Du bist in einer Glocke gefangen.«

»Glocke, soso.«

Tomasios Zeigefinger schnellte vor und richtete sich zitternd auf Lucas Gesicht. »Mach dich nicht lustig über mich«, sagte er warnend. »Nach allem, was passiert ist, steht dir das nicht zu.«

»Ach, darum geht's also«, sagte Luca und lächelte bitter.

»Ja, darum auch, Luca. Wenn das heute für dich deine letzte Handlung in diesem Fall war und wir uns dann nicht mehr sehen, will ich dir eins mit auf den Weg geben.« Tomasios Augen standen unter Feuer. Es brodelte in ihm, doch er kämpfte dagegen an. »Was damals passiert ist, ist nicht meine Schuld gewesen. Ich habe das jahrelang geglaubt und mir selbst die Schuld gegeben, weil ich es nicht besser wusste, aber vor allem, weil du mir die Schuld gabst. Du warst mein bester Freund, und ich hätte alles für dich getan. Ich war noch ein Kind. Ich konnte nicht absehen, was da passierte, und ich weiß bis heute nicht genau, was geschehen ist, weil du nie ein Wort darüber verloren hast.« Jetzt bebten seine Gesichtszüge. Was er sich nun von der Seele redete, hatte lange und schwer auf ihm gelastet. »Du bist freiwillig mitgegangen, ich hab dich nicht gedrängt. Ich wollte nicht mitgehen …«

»Genau!«, rief Luca mit schriller Stimme. Er hatte keine Kontrolle mehr, es explodierte in ihm und sprudelte aus ihm heraus. »Du wolltest nicht. Ich ging mit, weil *du* gekniffen hast, verdammt! Er wollte mich gar nicht! Ich ging mit! *Ich ging mit!*«, schrie er und hämmerte mit der Hand auf seine Brust.

Martina legte entsetzt beide Hände über den Mund. Sie war komplett überfordert und wusste nicht, was gerade zwischen ihnen passierte. Tomasio fing an zu weinen.

»Ich weiß, ich weiß …« Er schluchzte und wischte sich hastig über das Gesicht. »Aber ich wollte ja gar nicht, dass du gehst, ich konnte doch nicht −«

»Hör auf zu weinen«, fuhr Luca ihn an. »Du hast verdammt noch mal keinen Grund dazu.«

»Sag mir doch, was passiert ist, damit ich es verstehe«, flehte Tomasio. »Warum konnten wir keine Freunde mehr sein, warum?«

Lucas Kopf sank langsam zwischen seine Schultern, und ein düsterer Schleier legte sich über sein Gesicht. Es war, als stülpte jemand einen schwarzen gazeartigen Vorhang über ihn. Er war kaum noch da, sein Widerstand gebrochen.

»Ich kann mich nicht mehr erinnern. Eigentlich weiß ich gar nicht, wovon du sprichst.«

»Bitte, Luca. Der Tag im Hafen, du musst dich doch erinnern. Du kannst doch jetzt einmal ehrlich mit mir sein. Sag es mir.«

»Ich kann mich nicht erinnern«, wiederholte er wie in Trance.

Tomasio, der in einer gebückten Haltung vor Luca gestanden hatte, richtete sich allmählich wieder auf und sah ihn entgeistert an.

»Das kann nicht sein. Die Uhr? Luca, die Uhr?«

Luca blickte Tomasio mit trüben Augen an. »Was für eine Uhr?«

»Das kann doch nicht dein Ernst sein, oder?«, fragte Tomasio.

»Ich weiß nicht, was du meinst.«

»Luca, du hast doch eben selbst gesagt, dass du mit ihm gegangen bist.« Tomasio sah Martina an, so als wollte er eine Bestätigung. Sie nickte ihm ängstlich zu.

Luca schüttelte den Kopf. »Tomasio, was da passiert ist, ist lange her. Ich kann mich nicht mehr an alles so genau erinnern. Ich weiß nur noch, dass ich unendlich wütend auf dich war. Du hattest mich verraten.«

»Was? Ich ... Luca, wieso sollte ich dich verraten? Wir waren Freunde.«

Luca starrte ins Nichts. Er wollte in die Vergangenheit sehen, doch nichts materialisierte sich. Alles blieb verschwommen und zerfasert wie in dichtem Nebel. Die Welt von damals hatte sich schon vor langer Zeit aufgelöst. Selbst jetzt, wenn Tomasio darüber sprach, sah er nur noch das Hafenbecken vor sich. Das war das einzig klare Bild. Das Hafenbecken von Gargnano in der Sonne. Dann noch ein kurzer Moment, wie er weinend aus dem Wasser kam. Die Augen seines Vaters im Rückspiegel des Flavia. Und dann Loretta und Cesare, die an seinem Bett in der kleinen Wohnung standen und ganz besorgt schauten. Mehr kam nicht in seinen Kopf, und das, was da war, machte keinen Sinn. Das alles war nur verwirrend für ihn.

»Du erinnerst dich wirklich nicht mehr, oder?«

»Mmh?« Er blickte fragend zu Tomasio. Was hatte er ihm eigentlich angetan? Er konnte sich nur noch an dieses Gefühl von Verrat erinnern und an diesen ungeheuren Verlust von Vertrauen.

Tomasio machte einen Schritt zurück. »Schon gut«, sagte er leise, kaum hörbar, »schon gut. Ich wollte nicht ... Lass nur. Ich werde gehen.«

Luca nickte.

»Mach's gut«, sagte Tomasio, und es klang nach einem endgültigen Abschied. Gesenkten Hauptes schlich er sich davon.

Luca und Martina standen eine Weile im Flur, ohne dass einer etwas sagte oder sich auch nur bewegte.

»Soll ich auch gehen?«, fragte sie zaghaft. »Ich weiß nicht, was ich tun soll. Ich verstehe das alles nicht.«

»Da gibt's nichts zu verstehen«, sagte er tonlos.

Er war hundemüde. Er hätte nicht mal mehr bis zu seinem Wagen gehen können, wenn er es gewollt hätte.

»Ich muss schlafen.«

»Luca, du machst mir Angst«, flüsterte sie. Ihre Lippen zuckten.

»Lass mich nur etwas schlafen, dann geht's mir besser.«

»Soll ich hierbleiben?«

»Ja.«

Sie nahmen sich bei der Hand. Ein weiteres Klingeln ließ Martina zusammenfahren. Es war ihr Handy. Sie prüfte das Display und nahm das Gespräch entgegen.

»Hallo? – Ja ...«

Sie hörte der Stimme von Vialli zu und erstarrte.

»Ist gut, ich komme.«

Sie legte auf und sah Luca niedergeschlagen an.

»Was ist?«

»Es gibt einen weiteren Vermissten. Ich muss gehen.«

ZWÖLF

Luca hatte sich gleich ins Bett gelegt, nachdem Martina gefahren war. Die Nachricht von einem neuen Vermissten hatte ihn in seiner Entscheidung kurz schwanken lassen. Doch jetzt, ein paar Stunden später, war er wieder der festen Überzeugung, das Richtige getan zu haben. Und egal, ob es eine weitere Entführung gab oder nicht, er konnte nichts dazu beitragen. Eine der dreizehn ermittelten Personen musste es sein. Eigentlich sollte es ein Kinderspiel für die Polizei werden.

Er blickte auf die Uhr. Einundzwanzig Uhr siebzehn. Er hatte lange geschlafen. Für seinen Spaziergang mit anschließendem Picknick war es zu spät. Wieso konnte er sich an Dinge aus seiner Vergangenheit so schlecht erinnern? Es war ein Kuriosum, dass er Loretta und Cesare als so selbstverständlich hinnahm, obwohl er nicht mal wusste, wie seine Eltern sie kennengelernt hatten oder warum genau er dort gewohnt hatte. Warum fuhr er noch immer den alten Flavia? Es war das Auto seines Vaters gewesen, ja, doch die einzige Erinnerung an seinen Vater in dem Auto war dieser Blick im Rückspiegel. Luca hatte auf der Rückbank gesessen, und sein Vater hatte ihn gefahren. Irgendwohin, wo er nicht hatte sein wollen. Aber das waren alles nur Gefühle, es gab keine wirklichen Erinnerungen, keine Bilder. Seine Eltern waren längst gestorben. Sie konnte er nicht mehr fragen, was damals passiert war, wie das alles zusammenhing. Aber Loretta und Cesare gab es noch. Sie würden ihm helfen.

Luca hievte sich aus dem Bett und richtete seine Kleidung. Ja, er würde zu ihnen fahren, sich nach Carla erkundigen. Für Carla empfand er noch Verantwortung, schließlich hatte er sie dort untergebracht. Er nahm die Regenjacke aus dem Rucksack und warf sich Letzteren über die Schulter. Den Wein und das Essen konnten sie sich heute Abend noch schmecken lassen.

Dadurch, dass die Wolken noch immer über dem See hingen, war es schon fast dunkel, als Luca in Veso ankam. Loretta, Cesare und Carla saßen zusammen am Esstisch und spielten

Karten. Alle drei waren erfreut, Luca zu sehen, und sogleich bekam Luca ein Glas Wein serviert, mit dem sie anstießen.

Carla sah fast erholt aus. Sie hatte etwas Farbe bekommen und wirkte wesentlich entspannter als zuvor.

»Was führt dich zu uns?«, fragte Loretta und packte die Karten beiseite.

»Ich wollte nur mal nach dem Rechten sehen. Und Carla ins Bild setzen.«

»Habt ihr was herausfinden können?«

»Nun, die Videos werden noch analysiert, aber durch ein psychologisches Profil waren wir … war die Polizei in der Lage, den Kreis der Verdächtigen auf dreizehn Personen einzuschränken.«

»Das ist doch gut«, sagte sie voller Hoffnung.

»Ja«, antwortete Luca. »Leider ist heute ein weiterer Junge vermisst gemeldet worden.«

»Oh nein«, sagte sie erschrocken.

»Das ist ja furchtbar«, meinte Loretta und legte eine Hand auf seinen Unterarm. »Und wie geht es dir dabei? Du warst neulich recht aufgewühlt.« Da war sie wieder, ihre mütterliche Fürsorge.

»Alles bestens. Ich habe mich außerdem von dem Fall zurückgezogen.«

»Ach ja?«, sagte Cesare, ob überrascht oder so, als könnte er es nicht glauben, das konnte Luca nicht sagen.

»Ja, ich bin keine Hilfe mehr, und irgendwann muss ich auch meinem eigentlichen Leben wieder nachgehen. Hast du schon was von Vialli oder der Staatsanwältin gehört?«, fragte Luca Carla.

»Nein, noch nicht. Eigentlich möchte ich hier gar nicht mehr weg.« Sie lächelte.

»Kann ich gut verstehen«, entgegnete Luca und nahm einen kräftigen Schluck Wein.

»Bist du denn gar nicht neugierig, was den neuen vermissten Jungen angeht?«, wollte Cesare wissen.

»Nein, darüber hab ich jedenfalls noch gar nicht nachgedacht.«

»Das bringt doch sicher neue Erkenntnisse.«

»Bestimmt. Aber nein, ich hab gerade andere Dinge im Kopf.« Er fühlte sich unsicher und traute sich kaum, die beiden anzusehen. Stattdessen drehte er stoisch sein Weinglas in den Händen, immer wieder und wieder. »Ich habe irgendwie so wenig Erinnerung an früher.« Er schielte verstohlen zu den beiden hinüber, die einen ernsten Blick austauschten. »Da dachte ich, dass ihr mir vielleicht ein bisschen auf die Sprünge helfen könnt. Wie habt ihr euch damals eigentlich kennengelernt, ihr und Mama und Papa?«

Wieder dieser Blick. Cesare faltete die Hände, und Loretta atmete tief ein.

»Carla, wärst du so nett und lässt uns einen Moment allein?«, bat sie höflich.

»Oh, natürlich. Kein Problem. Ich geh rauf. Ist auch schon spät. Gute Nacht, Luca.«

»Nacht.«

Carla verschwand im dunklen Hausflur.

Loretta beugte sich auf die Ellbogen gestützt zu ihm vor. »Was weißt du denn noch von damals?«, fragte sie.

»Eigentlich nicht viel. Nur dass ich bei euch gewohnt habe für eine Weile. Aber wenn ich ehrlich bin, weiß ich nicht, wieso und in welchem Verhältnis ihr zu uns standet. Ihr wart Freunde von irgendwoher, hat Papa mal gesagt.«

»Es war ein bisschen anders«, entgegnete Loretta schmallippig, und ihre Züge verhärteten sich. »Wir sind damals vom Jugendamt bestellt worden. Wir waren deine Pflegefamilie.«

Luca zuckte zurück. Das war ihm völlig neu.

»Du bist vorher eine Zeit lang in einer Klinik gewesen, einer Psychiatrie.«

»Was?«, stieß Luca hervor, doch im selben Augenblick wusste er, dass sie die Wahrheit sagte. Wieder tauchte ein schwaches Erinnerungsstück auf. Es war das Bild einer Ärztin mit weißen langen Haaren. Er hatte sie gemocht.

»Danach kamst du nach Hause, aber deine Eltern hatten Schwierigkeiten mit dir. Es gab immer wieder Probleme und Streit, und schließlich kamst du zu uns. Es war eine Maßnahme, die uns sehr gefreut hat, denn wir mochten dich auf Anhieb.«

Luca konnte kaum glauben, was er da hörte. Das alles war neu für ihn. Hatte denn damals niemand mit ihm darüber geredet? Wieso hatten seine Eltern ihn weggegeben?

»Mach ihnen keine Vorwürfe deswegen, Luca«, sagte Loretta sanft. »Sie haben getan, was in ihrer Macht stand, aber sie waren überlastet und am Ende ihrer Kräfte.«

»Weshalb? War ich so schlimm?«

»Es ging dir nicht gut«, schaltete Cesare sich ein. Eine Sorgenfalte türmte sich zwischen seinen dichten Augenbrauen auf. »Du warst manchmal abwesend, kapseltest dich ab und fügtest dir selbst Verletzungen zu.«

Luca rutschte ungläubig auf seinem Sitz hin und her.

»Das … kann doch nicht sein.«

»Du bekamst auch Medikamente zu der Zeit, aber je länger du bei uns warst, desto mehr setzten wir davon ab. Als es dir besser ging, holten dich deine Eltern wieder zu sich.«

Luca schüttelte den Kopf und weigerte sich, ihnen zu glauben.

»Wir dachten, du wüsstest das noch«, fügte Loretta an.

»Nichts davon«, sagte Luca. »Warum war ich in der Psychiatrie?«

Cesare strich sich übers Gesicht und blinzelte angestrengt.

Luca zweifelte mehr denn je an seinem Verstand. Waren diese Monate einfach an ihm vorbeigegangen? Wie hatte er das alles vergessen können? Oder hatten seine Eltern die Angelegenheit vor ihm verheimlicht oder bagatellisiert? Er fühlte sich wie das Opfer einer riesigen Verschwörung.

»Du bist damals oft von zu Hause weg gewesen«, fing Cesare an zu erzählen. »Du warst ein sehr selbstständiger, patenter Junge. Und immer auf Achse mit Tomasio, deinem Freund.«

Lucas Gesicht begann vor Hitze zu brennen, als er den Namen hörte. Cesare kannte Tomasio?

»Ihr zwei wart die großen Taucher im Ort. Eine Attraktion für die Leute im Hafen. Aber eines Tages bist du mit einem Mann mitgegangen. Das hast du zumindest deinen Eltern erzählt. Du warst zwei Tage lang weg. Wie vom Erdboden verschluckt. Dann, so plötzlich, wie du weg warst, tauchtest du wieder auf, und das unversehrt, zumindest körperlich. Du hast wohl eine wirre Geschichte erzählt von einem Monster und einer Höhle und dass du dem Mann entkommen bist, der in der Höhle wohnte. Deine Eltern und die Polizei konnten sich keinen Reim darauf machen, aber du warst verändert danach. So fing alles an.«

Luca hatte mit wachsendem Entsetzen zugehört. Es schien alles neu, und doch waren da Dinge, die er auf schreckliche, aber immer noch nicht greifbare Weise wiedererkannte. Ein lautes Dröhnen klang in seinen Ohren, und Schwindel erfasste ihn. Die ganze Welt schien sich auf einmal zu drehen, auf den Kopf zu stellen. Höhlen, Psychiatrie, Pflegeeltern, das alles klang wie die Handlung eines schlechten Horrorfilms. Eines bösen, grausamen Märchens. Nicht von dieser Welt.

»Keiner wusste, wo du in der Zeit gewesen bist.«

Redeten sie hier tatsächlich über ihn? Das war doch vollkommen absurd.

Cesare senkte den Blick, und sein Atem ging in kurzen, nervösen Zügen. »Ich weiß ja nicht —«

»Sei still!«, fuhr Luca ihn an. »Ich will nichts mehr hören.«

Loretta und Cesare blieben unbeweglich und stumm sitzen.

»Ich kann mir nicht noch mehr von dieser Scheiße anhören.«

So viele Gefühle brandeten in ihm auf, dass es ihn schier zu überwältigen drohte. Verschüttete Emotionen, die wie eine Lavablase in ihm explodierten.

»Luca«, begann nun auch Loretta, und er hob drohend den Finger. Es schien ihr wenig Angst einzuflößen. »Hast du schon mit Stella geredet?«

»Was«, rief er, »willst du mir damit sagen? Was soll das bringen? Glaubst du, diese beschissene Tunte kann mir helfen? Stella, dass ich nicht lache. Der Typ könnte in einer verdammten Geisterbahn arbeiten! *Der* gehört in die Klapse, nicht ich!«

Er sprang vom Tisch auf und stürmte nach draußen, wo es inzwischen wieder heftig angefangen hatte zu regnen.

Die Scheibenwischer des Flavia wurden kaum mit den Wassermassen fertig. Was war los mit dieser Welt? Alles Lüge, niemand war ehrlich mit ihm gewesen. Doch was war mit ihm selbst? Wieso war das, wovon Cesare und Loretta ihm erzählt hatten, aus seinem Kopf gelöscht worden? Die Straße vor ihm war ein schwarzer Fluss. Er lenkte den Flavia wie ein Boot durch die Windungen des Wasserlaufs. Die Scheiben beschlugen, und er musste sich weit vornüberbeugen, um durch den klaren Teil der Scheibe schauen zu können. Dann tauchte vor ihm die Mauer auf und gleich darauf das Tor. Er bremste, und der Wagen rutschte gefährlich nah an die Mauer heran. Als er die Tür aufdrückte, rauschte der Regen auf ihn herab, und kaum, dass er drei Schritte gelaufen war, war er nass bis auf die Haut.

»Hey!«, schrie er in den Garten hinein und trat gegen das Tor, ehe er ausprobierte, ob es sich öffnen ließ. Es war nicht verschlossen, und er marschierte strammen Schrittes auf das Grundstück. Der Rasen war weich wie ein vollgesogener Schwamm, und hinter einem Fenster konnte Luca ein gelblich schimmerndes Licht erkennen. »Hey!«, rief er erneut.

Die Tür ging auf, noch bevor er das Haus erreicht hatte. Stella stand im Schimmer des Lichts. Sie trug einen Rock, eine weiße Bluse und eine schwarze Stola darüber. Nein, es war exakt dasselbe Outfit, das sie bei seinem letzten Besuch getragen hatte.

»Luca«, sagte sie wenig überrascht. Trotz der Lautstärke des Regens war sie deutlich zu hören.

»Was ist hier los, verdammt noch mal?«, schrie er und stapfte auf sie zu. »Du willst hellsehen können? Dann sag mir, was ich gerade denke, du beschissene Schwuchtel!« Er packte sie am Arm und zog sie in den Regen hinaus. Stella ließ das ohne Gegenwehr mit sich geschehen. Sie sah Luca ganz ruhig an. »Was glotzt du so? Soll ich dir was sagen? Ich denke, dass du es bist. Du bist der verdammte Killer, du hast sie alle entführt und in deinem Hexenhäuschen da verhungern lassen!«

Er stieß sie vor sich her, bis sie stolperte und fiel. Jetzt erst bemerkte Luca, wie nah sie am Pool waren. Stella wäre fast hineingestürzt. Am Grund sammelte sich schwarzes Wasser und schlug Blasen.

»Was weißt du über mich?«, fragte er und ging neben ihr auf die Knie. Er nahm ihr Gesicht in eine Hand und drückte ihren Kopf über den Rand des Beckens. »Red schon, sind sie alle da in deinem Haus? Du verdammter Wichser, *du* gehörst in die Klapse, nicht ich. Ich bin nicht verrückt. *Ich bin nicht verrückt!*«

»Alles wiederholt sich«, sagte Stella.

»Was? Was sagst du da?«

»Du bist der Makel.«

»Was? Ich bin der Makel? Was heißt das? Rede!« Er drückte fester zu.

»Die Weisheit ist das höchste Gut. Im Grunde. Im Grunde.« Luca löste seinen Griff. »Verdammt, du bist wirklich wahnsinnig. Du bist … Wie konnte ich allen Ernstes glauben, dass ich von jemandem wie dir etwas erfahren könnte?«

Er stand auf und ließ Stella dort liegen. Mit gesenktem Kopf ging er zum Haus, während das Wasser in Strömen an ihm hinablief, und sah hinein. Es war ein schmaler Raum mit holzgetäfelten Wänden, einer alten Couch und ausgetretenen Flickenteppichen auf dem Boden. In einem Ofen brannte ein schwach glimmendes Feuer. Enttäuscht wandte Luca sich ab und ging zurück auf die Straße.

Wo sollte er jetzt hin? Was sollte er tun? Er konnte seiner Unwissenheit nicht entfliehen und auch nicht seinen dunklen Ahnungen.

Luca erwachte, weil er fror. Er spürte einen stechenden Schmerz in den Knien und vernahm gleichzeitig fremde geschäftige Geräusche. Blinzelnd schlug er die Augen auf.

Er saß in seinem Auto an die Fahrertür gelehnt, die Beine links und rechts vom Schaltknüppel. Stöhnend richtete er sich auf und blickte gegen die beschlagenen Scheiben. Wo zum Teufel war er? Stimmen hallten von Hauswänden wider. Er wischte mit dem Unterarm ein Loch in die blinde Scheibe der Fahrertür frei. Das Auto parkte an einer abschüssigen Straße. Die Hausreihe gegenüber hatte eine neue Fassade bekommen, und unten waren andere Läden eingezogen, doch er erkannte die Straße wieder. Er schien direkt vor seinem Elternhaus zu stehen. Wie war er nur hierhergekommen? Er öffnete die Tür, stieg aus und versicherte sich mit einem Blick über das Autodach, ob er recht hatte.

Da stand es. Das kleine Haus in der Via Don Primo Adami. Unten öffnete gerade das Restaurant seine Pforten, und der Besitzer fuhr die große Jalousie über den grünen Tischen und Bänken aus. Hier hatten sie gewohnt, ganz oben. Sein Zimmerfenster zeigte nach Osten, und er hatte immer auf den schönen Balkon von gegenüber schauen können. Er hätte viel lieber in dem anderen Haus gelebt, das so schön war mit seinen Säulen über dem Eingang und den zwei Balkonen mit den verzierten Geländern. Jeden Tag war er hier zur Tür hinausgelaufen, wenige Meter die Straße runter, um die Ecke, und schon war er am Hafen gewesen. Tomasio hatte unten auf der Querstraße direkt gegenüber vom Metzger gewohnt. Jeden Tag hatte Luca ihn abgeholt, und sie waren zum Wasser gelaufen.

Luca schlug die Tür zu und ging um den Wagen herum auf sein Elternhaus zu. Der Restaurantbesitzer grüßte ihn. Luca nickte.

»Wir haben noch nicht geöffnet, aber in einer halben Stunde können Sie einen Kaffee bekommen.«

»Nein, ich … ich hab hier früher mal gewohnt und wollte nur mal schauen.«

»Aaah, verstehe, natürlich.« Der Mann hob grüßend die Hand und verschwand wieder in seinen Laden.

Luca ging in die kleine Seitenstraße und spähte zu seinem ehemaligen Fenster hoch. Dieselben alten Läden hingen noch davor, sie waren geschlossen. Er machte kehrt und lenkte seine Schritte die Straße hinunter, an der Galerie vorbei und rechts herum. Von hier konnte er Tomasios Fenster schon sehen. Wie oft hatte er hier unten gestanden und seinen Namen hochgerufen? Tomasio! Tomaasiooo! Das waren gute Erinnerungen.

Er ließ sich bis zum Hafen treiben, wo er in sicherem Abstand zum Wasser stehen blieb und in das quadratische Becken hinuntersah. Um diese Zeit hing noch ein feiner Nebel über den gelben Häusern mit ihren roten Dächern, und das Wasser schimmerte grünlich schwarz. Hier im Hafenbecken waren sie getaucht wie die Weltmeister. Als wäre es ihr privater Pool. Jeden Stein dort unten hatte er gekannt, jeden Anker, jeden Fisch. Und Tomasio ebenso. Was war nur passiert? Tomasio und er, sie waren wie eine Einheit gewesen, Brüder, die sich blind verstanden und immer wussten, was der andere gerade dachte oder empfand. Seit das zerbrochen war, war auch Luca selbst irgendwie zerbrochen. Er war wie ein Scherbenhaufen, den er nie wieder hatte zusammensetzen können.

Tomasio tust du unrecht. Das hatte Stella zu ihm gesagt. Oh Gott, Stella, was hatte er nur angestellt letzte Nacht? Jetzt kam ihm alles so weit entfernt vor, und er schämte sich für das, was er getan hatte. Hoffentlich hatte er sie in seiner Rage nicht verletzt. *Du schläfst sehr fest.* Auch das hatte sie gesagt. Und es entsprach der Wahrheit. Er konnte sich ja nicht mal mehr erinnern, wie er in seinen Heimatort gelangt war. Als hätte er einen Filmriss. Ja, sein ganzes Leben war ein einziger Filmriss.

Luca wandte sich ab. Er verspürte Hunger und wollte sich hier im Café ein Croissant und einen Cappuccino bestellen. Als er an den Tresen ging, wo ein junger Kerl mit weißer Mütze eifrig die Ablagen putzte, fiel sein Blick auf den Stapel Tageszeitungen neben der Kasse. Der »Corriere della Sera« lag obenauf, die riesige schwarze Überschrift auf der Titelseite lautete: *Das Monster vom Gardasee!*

»Prego?«, fragte der junge Mann.

Luca las die kleine Schrift unter den massiven Lettern. *Ein Bericht von Luigi Batistano.*

Batistano? Sagte er nicht, er schreibe für die »Gazzetta Garda«? Dieser Hund hatte ihn belogen.

»Was darf es sein?«, fragte der Junge erneut.

Luca riss die Zeitung vom Stapel und warf ihm einen Fünf-Euro-Schein hin. Draußen fand er eine Bank, setzte sich und las den Artikel.

Wir alle kennen das Phänomen des Serienmörders nur zu gut aus unzähligen, meist amerikanischen Filmen. Dass dieses schreckliche Phänomen auch Einzug in unseren Alltag halten kann, glauben die wenigsten, aber leider ist der Fall in einer der schönsten Regionen unseres Landes tatsächlich eingetreten. Was zunächst aussah wie eine Reihe von Bade- und Surfunfällen im See, entpuppte sich nun als das Werk eines brutalen, gewissenlosen Serienkillers. Lesen Sie mehr über das Monster vom Gardasee auf Seite 3.

Luca blätterte so hastig weiter, dass er die Seiten zerriss.

Das Monster vom Gardasee ist ein skrupelloser, höchst intelligenter Killer, der seine Opfer unter den zumeist männlichen Jugendlichen findet, die sich tagtäglich am See tummeln. Die Polizei steht unter Hochdruck, denn was man zu einhundert Prozent weiß, ist: Er schlägt wieder zu. Der Mörder tötet anscheinend wahllos, ohne eine Beziehung zu den Opfern zu haben. Eine ermittlungstechnisch äußerst schwierige Arbeit für die Polizei, denn stoppt man ihn nicht, wiederholt er seine Taten immer und immer wieder.

Wieder hörte Luca einen Satz von Stella in seinen Ohren nachklingen. *Alles wiederholt sich,* hatte sie gesagt. Er schauderte und steckte seine Nase wieder in die Zeitung.

Der leitende Commissario Pasquale Vialli bestätigte, dass man alle Möglichkeiten ausschöpfe, diesem Killer, der seine Opfer entführt, ohne dass sie oder ihre Leichen je wiederauftauchen, das Handwerk zu legen. Dabei scheint Vialli auch auf ungewöhnliche Methoden zurückzugreifen. Der Todesfall eines Verdächtigen sticht auf unschöne Weise heraus. Carlo Brunato (76) wurde in der Polizeistation Riva befragt und starb auf unerklärliche Weise noch im Verhörraum. Vialli entschuldigte sich für diesen schrecklichen Vorfall. Brunato habe sich zu dieser Zeit allein in dem Raum befunden. Nach nur wenigen Augenblicken der Abwesenheit mussten die Beamten den Tod des Verdächtigen durch Ersticken an seiner eigenen Zunge feststellen. Vialli beteuerte, dass man den Vorfall durch bessere Überwachung nicht hätte verhindern können. Dennoch bleibt ein bitterer Nachgeschmack.

*Auch eine zweite außergewöhnliche Maßnahme Viallis wirft
Fragen auf. Der Commissario bestellte den Filmemacher Luca
Spinelli als Berater in sein Ermittlerteam. Spinelli, vielen be-
kannt durch seine erfolgreiche Arbeit als Dokumentarfilmer und
unter anderem mit dem David ausgezeichnet, mag auf seinem
Gebiet eine Koryphäe sein. Ob seine Fähigkeiten allerdings für
die Polizeiarbeit von Belang sein können, bleibt mehr als frag-
lich. Hinzu kommt, dass Spinelli als Teenager wegen aggressiver
Tendenzen und Wahnvorstellungen in der Jugendpsychiatrie war.
Ob eine solche personelle Entscheidung zur Mitarbeit bei der
Suche nach einem psychotischen Mörder nicht ein großer Fehler
Viallis war, wird sich im Zuge der Ermittlungen zeigen. Es wirft
nichtsdestotrotz Fragen bezüglich der Kompetenzen des hiesigen
Polizeiapparates auf. Fehler darf man sich auf der Jagd nach dem
wohl gefährlichsten Serienmörder in der Geschichte Italiens nicht
leisten. Das Blut junger Menschen wird vergossen, und wir alle
hoffen, dass dieser Spuk, der die friedlichen Gemeinden rund um
Italiens größten See heimsucht, bald ein Ende hat.*

Luca knüllte die Zeitung wütend zusammen. Dieser Batistano
war gefährlicher, als er gedacht hatte. Der Artikel würde nicht
nur Panik in der Bevölkerung und unter den Urlaubern aus-
lösen, er brachte auch Vialli in höchste Not. Das würde ein
Nachspiel haben. Was Luca jedoch wie ein Dorn im Fleisch
saß, war, was Batistano über ihn geschrieben hatte. Dieser ver-
fluchte Kerl hatte ihn öffentlich gebrandmarkt und dafür in
seiner Vergangenheit herumgeschnüffelt. Einer Vergangenheit,
die niemanden etwas anging. Wie war er überhaupt an diese
Informationen gekommen? »Wahnvorstellungen und aggressive
Tendenzen«, »Jugendpsychiatrie«. Seine Wut steigerte sich ins
Unermessliche. Er würde die Zeitung verklagen, diesem Kerl
musste das Handwerk gelegt werden, er durfte nie wieder auch
nur ein Wort schreiben. Luca sprang auf und stopfte die Zeitung
in einen Mülleimer neben der Bank.

»Luca! He, Luca!«, hörte er da jemanden rufen.

Er sah sich um und entdeckte auf einem Boot im Hafen
Guiseppe Marchetti, der ihn zu sich winkte.

»Buongiorno!«, rief Marchetti erfreut, als Luca näher kam. Er war derjenige, den alle im Verdacht hatten, Informationen an Batistano weitergegeben zu haben. Wenn er der Maulwurf war … Luca ertappte sich dabei, wie er mit dem Gedanken spielte, auch ihn körperlich anzugehen, wie er es schon bei Stella getan hatte. Nein, das bin nicht ich, sagte er sich und hob die Hand zum Gruß.

»Guiseppe, was machst du hier?«

»Oh, ich lag heute Nacht hier im Hafen und will jetzt nach Riva rüber. Vialli hat darum gebeten, dass wir uns treffen.« Luca wusste, warum.

»Magst du mal raufkommen?«, fragte Marchetti.

»Gern«, antwortete Luca, der unbedingt in Erfahrung bringen wollte, ob es tatsächlich er gewesen war, der die Presse informiert hatte.

Marchetti schob eine kleine Gangway bis auf die Kaimauer, doch als Luca den Fuß hob, um sie zu betreten, stockte er.

»Was ist? Angst vorm Wasser?«, fragte Marchetti belustigt.

»Ich komm schon.« Luca hielt sich mit beiden Händen an dem Handlauf fest und balancierte hinüber auf Deck.

»Sehr gut. Komm, ich zeig dir alles.« Er drehte sich um und ging voran. »Hier sind meine Angeln, wie man sieht. Hier in der Kiste sind die Taucheranzüge, und dort unter dieser Klappe schlummert mein kleiner Schatz«, meinte er stolz. »Ein ferngesteuertes U-Boot. Ein Unterwasserroboter mit Kamera.«

Er duckte sich und betrat die Kabine, die bis zum Steuerrad eng mit technischem Gerät zugestellt war. Marchetti schlängelte sich geübt hindurch. Luca sah sich aufmerksam um, während er ihm folgte.

»Da stehen die Sauerstoffflaschen, Harpunen und so weiter, und hier vorn haben wir Radar, Sonar und Wärmebild. Und da oben ist ein Fernseher, falls ich mal Langeweile habe.« Er lachte heiser, und seine Augen funkelten kaltblau in der schummrigen Kabine.

»Beeindruckend. Und, was will Vialli von dir?«

»Keine Ahnung. Hat nichts gesagt. Schätze, er will mich

umstimmen, zu euch zurückzukommen.« Wieder lachte er und schaute dabei auf die Uhr. »Ich muss auch gleich los.«

»Könnte ich mitkommen?«, fragte Luca. Sein Auto stand zwar noch hier in Gargnano, aber er konnte auch mit dem Bus oder dem Taxi zurückfahren. Er wollte Marchetti etwas mehr auf den Zahn fühlen.

»Klar! Nichts zu tun für den Fall?«

»Doch ... nein, ich bin ausgestiegen, wie du.«

»Im Ernst?«, fragte er überrascht. »Hätte ich nicht gedacht. Warum?«

»Na ja, ich bin einfach keine Hilfe mehr.«

»Aha.«

Marchetti lief kurz hinaus und zog die Gangway wieder ein. Dann warf er den Motor an und lenkte sie aus dem kleinen Hafenbecken hinaus auf den offenen See.

»Hast du heute schon Zeitung gelesen?«, fragte Luca. Er stand neben Marchetti, der das Steuer locker hielt und mächtig Gas gab.

»Hier auf dem Boot krieg ich keine Post.« Er grinste. »Nein, ich lese nicht viel Zeitung, weißt du? Höchstens mal, wenn etwas über mich drinsteht.«

»Mmhmh. Heute stand etwas über *mich* drin«, sagte Luca und beobachtete Marchetti genau.

»Ach ja?«

»Und über Vialli und den Mordfall.«

»Dann ist es jetzt offiziell?«, fragte er.

»Eigentlich nicht«, entgegnete Luca.

»Was ist?«, fragte Marchetti irritiert, als er Lucas bohrenden Blick bemerkte. »Ach so, jetzt verstehe ich«, rief er. »Ihr denkt, ich hätte mit der Presse geredet. Will Vialli mich deshalb sprechen?«

»Ist es so?«, fragte Luca hart.

»Nein, was denkst du?«

»Keine Ahnung, wir kennen uns nicht sehr gut.«

»Das stimmt allerdings. Deshalb könntest du es genauso gewesen sein.«

»Nein, ich komme nicht sehr gut weg in dem Artikel.«

»Ah ja?«

Luca nickte nur und biss sich dabei auf die Lippe.

»Keine Ahnung, ich war's jedenfalls nicht.«

»Hoffentlich«, sagte Luca und war selbst überrascht, wie angriffslustig er klang.

Mit Unbehagen schwiegen die beiden den Rest der Fahrt bis nach Riva. Luca staunte nicht schlecht, als er Vialli an der Hafenmauer stehen sah. Er trug eine schwarze Hose zu cognacfarbenen Schuhen und einen dunklen Regenblouson, keinen Anzug. Auch Vialli wunderte sich, wen er da an Bord von Marchetti entdeckte.

»Luca, was machst du denn da?«

»Wir haben uns zufällig getroffen«, gab Luca zurück, und Marchetti manövrierte das Boot an eine Treppe heran.

»Ich komm zu euch rüber«, sagte Vialli und sprang von der Treppe an Bord.

»Was ist mit dir, kein Anzug heute?«

Vialli sah Luca mit einem befremdlichen Ausdruck an. »Ich bin suspendiert worden.«

»Bitte?«, entfuhr es Luca, und auch Marchetti drehte sich überrascht um.

Vialli zuckte nur mit den Schultern.

»Scheiße«, sagte Luca leise. »Tut mir leid.«

»Tja, ich hab's gestern Abend schon erfahren. Heute Morgen hab ich dann den Grund dafür in der Zeitung lesen dürfen.«

»Ja, ich hab's auch gelesen.«

Vialli ging an Luca vorbei auf Marchetti zu. »Ich frag dich nur einmal. Warst du das? Haben wir das dir zu verdanken?«

Marchetti hob unschuldig beide Hände. »Nein, zum Teufel! Ich schwör's euch.«

Frustriert stützte sich Vialli an der stumpfen Scheibe ab.

»Wie geht's jetzt weiter?«, fragte Luca.

»Nun, es wird ein neuer Ermittlungschef einberufen, der die Koordination der Mordkommission übernehmen wird, diesmal ganz offiziell mit der Unterstützung der Staatsanwaltschaft. Franco, Martina und Tomasio sind noch dabei. Sie mussten nur einen opfern, den Kopf des Ganzen. Und der darf jetzt Urlaub machen«, betonte er sarkastisch und rieb sich die Hände.

»Eigentlich hatte ich auch noch mal mit dir reden wollen«, meinte Marchetti.

»Willst du zurück ins Team? Da musst du jetzt jemand anderes fragen.«

»Nein. Ich hab da was gefunden und weiß nicht, ob es irgendwie von Bedeutung ist.«

»Was denn?«

Unschlüssig hielt Marchetti einen Moment inne, ehe er schließlich an die Steuerbordwand trat, wo ein Erste-Hilfe-Kasten hing, den er öffnete und ihm ein schwarzes Röhrchen aus Aluminium entnahm. Es hatte ungefähr die Größe eines Reagenzglases.

»Eine Zigarre?«, fragte Vialli scherzhaft. Tatsächlich hatte das Röhrchen einen Schraubverschluss, wie man ihn von Zigarrendosen her kannte.

Marchetti sah ihn schweigend an, schraubte dann den Deckel ab und hielt das Gefäß kopfüber über seine Handfläche. Etwas rutschte heraus und landete auf seinem Handteller. Luca und Vialli traten näher. Es war ein Zahn.

»Was zum …« Vorsichtig streckte Vialli seine Hand aus. Zwischen Daumen und Zeigefinger hielt er den Zahn ans Licht. »Ein Backenzahn, würde ich sagen. Ein menschlicher Backenzahn.«

»Ja«, bestätigte Marchetti. »Sieht ganz so aus.«

»Wo ist der her?«

»Tja, aus dem See. Und zwar an einer speziellen Stelle. Ich war auf der Suche nach meinem Riesenfisch und hab am Grund Mulden gefunden, die nur ein sehr großes Tier mit seinem Maul hätte graben können. In einer dieser Mulden steckte dieses Röhrchen«, erklärte er. »Und es sah nicht so aus, als würde es zufällig dorthin gelangt sein. Diese Stelle im See … es war der genaue Mittelpunkt des Sees.«

»Mittelpunkt?«

»Ja, wenn du den See ins Fadenkreuz nimmst, kannst du anhand der Länge und Breite einen bestimmten Mittelpunkt ausmachen. Dort unten steckte dieses Ding im Sand.«

Vialli drehte sich zur Seite und wollte Luca den Zahn reichen. Der lehnte mit einem Kopfschütteln ab. Vialli gab ihn Marchetti zurück.

»Was, denkst du, könnte das bedeuten?«, fragte Marchetti und ließ den Zahn ins Röhrchen fallen. »Das ist ganz bestimmt kein Jungenscherz gewesen. Der See ist an der Stelle einhundertneunzehn Meter tief. Da kommt keiner ohne richtige Ausrüstung runter, und man trifft auch nicht exakt diesen Punkt, ohne ihn vorher zu vermessen.«

Vialli blickte prüfend zu Luca. Eine grausige Ahnung beschlich sie beide. Luca hatte wieder die Röntgenbilder aus den Akten der verschwundenen Jungen vor Augen, mit deren Hilfe man ihre Leichen auch dann noch identifizieren könnte, wenn sie erst nach langer Zeit geborgen werden würden. Wenn man den Opfern nun aber womöglich die Zähne gezogen hatte, konnte das dazu führen, dass sie nie erkannt wurden. Wobei Luca nicht glaubte, dass das der Fall war. Der Mörder müsste nicht so einen Aufwand betreiben, um sich der Zähne zu entledigen, schon gar nicht einzeln. Es sei denn … es sei denn, es wäre von besonderer Wichtigkeit für ihn, eine Art Ritualhandlung.

»Da unten liegen Tausende merkwürdige Dinge«, erzählte Marchetti. »Grabsteine, Figuren, Gartenzwerge und sogar ein Fahrrad. Das steht dort auf einem Sockel. Man kann darauf fahren. Alles Dinge, die irgendwelche Leute mal auf dem Grund des Sees platziert haben. Aber nicht in solchen Tiefen, da trifft man höchstens mal auf ein Bootswrack.«

»Darf ich den Zahn haben?«, fragte Vialli.

»Selbstverständlich. Er ist für dich.«

Er reichte Vialli das Röhrchen. Der dachte nach und wog es in seiner Hand.

»Ich muss sagen, dass mich dieser Fund ein wenig beunruhigt«, sagte er. »Nur mal angenommen, es war unser Täter. Er zieht also einem seiner Opfer einen Zahn. Warum tut er das?«

»Das Opfer soll nicht mehr identifizierbar sein«, meinte Marchetti und zuckte die Schultern.

»Aber dafür muss er alle Zähne ziehen und den Zahn nicht auf so aufwendige Weise vernichten oder gar … konservieren«, wandte Luca ein.

Viallis hob seinen Zeigefinger. »Genau. Das Versenken im See ist eine ganz andere Maßnahme, als den Zahn zu ziehen. Luca hat recht. Es geht um Konservierung, nicht um Vernichtung. Wenn es aber unser Täter ist, warum sollte er dann nur bei einem seiner Opfer den Zahn entfernt haben?«

»Du meinst ...« Marchetti sprach nicht weiter.

»Ja. Kannst du noch mal runtertauchen und nach weiteren Röhrchen suchen?«

Die Weisheit ist das höchste Gut. Im Grunde. Im Grunde.

»Natürlich.«

»So schnell wie möglich?«

»Ich muss zuerst mein Team benachrichtigen. Mit etwas Glück heute noch. Kommt ihr mit?«

»Nein«, lehnte Vialli ab, »ich habe jetzt noch einiges zu tun, und das muss ich leider inoffiziell erledigen.«

»Wir müssen Martina informieren«, meinte Luca. »Sie muss das wissen, um das Profil erweitern zu können.«

»Gut, ja. Wir gehen, Guiseppe. Du kümmerst dich drum und rufst mich an, ja?«

»Wird gemacht.«

»Danke.«

Die beiden gingen von Bord, und Marchetti warf den Motor an.

»Das nimmt immer schlimmere Formen an«, raunte Vialli Luca auf der Piazza zu. Um sie herum drängten sich die Touristen, die trotz des bedeckten Wetters zahlreich unterwegs waren. Tauben flogen und flatterten vor ihren Füßen auf und nieder.

Luca ging eine Weile neben Vialli her, ohne zu wissen, welches Ziel sie ansteuerten. Beide waren ganz in Gedanken. Doch Vialli hätte niemals erraten, was Luca gerade durch den Kopf ging. Er wollte, er musste Vialli etwas sagen. Doch was er ihm erzählen wollte, war so groß, dass er nicht wusste, ob er es über die Lippen bringen konnte. Es war wie der Versuch, einen Fußball zu schlucken. Niemals würden die Worte durch seinen Hals passen. Dennoch hielt Luca ihn am Arm fest, und sie stoppten. Vialli blickte sich fragend um und sah dann in Lucas Gesicht.

»Da ist etwas, über das ich mit dir reden muss«, sagte Luca so leise, dass er meinte, Vialli hätte es gar nicht hören können.

»Das klingt nicht gut«, erwiderte dieser besorgt.

»Ich ... ich weiß gar nicht, wo ich anfangen soll.«

»Wollen wir das vielleicht bei mir besprechen?«

»Ja«, stimmte Luca zu. »Und wir sollten Martina und Tomasio dazuholen.«

»Franco nicht?«

Es wurde nicht einfacher, wenn er es noch mehr Leuten erzählen musste.

»Nein.«

»Okay.«

DREIZEHN

Viallis Haus lag am nördlichen Ortsrand, etwas zurückversetzt hinter einem hohen gusseisernen Zaun und einem gepflegten Vorgarten. Er bot Luca einen Platz auf der Terrasse an, von der aus man direkt auf die steilen Bergmassive schaute, die in die Hochtäler führten. Martina und Tomasio waren telefonisch von ihm unterrichtet worden und hatten zugesagt, in der nächsten Stunde zu kommen. Sie saßen im diffusen Schatten eines Sonnenschirms und tranken Wasser.

»Bist du verheiratet?«, fragte Luca.

»Nicht mehr«, antwortete Vialli und grinste.

»Habt ihr Kinder?«

»Nein, das hat nie in unsere beruflichen Laufbahnen gepasst. Irgendwann war es dann zu spät.«

»Und der neue Vermisstenfall? Könntest du mir erzählen, was passiert ist?«, beendete Luca den Small Talk und lenkte den Fokus wieder auf die ernsten Themen.

Viallis Gesicht schien zu schrumpfen, als er daran dachte.

»Ein Junge aus Limone. Ein Angler. Ist immer früh raus mit dem Boot der Familie.«

»Angler?«, fragte Luca. »Das ist doch kein Zufall.«

»Wie meinst du das?«

»Na, Brunato war Angler. Der Handlanger des Mörders wurde von uns befragt und verschluckte seine Zunge. Jetzt entführt er einen Angler, das ist so etwas wie eine Kampfansage an uns. Er zeigt uns, dass er weiß, dass wir wissen, dass Brunato nur ein Sündenbock war. Er demonstriert uns seine Macht, er … verhöhnt uns.«

Vialli wirkte etwas befremdet, so als könne er Luca nicht ganz folgen. »Jedenfalls … er startete morgens um fünf Uhr zu einer Angeltour auf dem See, von Limone aus. Man fand das Boot noch im Hafen. Die Angel lag darin, sein Koffer auch. Von ihm war keine Spur.«

»Wie alt ist er?«

»Neunzehn.«

»Gab es Ähnlichkeiten mit den anderen Opfern?«

»Äußerlich nicht. Er hat kurz geschorene Haare und einen blassen Teint. Aber seine Eltern beschrieben auch ihn als offen und hilfsbereit und sehr freundlich.«

»Verdammt«, fluchte Luca verhalten. »Ich weiß ja nicht, aber vielleicht, wenn wir schnell genug sind, können wir die beiden noch retten. Was meinst du?«

»Den Jungen und Toni?«, fragte Vialli.

»Ja. Wenn er sie gefangen hält, hätten wir doch eine Chance ...«

»Mag sein. Ich kann kaum an eine solche Chance glauben, vor allem bei Toni nicht. Mit Leonardo könnten wir mehr Glück haben.«

»Was? Wer?«, rief Luca so laut, dass Vialli zurückschreckte.

»Leonardo Divino. Kennst du ihn etwa?«

»Nein«, hauchte Luca und wandte sich ab.

Was geschah hier nur? Schon wieder fühlte er sich an eine von Stellas rätselhaften Wahrsagungen erinnert. Manches davon hätte Zufall sein können, aber der Name Leonardo war zu konkret. Was genau hatte sie über ihn gesagt? Luca sollte ihn finden. Ein Ort, an dem ... *Findest du die Blumen, findest du Leonardo.* »Ja«, stieß er hervor.

»Luca?«

Er drehte sich um.

»Entschuldige.«

»Geht es dir gut?«

Luca dachte über seine Antwort nach. Wie konnte er Vialli und den anderen beiden das erklären? Sie würde ihm kein Wort glauben, ihn für verrückt halten, ebenso wie Batistano ihn hingestellt hatte: reif für die Klapsmühle.

»Ich ...«

Er hörte die Türglocke, und Vialli ging hinein, um zu öffnen.

Luca blieb sitzen und wartete, bis die drei zu ihm auf die Terrasse traten. Martina lächelte, als sie ihn sah, doch gleichzeitig war da eine tiefe Besorgnis in ihren Augen. Tomasios Miene zeigte eine zurückhaltende, vorsichtige Neugier.

»Hi«, grüßte Martina ganz leise. Tomasio nickte ihm zu.

»Setzt euch«, sagte Vialli und stellte zwei neue Gläser dazu.

»Hast du was Stärkeres?«, fragte Luca und überraschte alle drei damit.

»Äh, ja, sicher. Whisky, Wodka ...«

»Ich nehm den Wodka.«

Vialli holte die Flasche und setzte sich fast behutsam auf seinen Stuhl. Er goss Luca zwei Fingerbreit Wodka ein und wartete, was er zu sagen hatte.

»Danke, dass ihr kommen konntet.« Luca schaute in sein Glas und nahm einen Schluck. Er konnte ihnen einfach nicht in die Augen sehen. Der Alkohol brannte in seiner Kehle und floss wärmend in seinen Magen. »Ich weiß, dass ich mich gestern erst aus dem Team zurückgezogen habe, aber es ist einiges passiert seither, und ich ... ich vermute ...«, er sah kurz zu Tomasio, »... dass der Fall auch etwas mit mir zu tun hat.«

Bist du sicher, fragte Tomasio ihn nur mit dem Zucken seiner Augenbrauen. Ich denke schon, antwortete Luca mit einem Blinzeln, ganz so, wie sie es früher getan hatten. Für zwei Sekunden war es wieder wie damals, als sie sich noch ohne Worte verstanden hatten.

»Wie meinst du das?«, fragte Martina.

Er trank das Glas leer, und Vialli schenkte nach.

»Ich erinnere mich kaum an meine Kindheit«, begann er recht forsch. »Das heißt, bis zu einem gewissen Zeitpunkt schon. Es gab einen Wendepunkt, der für mich alles, was danach kam, irgendwie in einem Nebel versinken ließ. Tomasio kann mir da vielleicht helfen. Bei mir ist jedenfalls alles nur noch lückenhaft da. Das Ehepaar, bei dem ich Carla Testaro untergebracht habe, war, so dachte ich, ein befreundetes Ehepaar meiner Eltern. Ich hatte mit siebzehn oder so für eine Weile bei ihnen gewohnt, und da sie die Einzigen sind, an die ich mich noch wenden kann, habe ich sie gestern Abend aufgesucht und gefragt. Sie erzählten mir, dass sie eine vom Amt bestellte Pflegefamilie waren, die mich aufgenommen hat, weil meine Eltern nicht

mehr mit mir klargekommen sind. Wusstest du das?«, fragte er
Tomasio.

»Als du plötzlich weg warst, hab ich alle gefragt, doch niemand wollte mir etwas sagen. Natürlich spricht sich vieles rum.
Es gab Gerüchte, dass du in eine Klinik gekommen bist, und
von so einer Pflegefamilie hab ich auch gehört. Ich hab damals
jeden belauscht, der etwas zu wissen glaubte.«

»Ich wusste nur noch, dass ich bei ihnen war, aber nicht
mehr, warum«, erklärte Luca. »Dieser eine Tag, der alles veränderte, war ... ich weiß nicht einmal mehr, welches Jahr das
war.«

»1979«, half Tomasio ihm aus. »Wir wohnten beide in Gargnano und waren Freunde, seit wir denken konnten.«

»Wir waren jeden Tag am Hafen und tauchten«, sagte Luca,
und ein Lächeln huschte über sein Gesicht.

»Luca und ich waren die besten Taucher, die es am See gab.
Heute würde man es Apnoetauchen nennen, früher konnten
wir einfach länger die Luft anhalten als jeder andere. Wir waren
den ganzen Tag im Wasser und tauchten für die Touristen.
Wenn sie etwas ins Wasser warfen, holten wir es wieder hoch«,
erinnerte sich Tomasio.

»An diesem Tag, ich glaube, es war ein Sonntag, waren wir
sehr früh dort. Ich war vorhin am Hafen, und seitdem kommen
einige Bilder zurück. Ein Mann kam zu uns, und er zeigte uns
eine wunderschöne goldene Uhr, eine Taschenuhr. Er warf sie
ins Wasser und wollte, dass wir danach tauchten. Wer sie als
Erster hochholte, durfte sie behalten.« Lucas Stimme senkte
sich immer mehr, und seine Lippen waren nur noch ein blasser
Strich.

»Ich war schneller an dem Tag«, sagte Tomasio, der sah, wie
viel Überwindung es Luca kostete, davon zu erzählen. »Eigentlich war Luca der bessere Schwimmer von uns beiden, aber an
dem Tag war ich schneller. Ich holte die Uhr hoch und gab sie
dem Mann. Der wollte, dass ich mit ihm mitkomme, er sagte,
er habe noch eine zweite Uhr für Luca.« An der Stelle stockte
auch Tomasio und musste schlucken.

»Ich hab gemerkt, dass Tomasio nicht gehen wollte.« Luca

sah ihn an. Jeder Vorwurf war aus seiner Stimme verschwunden. »Ich bot mich an. Ich war's selbst …« Er musste seinen Kopf abstützen und versteckte sein Gesicht in den Händen. Er öffnete sie so, dass sie wie Scheuklappen an seinen Schläfen lagen. »Und dann nahm er mich mit. Zu seinem Auto, wie er sagte. Ich weiß noch, wie wir vom Hafen weggingen und in eine Straße kamen. Dann weiß ich nichts mehr. Alles, was danach geschah, ist weg.«

Er schwieg einen Moment, nahm die Hände herunter und trank den Wodka in einem Schluck. Seine Hände zitterten so sehr, dass er das Glas kaum halten konnte.

»Cesare und Loretta erzählten mir, ich sei nach zwei Tagen wiedergekommen und hätte eine wirre Geschichte erzählt von irgendeiner Höhle.« Er atmete langsam aus und hatte das Gefühl, er würde gleich kollabieren. Grüne Blitze standen vor seinen Augen, und die Welt um ihn herum schien sich aufzulösen.

»Ich sehe, wie schwer es dir fällt, darüber zu sprechen, Luca, aber warum wolltest du uns das erzählen?«, fragte Vialli sanft.

»Verstehst du das denn nicht?«, fragte Luca. »Wir waren siebzehn. Wir waren am Wasser, er lockte uns mit dieser Uhr zu sich …«

Vialli entgleisten die Gesichtszüge. Martina hatte bereits begriffen, ihre Augen waren schreckgeweitet.

»Aber 1979 …«, hauchte Vialli.

»Es wäre möglich«, sagte Martina. Sie sah aus, als würde sie frieren, obwohl heute wieder über fünfundzwanzig Grad waren.

»Luca, weißt du, was du da sagst? Du wärst eins seiner ersten Opfer gewesen – und du wärst ihm entkommen.«

»Ja.«

Vialli blickte zur Seite, als könne er es nicht glauben.

»Kannst du dich denn sonst an gar nichts erinnern?«, fragte er dann. »Wie sah er aus?«

Luca und Tomasio tauschten einen Blick.

»Ich weiß nur noch, dass er einen Strohhut trug.«

»Einen Strohhut, beigefarbene kurze Hosen und ein blaues Hemd. Und eine Sonnenbrille«, ergänzte Tomasio.

»Das ist … Luca, du musst sicher sein. *Ihr* müsst sicher sein.«
»Ich bin mir überhaupt nicht sicher, weil einfach alles weg ist, aber es gibt Momente, da sehe ich Dinge, die mir bekannt vorkommen. Und sie passen ins Bild. Außerdem schickte Loretta mich zu einer Hellseherin. Stella. Ihr könnt mich auslachen, aber ich bin hingegangen. Sie ist mir nicht geheuer, und sie hat überaus merkwürdige Dinge gesagt. Nur stelle ich inzwischen fest, dass tatsächlich was dran sein könnte. Dieses Röhrchen, das Marchetti gefunden hat. Sie sagte, die Weisheit liegt im Grunde oder so ähnlich.«

»Welches Röhrchen?«, wollte Tomasio wissen.

Vialli winkte ab. »Erzähl ich euch gleich.«

»Und als du vorhin den Namen des Jungen erwähntest, Leonardo Divino. Sie sagte: ›Findest du die Blumen, findest du Leonardo.‹ Versteht ihr? Ich weiß nicht, was es bedeutet, aber sie … Irgendwie steckt Wahrheit darin.«

»Was wollen wir denn jetzt unternehmen?«, fragte Tomasio. »Vialli ist suspendiert, der Junge ist seit rund dreißig Stunden verschwunden, und Lucas Erinnerungen helfen uns nicht weiter. Tut mir leid«, fügte er an Luca gewandt hinzu.

Martina legte tröstend eine Hand auf Lucas Arm, was Viallis Blick nicht entging. Luca meinte, dass er in diesem Moment zum ersten Mal verstand, was zwischen ihnen entstanden war.

»Zum Stichwort Marchetti«, erinnerte Martina Vialli. »Hast du mit ihm gesprochen? Haben wir *ihm* den Artikel zu verdanken?«

»Er behauptet, nein. Er klang glaubhaft, vor allem, weil er uns noch etwas anderes zeigte, was für diesen Fall von Relevanz sein könnte.«

»Uns?«, fragte sie.

»Ja, Luca war auch dabei.«

»Was war es?« Tomasio rieb sich ungeduldig die Oberschenkel.

»Es war eine Art Zigarrenröhrchen, in dem ein menschlicher Zahn steckte. Er hat es am Grund des Sees gefunden, und zwar exakt in der Mitte. Es steckte dort im Sand.«

Man sah förmlich, wie es in Martinas Kopf arbeitete.

Vialli griff in seine Tasche und legte das Röhrchen auf den Tisch. Alle starrten es an wie den Heiligen Gral.

»Darf ich?«, fragte Martina.

»Bitte.«

Sie nahm es in die Hände, bewegte es, und man hörte, wie der Zahn darin herumrutschte. Dann schraubte sie es auf und ließ den Zahn auf den Tisch kullern. Er war reinweiß, makellos, wie es schien. Auch Tomasio beugte sich darüber und nahm ihn aufmerksam in Augenschein.

»Wir brauchen einen Arzt, der uns etwas darüber sagen kann«, meinte Martina, »und der vielleicht Vergleiche mit den Aufnahmen der Vermissten anstellen kann.«

»Wenn dieser Zahn tatsächlich von einem Opfer stammt, ging es ihm wahrscheinlich nicht darum, die Identifizierung zu erschweren. Der Aufwand, den er betreibt, ist zu groß«, sagte Vialli.

»Da stimme ich dir zu«, sagte Martina. »Gibt es nur diesen einen?«

»Marchetti geht noch mal runter und sucht weiter.«

»Sehr gut.«

»Luca?«, fragte Tomasio leise. »Sagt dir das irgendwas? Dieser Zahn? Erinnert er dich an etwas?«

Unwillkürlich fuhr Luca sich mit der Zunge über die Zähne. Nein, es gab nichts.

»Ich weiß es nicht.«

Die Weisheit ist das höchste Gut. Im Grunde.

»Moment, kann das ein Weisheitszahn sein?«

Martina nahm ihn zwischen die Finger. »Drei Erhebungen. So sah meiner auch aus. Das muss einer sein, ja.«

»Stella sagte: ›Die Weisheit ist das höchste Gut, im Grunde.‹ Sie sagte sogar *im* Grunde, nicht am Grund.«

»Das klingt, als ob sie etwas wüsste. Ist sie verheiratet?«, wollte Vialli wissen.

»Nein, sie ist, denke ich, ein Mann. *Er* ist eindeutig ein Mann, will aber eine Frau sein und kleidet sich so, nennt sich so.«

»Ich will mit ihr oder ihm reden, das klingt mir nicht geheuer.«

»Wir können gleich zu ihr fahren«, schlug Luca vor, obwohl ihm siedend heiß wieder einfiel, was er das letzte Mal mit ihr gemacht hatte.

»Ich hab jetzt viel Zeit«, entgegnete Vialli lakonisch.

»Wenn er 1979 schon begonnen hat«, dachte Martina laut nach, »muss er zu der Zeit selbst noch recht jung gewesen sein. Die ersten Taten begehen Serienmörder meist in ihrer gewohnten Umgebung, also kaum mehr als zwei Kilometer im Radius von zu Hause entfernt. Das ist auch die Phase, in der sie polizeilich auffallen, weil sie ihren Modus Operandi erst noch finden müssen. Später werden sie dann erfahrener und mutiger. Wir müssen uns demnach auf die siebziger und die beginnenden achtziger Jahre und auf den Umkreis von Gargnano konzentrieren. Ich werde das prüfen.«

»Das würde auch erklären, warum ich zu Fuß nach Hause laufen konnte«, stellte Luca fest und hatte dabei ein Bild vor Augen, wie er mit nackten Füßen über den Asphalt lief.

»Machen wir uns an die Arbeit«, sagte Tomasio, und sie standen auf.

Während Vialli und Tomasio schon hineingingen, blieben Martina und Luca noch draußen. Martina ließ alle Vorsichtsmaßnahmen fallen und umarmte ihn einfach. Einen Moment lang standen sie nur so da. Es musste nichts mehr gesagt werden zwischen ihnen.

Leichter Nieselregen hatte eingesetzt. Luca und Vialli waren nach Gargnano gefahren, um Lucas Auto abzuholen. Vialli wollte sich außerdem die Stelle ansehen, wo der Mann ihn und Tomasio damals angesprochen hatte. So standen sie nun an der Hafenmauer und schauten ins Wasser, dessen Oberfläche sich unter den Tropfen, fein wie Nadelstiche, kräuselte. Die Steine und Felsen am Grund waren braune geisterhafte Schemen, die mal da waren und wieder verschwanden.

Vialli steckte seine Hände in die Hosentaschen und ließ seinen Blick schweifen. Luca meinte, draußen auf dem See das Boot von Marchetti zu erkennen, das einsam dalag. Es war windstill heute, und kein Segel war auf dem See unterwegs.

Das Wasser spannte sich, die blassgraue Wolkendecke reflektierend, wie ein Leichentuch von einem Ufer zum nächsten und bedeckte ein dreihundert Meter tiefes, kaltes Grab. Irgendwo da unten schwebte Marchetti jetzt vielleicht als winziger Lichtpunkt in der unendlichen Schwärze und suchte im sandigen Grund nach kleinen Aluminiumröhrchen. *Die Weisheit ist das höchste Gut.*

»Und einen Namen hat er euch nicht genannt? Oder gab es eine Gravur auf der Taschenuhr?«, wollte Vialli wissen.

»Nein.«

»Hat Tomasio sie noch?«

Luca schüttelte ernst den Kopf. »Das glaube ich nicht.«

»Dann lass uns jetzt zu dieser Stella fahren.«

Luca fuhr in seinem Flavia voraus durch die heute völlig verlassene Brasa-Schlucht. Der Fluss führte mehr Wasser als sonst, Luca konnte ihn deutlich durch die Fenster rauschen hören. Je enger die Schlucht wurde, je näher sie ihrem Ziel kamen, desto stärker wurde das beklemmende Gefühl, das von Luca Besitz ergriff. Stella hätte allen Grund, ein weiteres Treffen mit ihm abzulehnen, sie hätte sogar einen Grund, ihn anzuzeigen. Er wollte sich entschuldigen, dennoch blieb das unterschwellige Gefühl, dass diese Person gefährlich war oder tatsächlich geistig gestört. Aber wie hatte sie dann ihre Weissagungen tätigen können? War die Verkleidung als Frau, die aber eigentlich keine war, vielleicht vielmehr eine Verkleidung, um von sich als Mörder abzulenken? Konnte Stella beziehungsweise der Mann, der sie verkörperte, der Mörder sein? Der, dem Luca damals begegnet war? Der Mann mit dem Strohhut.

Beinahe hätte Luca die Einfahrt verpasst. Er trat auf die Bremse und schaute gleichzeitig in den Rückspiegel, damit Vialli ihm nicht hinten auffuhr.

»Hier ist es«, sagte er, nachdem er den Warnblinker gesetzt hatte und ausgestiegen war, und deutete auf das eiserne Tor in der Steinmauer. Luca versuchte es zu öffnen, doch es war verschlossen. Kein gutes Zeichen. Er klopfte laut dagegen. »Hallo?«, rief er.

Sie tauschten einen Blick, als sich weiter hinten die Haustür aufschob und Stella erschien, die sich wenig überrascht ihre schwarze Stola umwarf und hinauskam. Einmal mehr sah sie aus, als hätte sie sie erwartet.

»Guten Tag«, sagte Luca versöhnlich, als sie aufschloss.

»Ciao, Luca. Commissario.«

Viallis Augen blitzten auf vor Überraschung, und sie betraten den Garten.

»Äh, unsere Autos …«, sagte er mit einem kurzen Fingerzeig.

»Denen passiert nichts«, entgegnete Stella und schritt voraus in Richtung Haustür. Sie trat ein, musste sich ein wenig ducken dabei und blieb an der Tür stehen, bis Luca und Vialli an ihr vorbei ins Wohnzimmer gegangen waren. »Bitte setzt euch«, sagte sie und schloss die Tür.

Es brannte wieder ein kleines Feuer im Ofen. Luca und Vialli nahmen auf der Couch Platz, Stella holte sich einen Stuhl aus der Küche.

»Einen Tee?«

»Nein, danke«, lehnte Vialli ab.

»Du solltest einen trinken, er wird dir guttun«, meinte sie an Luca gewandt. Jetzt will sie mich vergiften, dachte er beinahe panisch. Ohne seine Antwort abzuwarten, ging sie in die Küche und kam mit zwei dampfenden Tassen zurück. »Bitte sehr.«

»Danke.« Luca roch an dem träge wabernden Dampf. Es duftete nach Kräutern, ein wenig bitter vielleicht, aber völlig normal. »Ich muss mich als Erstes für mein Verhalten gestern entschuldigen«, begann Luca mit heißem Gesicht. Er wischte darüber und fühlte einen nassen, warmen Film, den der Nieselregen hinterlassen hatte. »Es tut mir leid. Ich bin einfach so durcheinander gewesen.«

»Verständlich«, sagte sie nur.

Vialli saß da und musterte die ungewöhnliche Erscheinung vor ihnen mit einer Mischung aus Argwohn, Faszination und Unglauben. Im Schein des durch das tropfenbedeckte Fenster in ihrem Rücken dringenden Lichts schimmerte ihr Gesicht in seinen markanten Formen noch männlicher.

»Mein Name ist Vialli von der Polizei Riva«, stellte er sich schließlich vor und ließ das Commissario gleich weg, da sie es schon erwähnt hatte. »Ich leite eine Ermittlung in einer Mordserie und möchte Ihnen ein paar Fragen stellen.«

Stella beugte sich vor und untersuchte Vialli förmlich mit ihren Augen. »Sie leiten diese Ermittlung nicht mehr«, sagte sie.

Vialli fuhr zurück und öffnete den Mund, um zu fragen, woher sie das wisse, doch er schloss ihn gleich wieder und schluckte die Frage hinunter. »Dürfte ich bitte Ihren vollständigen Namen erfahren, oder können Sie sich ausweisen?«

»Ich lehne meinen ursprünglichen Namen ab und besitze kein Ausweispapier mehr«, antwortete sie. »Mein Name lautet Stella. Das muss reichen.«

Vialli leckte sich die Lippen und blinzelte unzufrieden. »Wie lautete Ihr Geburtsname?«

»Ich lehne ihn ab, wie gesagt.«

»Ich habe verstanden, aber ich muss wissen …«

»Sie vermuten, dass ich der Mörder bin, weil ich ein Mann bin, der Frauenkleider trägt, nicht wahr?«, fragte sie provokant.

»Nein, weil Sie Dinge wissen, die Sie nicht wissen können«, erwiderte Vialli nachdrücklich.

»Ich bin eine Hellseherin, das ist meine Arbeit«, entgegnete sie amüsiert.

»Aber Sie ließen sich von Luca für Ihre Tätigkeit nicht bezahlen.«

»Ich brauche kein Geld«, erklärte sie.

»Und wovon leben Sie?«

»Vom Erbe meiner Eltern. Meine Arbeit ist kein Verdienst, sie ist eine Gabe.«

»Darf ich fragen, welchen Geschlechts Sie sind?«

»Ich bin biologisch ein Mann. Aber ich fühle mich als Frau.«

»Es gibt Operationen heutzutage und Behandlungen, die das möglich machen«, sagte Vialli.

»Das sind Eingriffe, die ich ebenfalls ablehne. Ich verhalte mich so, wie ich mich fühle.«

»Verstehe.«

»Nein, aber das macht nichts«, sagte sie. »Wie ist der Tee?«, fragte sie Luca. Der nippte einmal vorsichtig.

»Gut, danke.«

»Signora …«

»Stella, einfach Stella.«

»Stella, Sie haben gegenüber Signore Spinelli einige Dinge geäußert, die man bei der Polizei als Täterwissen bezeichnet.«

»Das mag sein.« Sie nahm einen Schluck von ihrem Tee und wirkte gänzlich unbeeindruckt. »Und nein, ich habe niemanden, der bezeugen kann, dass ich zu den Tatzeiten hier zu Hause war.«

Das brauchte sie auch nicht. Wenn man sich hier umsieht, passt sie ebenso wenig ins Profil wie Carlo Brunato, dachte Luca. Es sei denn, sie täuscht diese Existenz nur vor.

»Sie scheinen Ihr Handwerk zu verstehen«, stellte Vialli anerkennend fest.

»Das ist nur logisch, weiter nichts. Mein Handwerk hat damit nichts zu tun.«

»Womit hat es zu tun?«, fragte Vialli.

»Mit Bildern«, erklärte sie und stellte ihre Tasse ab. »Wenn ich einen Menschen vor mir sehe und seine Aura fühle, sehe ich Bilder, kurze Lichtblitze könnte man sagen, Signale, die die Person aussendet. Ich formuliere sie, und das war es auch schon. Mehr tue ich nicht. Ich empfange Signale auf einer Ebene, zu der die Person selbst keinen oder nur schwer Zugang hat, und übersetze sie für diese Person.«

»Und wenn die Person nicht bereit dazu ist?«

»Oh, man sendet immer Signale aus. Auch Sie tun das, aber um Sie geht es ja schließlich nicht. Sie sind wegen Luca hier. Er möchte etwas in Erfahrung bringen.« Damit lenkte sie ihre Aufmerksamkeit wieder auf Luca. »Du bist wiedergekommen nach den letzten Ereignissen und Erkenntnissen in deinem Leben. Das ist gut. Du möchtest mehr erfahren?«

»Ich habe eine dunkle Stelle in meiner Erinnerung, und ich … ich will dahinterkommen. Es könnte in dem Mordfall helfen.«

Stella atmete tief ein, strich sich den Rock glatt und setzte die Beine exakt nebeneinander, bevor sie Luca anlächelte. »Ich kann dir helfen.«

Luca schluckte. Angst beschlich ihn. Angst davor, dass sie es wirklich schaffen könnte, ihm seine Erinnerungen zu entlocken.

Er ließ sich daher viel Zeit mit seiner Antwort.

»Gut«, flüsterte er schließlich. »Wie …«

»Hypnose.«

»Hypnose?«, wiederholte er mit großen Augen.

»Ich versetze dich zurück in die Zeit, die dir fehlt. Nun, eigentlich ist sie da, du hast sie nur in eine Schublade gepackt und weggeschlossen. Mit der Hypnose öffnen wir diese Schublade und sehen hinein.«

»Und ich werde mich wieder an alles erinnern können?«

»Nur unter der Hypnose. Du wirst davon berichten, aber wenn du aufwachst, wirst du es wieder vergessen haben«, erklärte sie.

»Dann nützt es uns nichts. Es ist ein weiterer Junge entführt worden, uns läuft die Zeit davon.«

»Wenn du es zulässt, wird der Commissario dabei sein und ich natürlich auch. Wir hören, was du sagst, aber du musst dir im Klaren darüber sein, dass du sehr persönliche Dinge von dir erzählen wirst.«

Luca blickte zu Vialli. »Ich habe eine Bitte«, sagte er. »Würdest du das auf Video aufnehmen? Dann … dann kann ich sehen, was ich gesagt habe.«

»Wenn du es möchtest.«

»Gut. Ich habe eine Kamera im Wagen.« Er stand auf, um sie zu holen.

»Luca«, rief Stella, »warte. Die Psyche braucht Zeit, um diese Erlebnisse zuzulassen und in Erinnerung zu rufen. Wenn du dir die Videoaufnahmen ansiehst, könnte das zu früh sein«, warnte sie ihn.

Luca stand an der Tür, die Klinke in der Hand. Er war Teil einer Gruppe. Und er meinte nicht das Ermittlungsteam. Er war Teil einer Gruppe, die von ein und demselben Mann entführt und gefoltert worden war. Dreiundfünfzig junge Männer bis jetzt. Und er. Nur mit dem Unterschied, dass er vielleicht der Einzige von ihnen war, der entkommen konnte. Sein halbes

Leben lang war er ohne Gedächtnis herumgelaufen. Es war Zeit, sich zu erinnern. Für Cassius, Fifo und Zorro, für Toni, Leonardo und für ihn selbst.

Er zog die Tür auf und lief hinaus in den feinen Regen. Im Handschuhfach hatte er für alle Fälle eine kleine Handkamera von Panasonic liegen. Er schnappte sie sich und lief zurück ins Haus, wo Stella einen zweiten Stuhl geholt und gegenüber der Couch neben ihren gestellt hatte. Vialli stand unschlüssig im Raum. Luca machte die Kamera an.

»Ach, weißt du, eigentlich musst du gar nichts machen. Wir stellen sie einfach hier auf die Fensterbank und starten die Aufnahme.« Luca platzierte das Gerät in der Mitte des Simses direkt gegenüber dem Sofa und stellte die Stühle weiter auseinander. »So geht es.«

Draußen brach bereits die Dunkelheit herein. Im Schatten der Berge und in der Senke, in der das Grundstück lag, musste das Licht immer rascher der Schwärze weichen, die sich schwer auf den Garten legte. Das rechteckige Loch des Pools klaffte im Rasen wie ein Abgrund. Luca ging zur Couch und blieb davor stehen. »Was muss ich tun?«, fragte er Stella, die bereits wieder auf ihrem Stuhl saß und ein Bein über das andere schlug.

»Setz dich. Entspann dich«, sagte sie.

Luca nahm Platz, legte seine Hände unsicher auf die Beine und atmete nervös aus.

»Ich weiß nicht, ob ich das kann.«

»Du kannst es, du machst das hervorragend. Der Tee hilft dir dabei ein wenig.«

Luca blickte auf seine Tasse. Hatte sie ihm etwas in den Tee gemischt, das ihn beeinflussen sollte? Wenn ja, musste sie bereits vorher gewusst haben, dass sie heute eine Hypnose mit ihm durchführen würde. Er blickte zu Vialli, der neben dem Ofen in der Ecke stand.

»Setzen Sie sich doch, Commissario«, sagte Stella.

»Ich würde gern stehen bleiben, wenn das in Ordnung ist.«

»Wie Sie möchten. Wir brauchen nur Ruhe.«

Vialli nickte und versenkte seine Hände in den Hosentaschen. Stella lächelte und zwinkerte Luca beruhigend zu. Dann streckte sie ihre linke, locker geschlossene Hand aus und drehte die Handfläche nach oben, bevor sie sie öffnete. Ein unregelmäßig geformter blauer Stein, der aus kristallartigem Glas zu bestehen schien, lag darauf. Das flackernde Licht des Feuers verfing sich darin in grünlichem Schimmer und Funkeln. Für einen kurzen, unangenehmen Moment hatte Luca einen Zahn erwartet. Der Stein zog seine Aufmerksamkeit dafür umso mehr auf sich. Er wirkte auf ihn wie eine Halluzination, ein Hologramm. Luca konnte gar nicht mehr die Augen davon lösen.

»Schau genau auf diesen Stein, Luca«, sagte Stella mit sanfter Stimme. »Sieh, wie er glänzt und funkelt. Siehst du seine Tiefe, seine blaue Tiefe? So unendlich wie das Meer.«

Luca starrte darauf, aber nichts passierte.

»Ich glaub, das funktioniert bei mir nicht«, sagte er dumpf.

Stella erwiderte nichts, bis Luca hörbar ausatmete. Tief ausatmete.

»Gut, entspann dich. Entspann dich. Du verschwindest in dem Blau, es nimmt dich auf und umarmt dich. Dir wird warm und wohlig. Nichts kann dir geschehen. Du bist vollkommen sicher. Du wirst jetzt schlafen. Deine Lider werden schwerer und schwerer, und du gibst dich der Müdigkeit hin und schließt deine Augen.«

Luca blinzelte, seine Augenbrauen zuckten. Die Müdigkeit hing wie Blei an seinem Körper, er konnte sich ihr einfach nicht erwehren. Und er entschied, es auch gar nicht zu versuchen. Er musste nicht wach bleiben. Dann fielen ihm die Augen zu.

»Sehr gut, Luca. Du bist ganz sicher, du schläfst und wachst erst auf, wenn ich dich am Knie berühre. Jetzt machen wir zusammen eine Zeitreise. Wie gehen zurück in deine Kindheit, zu diesem einen Tag. Dem Tag, der alles für dich veränderte. Dem Tag, an dem du einem Mann begegnet bist. Erzähl mir davon, wie begann dieser Tag für dich?«

Luca hörte noch immer Stellas Stimme, während hinter seinen Augenlidern eine ihm sehr bekannte Welt zum Leben erwachte. Dann spürte er eine Hand auf seinem Knie und wachte auf.

»Was ist?«, fragte er irritiert. Warum hatte sie das Experiment so früh abgebrochen?

»Wir sind fertig«, antwortete Stella ruhig.

»Aber warum? Lass es uns doch bis zum Ende –«

»Luca«, hörte er Vialli sagen. Seine Stimme kam aus der linken Ecke des Raumes. Er stand dort nicht mehr, er saß. Er wirkte müde und abgespannt, vor allem aber erschrocken und … erschüttert. Ja, das war es. Die rote Aufnahmelampe an der Front der Kamera blinkte noch. »Wir sind fertig«, wiederholte er. »Du hast zwei Stunden erzählt.«

»Was?« Ein ungläubiges Lächeln zog sich über Lucas Lippen. Stella nickte und sah sehr zufrieden aus. »Das hast du gut gemacht.«

»Aber ich bin doch eben erst …«

Er blickte auf die Uhr. Es war fast dreiundzwanzig Uhr. Das konnte nicht sein. Also kontrollierte er die Aufnahme der Digicam. Die Aufnahmezeit betrug zwei Stunden, zwei Minuten und dreiundvierzig Sekunden. Kraftlos drückte er die »Stopp«-Taste. Eine digitale Sanduhr erschien, und nach wenigen Sekunden war die Ansage »Gespeichert« zu lesen. Das war's. Seine Erinnerung, festgehalten auf einem kleinen Speicherchip.

»Ich will's mir gleich ansehen.«

Stella stand plötzlich am Ofen, zog die gusseiserne Tür auf und warf einen Scheit Holz hinein. Vialli erhob sich zögerlich von seinem Stuhl und rieb sich die Hände, als seien sie eiskalt.

»Luca, vielleicht … Ist es dir recht, wenn ich schon fahre? Du hast so viele Hinweise gegeben. Ich würde gern schnell handeln und das in die Ermittlungen einfließen lassen. Jetzt gleich.«

Was hatte er nur erzählt? Offenbar war Vialli inzwischen überzeugt, dass Stella nicht der Mörder sein konnte.

»Ist in Ordnung. Ich komme klar.«

»Ich bin da«, sagte Stella, und auch wenn es keine sonderlich tröstende Vorstellung war, mit ihr allein in ihrem Haus zu sein, musste Luca zugeben, dass er sich jetzt sicherer fühlte. Er verabschiedete sich von Vialli, der ihn an sich heranzog und umarmte, ehe er ging.

Luca setzte sich mit der Cam auf die Couch, drückte die Wiedergabetaste und stellte das Gerät vor sich auf den Tisch. »Trink das«, sagte Stella und stellte ihm ein Glas mit einer grünlichen Flüssigkeit hin.

»Was ist das?«

»Trink es einfach. Vertrau mir.«

Luca nahm das Glas in die Hand, roch daran und trank es schließlich aus.

»Wo möchtest du, dass ich bin?«, fragte sie.

Luca sah sich um. »Setz dich neben mich.«

Er war selbst überrascht, dass er das sagte. Alles war vorbereitet. Es konnte beginnen. Ob er bereit war, wusste er nicht. Er wollte es wissen. Aber bereit? Sein Finger näherte sich zögernd der »Play«-Taste. Es kam ihm ein bisschen so vor, als läge er auf der Guillotine und müsse selbst das Fallbeil betätigen. Der Finger drückte den Knopf, und das Bild flammte auf. Er spulte etwas vor und sah sich selbst zusammengesunken im rötlichen Schein des Feuers auf der Couch sitzen. Seine Augen geschlossen, die Hände schlaff in seinem Schoß.

»Erzähl mir davon, wie begann dieser Tag für dich?«, sagte Stella, und der Luca auf dem Bildschirm lächelte kaum merklich.

»Es ist sehr früh am Morgen. Meine Eltern schlafen noch, aber ich will mich rausschleichen aus meinem Zimmer, weil ich mit Tomasio verabredet bin. Ganz vorsichtig drücke ich die Klinke runter ...«

Luca fixierte den kleinen Bildschirm und hörte seiner eigenen Stimme zu, die ihn mit sich nahm, zurück ins Jahr 1979. Er stand in seinem Zimmer. Die Fensterläden waren noch geschlossen und schwaches graues Licht sickerte durch die Schlitze der Lamellen. Er hielt die Türklinke mit beiden Händen umklammert und drückte sie hinunter, bis der Schnapper mit einem leisen Klacken die Tür freigab und er sie öffnen konnte. Der Flur war dunkel und still. Auf nackten Füßen schlich er zur Haustür, nahm seine Schuhe in die eine Hand und schloss mit der anderen auf. Er konnte seine Eltern im Schlaf atmen hören. Bei der Drehung des Schlüsselbundes klimperte es einmal laut. Er hielt inne, horchte, doch nichts rührte sich. Er konnte gehen.

Er huschte die Treppe hinunter und auf die Straße hinaus. Der Himmel war leichtblau und wolkenlos. Irgendwo hinter dem Monte Baldo war die Sonne bereits aufgegangen und verlieh allem einen orangefarbenen Schimmer. Jetzt musste er nur noch Tomasio abholen, und sie konnten machen, was sie wollten. Es war Sonntag. Keine Schule, höchstens noch der Gang in die Kirche, wenn ihre Eltern sie erwischten. Er flitzte auf seinen abgetretenen Schuhen um die Ecke und blickte hoch zum zweiten Stock, wo Tomasios Fenster war. So früh am Morgen konnte er nicht nach ihm rufen, also suchte er sich ein kleines Steinchen und warf es gegen den Fensterladen. Sofort wurde er aufgerissen, und Tomasio schaute nach unten. Er legte warnend einen Finger auf den Mund, Luca möge leise sein, und verschwand wieder. Luca wartete an die Hauswand neben dem Metzger gelehnt, bis Tomasio endlich erschien.

»Das war knapp. Mein Alter war kurz wach und musste pinkeln.«

»Na los«, meinte Luca, und sie liefen in Richtung Hafen. Hier war es um diese Zeit noch einsam und ganz friedlich. Ein Fischer hatte seinen Fang bereits verkauft und packte die Plastikkisten zusammen, während sein Kollege das Deck mit einem Gummibesen von Schmutz und Wasser befreite. Noch im Laufen zogen sich die beiden ihre T-Shirts aus und kickten die Schuhe von den Füßen. Fast synchron sprangen sie von der Hafenmauer ins Wasser und ließen sich lange gleiten. Tomasio fing als Erster an, Arme und Beine einzusetzen.

Sie tauchten von einem Ende des Beckens bis zum anderen, ohne Luft zu holen. Das war ihre Aufwärmübung, ihr morgendliches Ritual. Mal gewann Tomasio, mal war Luca der Schnellere. Meistens war es Luca. Aber heute nicht. Tomasio erreichte eine Sekunde vor ihm die von grünen Algen besetzte andere Seite und tauchte auf. Mit ihren Köpfen ganz nah nebeneinander wischten sie sich die Augen und lächelten sich an. Es war klar, dass sie ihren kleinen Wettkampf noch weiterführen würden. Solange noch keine Touristen da waren, die ihnen

Dinge ins Wasser warfen, nach denen sie tauchen konnten, zog es die beiden weg vom flachen Hafenwasser, hin zu den steil abfallenden Tiefen vor den Mauern des Ortes.

»Na los, zurück und dann raus auf den See«, sagte Luca und spuckte ins Wasser.

Tomasio tauchte sogleich wieder ab und glitt unter Wasser davon. Luca holte Luft und tauchte ihm hinterher. Ihre Körper bewegten sich dicht über dem steinigen Grund. Vereinzelt gab es ein paar Algen, die an ihren Bäuchen kitzelten, aber mehr nicht. Schwungvoll schossen sie auf der anderen Seite aus dem Wasser und hielten sich mit den Armen an der Mauer fest. Direkt vor ihnen erkannten sie ein Paar Schuhe. Es waren blaue Segeltuchschuhe, und in ihnen stand ein Mann, zu dem sie jetzt mit tropfenden Gesichtern aufschauten.

»Sehr beeindruckend, ihr beiden. Ihr seid ja unglaublich.« Er grinste sie an, mit blitzend weißen Zähnen unter seiner Sonnenbrille und dem Strohhut.

Die beiden stemmten sich aus dem Wasser und standen triefend vor ihm, während er sie aufmerksam musterte.

»So was hab ich noch nie gesehen. Wie alt seid ihr?«

»Sechzehn«, antwortete Tomasio stolz.

Der Mann warf einen Blick über den Hafenplatz.

»Wie lange könnt ihr die Luft anhalten?«, fragte er und konzentrierte sich wieder auf sie.

»Länger als jeder andere«, sagte Luca und lächelte Tomasio an.

»Oh, dann haben wir hier zwei echte Athleten, was?«

Sie zuckten gleichzeitig mit den Schultern. Er senkte nachdenklich den Kopf und steckte seine Hände in die Hosentaschen seiner Bermudas.

»Ich frage mich«, fing er an, »wer von euch beiden der Bessere ist.«

Wieder zuckten sie mit den Schultern.

»Ist wohl auch von der Tagesform abhängig, was? Na ja, wir könnten es ja mal auf einen Versuch ankommen lassen, was meint ihr?« Er zog langsam seine Hand aus der Tasche, und zum Vorschein kam eine goldene Taschenuhr, die im Morgenlicht wunderbar glänzte und blitzte.

Mit großen Augen glotzten Luca und Tomasio auf das Schmuckstück, sie wussten, dass es etwas sehr Wertvolles war. »Wie wär's, wenn ich meine Uhr nun einfach ins Wasser werfe, und ihr beide taucht danach? Wer sie zuerst zu mir zurückbringt«, er beugte sich etwas vor, »der darf sie behalten.« Mit diesen Worten ließ er den Deckel aufschnappen, und sie sahen ein mit edlen Zahlen verziertes Zifferblatt. Schmale, pfeilförmige Zeiger markierten die Uhrzeit. Luca und Tomasio staunten die Uhr an, und in ihren Köpfen phantasierten sie bereits darüber, wie viel sie wert war und wie reich sie das machen würde.

»Abgemacht«, sagte Tomasio, ohne den Blick von der Uhr zu nehmen.

»Fein.« Der Mann lächelte zufrieden. Er lenkte seinen Blick abschätzend auf das Hafenbecken. Dann schloss er seine Hand um die kostbare Uhr, holte aus und warf sie in einem beachtlichen Bogen diagonal über das Karree. Das goldene Ding schnellte durch die Luft und platschte schließlich hinter dem Heck eines alten Segelbootes ins Wasser. »Stopp«, sagt er streng und hielt eine Hand vor Luca und Tomasio, die bereits zum Sprung ansetzten. »Ich gebe das Kommando.«

Die beiden stellten sich nebeneinander auf und warteten auf sein Zeichen.

»Auf die Plätze … fertig … los!« Er nahm seinen Arm herunter, und die beiden hechteten ins Wasser.

Luca tauchte ein und ließ den Kopf lange unten, um besser gleiten zu können. Luftblasen strichen an seinem Körper vorbei, und er dachte darüber nach, was er mit dem vielen Geld anstellen würde, dass er für die Uhr bekäme, wenn er sie verkaufte.

Als er den Kopf hob, sah er, dass Tomasio schon eine halbe Körperlänge vor ihm schwamm. Wie wild grub er sich durch das Wasser nach vorn, doch egal, wie sehr Luca sich jetzt noch anstrengte, ihn einzuholen, er wusste, er würde es nicht schaffen. Er hatte es verschlafen, er hatte nachgedacht, statt zu schwimmen. Jetzt war sie verloren, die Uhr, und all seine Gedanken um den neuen Reichtum waren umsonst. Tomasio streckte eine Hand aus und schnappte sich gekonnt das golden schimmernde Ding vom Grund. Mit ausgestrecktem Arm tauchte er auf und jubelte.

»Sehr gut gemacht!«, rief der Mann von der anderen Seite und winkte. Luca schaute bis zum Kinn aus dem Wasser. Tomasio blickte ihn freudestrahlend an.

»Was war los?«, fragte er, weil auch er bemerkt hatte, dass Luca ungewöhnlich langsam gewesen war.

»Nichts, alles prima«, gab Luca zurück, atmete ein und tauchte ab.

Als sie wieder aus dem Wasser stiegen und Tomasio dem Mann mit stolz geschwellter Brust die Uhr hinhielt, tätschelte dieser ihm anerkennend die Schulter.

»Gut gemacht, Junge. Wie heißt du?«

»Tomasio.

»Tomasio, sehr schön. Du hast sie dir verdient. Herzlichen Glückwunsch.«

Luca ließ traurig den Kopf hängen.

»Na, was meinst du, hat dein Freund auch eine verdient?«, fragte der Mann.

»Ja!«, rief Tomasio erfreut.

Luca hob den Kopf. War das ein Scherz? Hatte der Mann wirklich zwei solche Uhren dabei?

»Diese ist deine«, sagte er zu Tomasio. »Im Auto hab ich noch eine zweite, kommst du eben mit? Ich geb sie dir. Dein Freund kann solange hier warten.«

Tomasio drehte sich zu Luca um. Luca sah, dass ihm der Gedanke, allein mit dem Mann mitzugehen, nicht gefiel.

»Kann er nicht mitkommen?«

»Nein, ich gebe sie nur dir.«

Das verunsicherte Tomasio noch mehr. Er trat ungeduldig von einem Bein aufs andere und schüttelte sich die Tropfen aus den Haaren.

»Äh, nein … ich … ich würde lieber hierbleiben«, sagte er kleinlaut.

»Dann bekommst nur du eine Uhr. Macht ja nichts«, sagte der Mann und wollte sich entfernen.

»Ich«, rief Luca, »ich komme mit. Tomasio kann hier warten. Ich gehe mit Ihnen zum Wagen.«

Der Mann sah ihn hinter den schwarzen Brillengläsern aufmerksam an.

»So? Dann lächle.«

»Was?«, fragte Luca verunsichert.

»Lächle.«

Luca und Tomasio tauschten einen Blick, bevor Luca sich zusammennahm und für diese Uhr sein schönstes Lächeln aufsetzte.

»Gut. In Ordnung. Komm mit. Wie ist dein Name?«

»Luca.«

»Luca«, wiederholte der Mann und wandte sich zum Gehen.

Luca schlüpfte in seine Schuhe. Er warf noch einen letzten Blick zurück zu Tomasio, der ängstlich mit seinem goldenen Schatz in der Hand dastand. Dann beschleunigte Luca seinen Schritt, um mit dem Mann mithalten zu können.

»Seid ihr Brüder?«, fragte er, als sie eine enge Seitenstraße betraten, die vom Hafen wegführte.

»Nein, Freunde.«

Darauf sagte der Mann nichts mehr und ging forsch weiter bis zu einem staubigen blauen Fiat.

»So«, sagte er leise und schloss den Kofferraum auf. »Gleich hast du auch eine.«

Luca stand erwartungsvoll neben ihm, als der Mann die Kofferraumklappe anhob. Im Kofferraum lagen verschiedene Dinge herum. Eine zusammengeknüllte Wolldecke, ein Drehkreuz, eine Sporttasche, eine Einkaufstüte und ein Paar Arbeitsstiefel.

»Da, mach die Tasche auf«, wies er Luca an und griff selbst nach der Tüte.

Luca beugte sich in den Kofferraum und zog den Reißverschluss der Tasche auf. Vorsichtig klappte er die Lasche zurück und lugte hinein. Er konnte nur ein paar Kleidungsstücke erkennen.

»Ganz unten. Unter dem Pullover«, sagte der Mann, und die Tüte raschelte.

Luca griff hinein, dann fühlte er, wie er von hinten gepackt und ihm etwas ins Gesicht gedrückt wurde. Es stank. Er wollte schreien, doch da verschwamm auch schon alles vor seinen Augen, und er verlor das Bewusstsein.

Er wachte auf, weil sein Mund schmerzte oder vielmehr sein Kiefer. Als er versuchte, seine Augen zu öffnen, nahm er in einem milchigen Nebel um ihn herum nur eine kleine gleißende Lampe wahr, die ihn blendete, sodass er die Augen gleich wieder schließen musste. Dann spürte er auf einmal etwas an seinem Mund. Er wurde mit kräftigen Händen unsanft aufgesperrt und sein Kopf in den Nacken gedrückt.

Wieder schlug er die Augen auf und sah zunächst nichts als dunkles grauschwarzes Gestein, das feucht im Widerschein der Lampe glänzte. Seine Augen rollten unkoordiniert nach unten, und da war der Mann mit dem Strohhut. Er musste es sein. Hut und Brille hatte er zwar abgelegt, aber Luca erinnerte sich nun wieder an das, was passiert war. Die Angst traf ihn wie ein Schlag mit einem Baseballschläger direkt auf die Brust und nahm ihm augenblicklich den Atem. Er versuchte zu schlucken, was kaum möglich war, so weit, wie sein Mund aufgerissen wurde. Er würgte.

»Aah, du wirst wach«, sagte der Mann und nahm seine Finger aus Lucas Mund. Seine Kiefer knackten, als er sie schloss. »Du hast schöne Zähne. Tomasios waren noch kräftiger, aber deine sind auch sehr schön.« Er richtete sich auf und stand nun breitbeinig über ihm. Luca lag, mit einem weißen Hemd und einer weißen Hose bekleidet, auf einer Matratze. Der Schein der Taschenlampe glitt langsam über seinen Körper. Die Uhr lag neben ihm.

»Sie gehört dir. Du wirst merken, dass Zeit etwas sehr, sehr Quälendes sein kann.«

Luca begann zu zittern. Ob aus Angst oder vor Kälte, konnte er nicht sagen. Aber sein gesamter Körper wurde davon erfasst, und er zappelte, als bekäme er Stromstöße.

»Ja, du wirst dich mit vielem hier unten arrangieren müssen, Luca.« Ein verrücktes Flackern glomm in den Augen des Mannes auf. Es verriet den Wahnsinn, der dahinter wohnte. Alles Menschliche war aus seinem Blick gewichen, und Luca wusste intuitiv, dass er es nicht mit einem Mann zu tun hatte, der zwischen Gut und Böse unterscheiden konnte. Dieser Mann *war* das Böse. Es hatte Besitz von ihm ergriffen und wie ein Parasit seine Seele und seinen Verstand verschlungen.

Vor ihm stand der Teufel in Person.

»Willkommen im ersten Raum«, sagte der Mann genussvoll. Dann machte er kehrt und steuerte auf eine in die Felsen eingelassene Tür zu.

Obwohl Luca sich nichts sehnlicher wünschte, als dass dieser Mann von ihm wegging, wollte er nicht, dass er ihn hier allein ließ, denn er besaß die einzige Lichtquelle. Doch genau das würde nun passieren. Im Wissen, dass es gleich, wenn er die Tür hinter sich geschlossen hatte, stockdunkel werden würde, sah er sich hastig um und versuchte, sich den Raum einzuprägen. Viel war da nicht, das man sich merken musste. Sein Gefängnis war nichts weiter als eine grob in den Fels gehauene Höhle. Oval geschnitten, knapp zwei Meter hoch, an manchen Stellen auch weniger. Es gab ein Gefälle im Boden, Lucas Kopf lag höher als seine Füße. Die Wände sahen aus wie manche der Tunnel an der Westseite des Sees, die man direkt in den Berg gegraben hatte. Rau und kantig, grauschwarz, leicht porös und feucht. Diese Feuchtigkeit verursachte eine großflächige Reflexion, als der Mann sich mit der Lampe in der Hand umdrehte und die Tür zuzog. Dann wurde es schwarz um ihn herum.

Die Panik kam sofort und so heftig, dass Luca lautstark versuchte einzuatmen, doch sein Hals schien zu eng. Er bekam nicht genug Luft, er glaubte, er würde ersticken. Auf den Knien hockend, kämpfte er darum, seinen verkrampften Atem zu beruhigen. Erst nach gefühlten Minuten gelang es ihm, und er legte sich völlig erschöpft auf die Seite. Das Zittern war nicht verschwunden. Sein Körper vibrierte, sein Unterkiefer bebte so sehr, dass er sich auf die Zähne beißen musste, damit sie nicht klapperten.

Kaum dass er lag, verlor er die Orientierung. Der Raum war in der Dunkelheit nicht mehr erfassbar, und er drohte darin verloren zu gehen. Ihm war, als könnte er jeden Moment in einen tödlichen Abgrund stürzen. Also drückte er sich mit dem Rücken gegen die Wand, um die Begrenzung zu spüren, auch wenn sie kalt und feucht war.

Wo hatte der Mann ihn bloß hingebracht? Wie hatte das passieren können? Er wollte zurück. Zurück an die Luft, in die Sonne. Zurück an den See, zurück zu Tomasio und zu seinen Eltern. Er wollte auch ein besserer Junge werden und nicht ständig von zu Hause abhauen. Er wollte alles besser machen, Hauptsache, er durfte zurück.

»Bitte«, flehte er leise in die Höhle hinein, »bitte, bitte, bitte ...«

Doch sein Flehen wurde nicht erhört. Es echote nur von den Wänden wider.

Die Uhr lag neben ihm auf der Matratze. Sie tickte, wenn er daran horchte, aber er konnte sie nicht lesen. Doch es war immerhin etwas, das er anfassen konnte und das einen stetigen, regelmäßigen Ton von sich gab, ein Geräusch. Fast wie eine Stimme, eine flüsternde Stimme, die mit ihm sprach.

Wie lange sollte er hierbleiben? Und was hatte der Mann mit ihm vor? Was wollte ein erwachsener Mann mit einem Jungen wie ihm? Alles, was Luca sich vorstellen konnte, war mit Schmerz und Leid verbunden. Und mit Warten.

Er wartete Minuten, Stunden, Tage, so meinte er. Der Mann kam einfach nicht wieder. Irgendwann kamen der Durst und der Hunger. Der Hunger wurde schmerzhaft. Etwas Wasser holte er sich von den nassen Wänden. Wenn sein T-Shirt sich vollgesogen hatte, wrang er es aus und trank die Tropfen.

Luca weinte und flehte, schrie und heulte. Er jammerte und schlief immer wieder ein, ob für Minuten oder Stunden, konnte er danach nicht sagen. Aber nichts geschah. Absolut nichts. Es blieb einfach nur dunkel und still. Der Teufel schwieg. Bis ...

Luca wusste nicht, wie viel Zeit vergangen war. Er war schwach. Die Kälte, die Angst, der Hunger zehrten an seinem jungen Körper. Ein Geräusch riss ihn aus dem Schlaf. Er hob den Kopf und horchte. Es war die Tür. Sie wurde aufgeschlossen. Luca drückte sich so fest in die Ecke, wie es nur ging, und bedeckte seinen Körper mit den Armen. Der Lichtkegel einer Taschenlampe wankte im Raum umher. Das Licht war derart hell, dass Luca die Augen nicht aufbehalten konnte. Er wollte sehen, musste sehen, um sich zu verteidigen oder zu flüchten, wenn der Mann ihm etwas antun wollte, aber es ging nicht. »Du bleibst, wo du bist«, hörte er seine drohende Stimme sagen und erstarrte. Eine zweite Tür wurde aufgeschlossen, diesmal auf der anderen Seite des Raums. Luca lugte durch eine Lücke zwischen seinem Arm und seinen angewinkelten Knien. Hinter einer Wölbung im Gestein musste eine weitere Tür verborgen liegen. Luca hatte sie zuvor nicht bemerkt.

Der Mann verschwand, die Tür schlug zu, und seine Schritte entfernten sich. Luca traute sich nicht, sich zu rühren. Hat er die erste Tür wieder abgeschlossen?, fragte er sich. Wenn nicht, könnte ich versuchen … Nein. Der Gedanke, was passieren würde, wenn er ihn erwischte, ließ ihn verharren. Was, wenn es noch eine weitere Tür gab? Luca nahm vorsichtig einen Arm herunter und linste in Richtung Ausgang. Licht war nicht zu erkennen. Er senkte den zweiten Arm und wollte sich damit abstützen, um sich näher an die Tür zu beugen, da vernahm er eilige Schritte. Er kam zurück. Luca drückte sich wieder in die Ecke und schirmte sich ab. Die Tür flog auf, und fluchend kam der Mann herein.

»Du rührst dich nicht!«, rief er. Seine Stimme hallte hart von den Wänden wider.

Er eilte auf der anderen Seite hinaus und kam kurze Zeit später mit etwas zurück, das metallisch klang. Irgendetwas schien ihn beunruhigt und in Rage versetzt zu haben. Die Tür war einfach hinter ihm zugefallen. Wütend, wie er war, konnte er das Abschließen vergessen haben.

Luca wusste, dass dies womöglich seine einzige Chance war, hier lebend herauszukommen. Er musste es versuchen. Auf allen vieren krabbelte er in Richtung der Ausgangstür. Er fand sie und tastete sich hinauf bis zum Knauf, an dem er kräftig zog. Doch die Tür ließ sich weder nach außen noch nach innen öffnen. Aber die andere, die zweite Tür, rief eine Stimme in ihm, versuch es dort. Er krabbelte in die entgegengesetzte

Richtung und stieß sich mehrfach an der Wand, bevor er sie fand. Diese Tür war anders, sie hatte eine Klinke, und als er drückte, öffnete sie sich einen Spalt. Es blieb so dunkel, wie es war. Aber er konnte hinaus.

Sollte er es wagen? In diese Richtung zu fliehen bedeutete, *ihm* zu folgen. Wo endete der nächste Raum? Luca stellte sich vorsichtig auf beide Beine und stützte sich mit den Händen an den Wänden ab, die hier sehr nah waren. Es schien sich um eine Art Tunnel zu handeln. Eine Hand nach vorn ausgestreckt, ging er weiter. Es war so dunkel, der Mann hätte direkt vor ihm stehen können, Luca hätte ihn nicht gesehen. Er hatte solche Angst, dass er ihn mit seiner Hand berühren könnte, dass dieser Teufel nur darauf wartete, dass Luca diesen Fluchtversuch unternahm. Trotzdem musste er versuchen, hier rauszukommen. Er verbiss sich ein Schluchzen und setzte einen Fuß vor den anderen.

Der Gang machte eine Kurve nach links, immer schärfer, bis er schließlich in entgegengesetzter Richtung weiterlief. Abschüssig war es weiterhin. Von irgendwoher drang das Wasser in die Wände und benetzte sie mit einem nassen Film und kleinen Rinnsalen.

Luca schrie dumpf auf, als seine Hand gegen etwas stieß, und fiel vor Schreck zu Boden. Am ganzen Körper bebend tastete er mit seinem Fuß danach. Metall. Rostiges Metall, großflächig. Eine weitere Tür. Er horchte daran, presste sein Ohr dagegen, doch nichts war zu hören. Er drückte die Klinke, und sie ließ sich öffnen. Luca krabbelte auf allen vieren hindurch. Seine Hände glitten an der Gesteinswand entlang, die die Tür einfasste. Sie wurde nicht wie eben von seitlichen Wänden begrenzt. Hier musste ein zweiter Raum sein. Er kroch weiter, bis er plötzlich ein Geräusch hörte, das ihm das Blut in den Adern gefrieren ließ. Es war ein Schrei, nein, ein Klagen, ein krächzendes Jammern. Es hallte geisterhaft durch die steinernen Gänge zu ihm herauf. Weiter unten musste noch jemand sein. Ein anderes Opfer. Und der Mann tat ihm gerade etwas an.

Luca wischte sich über das Gesicht und merkte, dass er mit

der linken Hand immer noch die Uhr umfasst hielt. Er hatte sie die ganze Zeit gehalten und nicht mehr losgelassen. Sie gehörte ihm. Er hatte sie sich verdient. Luca nahm trotzig all seinen Mut zusammen und bewegte sich weiter vorwärts.

An der nächsten Tür bemerkte er einen Luftzug, sie stand offen. Es schloss sich ein weiterer Tunnel an, in dem er ganz schwach so etwas wie einen Lichtschimmer ausmachen konnte. Es war eigentlich mehr eine Spiegelung, ein kaum sichtbares Glimmen an den feuchten vorstehenden Gesteinskanten. Er stellte sich auf seine Füße und ging gebückt weiter, immer schneller werdend, denn das Licht war irgendwo unter ihm. Wieder kam eine scharfe Linkskurve. Der Gang schraubte sich in die Tiefe, bis Luca die nächste Tür erreichte. Auch sie stand offen, ein breiter Lichtstreifen säumte den Gang. Der Raum dahinter war nun zum ersten Mal sichtbar für Luca. Ein grünlich schwarz schimmerndes Gewölbe spannte sich klobig und kantig über ihm. Obwohl er nun sehen konnte, überkam ihn ein Gefühl der Klaustrophobie. Die tonnenschweren Felsen schienen sich auf ihn zuzubewegen, ihn niederzudrücken. Ein beißender Gestank hing in der Luft. Wasser tropfte von den Wänden und der Decke, es klang wie ein schauriges Glockenspiel. Der feuchte grüne Belag auf den Felswänden glänzte wie giftiger Schleim. Luca hatte den Eindruck, dass dieser Raum kleiner war als die beiden vorherigen. Rechts hing an einem grob in den Fels gehauenen Nagel eine Stabtaschenlampe, deren gleißendes Licht in seinen Augen schmerzte, aber es war Licht. Schnell huschte er weiter, durch die zweite Tür und in den nächsten Gang, der ihn noch tiefer in dieses Labyrinth des Grauens brachte.

Wieder vernahm er Geräusche. Ein Klicken oder Schmatzen. Vielleicht ein Tier, das etwas kaute. Er erreichte einen viel größeren Raum, der weiter ausgehöhlt war und in dem es Nischen und Ecken gab, die schreckliche Schatten bargen, von denen er sich beobachtet fühlte. Tiere krabbelten hier herum. Käfer, Spinnen. Manchmal war es eine scheinbar körperlose Bewegung, die Luca auf den moosbedeckten Steinen ausmachen konnte. Er bekam Schwierigkeiten mit dem Atmen. Ein

Gewicht lastete schwer auf seiner Brust. Er musste angestrengt Luft holen, bevor er weitergehen konnte.

Der Gestank nahm zu und ebenso das Gefühl, dass er sich in diesen Höhlengängen einem schrecklichen Kern näherte. Dem Punkt, an dem die Geräusche ihren Ursprung hatten. Dieses Bergwerk endete in der Hölle. Einer grünen feuchten, stinkenden Hölle. Die anders war, als er sie sich jemals vorgestellt hatte.

Es folgten noch zwei weitere Räume, ehe Luca dessen gewahr wurde, dass er das Herz der Finsternis erreicht hatte. Als er auf den siebten Raum zusteuerte, in dem ein weiteres Licht zu brennen schien, stellte er fest, dass dort die Geräusche herkamen. Nur noch eine offen stehende rostige Eisentür trennte ihn von dem Ort, an dem sich der Teufel selbst bei der Arbeit befand. Böse und übermächtig. Luca hingegen war nur noch ein kümmerlicher Überrest seiner selbst. Ein gebücktes, zitterndes, schwaches Häufchen Elend, angefüllt mit Angst, so groß wie die ganze Welt. Wie sollte er gegen diesen Mann bestehen? Wie war er nur auf die Idee gekommen, ihm hier herunter zu folgen? Er hatte nichts außer seiner Uhr. Keine Waffe, keine Kraft, keinen Mut. Er war völlig wehrlos. Doch er wusste, wenn er jetzt aufgab, wenn er sein Schicksal nicht selbst in die Hand nahm, würde er diese sieben Räume alle noch mal durchlaufen müssen. Jeden einzelnen. Und wie lange er jeweils darin gefangen sein würde, das wusste er nicht. Wie viele Stunden müsste seine Uhr verstreichen lassen, bis er endlich hier unten angekommen wäre, im letzten Raum, wo *er* auf ihn wartete?

Luca schlich sich bis an den Rand der Tür. Vorsichtig reckte er seinen Hals und lugte in einen größeren Raum, von dem am anderen Ende zwei Gänge abzweigten. Dies war das Herz. Das Zentrum. Hier entschied es sich. Auf dem Boden stand eine dicke Lampe, die ihren gleißenden Lichtkegel nach oben an die Decke warf, von wo aus das Licht sich wie ein Firmament über den Raum spannte und von der Nässe reflektiert wurde. Der Glanz, der dabei entstand, ließ die Höhle organisch wirken.

Es knirschte, und dann hörte Luca wieder dieses Klicken und ein tiefes Würgen und Jammern. Er musste etwas tun, er musste handeln. Luca zwang sich, einen weiteren Schritt zu tun, und nahm links von sich eine Bewegung wahr. Er zuckte instinktiv zurück, bewegte sich aber wieder nach vorn und sah den Rücken des Mannes. Er kniete mit einem Bein auf dem Boden, das andere war aufgestellt über einem unter ihm liegenden Körper, der kaum noch als solcher erkennbar war. Sehnige, abgemagerte Gliedmaßen, dünn mit Haut bespannt, bogen sich, krümmten sich grotesk. Luca erkannte Beine und Arme, doch das, wozu sie gehörten, konnte kein Mensch sein. Oder doch? Er sah, wie der Mann arbeitete und seine Ellbogen abspreizte, während er etwas mit dem Kopf seines Opfers tat. Es schien kaum noch am Leben zu sein, auf jeden Fall war es aber zu schwach, um sich zu wehren. Am Kopfende der Matratze, auf der es lag, war ein kleiner Vorsprung, ähnlich einem Regalbrett, aus dem Fels herausgearbeitet worden. Darauf stand in geradezu höhnischer Art und Weise eine Vase mit frischen gelben Blumen. Luca traute sich kaum zu atmen. Mit vor Entsetzen weit aufgerissenen Augen schlich er sich am Rücken des Mannes vorbei und erkannte auf dem Boden Instrumente. Zangen. Blank geputzt. Es knirschte und knackte erneut, und Luca verstand, was der Mann dort tat. Er zog seinem Opfer die Zähne.

»Gleich …«, ächzte er, »gleich hab ich ihn …«

Das Grauen, das Luca in diesem Moment empfand, war wie eine eiserne Kralle, die ihn zu zerquetschen drohte. Er weinte stumm, das Gesicht zur Grimasse verzerrt und tränennass. Er musste weiter, weg von diesem Ort. Zwei Möglichkeiten lagen vor ihm. Zwei Ausgänge. Und dahinter? Lagen dort bloß zwei weitere Höhlen und noch mehr Gänge? Er tapste vorsichtig näher, so wie man sich einem tiefen Abgrund näherte, bemüht, kein Geräusch zu verursachen, und spähte ängstlich in die Dunkelheit. Links fiel eine Art Loch quasi senkrecht in die Tiefe. Daher kam auch der Gestank. Wie tief das Loch war und was sich dort unten befand, konnte Luca nicht sagen, aber er wusste, dass dies keine Fluchtmöglichkeit war. Die zweite, etwas größere Öffnung führte in eine kuppelartige, kleine Höhle, und Luca bemerkte erst kurz bevor er es mit dem Fuß berührte, dass Wasser darin stand. Die Oberfläche war so glatt, dass sie die

Decke widerspiegelte. Die Höhle endete nach ungefähr zehn Metern. Luca versuchte, ins Wasser zu schauen, und meinte, ganz weit hinten ein schwarzes Loch erkennen zu können, einen Durchgang. Dies war wohl eine Art Grotte. Er blickte über seine Schulter zurück. Der Mann drückte den Kopf seines Opfers nieder und zog und zog. Luca wandte sich dem Wasser zu. Wasser war gut. Wasser war sein Element. Er schloss die Augen und betete mit all seiner Kraft, dass es ihn retten würde, dann sprang er.

Er war zu schwach, um richtig zu schwimmen, seine Angst zu gewaltig, um die Luft lange anhalten zu können. Doch er tauchte so schnell, wie er noch nie getaucht war. Das Wasser war klar, und er konnte den steinigen Fels sehen, der allmählich in der schwarzen Grotte verschwand. Luca kämpfte sich vorwärts. Das Licht aus der Höhle fiel ihm immer schwächer werdend über die Schulter, und dann tat sich vor ihm ein Abgrund auf, der steil abfiel und dessen Tiefe nicht einsehbar war. Luca tauchte weiter, auch wenn das bedeuten sollte, dass er ertrank.

Es ging tiefer und tiefer hinab. Neben sich konnte er in der immer enger werdenden Felswand einen Spalt erkennen, der sich auftat und durch den bläuliches Licht einfiel. Luca hielt darauf zu. Aber da sah er auch schon ein Metallgitter, das vor den Spalt geschraubt war. Die Maschen waren etwa so groß wie sein Handteller. Wenn dies seine Rettung hätte sein sollen, so hatte der Teufel bereits vorgesorgt.

Der Spalt weitete sich und erreichte bald eine Breite von einem halben Meter, doch das Gitter, an dem grüne Algen wuchsen, wollte und wollte nicht enden. Der Druck auf Lucas Ohren wuchs immens, er musste gegenhalten und drückte Atemluft von innen in seine Ohren. Nie zuvor war er so tief getaucht. Es mussten bereits an die zwanzig Meter sein. Um schneller voranzukommen, krallte er seine Finger in das Gitter und zog sich daran in die Tiefe.

Fast wäre er auf dem Boden aufgeschlagen. Das Gitter endete, und der Felsen führte wie eine schmale Rutsche hinaus in den offenen See. Hier unten konnte Luca durch die Maschen hindurch kaum noch etwas erkennen. Draußen musste es Tag sein, sonst wäre alles nur undurchdringlich schwarz gewesen. Er stellte fest, dass das Gitter über dem Felsvorsprung nicht vollständig auflag. Es gab einen schmalen Spalt, recht breit, aber nur etwa fünfundzwanzig Zentimeter hoch. Passte er da hindurch? Er musste es versuchen.

Er drehte sich auf den Rücken, legte seinen Kopf zur Seite und hielt sich mit beiden Händen am Gitter fest. Wenn er nicht darunterpasste, war er verloren. Luca zwängte seinen Kopf in den Spalt und spürte Fels und Gitter an seinen Schläfen. Er drückte sich nach vorn und quetschte seinen Schädel bis über die Ohren in die Lücke. Dann schien er festzustecken. Aber er konnte nicht mehr lange die Luft anhalten, er würde bald atmen müssen. Seine Ohren waren weich, und er war gewillt, sie zu opfern, wenn er dafür überleben konnte. Er nahm all seine Kraft zusammen und stieß sich in den Spalt hinein. Die glitschigen Algen halfen ihm, und er war mit dem Kopf und gleich darauf mit den Schultern hindurch. Jetzt musste er noch seinen Körper nachziehen, doch seine Lungen waren voll mit Luft. Es passte nicht. Er musste Luft ablassen, um seinen Brustkorb weit genug senken zu können. Die silbernen Blasen sprudelten aus seinem Mund und flüchteten dorthin, wo er ihnen bald nachfolgen musste, wenn er nicht ertrinken wollte. Er quetschte seinen Oberkörper durch die Öffnung, zog seine Beine nach, und dann war er plötzlich auf der anderen Seite und konnte es nicht glauben. Er schwebte langsam nach oben, und ihm wurde endlich bewusst, dass er frei war.

Aber die Luft. Er konnte sie nicht mehr anhalten. Mit fest aufeinandergepressten Lippen schwamm er empor. Er durfte nicht senkrecht auftauchen, sonst würde er vielleicht genau dort herauskommen, wo der Mann schon am Ufer auf ihn wartete. Luca bewegte sich weiter nach links. Es wurde heller. Über ihm konnte er bereits die weißlich schimmernde Oberfläche des Sees erkennen. Die Sonnenstrahlen, die wie Finger ins Wasser tasteten. Doch der Aufstieg wollte einfach nicht enden. Es waren an die vierzig Meter, vielleicht mehr. Sein Körper drohte zu zerbersten, er verlangte nach Luft, und Luca meinte, dass er es nicht mehr aushalten konnte. Für einen Moment war er der Überzeugung, dass er auch unter Wasser atmen könnte. Er müsste nur den Mund öffnen und tief einatmen. Dann wäre alles gut. Aber er tat es nicht. Schier endlose Sekunden später schoss er wie ein Korken aus dem Wasser und war kurz vor der Ohnmacht, als er keuchend und jaulend den Sauerstoff einsog. Die Sonne schien. Der Himmel war klar, und alles um ihn herum war friedlich. Nichts deutete auf das hin, was er dort unten gerade erlebt hatte. Sein Auftauchen kam einem Aufwachen aus einem Alptraum gleich. Dies war eine andere Welt. Luca konnte nicht glauben, dass diese beiden Welten nebeneinander existierten. Am Rande des Sees sah er ein großes, herrschaftliches Grundstück auf einem Hügel und eine weiße Villa, die aber bereits hinter einem Zweig verschwand, der sich vor sein Gesicht schob. Hier standen Pinien und hohe Buchsbaumhecken bis hinunter ans Ufer. Am Ende seiner Kräfte, schaffte Luca es so weit, dass er steinigen Grund unter seinen Füßen spüren konnte. Er weinte vor Erleichterung und schleppte sich aus dem Wasser. Wo er sich befand, konnte er nicht sagen. Das Sonnenlicht schmerzte in seinen Augen. Lange durfte er sich jedoch nicht ausruhen, der Mann würde ihn suchen, er würde ihn nicht entkommen lassen.

Steh auf, sagte er zu sich selbst. Steh auf. Er drehte sich um und sah ein leicht ansteigendes rechteckiges Grundstück, eingerahmt von hohen Pinien und einem Zaun, der bis hinunter ans Wasser reichte. Wenn er jetzt einfach dort hochlief, würde mit Sicherheit eine Alarmanlage angehen. Wenn die Polizei käme, wäre ihm das nur recht. Taumelnd kam er auf die Beine und lief los, die Rasenfläche hoch auf das Haus zu. Er konnte niemanden entdecken. Mit Entsetzen dachte er daran, was wäre, wenn es hier Wachhunde gäbe. Aber selbst das, ein Angriff eines Hundes, wäre ihm jetzt lieber, als noch mal in die Fänge dieses Mannes zu gelangen. Er hielt weiter auf das Haus zu und entschied sich, links daran vorbeizulaufen. Dort kam ihm ein Gärtner entgegen, der eine Schubkarre vor sich herschob. Er blieb stehen, als sei er vor eine unsichtbare Wand gelaufen, als er Luca bemerkte.

»He!«, rief er.

Luca sah, wie er an ihm herunterschaute. Seine Beine waren blutig. Auch seine Ohren bluteten von dem Metallgitter, durch das er sich hatte zwängen müssen.

Er lief einfach weiter und erreichte eine Auffahrt. Der Mann rief ihm etwas nach, das er nicht verstand, und er betete, dass das Tor zur Straße nicht verschlossen war. Er hatte Glück. Draußen wand sich eine schmale, schattige, von Platanen gesäumte Straße einen Berg hinauf. Oben konnte Luca die Dächer vorbeifahrender Autos sehen. Das musste die Gardesana sein. Irgendwie erklomm er diesen Berg und stand schließlich direkt an der Landstraße, wo die Autos an ihm vorbeischossen. Er winkte, doch hier anzuhalten war schwierig. Es gab keinen Seitenstreifen, keine Parkbucht. Also lief er einfach weiter. Gargnano musste ganz in der Nähe sein. Das Blut lief seine Beine und seinen Hals hinunter und färbte Hemd und Hose rosa.

Die Stella auf dem Bildschirm berührte ihn am Bein, weil Luca anfing, verzweifelt zu weinen.

Er sah sich selbst aus der Hypnose erwachen und wischte sich verwirrt über das tränennasse Gesicht. Stella stoppte die Kamera und legte ihm eine Hand auf die Schulter. Luca hatte Schwierigkeiten, wieder zurückzufinden. Sein Bewusstsein war noch in der Welt, die sein auf Film gebanntes Ich gerade beschrieben hatte. Seine Vergangenheit.

»Luca, Luca«, sagte Stella und drehte ihn zu sich herum. »Sieh mich an.«

Er wandte sich ihr zu und starrte sie verloren an.

»Du bist hier bei mir, in Ordnung? Es ist alles vorbei.«

Er nickte und ließ den Kopf hängen.

»Trink noch einen Schluck, bitte«, wies sie ihn an und hielt ihm das Glas hin. Er nahm es entgegen, und Stella stand unvermittelt auf. »Da kommt jemand.«

Luca blickte zum Fenster, während Stella die Tür öffnete. Schritte näherten sich. Dann trat Tomasio ins Licht der Zimmerlampe.

»Kommen Sie rein«, sagte Stella einladend. Unsicher schritt Tomasio über die Schwelle und blieb stehen, den Blick starr auf Luca geheftet. Luca schämte sich, ihn anzusehen, doch irgendwann schaute er auf, und als Tomasio einen Schritt auf ihn zumachte, erhob er sich, und sie nahmen sich in den Arm. Sie hielten sich so fest, dass ihre Arme zitterten.

»Es tut mir leid«, sagte Luca dumpf in die regennasse Jacke von Tomasio hinein.

VIERZEHN

»Ich wollte dich abholen«, sagte Tomasio. »Wenn du nicht lieber allein sein möchtest, heißt das. Wir treffen uns alle bei Vialli, um die neuen Informationen zu besprechen. Außerdem haben wir den Kreis der Verdächtigen ausgedünnt und bereits einige Personen überprüft.«

»Und?«

»Vielleicht haben wir jemanden. Drei sind noch übrig.«

»Lass uns fahren, wir haben keine Zeit zu verlieren.«

»*Sie* sollten fahren«, mischte Stella sich ein und sah Tomasio an, der sie kurz musterte.

»Mach ich.«

»Luca?«

Er wandte sich ihr zu.

»Das war sehr mutig. Sei nachsichtig mit dir.« Sie lächelte und zog die Stola fester um ihre Schultern.

Sie verabschiedeten sich und gingen hinaus in den Regen.

Während Tomasio fuhr, drängten weitere Erinnerungen an die Oberfläche von Lucas Bewusstsein wie kurze Filmausschnitte, die vor seinen Augen aufflackerten. Wie er zu Hause ankam und seine Eltern ihn in die Arme schlossen. Wie sie ihm kein Wort glaubten von dem, was er ihnen erzählte. Wie sie auf dem Hof der Psychiatrie aus dem Flavia stiegen und er begriff, dass sie ihn hierlassen würden. Wie allein und verzweifelt er sich nach dieser Erkenntnis gefühlt hatte. Die Erinnerungen wuchsen wie ein schwarzes Geschwür in ihm und verdunkelten seine Welt. Doch dann blitzte eine Erinnerung auf, die ihm so etwas wie einen Stromstoß verpasste. Er setzte sich im Auto gerade auf.

»Tomasio?«

»Ja?«

»Hast du die Uhr noch?«

»Ich hab sie in den See geworfen. Am zweiten Tag, den du weg warst.«

»Aber ich … ich erinnere mich wieder, wo ich meine hingetan habe.«

»Du hast sie behalten?«, rief Tomasio entsetzt und hielt an.

Sie hatten die Gardesana fast erreicht.

»Versteckt«, sagte Luca.

»Wo?«

»Die Mauer vom Haus gegenüber.«

Tomasio wusste, was er meinte.

»Lass uns hinfahren«, verlangte Luca.

Tomasio benachrichtigte Vialli, dass sie später kommen würden.

Durch den Regen war niemand auf den Straßen unterwegs, als sie am Ort ihrer Kindheit ankamen. Das Restaurant hatte längst zu. In den Häusern waren zwar vereinzelt Lichter zu sehen, doch die Fensterläden waren geschlossen.

»Hast du eine Taschenlampe?«, fragte Luca.

Tomasio zückte einen Kugelschreiber, der eine integrierte Lampe besaß. Luca lächelte, als er ihn entgegennahm.

Sie stiegen aus, und Luca steuerte zielstrebig auf das Nachbarhaus zu. Hier, wo er so gern hatte wohnen wollen, im Haus mit den schönen Balkonen, hatte er damals die Uhr versteckt. Es war von einer schienbeinhohen Mauer umgeben, in die gusseiserne Streben eingelassen waren. Ungefähr einen Meter links vom Eingang war der braune Putz in einem unregelmäßigen Fleck abgeplatzt, und die Backsteine schauten hervor.

»Dort«, sagte Luca, wies auf die Stelle und ließ sich auf die Knie nieder. Der Regen tröpfelte ihm in den Nacken und wurde in dem schmalen Lichtkegel, den die Taschenlampe warf, sichtbar. Mit dem Finger begann Luca, in der Fuge zu kratzen. Feine Mörtelkörnchen fielen zu Boden.

»Hier«, sagte Tomasio und hielt ihm ein Taschenmesser hin.

»Du denkst an alles, was?«

Luca nahm es entgegen und konnte den Stein nun wesentlich schneller freilegen. Als er sich bewegen ließ, kantete er ihn mit der Messerklinge aus seinem rechteckigen Loch. Der rote Backstein war in der Längsachse halbiert worden, sodass dahinter ein Freiraum entstanden war, in den Luca nun hineingriff. Als seine

Hand wieder zum Vorschein kam, hielt er die von Steinstaub bedeckte goldene Uhr in der Hand.

»Das gibt's doch nicht«, sagte Tomasio.

Luca selbst bewegte sich nicht mehr, er schaute ungläubig auf die Taschenuhr. Und wieder hielt Tomasio ihm etwas hin. Es war ein Beweisbeutel, in den Luca die Uhr fallen ließ. Sie hatten sie tatsächlich wiedergefunden, ein Relikt aus ihrer dunklen Vergangenheit, eine materialisierte Erinnerung und ein Beweis dafür, dass der Teufel wirklich existierte.

Luca behielt den Beutel die ganze Fahrt über in der Hand. Als sie bei Vialli eintrafen, legte er ihn in die Mitte des Tisches, an dem alle saßen. Martina war noch sichtlich geschockt von dem, was sie über Lucas Vergangenheit erfahren hatte. Franco schüttelte ihm mit einem betretenen Schweigen die Hand. Martina umarmte ihn wieder.

»Es geht mir gut«, flüsterte er. »Es ist gut, dass ich jetzt alles weiß.«

Sie setzten sich nebeneinander an den Esstisch. Auch die anderen nahmen Platz.

»Dann sind wir fast vollzählig«, sagte Vialli, und alle sahen sich irritiert an.

»Wer fehlt denn noch?«, fragte Franco.

»Marchetti.«

Franco nahm das mit einem missbilligenden Zucken seiner Augenbrauen hin.

»Er hat vielleicht wichtige Beweise für uns«, verteidigte Vialli seine Entscheidung, ihn mit hinzuzuziehen.

Kaum war das geklärt, klingelte es auch schon. Ein ungewöhnlich ernster und nervös wirkender Marchetti trat ein. Er hatte einen silbernen Koffer dabei, den er neben seine Beine stellte.

»Tja, dann legen wir los«, meinte Vialli und faltete die Hände. »Wir sind dem Mörder am heutigen Tag ein großes Stück näher gekommen. Es haben sich viele neue Hinweise aufgetan, die wichtig für uns sind. Luca muss ich dabei meinen Dank aussprechen, dass er seine persönlichen Erlebnisse den Ermittlungen zuliebe mit uns teilt.«

»Was denn für Erlebnisse?«, fragte Marchetti, der als Einziger noch nicht eingeweiht war. Alle senkten die Köpfe, und Luca überlegte, ob und wie er es sagen sollte.

»Ich bin selbst von diesem Kerl entführt worden, als ich sechzehn war«, sagte er schließlich.

Marchetti riss ungläubig die Augen auf. Er sah die anderen prüfend an, um zu erforschen, ob er gerade auf den Arm genommen wurde.

»Ich hatte diese Erinnerungen verdrängt, bis jetzt. Unter Hypnose kam alles wieder zurück, und ich kann euch sagen, wie er aussah, wie das Grundstück aussah, wie das Höhlensystem aussah, wie –« Luca stoppte mitten im Satz und versteinerte. Wieder traf ihn eine Erinnerung wie ein Bumerang aus der Vergangenheit. Es hatte einen großen Aufruhr in der Klinik gegeben, weil Luca ausgerastet war. Er hatte seine Ärztin angegriffen, als sie ihm nicht glauben wollte. Dabei hatte er sie gemocht. Er sah noch, wie er über ihr stand, während ihr Haar ganz wild in ihr Gesicht fiel und sie aus einer Wunde am Mund blutete.

»Luca?«

Martina hatte eine Hand auf sein Bein gelegt.

»Schon gut«, wiegelte er ab. »Und ich weiß, wo ich damals ungefähr entlanggelaufen bin.«

»Das ist ja unglaublich, aber auch …« Marchetti suchte nach dem richtigen Wort, um Luca nicht zu verletzen. »Ich meine, damit müssten wir ihn doch kriegen.« Hoffnungsvoll blickte er in die Gesichter der Polizisten.

»Wir haben die dreizehn Personen auf der Liste überprüft, aber noch nicht alle persönlich gesprochen«, informierte Franco. »Martina ist sich allerdings sicher, einige von ihnen bereits ausschließen zu können.«

»Nach Lucas Schilderungen bin ich mir nun sicher, dass wir es mit einem Mann zu tun haben, der als Zahnarzt oder Ähnliches arbeitet«, sagte sie. »Von den dreizehn Männern sind fünf in medizinischen Berufen tätig. Aber nur drei von ihnen arbeiten als Zahnarzt oder Kieferchirurg.«

Franco schob drei Steckbriefe in die Mitte des Tisches. »Ich habe mir erlaubt, alles aufzuführen, was wir über sie wissen. Die Fotos habe ich von der Zulassungsstelle oder direkt von ihren Homepages. Da wäre Dr. Emanuel Rizzi. Er ist Zahnarzt. Seine Praxis hat er in Verona, leben tut er in einer Villa oberhalb von Gardone. Er ist neunundfünfzig Jahre alt, verheiratet, zwei Töchter, ist Weinliebhaber und Besitzer eines Weinbergs, und er fährt einen weißen Lamborghini Diavolo.«

Das muss der sein, der mir schon öfter begegnet ist, dachte Luca. Und ein Wagen, der den Namen »Diavolo« trägt, würde gut zu dem Mörder passen.

»Hinzu kommt, dass er Segler ist und sich auf dem See also hervorragend auskennt«, schloss Franco sein Resümee über Rizzi. »Der Nächste ist Professor Dr. Angelo Riviera. Er ist sechzig Jahre alt und der Chef der Kiefer- und Gesichtschirurgie im Krankenhaus in Brescia. Er besitzt mehrere Häuser, ist gleichzeitig auch Winzer, Börsenspekulant und war früher einmal Rennfahrer. Sein Haus steht nördlich von Gargnano direkt am Wasser. Er besitzt, wie es sich für einen Rennfahrer seines Alters gehört, diverse Oldtimer. Unter anderem auch einen Ferrari aus den Siebzigern, der über eine Million wert sein soll. Sein Alltagsbolide ist ein Audi R8 in Weiß.« Franco grinste zynisch und fuhr dann fort. »Schließlich haben wir noch Luciano DiFratelli, der Chirurg der Reichen und Schönen. Er ist ebenfalls neunundfünfzig. In seine Privatklinik kommen nur die oberen Zehntausend aus Politik, Kunst und Sport. Er verpasst ihnen allen ein neues Lachen, und es gibt niemanden mit gut gefüllter Brieftasche, der ihn nicht kennt.«

»Sogar der Polizeichef und die Staatsanwältin gehen mit ihm essen«, meinte Vialli. »Er ist sozial engagiert, spendet Gelder für wohltätige Zwecke und hat neulich einen Flüchtling umsonst behandelt. Es stand überall in der Zeitung.«

»Er besitzt eine erlesene Weinsammlung und Kunstgegenstände in Millionenhöhe, außerdem einen weißen McLaren 650s Spider. Hübsches Gefährt.«

»Wo wohnt er?«, wollte Tomasio wissen.

»Villa am See, südlich von Gargnano.«

Luca sah sich die Fotos aufmerksam an. Es waren immerhin

dreißig Jahre vergangen. Er konnte heute völlig anders aussehen.

»Wo wir gerade von Zähnen sprechen«, meldete sich Marchetti zu Wort, »ich habe da was, das euch interessieren wird.« Er nahm seinen Koffer und legte ihn auf den Tisch. Mit den Daumen ließ er die Schlösser aufspringen und klappte den Deckel zurück. Eine Plastiktüte kam zum Vorschein. In ihr lag eine Unmenge von schwarzen Röhrchen, die Luca sofort erkannte.

»Sind das die Dinger, von denen ihr gesprochen habt?«, fragte Martina. »Aus der Mitte des Sees?«

»Ganz genau«, bestätigte Marchetti düster.

»Mein Gott, wie viele sind es?«, fragte Vialli fassungslos.

»Einhundertsieben.«

»Wie bitte?«

»Du hast richtig gehört. Es sind einhundertsieben Röhrchen.« Er nahm die Plastiktasche aus dem Koffer und ließ die schwarzen Behälter auf den Tisch rollen.

»Bedeutet das, dass er einhundertsieben Menschen getötet hat, versteh ich das richtig?«, rief Franco.

Keiner antwortete ihm, es herrschte betretenes Schweigen.

»Und sind sie ... ist in jedem etwas drin?«, fragte Vialli. Er klang so erschüttert, dass sein sonst so professionelles Auftreten gänzlich verschwunden war.

Marchetti drehte eins der Röhrchen auf und kippte den Inhalt auf die Tischplatte. Drei Zähne kullerten heraus. Ihre Wurzeln waren schief gewachsen und standen nach innen und außen.

»Mal ist nur ein Einzelner drin, mal sind es mehrere«, erklärte er matt.

»Aber nie mehr als vier«, sagte Martina leise.

»Stimmt.«

»Weisheitszähne. Er zieht ihnen nur die Weisheitszähne. Bei ihrem körperlichen Zustand kann das dennoch ihren Tod bedeuten.«

Übelkeit stieg in Luca hoch, als er wieder an das Bild dachte, wie der Mann mit dem Strohhut dem menschlichen Gerippe den Zahn zog.

»Aber warum tut er das?«, fragte Franco und schaute dabei Martina an.

Sie verzog unschlüssig den Mund. »Es ist eine Art rituelle Handlung, mit der er etwas aussagen will. Weisheitszähne heißen so, weil man sie so spät bekommt, wenn man sich bereits ein gewisses Maß an Weisheit angeeignet hat. Er nimmt sie ihnen und vergräbt sie auf dem Grund des Sees. Vielleicht ist es eine Machtdemonstration. Er will zeigen, dass ihre Weisheit nichts gegen seine ist. Oder dass sie noch nicht genug davon erlangt haben. Und natürlich hat dieser Mann einen krankhaften Bezug zu Zähnen.«

»Er wollte ursprünglich Tomasio, weil er stärkere Zähne hatte als ich«, sagte Luca. »Ich denke, er sucht seine Opfer danach aus. Ich hab nur ein paar der Röntgenaufnahmen in den Akten gesehen, aber ich meine, dass keiner der Jungen auch nur einen fehlenden Zahn oder eine Füllung gehabt hat.«

»Luca, erkennst du einen dieser Männer?«, fragte Vialli nachdrücklich. »Tomasio, du?«

Beide richteten ihren Blick wieder auf die Fotos. Luca erkannte keinen der drei Männer, aber es war das Foto von Di-Fratelli, von dem er sich nicht lösen konnte. Dieser Mann hatte etwas, das ihn verunsicherte. Tomasio schielte zu ihm herüber. Luca spürte den Blick, aber er ließ sich nichts anmerken.

»Nein«, sagten beide im Chor.

»Der Teufel haust in sieben Räumen«, fügte Luca an. »Findest du die Blumen, findest du Leonardo‹, sagte Stella. Das Labyrinth, in dem ich war, bestand aus sieben Räumen. Im letzten sah ich ihn mit dem anderen Opfer. Und dort standen auch gelbe Blumen.«

»Was, denkst du, haben sie zu bedeuten?«, fragte Martina.

»Das weiß ich nicht. Oder doch, warte. Er hatte sie ordentlich drapiert, auf einem extra dafür aus dem Stein gehauenen Felsvorsprung. Ein bisschen sahen sie aus wie Grabschmuck. Es war eine Vase mit gelben Blumen darin. Wir müssen nach gelben Blumen suchen in ihren Häusern.«

»Aber wir sind nicht mehr ganz frei in unseren Entscheidungen«, erinnerte Tomasio sie. »Wir unterstehen ab morgen einem anderen Ermittlungsleiter. Franco, Martina und ich werden diese Erkenntnisse natürlich weitergeben, aber was damit gemacht wird, steht in den Sternen.«

»Wir können nicht auf eine Antwort warten. So viel Zeit haben wir nicht«, sagte Luca. »Toni und Leonardo sind noch bei ihm, und ich will nicht, dass sie auch nur einen Tag, eine verdammte Stunde länger dort unten sind, als es nötig ist. Wir müssen handeln. Sofort.« Lucas Entschlossenheit wurde allen mehr als deutlich.

»Wir schleusen uns bei diesen drei Männern ein«, schlug Tomasio vor. »Luca und ich können das allerdings nicht tun, uns erkennt er vielleicht.«

»Ich mache das«, sagte Martina. »Es sind alles Zahnärzte. Ich gehe zu ihnen und lasse mich untersuchen, horche sie aus …«

»Das tust du nicht«, entgegnete Luca ungewohnt hart. »Wir müssen in sein Privathaus, uns in seinem persönlichen Umfeld umschauen. Die Praxen oder Kliniken helfen uns nicht weiter. Es war ein Grundstück am See, und das Haus, an das ich mich erinnere, stand auf einem Hügel.«

»Dann geh ich dorthin und lasse mir was einfallen. Ich könnte sie als Zeugen befragen.«

»Nein.«

Luca durfte nicht zulassen, dass Martina dem Mörder so nah kam. Es war zu gefährlich, er würde das durchschauen, wenn er nicht längst schon im Bilde darüber war, wer alles zu diesem Ermittlerteam gehörte.

»Du brauchst dir keine Sorgen zu machen«, sagte Martina, die verstanden hatte, was Luca antrieb, es ihr zu verbieten. »Ich bin eine Frau, und er kennt mich nicht. Ich bin nicht gefährdet.«

»So wie Nuncia Tavese?«, fragte Luca.

Das ließ sie verstummen.

»Lasst uns lieber weiter überlegen«, erklärte Luca. »Das Höhlensystem liegt unter einem Grundstück direkt am See. Es war überall feucht dort unten. Also fällt der schon mal aus dem Raster.« Er schob das Foto von Dr. Emanuel Rizzi ein Stück zur Seite. »Und ich lief nach Gargnano in Richtung Norden zurück.«

»Dann kann es nur noch er sein«, konstatierte Franco und tippte mit einem lauten Klopfen auf das Gesicht von Luciano DiFratelli.

»Oh nein«, sagte Vialli düster, »da handeln wir uns mächtig Ärger ein. Der Kerl ist so was wie ein Heiliger, jeder kennt ihn. Wenn Martina da auftaucht, um ihn illegal zu durchleuchten, sind wir alle bald in Rente.«

»Hast du begriffen, worum es hier geht?«, fragte Luca in schneidendem Ton, und Vialli stutzte, verwundert darüber, wie aggressiv Luca plötzlich war.

»Ja, Luca, aber mit der Brechstange daranzugehen könnte bedeuten, dass er uns am Ende vielleicht entkommt, weil wir die beschissenen Dienstvorschriften nicht befolgt haben. Du willst doch nicht, dass er freigesprochen wird.«

Trotzig schob Luca die Lippen vor. Es war, wie Stella prophezeit hatte, er musste sich selbst auf die Suche machen. Vielleicht war es das, worauf es am Ende hinauslief. Eine weitere Begegnung zwischen ihm und dem Teufel. Unvermeidlich. Schicksal? Ich bin der Makel, dachte er. Ich bin der Einzige, der entkommen konnte. Warum hat er mich bis jetzt leben lassen?

»Ich kann ja mit Franco zusammen hingehen, wenn dich das beruhigt«, sagte Martina versöhnlich.

»Okay«, erwiderte Luca abwesend. Er hatte nur halb zugehört und in Gedanken bereits einen eigenen Plan gefasst. Er meinte, das Ticken der alten Taschenuhr bis hierhin hören zu können, obwohl sie seit dreißig Jahren nicht mehr aufgezogen worden war.

»Gut, dann macht es so«, stimmte Vialli zu und schob Franco die Uhr hin. »Und die müsst ihr auf Fingerabdrücke untersuchen lassen.«

Luca konnte nicht schlafen in dieser Nacht. Im Geiste stellte er sich vor, wie einhundertsieben Jungen durch das Todeslabyrinth gegangen waren. Eine unvorstellbare Zahl. Die ganze Nacht saß er in einem Stuhl vor dem Balkonfenster und schaute hinunter auf den See. Er wäre einer von ihnen geworden, besäße er nicht diese Fähigkeit, die es ihm ermöglicht hatte, zu entkommen. Warum? Was war der Zweck? Wie lange er auch darüber nachdachte, er kam immer wieder zum selben Schluss. Er war entflohen, um einigen der nach ihm kommenden Jungen zu helfen und sie vor ihrem schrecklichen Schicksal zu bewahren. Er war genau dafür geschaffen worden. Er hatte keine Kinder, keine Familie, er war allein. Er war derjenige, der es beenden musste.

Noch vor Sonnenaufgang fuhr er mit dem Flavia hinunter nach Gargnano und parkte in der Via Don Primo Adami. Im Morgengrauen wirkte das Haus seiner Eltern so, als leuchtete es irgendwie. Es stach zwischen den anderen Häusern hervor, und Luca dachte daran, wie sie dort oben gewohnt hatten. Es war eine unbeschwerte Zeit gewesen. Jetzt tat es ihm leid, dass er ihnen nicht mehr sagen konnte, warum er sich vor der Welt versteckt hatte. Doch auch sie hatten Fehler gemacht.

Fehler wollte er jetzt keine mehr machen. Er stieg aus und nahm die kleine wasserdichte Kamera, eine ebenfalls wasserdichte Taschenlampe und sein Handy an sich. Unter seiner Alltagskleidung trug er eine enge knielange Badehose, die sich merkwürdig kühl an seinen Beinen anfühlte. Im Hafen wartete er, bis die Sonne aufgegangen war und das Leben im Ort langsam erwachte. Die Läden wurden geöffnet, Autos angeworfen, Fensterläden aufgeklappt. Man hörte Stimmen und Kinderlachen durch die Gassen hallen. Luca saß da und konzentrierte sich. Um ihn herum lief alles ab wie im Zeitraffer. Seine Umgebung wurde schneller, nur er verlangsamte sich. Bald machte er sich auf den Weg in Richtung des kleinen Strandes weiter nördlich. Dort führte eine Treppe hinunter in einen angelegten Garten, der im Schatten von Olivenbäumen dalag. Einige Besucher waren bereits hier und breiteten ihre Handtücher und Decken aus oder klappten Liegestühle auf. Aus der kleinen Bar drang das Zischen einer Espressomaschine. Luca hielt sich links auf dem Weg und fand schließlich einen kleinen Tretboot-und-Surfboard-Verleih, der allerdings noch nicht geöffnet war. Während er wartete, setzte Luca sich an den Strand auf den Rand eines der Tretboote und blickte hinaus auf den See, der heute wieder unter einer hochnebelartigen Wolkendecke lag.

Wie konnte man so werden? Wie konnte ein Mensch diese Grauenhaftigkeiten mögen, sie genießen? Was musste mit ihm passiert sein, dass er so war, wie er war? Luca hatte keine Kinder, doch immer, wenn er welche sah, war er von ihrer Unschuld überzeugt. Niemand kam böse auf die Welt. Und dieser Teufel, der ihn und all die anderen entführt hatte, war kein geborener Teufel. Nein. Aber begreifbarer machte es das auch nicht. Er war entmenschlicht. Das, was die meisten Menschen ausmachte, fehlte ihm. Liebe, Mitleid, vielleicht auch Hoffnung? Sieben Räume. Sieben Mal Hoffnungslosigkeit. Sieben Räume? Woher kannte er das? Er meinte, früher mal etwas darüber gelesen zu haben. Aber die Zahl Sieben kam so gut wie in jedem Märchen vor. Ebenso wie die Drei oder die Neun. Oder alle zusammen.

Ja, genau, das war es. Die Drei, die Sieben, die Neun. Drei Teile, die neun Kreise des Infernos und die sieben Terrassen des Fegefeuers, des Purgatoriums. Es war wie bei Dante. Die Göttliche Komödie. Eine Komödie, über die keiner lacht, dachte er bitter. Das waren Stellas Worte gewesen. Wie hatte er so blind sein können? Das Purgatorium, es war ein Hügel, aufgeworfen vom Sturz des Teufels auf die Erde. Auf sieben Terrassen büßten die Sünder, bis sie das Licht erlangten, und am Ende wartete der Meeressaum, der See.

Luca zog sein Handy so schnell aus der Tasche, dass es ihm fast ins Wasser gefallen wäre. Er wählte Martinas Nummer.

»Luca?«, meldete sie sich. Luca vernahm Hintergrundgeräusche. Sie konnte nicht mehr zu Hause sein.

»Ja, hör zu: Die sieben Räume, die er dort unten hat. Sie sollen die sieben Terrassen von Dantes Purgatorium darstellen. Den Läuterungsberg. Ihr müsst nach Hinweisen zur Göttlichen Komödie oder Dante selbst suchen, hast du verstanden?«

»Ja. Wo bist du?«, fragte sie. Luca blickte auf und überlegte, was er antworten konnte.

»Auf dem Weg nach Riva.«

»Ich fahre gerade mit Franco nach Gargnano. Wir wollen

ihn vor der Arbeit abpassen. In ungefähr fünf Minuten müssten wir da sein.«

Luca schaute über die Schulter auf die weiter oben verlaufende Straße. Ganz kurz fiel ihm ein Mann auf.

»Gut. Seid bitte vorsichtig. Er ist gefährlich, hörst du?«

»Ich weiß.«

Es lagen ihm drei Worte auf den Lippen, doch er brachte es nicht fertig, sie auszusprechen. Erst recht nicht jetzt. Bei dem, was er vorhatte, konnten solche Gefühle nur im Wege sein. »Wo ist Tomasio?«, fragte er daher.

»In Riva.«

»Okay. Bis später«, sagte er.

»Ja, pass auf dich auf.«

»Mach ich.« Er legte auf und atmete tief durch.

»Na, halten Sie Ausschau nach weiteren Jungen?«, sagte eine Stimme hinter ihm, und er fuhr herum. Batistano sah auf ihn herab. Die Augen klein und missbilligend zusammengekniffen.

»Was wollen Sie denn?«, fragte Luca.

»Ich beobachte Sie, Spinelli. Weil ich Sie für gefährlich halte. Es spricht alles dafür, dass Sie der Täter sind.«

»Ich?« Luca hielt das für einen Scherz und lachte. Batistano blieb ernst. »Das können Sie nicht wirklich glauben.«

»Sie kennen sich hier aus, Sie haben über Ihre Filme Kontakt zu diesen Jungen hergestellt, Sie sind psychisch labil und leiden unter Wahnvorstellungen. Sie sind es. Geben Sie es zu.«

»Sie wissen nicht, wie falsch Sie liegen«, sagte Luca dumpf.

»Und jetzt hauen Sie ab. Sie haben schon genug angerichtet.«

»Ich schütze die Menschen, die hier in Angst und Schrecken leben, indem ich sie vor der Gefahr warne.«

»Sie sind noch jung, das ist vielleicht Ihr Fehler. Sie sehen nicht das *Ganze*.«

»Ich lasse Sie nicht aus den Augen.«

Luca machte einen Schritt auf ihn zu, und er wich zurück. Das hatte Luca noch nie erlebt, dass jemand Angst vor ihm hatte. Doch, ein Mal. In der Klinik. Seine Ärztin.

»Lassen Sie mich in Ruhe«, sagte er und ging an Batistano

vorbei. Oben öffnete ein Mann mit Schlapphut den kleinen Schuppen des Bootsverleihs. Luca stieg die steile Treppe hinauf und ging auf den Mann zu, der sich gerade schwerfällig in einen Plastikstuhl fallenließ.

»Buongiorno, ich brauche ein Boot, ein Tretboot.«

Der Mann, der zusammengeklappt und breitbeinig dasaß, musterte ihn von oben bis unten durch seine schwarzen Brillengläser.

»Wann?«

»Na, jetzt«, entgegnete Luca ungeduldig.

»Ich hab nachher eine Reservierung. Kann ich nicht machen.«

»Was? Ich will es ja nicht den ganzen Tag, zwei Stunden reichen.«

Der Bootsverleiher sah auf seine Uhr.

»Du musst aber pünktlich wieder hier sein, sonst geb ich dir das Boot nicht.«

Luca konnte nicht glauben, wie er mit ihm sprach. Er hatte einen österreichischen Akzent, den Luca im Italienischen nie sehr klangvoll fand.

»Ich werde pünktlich sein. Was kostet das?«

»Zwei Stunden macht vierzehn Euro. Aber nur in bar und passend bitte, sonst geb ich dir das Boot nicht.«

»Bitte?«

»Ich habe kein Wechselgeld.«

Luca zählte fassungslos sein Geld und legte dem Mann die vierzehn Euro auf den Tisch.

»Also gut, wenn du fährst, bleibst du sitzen. Keine Sprünge vom Boot ins Wasser, sonst geb ich dir das Boot nicht. Ist das dein Freund da unten?«, fragte er und nickte in Richtung Strand, wo Batistano noch immer stand.

»Nein.«

»Wenn ihr Alkohol trinkt oder euch anderen Booten auf mehr als zwei Meter nähert, geb ich dir das Boot nicht.«

»Was? Er ist nicht —«

Der Mann hob die Hand. »Wenn du dich mehr als zweihundert Meter von der Schule entfernst, geb ich dir das Boot nicht.

Wenn du meinst, andere Freunde mit auf dein Boot holen zu müssen ...«

»Dann gibst du mir das Boot nicht, hab schon verstanden. Da liegt mein Geld, kann ich jetzt bitte das verdammte Boot haben?« Luca war am Ende seiner Geduld.

»Immer schön freundlich bleiben«, sagte der Verleiher und erhob sich tranig aus seinem Stuhl.

»Den Spruch solltest du morgens vor dem Spiegel zehnmal wiederholen«, sagte Luca und stieg die Stufen hinunter.

»Mir gefällt nicht, wie du redest.«

»Mir gefällt auch so einiges nicht«, zischte Luca und zog den Ausweis, den er von Vialli bekommen hatte. »Ich kann dieses lumpige Wrack einfach beschlagnahmen. Und wenn mir deine Nase nicht passt, geb ich dir das Geld nicht«, äffte er ihn nach.

Beleidigt schob der Typ das Boot zu Wasser, und Luca sprang auf.

»Um die Bojen herum«, rief er Luca zu. »Sonst verfängst du dich in dem Netz!«

Luca hielt schon aus Prinzip direkt auf das Netz zu, bis er einen Schrei hörte.

»Hey!«

Er lächelte und steuerte gegen. Dann ging es weiter hinaus. In einem Abstand von fünfzig Metern zum Ufer lenkte er nach rechts, Richtung Süden. Batistano hatte er aus den Augen verloren, was ihm nur recht war.

Er fuhr an der gesamten Promenade Gargnanos und am Hafen vorbei. Er kannte diesen Anblick der Stadt vom Wasser aus von früher, als er hier mit Tomasio tauchen war. Nach etwa einer Viertelstunde erreichte er ein Grundstück, das ihm bekannt vorkam. Er trat und trat in die Pedale, bis er das Haus hinter den Pinien sehen konnte. Das war es. Über dieses Grundstück war er geflüchtet. Hinter der nächsten Pinienreihe musste der Hügel auftauchen.

Als er ihn sah, stoppten seine Beine, und er glitt immer langsamer werdend voraus. Das Wasser plätscherte von dem Wasserrad, und Luca fühlte sich unwillkürlich an die Geräusche in den Höhlen erinnert. Die Luft blieb ihm weg, und ein automatischer Fluchtinstinkt setzte ein. Sein gesamter Körper wehrte sich dagegen, sich diesem Grundstück zu nähern. Stocksteif saß er in seinem Sitz und erkannte nun auch eine Statue oben auf dem Hügel und dahinter ein herrschaftliches Haus. Das Boot trudelte aus und trieb nur noch auf der Stelle. Eine schmale Treppe teilte den grasbewachsenen Hügel wie ein Reißverschluss in zwei Teile. Unten schloss ein etwa zehn Meter langer Bootssteg an, der zu beiden Seiten von einer Art Hafenmauer eingefasst war. In diesem Hügel dort hielt er Toni Cardini und Leonardo Divino gefangen. In absoluter Dunkelheit. Ohne eine Aussicht auf ein Überleben.

Das Boot trieb immer weiter auf das Ufer zu. Luca trat ganz langsam rückwärts. Die Paddel schlugen mit einem dumpfen Patschen auf das Wasser auf. Im Haus und auf dem Grundstück war niemand zu erkennen. Es musste jetzt sein. Es führte kein Weg daran vorbei.

Luca stand auf und vernahm ein Motorengeräusch, das sich näherte. Ein kleines Motorboot hielt auf ihn zu. Kurz bevor es ihn erreichte, nahm der Bootsführer die Fahrt heraus. Batistano stand am Steuer.

»Na, auf der Suche?«, fragte er provokant.

Das Tretboot wurde von den Bugwellen erfasst und begann zu rollen, sodass Luca sich ausbalancieren musste.

»Verschwinden Sie«, befahl er und zog sich die Hose aus. Batistano blickte zu dem Grundstück hinüber.

»Was haben Sie vor?«, fragte er.

»Fahren Sie und rufen Sie die Polizei.«

»Weswegen?«

Luca zog sein Hemd aus und nahm die kleine Kamera und die Taschenlampe zur Hand. Dann stellte er sich an den Rand des Bootes, das etwas Schlagseite nahm, und schloss die Augen. Er atmete tief und konzentriert ein.

»Was tun Sie?«, rief Batistano, doch Luca hörte ihn kaum noch. Nach einem letzten tiefen Atemzug, den er schnappend dreimal erweiterte, sprang er kopfüber ins Wasser.

Es war das erste Mal seit damals, dass er wieder mit Wasser in Berührung kam.

Du bist gut in dem, wovor du Angst hast, hörte er Stellas Stimme sagen, als er immer tiefer in die Schwärze hinabglitt.

Batistano rief noch ein paarmal seinen Namen, doch es war vergebens. Er war so verwirrt, dass er tatsächlich zum Hafen zurückfuhr, um die Polizei zu alarmieren. Dort begegnete er Tomasio.

FÜNFZEHN

»Ja, bitte?« Ein Mann mit blasser Haut und rotblonden Haaren öffnete ihnen die Tür. Sein schmales Gesicht bekam durch den übermäßig kräftigen Unterkiefer etwas sehr Kantiges. Seine Zähne waren für einen Mann seines Alters unnatürlich weiß und gesund, die Lippen waren weinblattrot, schmal und wirkten wie eine Wunde im Gesicht. »Was kann ich für Sie tun?«, fragte er und lächelte Martina und Franco freundlich an. Sie zeigten beide ihre Ausweise vor.

»Wir sind von der Kriminalpolizei und würden Ihnen gern ein paar Fragen stellen.«

»Was hab ich verbrochen?« Er lachte und blickte mit ernster Miene auf seine goldene Armbanduhr. »Ich … zwanzig Minuten hätte ich noch, dann muss ich los.«

»Das passt, es ist nichts Langwieriges. Wir befragen alle direkten Anlieger am See.«

»Kommen Sie rein, bitte.« Er zog die Tür ganz auf und machte eine einladende Geste.

Martina und Franco traten ein und sahen sich aufmerksam um. Das Haus war so, wie Martina es in ihrem Profil beschrieben hatte. Die Villa war zwar um die Jahrhundertwende errichtet worden, doch die Innenräume waren komplett modernisiert worden. Auf unregelmäßigen weißen Marmorplatten gingen sie durch eine helle, das Sonnenlicht reflektierende Halle in einen Wohnzimmerbereich von der Größe einer Sporthalle. Der Blick auf den Garten und den dahinterliegenden See war gigantisch. Luciano DiFratelli bot ihnen einen Platz auf einem Sofa an, das in Hufeisenform auf den See hinausschaute. Es gab verschiedene Sitzgelegenheiten in diesem riesigen Raum, die auf kleinere Inseln verteilt waren. Blickfang war ein Kamin, der von drei Seiten einsehbar und etwa so groß war wie ein Doppelbett. Die beiden staunten nur, als sie sich setzten. Martina entdeckte auf der rechten Seite einen Durchgang zu einer Bibliothek, in der Tausende

Bücher in weißen beleuchteten Regalen bis unter die Decke standen.

»So«, sagte DiFratelli, nahm links von ihnen Platz und legte seinen Arm ausladend auf die Sofalehne. »Von der Polizei ... Ich bin gut bekannt mit Staatsanwältin Michele. Wie kann ich Ihnen denn helfen? Man bekommt ja nicht jeden Tag Besuch von den Hütern des Gesetzes.«

»Das ist richtig«, sagte Martina und strich sich ihre Jeans glatt. »Wir wollen Sie auch nicht erschrecken. Es geht darum, dass Sie als direkter Anlieger am See einen guten Blick auf alles haben, was dort passiert. Es haben sich in letzter Zeit Unfälle ereignet, die in ihrer Häufigkeit sehr ungewöhnlich sind.« Sie hatte ihre Worte bewusst gewählt, um ihn ein wenig aus der Reserve zu locken.

»Unfälle?«, fragte er und rutschte unschlüssig etwas nach hinten.

»Ja, es gab zwei Fälle von Surfern, die ertranken.«

»Und da ermittelt die zivile Polizei?« Jetzt lächelte er wieder sehr selbstsicher.

»Wir können ein Verbrechen nicht ausschließen.«

»Inwiefern das?«

»Wir haben keine Leichen gefunden.«

»Oh, verstehe. Also, ich habe in letzter Zeit nichts Auffälliges bemerkt.«

»Boote vielleicht?«, fragte Franco nach. »Verdächtige Boote, die hier herumgefahren sind?«

»Nein, tut mir leid.«

»Und Ihre Frau? Hat die vielleicht etwas gesehen?«

»Meine Frau ist so gut wie nie hier. Sie ist Schauspielerin und daher ständig unterwegs. Von ihr erfahren Sie am wenigsten.«

»Na gut, dann ... dann war es das schon, Signore DiFratelli. Ein wirklich schönes Anwesen haben Sie.«

»Vielen Dank«, sagte er amüsiert.

Martina und Franco standen auf.

»Sagen Sie, ist das eine Bibliothek?«, fragte Martina und deutete nach rechts.

»Ja, aber nicht alle Bücher sind von mir. Mein Vater hat die Bibliothek aufgebaut, viele antiquarische Bücher.«

»Bestimmt besitzen Sie auch einige Originalausgaben«, schwärmte Martina. »Ich liebe diese alten Bücher. Jedes Wochenende bin ich auf Flohmärkten unterwegs. Ich habe eine signierte Originalausgabe von Dario Fo zu Hause.«

»Glückwunsch.«

Er ließ sich nicht aus der Reserve locken. Mit fuchsschlauen Augen funkelte er Martina an.

»Ist das ein Original?«, fragte Franco und deutete hinaus auf den Hügel, in dessen Mitte eine Statue thronte, die ihnen den Rücken zuwandte.

»Oh, nein«, entgegnete er lachend. »Das ist ein Rodin. Um mir ein Original leisten zu können, müsste ich noch einiges verkaufen. Es ist eine Nachbildung aus Bronze. Den Sockel hat allerdings ein hiesiger Künstler gearbeitet, auch das im Auftrag meines Vaters.«

»Sie passt dorthin wie dafür gemacht«, sagte Martina, und es klang auf unheimliche Weise ehrlich.

»Mir gefällt Ihr McLaren«, sagte Franco.

»Der macht auch einen Heidenspaß.«

»Wie viel PS hat er?«

»Sechshundertfünfzig.«

Franco machte große Augen, und sie bewegten sich in Richtung Haustür.

»Ich muss jetzt langsam in die Praxis, es tut mir leid.«

»Wir sind schon draußen«, sagte Martina.

»Wenn Sie möchten, schauen Sie doch mal vorbei«, meinte er zu Franco, »Sie haben da einen Zahnschiefstand, den ich ganz schnell beseitigen kann.«

»Oh, vielen Dank«, wehrte Franco ab. »Meine Frau hat mich deswegen geheiratet.«

Lachend gingen sie nach draußen.

»Was hältst du von ihm?«, fragte Martina, als sie wieder im Wagen saßen.

Franco blickte in den Rückspiegel. Luciano DiFratelli folgte ihnen im McLaren.

»Er ist charmant. Er ist lustig, freundlich, höflich.«

»Er muss der Mörder sein«, meinte Martina. »Weißt du, wen Rodin da porträtiert hat?«

»Den Denker«, antwortete Franco.

»Ja, so heißt die Skulptur. Aber sie stellt jemanden dar. Es ist Dante.«

»Das könnte ein Zufall sein.«

Martina sah ebenfalls in den Rückspiegel. »Nein, an einen Zufall glaube ich nicht.«

Franco fuhr die geschwungene Straße hinauf und blinkte rechts, um auf die Gardesana zu fahren.

»Nein, fahr mal links«, bat Martina.

»Was hast du vor?«

»Nichts weiter, fahr einfach.«

Franco drehte das Steuer in die andere Richtung und reihte sich in den Verkehr ein.

»Ich hol mir einen Kaffee, willst du auch einen?«, fragte sie, als sie eine Bäckerei passierten.

»Ja, gern.«

Franco hielt, und Martina betrat den Verkaufsladen, wo sie zwei Kaffee zum Mitnehmen bestellte. Sie nippte an ihrem Becher und sah dabei aus dem Fenster. Franco starrte mit offensichtlicher Ungeduld aus dem heruntergelassenen Beifahrerfenster und winkte sie zu sich.

»Komm, wir haben nicht so viel Zeit«, drängte er, als sie zurückging.

»Hier, dein Kaffee.« Sie blieb vor dem Auto stehen und trank in aller Ruhe ihren eigenen.

»Martina, was machst du?«

»Ich warte.«

»Auf was? Wir müssen los.«

»Auf ihn«, sagte sie und setzte sich zu ihm in den Wagen. »Luciano DiFratellis Klinik liegt dort oben auf dem Berg. Wenn er zur Arbeit will, muss er hier langkommen. Aber er kommt nicht.«

»Ach, Martina, er könnte aufgehalten worden sein. Der Termin muss ja nicht in der Klinik sein.«

»Nein, ich glaube, er hat uns durchschaut.« Sie blickte über ihre Schulter zurück. »Wenn er der Täter ist …«

»Dann?«

»Dann haben wir gerade durchschimmern lassen, dass er unser Verdächtiger ist. Darauf muss er reagieren. Fahr zurück.«

Luca erkannte den Spalt in der glatten Felswand, der wie eine Wunde mit einer Gaze aus rostigem, algenbesetztem Metall verschlossen war. Er näherte sich ihm immer mehr, bis er das Gitter schließlich berühren konnte und sich daran in die Tiefe zog. Dabei kamen die Erinnerungen zurück, stürzten auf ihn ein und nahmen ihm scheinbar die Luft, die er brauchte, um diesen Tauchgang durchzustehen. Er überlegte, wieder aufzutauchen und den Vorgang zu wiederholen, doch den Gedanken verwarf er sogleich und zog sich immer weiter und weiter in die Dunkelheit hinunter.

Mit der Taschenlampe leuchtete er voraus, ihr schmaler Lichtkegel glitt geisterhaft durch das schwarzblaue Wasser. Der Weg bis zu dem kleinen Absatz im Felsen schien unendlich. Hier endete das Gitter. Luca war seit seinem sechzehnten Lebensjahr nur noch geringfügig gewachsen. Seine Körper- und Schuhgröße hatten sich nicht verändert. Er war kein hagerer Mensch, aber sehr schlank mit nicht sehr kräftigen Knochen, und so hoffte er inständig, dass er noch durch den Spalt hindurchpassen würde.

Er klammerte sich senkrecht im Wasser stehend in die Metallmaschen und legte seinen Kopf seitlich auf den Felsvorsprung. Es war enger als früher, oder es kam ihm so vor. Es schien nicht zu funktionieren, doch er wollte jetzt nicht aufgeben. Mit Gewalt presste er seinen Schädel in die Öffnung, und dank der glitschigen Algen kam er Stück für Stück voran. Wie in einer Zange wurde er eingeklemmt und gequetscht, doch er ignorierte die Schmerzen. Mit einem Ruck rutschte er nach vorn und war halb durch. Jetzt galt es, wieder etwas Luft herauszulassen, um seinen Brustkorb zu senken. Die Kamera und die Taschenlampe hatte er sich unter die Hosenbeine geschoben. Er ließ Luftblasen entweichen, zerrte seinen Körper unter dem

Gitter hindurch, schabte sich die Rippenbogen und die Knie auf und war schließlich auf der anderen Seite. Jetzt musste er sich beeilen, die Anstrengung hatte ihn viel Kraft gekostet. Im Auftauchen versuchte er, seinen Herzschlag wieder unter Kontrolle zu bekommen und zu verlangsamen. Er stieg in der steinernen Röhre empor und erblickte nichts als Schwärze über ihm. Der letzte Raum musste im Dunkeln liegen. DiFratelli würde nicht dort sein. Luca schaltete die Taschenlampe ein und schnitt wie mit einer Klinge aus Licht durch das Wasser, beleuchtete die inneren Felswände, auf denen Algen und Muscheln wuchsen, bis sich oben eine Öffnung auftat und die Oberfläche des Wassers in silbrigen Streifen glänzte. Obwohl Luca nach Luft gierte, verlangsamte er sein Tempo, um vorsichtig aus dem Wasser aufzutauchen. Er wusste nicht, was ihn auf der anderen Seite erwartete. Sollte einer der Jungen im letzten Raum sein, wollte er ihn nicht in Angst und Schrecken versetzen, wenn er plötzlich aus dem Wasser kam. Und falls DiFratelli doch dort war, absichtlich oder zufällig, wollte Luca sich ihm nicht unvorbereitet stellen.

Er löschte das Licht, als es noch knapp drei Meter bis zur Oberfläche waren, und zwang sich zur Ruhe. Nahezu ohne ein Geräusch zu machen, tauchte er aus dem Wasser auf, öffnete seinen Mund und ließ Luft in seine Lungen strömen. Gleichzeitig versuchte er, in dem Raum etwas zu erkennen, doch das war unmöglich. Es herrschte teerschwarze Dunkelheit. Unter Wasser schaltete er die Taschenlampe ein und hielt sie zunächst gegen die Wand. Der Raum leuchtete grünlich auf, ebenso wie das Wasser unter ihm.

»Aaaah«, hörte Luca, ein schwaches, klägliches Stöhnen. Voller Entsetzen erblickte er in der rechten Ecke jemanden auf der Matratze. Es war wie ein Déjà-vu. Ein lebendiges Gerippe lag dort mit gekrümmten Gliedern und versuchte, den Kopf zu heben. Aus einem bleichen Totenschädel blickten zwei riesige, vor Schreck geweitete Augen auf Luca. Der Junge hatte furchtbare Angst, aber er war zu schwach, um zu schreien.

»Es ist alles gut«, sagte Luca und streckte beruhigend die Hand aus. »Ich tue dir nichts. Ich will dir helfen.«

Wieder stöhnte der Junge, und sein Kopf sank nieder, wobei er die Knie langsam anhob, so als habe er Magenkrämpfe. »Ich komme jetzt aus dem Wasser«, kündigte Luca an. »Ich bin hier, um dir zu helfen, ich helfe dir.«

Er hob sich vorsichtig aus dem Wasser und hielt die Lampe in Richtung der gegenüberliegenden Wand, um den Jungen nicht zu blenden. Dann näherte er sich dem abgemagerten Körper und kniete sich neben ihn.

»Keine Angst«, beschwor er den Jungen erneut. »Bist du Toni?«

Aus den tiefen schwarzen Augenhöhlen traf ihn ein Blick, der Luca eiskalt in die Knochen fuhr. Der Junge schüttelte kraftlos den Kopf.

»Nicht?«

Leonardo konnte es auch nicht sein. Er war erst seit zwei Tagen verschwunden. Nein, dieser Junge musste schon länger hier sein, viel länger. Er hatte den siebten Raum erreicht. Luca wusste nicht, wie lange man sich in den einzelnen Räumen aufhielt. Fragen konnte er den Jungen auch nicht, Zeit war kein Begriff mehr für ihn. Und zum Sprechen war er zu schwach.

Luca berührte ihn sachte am Arm. »Ich hole dich hier raus, hörst du? Ich ...« Er stockte, weil er sah, wie Tränen über die knochigen Wangen des Jungen liefen, während sein Mund sich wie ein Loch öffnete und ihm anscheinend etwas mitteilen wollte.

»Lass nur, lass. Ich ... war auch schon einmal hier. Ich weiß, was er hier tut. Ich weiß es. Ich kenne ihn.«

Luca blickte hoch und sah auf dem kleinen Vorsprung die Vase mit den gelben Blumen stehen. Narzissen, es waren Narzissen. Er überlegte, was er als Nächstes tun sollte. Er hatte sein Vorhaben nicht zu Ende gedacht, sein Plan war es gewesen, hier hinein-zugelangen, doch nun war er im letzten Raum ebenso gefangen wie dieser arme Junge. Die Tür war mit Sicherheit verschlossen, und wenn nicht diese, dann doch auf jeden Fall eine der übrigen. Und einen anderen Weg als durch die Grotte gab es nicht hinaus.

Luca stand auf und versuchte, die Tür zu öffnen, doch es war, wie er vermutet hatte.

An der Eisentür stehend, vernahm er ein weit entferntes Quietschen. Eine Tür war geöffnet worden, und mit einem metallischen Donnern fiel sie wieder ins Schloss.

»Aaahh«, klagte der Junge wieder und wand sich wie unter Krämpfen auf der Matratze. Er kannte diese Geräusche gut und wusste, was sie bedeuteten. Er kam. Er kam in sein Todeslabyrinth herabgestiegen und würde bei einem seiner Opfer haltmachen. Bei Toni. Oder bei Leonardo. Oder bei diesem Jungen hier, den Luca nicht kannte.

»Lllaah«, lallte er erneut, und seine Augen rollten zu Luca.

»Keine Angst, ich bin bei dir, ich lass mir was einfallen.«

Luca blickte sich um. Er hatte keine Waffe dabei, nur seine Kamera und die Taschenlampe. Was konnte er tun? Wie sollte er ihm begegnen, wenn er kam? Den Überraschungseffekt hatte er auf seiner Seite. Das musste er ausnutzen.

Wieder quietschte eine Tür und fiel krachend ins Schloss. Die Geräusche rasten durch die Gänge wie ein Bob durch den Eiskanal. Gab es etwas im Wasser? Nein, es gab nichts, absolut nichts. Nur die verdammten Blumen auf dem Vorsprung. Die Blumen! Sie standen in einer Vase.

Luca sprang förmlich darauf zu und riss die Vase herunter. Sie hatte einen Henkel, er war aus kompaktem Glas. Wenn er es schaffte, die Vase so zu zerschlagen, dass ein spitzer, scharfer Rest am Henkel stehen blieb, hatte er eine Waffe. Ein erneutes Quietschen ließ ihn zusammenzucken. Es klang verdammt nah.

»Llluuh …« Der Junge versuchte wieder, ihm etwas mitzuteilen. Luca blickte zu ihm hinunter. Es klang fast so, als wollte er seinen Namen sagen. Und plötzlich sprang Luca etwas ins Auge, das er erst jetzt sehen konnte, da der Junge sich etwas drehte. Es war ein Tattoo auf der linken Wade. Ein Blitz in einem Kreis.

»Cassius!«, rief er, ohne zu bedenken, dass er sich dadurch verraten könnte. Er fiel auf die Knie und legte eine Hand auf Cassius' Wange. »Cassius …«

Aber wie konnte das sein? Nach so langer Zeit? Und das Video? Er hatte ihn doch scheinbar tot gesehen.

Jetzt hörten beide die Tür aus dem sechsten Raum zuschlagen.

Luca sprang auf und griff nach der Vase. »Bleib ganz ruhig. Ich werde es wieder dunkel machen. Aber ich bin bei dir, hörst du?«, flüsterte er. Er meinte, so etwas wie ein Nicken zu erkennen, und lief zum Wasser. Hastig tauchte er die Glaskanne unter und schlug sie gegen den Fels, um das Geräusch zu dämpfen. Es klirrte genau in dem Moment, als der Schlüssel in die Tür gesteckt wurde. Luca blickte auf den Henkel in seiner Hand, der jetzt eine fast dreieckige Spitze aus zerbrochenem Glas an der unteren Seite aufwies. Es hatte funktioniert. Eilig löschte er das Licht. Es wurde schwarz in der Höhle. Keine zwei Sekunden später wurde die Tür aufgeschoben, und er erschien. Der Schein der dicken Handlampe ließ seine Konturen silbern glänzen, so als sei er von einer Aura oder einem Schutzschild umgeben. Sein Blick ging sofort in die Ecke zu Cassius, der dort lag und zu wimmern begann.

DiFratelli stand da und bewegte sich nicht. Die Entfernung zwischen ihnen war zu groß, als dass Luca ihn überraschend hätte attackieren können. Also blieb er einfach da, wo er war. Er stand so weit im Wasser, dass sich seine Hände unter der Oberfläche befanden und seine gläserne Waffe damit unsichtbar war. DiFratelli blickte auf Cassius hinab, schien aber zu spüren, dass etwas anders war als sonst. Er stellte die Lampe so ab, dass ihr Strahl die Decke anleuchtete und damit auch den Raum erhellte. Die Höhle wirkte wie das Innere eines riesigen Fisches, eines Monsters, in dessen Eingeweiden sie gefangen waren. Nicht mehr lange und DiFratelli würde ihn bemerken. Sein Blick glitt von Cassius zu dem leeren Vorsprung über ihm, auf dem die Blumen hätten stehen müssen. Augenblicklich fuhr er herum. Als seine Augen Luca erfassten, meinte dieser, so etwas wie ein erschrockenes Röcheln zu hören. Für einen Moment bewegte sich nichts mehr. Die Welt schien stillzustehen.

»Luca«, sagte DiFratelli, und der Augenblick unbewegter Zeitlosigkeit war vorüber. Es lag Überraschung in seiner Stimme, aber auch eine Art teuflische Freude. »Luca. Das ist aber ein unerwarteter Besuch.« Er machte einen Schritt nach vorn. »Es ist lange her, dass du hier warst …« Wieder ein Schritt. »Und nun bist du zurück. Also, ich muss sagen, du siehst mich voller Bewunderung für dich. Du hast es tatsächlich geschafft, wieder hierherzutauchen? Beachtlich, mein Sohn, beachtlich.«

Luca starrte ihn an. »Du weißt, warum ich hier bin«, sagte er, und seine Stimme hallte in dem Gewölbe wider.

»Aber natürlich, Luca, wie könnte ich nicht? Ich muss dir sagen, dass ich dich lange, sehr lange beobachtet habe. Du warst etwas ganz Besonderes. Der Einzige, der mir entkommen ist. Es war nicht sonderlich schwer, dich zu finden, als du zurück zu deinen Eltern gekommen bist und anschließend in die Klinik.«

»Warum lebe ich dann noch?«

Sein Mund zog sich zu einem schrecklichen Grinsen in die Breite, und in seinen Augen zeigte sich wieder dieses wahnsinnige Flackern.

»Na, weil du dich an absolut nichts erinnern konntest.« Er sprach jedes Wort so genussvoll aus, als läge eine feine Praline aus seiner Zunge. »Ich habe dich in der Klinik besucht. Ich musste dich testen und sichergehen. Erinnerst du dich daran?«

Ein Bild flammte vor Lucas Augen auf. Er in einem weißen Kittel und Luca, der völlig wehrlos dalag, ihn zwar sah, aber nicht reagieren konnte. So als würde sein Verstand ihm untersagen, diesen Mann zu erkennen. Sein Kopf war voll von Watte, die jeden Gedanken im Keim erstickte.

»Da war keine Reaktion bei dir. Du warst völlig weggetreten. Dein Verstand hatte sich auf Nimmerwiedersehen verabschiedet.«

Nicht ganz, dachte Luca. Die Reaktion kam mit Verzögerung. Das war der Tag gewesen, an dem er seine Therapeutin angegriffen hatte.

»Ich war ganz fasziniert davon«, sagte DiFratelli und kam noch einmal näher, »wie jemand so völlig ohne Gedächtnis leben kann. Ich habe mich immer gefragt, wie lange es andauern würde, wann wohl der Tag käme, da alles in deinen Kopf zurückkehrt, und was der Auslöser sein würde. Was war es, Luca?«

Luca schwieg.

»Die Angst um Carla?«

Luca sah erschrocken auf.

»Natürlich kenne ich sie. Aber sie weiß nichts, sie war somit auch nicht gefährlich. Oder hattest du Angst um deine Freundin Martina?«

Jetzt quoll Wut in ihm empor, unbändige Wut, und er umschloss den Henkel fester.

»Sie war gerade bei mir und hat mir einen netten Besuch abgestattet. Sie ist ... na ja, ich kann mir vorstellen, was dich an ihr reizt.«

Luca hielt es kaum noch aus. Lange konnte er sich nicht mehr im Zaum halten. Sein inneres Verlangen, DiFratelli zu zerstören, zerrte an ihm wie ein tollwütiger Hund an seiner Kette.

»Nun sieh dich an, Luca«, sagte DiFratelli nahezu enttäuscht und schwang eine Hand in seine Richtung. »Du bist alt geworden. Mein Interesse an dir ist verflogen. Ich hätte dich leben lassen, wenn du nicht hier aufgetaucht wärst, im wahrsten Sinne des Wortes ...« Er lachte, und die Wände warfen sein Glucksen unheimlich vervielfacht zurück. Diesen Moment nutzte Luca. Er sprang nach vorn und riss seine Hand aus dem Wasser. Er registrierte DiFratellis verdutztes Gesicht, als er sich auf ihn stürzte und ihm den efeublattgroßen Glassplitter in die Brust rammte. DiFratelli schrie und fiel nach hinten um, Luca stürzte mit ihm zu Boden. Er saß jetzt auf Lucianos Brust und drückte die Spitze seines gläsernen Messers in dessen Hals. Er musste ihn schwer verletzt haben, dennoch lag dieses Monster unter ihm und grinste ihn an.

»Na, Luca, hast du den Mumm, mir das Ding in den Hals zu rammen? Sieh mich an, ich bin völlig wehrlos.«

»Wo sind Toni und Leonardo?«, wollte Luca wissen und ritzte Lucianos Haut, dass er blutete.

»Ah ja, jetzt willst du den Retter spielen, natürlich. Das hätte ich mir ja denken können. Ob Cassius das noch durchhält? Eigentlich war ich hier heruntergekommen, um ihn unsterblich zu machen ...«

Er schaute lüstern, als er das sagte, und Luca überlegte für den Bruchteil einer Sekunde, was das bedeutete. Dann sah er aus dem Augenwinkel etwas Glitzerndes auf sich zurasen. DiFratelli hatte mit einer großen Zange ausgeholt und schlug sie ihm gegen die Schläfe. Ein violetter Blitz schoss quer durch Lucas Kopf, gefolgt von einer grellen Explosion, die in ein schwarzes Nichts überging.

Er erwachte von einem zunehmenden Schmerz im Mundraum. Ein grelles Licht lag auf seinen Lidern und drang durch die Haut zu seinen Augäpfeln vor. Vorsichtig blinzelnd schlug er die Augen auf. Eine Deckenlampe hing direkt über ihm. Er lag weit zurückgelehnt in einem Stuhl, die Arme an die Lehnen gefesselt. Er wollte hinuntersehen, doch auch sein Kopf war mit einem Lederriemen festgebunden. Ein metallenes Gestell sperrte seinen Mund weit auf. Spitze Ösen drückten in sein Zahnfleisch. Panisch drehte er seine Augen in den Höhlen. Am Fußende der Liege erkannte er DiFratelli.

»Das ist der alte Zahnarztstuhl meines Vaters. War ein Haufen Arbeit, ihn hier herunterzubekommen«, sagte er wie beiläufig und kam mit einer Zange in der erhobenen Hand zu ihm. »Aber er verrichtet immer noch seine Arbeit. Und jetzt, lieber Luca, zeige ich dir, was du verpasst hast, nachdem du hier flüchtig geworden bist. Leider kann ich dir nicht die Zeit geben, die ich den anderen zugestanden habe. Wir müssen es jetzt gleich tun.«

Damit beugte er sich über ihn und öffnete die quietschende Zange. Lucas Zunge bewegte sich wie eine Schlange in seinem Mund. Mit weit aufgerissen Augen starrte er auf das alte Instrument, mit dem ihm gleich bei vollem Bewusstsein die Weisheitszähne gezogen werden sollten. »Aaahh«, schrie er dumpf und erstickt. Es klang ähnlich wie bei Cassius. Da wurde ihm auch schon die Zange in den Mund gesteckt. Er schmeckte den kalten Stahl, der an seine Zähne anstieß, bis er sich zu seinem oberen rechten Weisheitszahn vorgearbeitet hatte. Luca wimmerte und jammerte, schluckte, was kaum möglich war. Seine Zunge versuchte, die Zange abzuwehren, und sein Herzschlag hämmerte schneller, immer schneller. Die beiden Greifer klammerten sich um seinen Zahn, und DiFratelli drückte fest zu. Es knirschte.

»So, da haben wir ihn ja. Gleich bist du davon befreit, Luca, es dauert nicht lange.«

DiFratelli ruckte die Zange hin und her, und es knackte laut in Lucas Kopf. Er spürte, wie die Wurzeln brachen und ein glühend heißer Schmerz durch seinen Kiefer bis hinauf in die Augenhöhle und die Schläfe schoss. Er schrie vor Schmerz und Entsetzen.

»Gleich …«, ächzte DiFratelli und duckte sich, um besser in die Mundhöhle schauen zu können. Wieder ein Knacken. Es war, als triebe er mit dem Hammer Nägel in sein Zahnfleisch. Dann spürte Luca einen kräftigen Zug, weil DiFratelli den Arm nach hinten riss. Er stöhnte, mehr vor Erleichterung als vor Anstrengung, als ein Flammenmeer aus Schmerzen durch seinen Kopf leckte.

»Jaaa, da ist er!« Luciano hielt den blutigen Weisheitszahn mit den gebrochenen Wurzeln vor Lucas Augen. »Das war Nummer eins.« Er führte seine Hand nach links. Lucas Blick folgte der Bewegung, auch wenn er durch die Tränen, die ihm unvermeidlich in die Augen schossen, nur verschwommen sehen konnte.

DiFratelli ließ den Zahn in ein gläsernes Gefäß fallen, das mit klarer Flüssigkeit gefüllt war. Es war nicht das einzige Glas, wie Luca jetzt erkannte. Eine ganze Reihe von Gläsern stand dort. Und in allen schwammen Zähne seiner Opfer.

»Das ist meine Sammlung, Luca. Wie gefällt sie dir?«

Luca versuchte, seine Hände aus den Fesseln zu lösen, während DiFratelli bewundernd auf das Horrorkabinett stierte. Aber sie waren zu fest, es gab keine Möglichkeit, zu entkommen.

DiFratelli wandte sich ihm wieder zu und hob erneut die Zange. »Dann wollen wir mal weitermachen.«

Luca hätte sich fast an dem Blut, das ihm in den Rachen lief, verschluckt, er hustete und schluckte würgend.

»Geht's wieder?«, erkundigte sich DiFratelli ohne jede Gefühlsregung und stopfte ihm erneut die Zange in den Mund.

Martina und Franco waren zurück auf den Hof des Anwesens gefahren. Der McLaren stand wieder vor dem Eingang.

Die beiden stiegen aus und klingelten, doch niemand öffnete ihnen.

»Wo kann er stecken?«, fragte Franco und sah an dem Gebäude empor.

»Entweder beobachtet er uns gerade, oder er ist anderweitig beschäftigt«, antwortete Martina und versuchte, durch das linke Fenster einen Blick ins Haus zu erhaschen. »Ich tippe mal auf Letzteres, denn er weiß natürlich, warum wir hier waren.«

Martina ging die Auffahrt weiter nach links, wo sie einen Bogen beschrieb und um einen mittig angelegten Springbrunnen herumging. Sie trat über den Rand auf den Rasen und verschwand zwischen zwei Büschen.

»Hey, Martina«, rief Franco ihr leise hinterher und lief ihr nach.

Sie ging unbeirrt weiter um die linke Seite des Hauses. In jedes Fenster schaute sie hinein, eine Hand an die Dienstwaffe gelegt. Franco schloss zu ihr auf.

»Wo willst du hin?«

»Weiß ich noch nicht. Mich umsehen.«

»Ohne Durchsuchungsbeschluss, und er isst mit der Staatsanwältin zu Mittag, grandiose Idee.«

»Bleib doch im Wagen«, schlug sie ihm kess vor und erntete einen vernichtenden Blick.

Gemeinsam arbeiteten sie sich bis in den Garten vor, der so groß wie eine Parkanlage war.

»Die Terrassentür steht offen«, sagte Martina und wies in die Richtung. Franco überblickte das Anwesen, doch nirgends war eine Spur von DiFratelli.

»Vielleicht ist er am See«, meinte er, und kaum hatte er den Satz beendet, ging Martina auch schon los. Von links und rechts näherte sie sich der Skulptur von Rodin, dem Denker, der grübelnd hinaus auf den See blickte. Bereits ein paar Meter dahinter fiel der Hügel sachte ab, und eine weiße Treppe begann, die wie aus dem Hügel gewachsen zu sein schien. Am Ende der Stufen war der hölzerne Steg zu erkennen und die zangenartige Einfassung. An der Spitze des Steges dümpelte eine kleine Yacht. Sie musste DiFratelli gehören, kein Zweifel, doch außerhalb der Schutzmauer trieb außerdem ein anscheinend herrenloses Tretboot, und ein kleines Wassertaxi mit Außenbordmotor hielt auf die Uferböschung zu.

»Sieh mal«, sagte Martina und trippelte die Stufen hinunter. Man konnte auf der Einfassung wie auf einem Deich gehen, sie balancierte auf der Spitze und blickte von dort oben auf die beiden Boote. »Franco!«, rief sie und winkte ihren Kollegen herbei.

Er folgte ihr auf die Mauer und erkannte in beiden Booten Kleidungsstücke.

»Ist wohl jemand schwimmen gegangen.«

»Ja, aber hier?« Sie wandte sich ab und zückte ihr Handy, um Luca anzurufen. Während sie wartete und gen Süden zum dortigen flachen Ende des Sees blickte, klingelte es irgendwo hinter ihr. Sie blickte irritiert aufs Display und fuhr dann erschrocken herum. Lucas Handy musste sich in einem der Boote befinden. Franco kletterte gerade ins Tretboot und wühlte in den Sachen.

»Hier!« Er hielt das Handy in die Luft.

Das konnte nichts Gutes bedeuten.

Die beiden eilten die Stufen hinauf. Sie waren sich einig, dass sie Verstärkung brauchten. Martina rief Vialli an und schilderte ihm auf dem Rückweg zum Haus die Situation. An der Statue hielt sie an und warf einen forschenden Blick zum Gebäude und seinen Fenstern.

»Verlasst bitte sofort das Grundstück und wartet im Wagen, bis ich mit der Verstärkung da bin«, maßregelte Vialli sie.

»Ist gut. Bis gleich.« Sie legte auf.

»Il Purgatorio«, las Franco auf dem Sockel.

»Mmh?«

»Das steht hier eingraviert«, sagte er und deutete auf die Inschrift. Martina kam zu ihm herum und las ebenfalls.

»Wie bei Dante. Steht da noch was?«, fragte sie, und beide gingen um den Sockel herum und fanden vorn eine Art Platte, die sich aus der Bronze erhob.

»Durch mich geht man hinein zur Stadt der Trauer««, las Martina laut vor, »durch mich geht man hinein zum ewigen Schmerze, durch mich geht man zu dem verlorenen Volke.««

»Ist das von Dante?«, fragte Franco.

»Das ist die Inschrift auf dem Tor zur Hölle in der Göttlichen Komödie«, sagte Martina. Sie unterzog die Skulptur einem prüfenden, abschätzenden Blick und zog dann ihre Dienstwaffe aus dem Holster.

Luca schrie, so laut er konnte. Das war das Einzige, was ihm noch geblieben war, seine Stimme. Den Rest seines Körpers konnte er nicht mehr nutzen. Doch unerbittlich setzte DiFratelli die Zange an. Laut klimperte sie an seinen Zähnen, bis sie den anderen oberen Weisheitszahn zu fassen bekam.

»Der ist schief gewachsen«, sagte er. »Mach dich auf was gefasst.« Und er spannte seine Muskeln in Armen und Schultern an.

Da sprang die Tür hinter ihm auf und krachte gegen die blanke Felswand, dass es dröhnte. DiFratelli fuhr herum. Luca verdrehte seine Augen nach unten, um etwas erkennen zu können. Und er konnte nicht glauben, was er sah. Es musste ein Traum sein oder eine Halluzination, die von den Schmerzen hervorgerufen wurde. Tomasio stand in der Tür. Sein nasses Haar tropfte ihm wie früher ins Gesicht. Er hielt ein Tauchermesser in der Hand und registrierte fassungslos, was hier soeben passierte. DiFratelli fing sich, noch ehe Tomasio vollends begriffen hatte, was das alles hier, der Stuhl, die Gläser, zu bedeuten hatte.

»Tomasio«, hauchte DiFratelli. »Das hätte ich nicht gedacht. Du bist getaucht? Bravo. Guter Junge. Wie damals schon, an dem Tag.«

»Ich will dir etwas zurückgeben«, sagte Tomasio und warf die Taschenuhr nach ihm. Es war wie eine Rückblende. Die goldene Uhr segelte wie in Zeitlupe durch die Luft, drehte sich dabei um die eigene Achse, und Luca fragte sich, ob es Tomasios Uhr war, von der er behauptet hatte, dass er sie in den See geworfen habe. Doch das zählte jetzt nicht.

In einem Reflex riss DiFratelli beide Hände hoch, um die Uhr zu fangen, und Luca, der mit seiner festgeschnallten Hand nur ein paar Zentimeter von seiner Rechten mit der Zange darin entfernt war, griff zu und entriss ihm das Instrument.

DiFratelli fing, und Tomasio stürzte sich auf ihn. Luca wunderte sich noch, wie wenig er ihn vorhin verletzt haben musste, denn DiFratellis Bewegungen zeigten keinerlei Einschränkung. Er wich dem Angriff geschickt aus, und Tomasio stieß ins Leere. DiFratelli hieb seinen Ellbogen in Tomasios Rücken. Luca drehte die Zange unterdessen so, dass er mit ihr den Lederriemen aufkneifen konnte. Doch der war breit, und er kam nur millimeterweise voran. Tomasio wirbelte das Messer durch die Luft, dass es zischte. DiFratelli sprang so weit zurück, wie er konnte, bis die Wand ihn aufhielt und Tomasio ihn mit dem rechten Unterarm gegen die Wand drückte, um mit der linken das Messer in seinen Körper zu rammen. Doch DiFratelli drehte im letzten Moment seine Hüfte, die Klinge rutschte klirrend an seiner Gürtelschnalle entlang und stieß in die Wand. Er trat Tomasio mit dem Knie in die Seite, doch der warf ihn mit aller Kraft nach links, wo er in die Galerie von Gläsern krachte und rücklings liegen blieb.

Luca hatte es endlich geschafft, seinen Arm zu befreien und zog sich als Erstes die Metallsperre aus dem blutenden Mund. Er spuckte aus, bevor er seinen Kopf und den anderen Arm losschnallte. Tomasio ging auf DiFratelli zu und holte im Gehen mit dem Messer aus, doch DiFratelli griff nach einem zerbrochenen Behälter, aus dem spitze Splitter herausragten, und warf ihn Tomasio mit voller Wucht ins Gesicht. Das Glas zerplatzte förmlich an seinem Wangenknochen, er fiel zur Seite und verlor das Messer. DiFratelli schnappte es sich mit einem beherzten Griff und warf sich auf den auf dem Bauch liegenden Tomasio.

»Tut mir leid«, sagte er süffisant, ehe er Tomasios Nacken packte und das Messer niedersausen ließ. Im selben Moment traf Luca ihn mit der Zange am Kopf, und noch in der Bewegung sackte Luciano wie tot in sich zusammen. Sein Körper erschlaffte von einer Sekunde auf die andere, und er kippte, das Messer loslassend, zur Seite, sodass die Waffe Tomasio nur in die Schulter schnitt.

Luca stand jetzt über DiFratelli, wischte sich seinen blutenden Mund und wartete. Tomasio drehte sich stöhnend auf die Seite.

»Luca, was tust du?«

Luca umklammerte zitternd das Folterinstrument. Es hatte eine Länge von gut fünfundzwanzig Zentimetern und wog bestimmt an die zwei Kilo. Er würde ihn vielleicht nicht mit einem Schlag töten können, aber er würde es tun. Er würde so lange zuschlagen, bis es vorbei war.

»Tu's nicht«, flüsterte Tomasio und hob abwehrend den Arm.

»Du weißt, was er mir und all den anderen Jungen hier unten angetan hat. Du hast es doch gesehen!« Lucas Stimme schwoll an.

»Aber du … wenn du ihn tötest …« Weiter kam Tomasio nicht. Luca wurde von einem schweren Tritt getroffen, der ihn nach hinten schleuderte. DiFratelli hatte den Moment ausgenutzt, in dem Luca zu seinem Freund gesehen hatte, und war aufgesprungen. Jetzt schlug er Tomasio die Faust in dessen blutendes Gesicht und begann zu laufen. Sie hörten seine Schritte wie Pistolenschüsse knallen. Luca rappelte sich hoch und nahm die Verfolgung auf.

DiFratelli stand unschlüssig an einer Treppe, die von einem nahezu runden Flur nach oben zu einer Art Luke führte. Zwei Türen gingen von hier ab, die eine stand offen und führte in das Labyrinth hinunter. DiFratelli sah, dass Luca ihn fast erreicht hatte, und wusste wohl, dass er es über die Treppe nicht schaffen konnte, denn er floh nach unten in die Höhlengänge. Luca sah sich zu Tomasio um, der ihm über den Boden seine Taschenlampe zuschob. Nun hatte er Licht, DiFratelli dagegen saß im Dunkeln. Jetzt würde er ihn sich holen.

Luca tauchte in den schwarzen Tunnel ein, den hektisch wackelnden Strahl der Lampe vor sich herführend. DiFratelli hatte einen Vorsprung, aber er konnte sehen und somit schneller laufen. Tiefer und tiefer ging es ins Bergwerk hinunter, ins Herz der Finsternis. Keuchend und stöhnend durchquerten sie Raum für Raum, bis Luca DiFratelli kurz vor dem siebten Raum auf Armlänge eingeholt hatte. Sie platzten in die Grotte hinein, und DiFratelli stoppte, kurz bevor das Wasser begann, und drehte sich um. Luca stand schwer atmend und blutend hinter ihm, die Zange zum Schlag erhoben.

»Hier ist dein Ende. Jetzt schmorst du in der Hölle.« Er machte einen Schritt auf ihn zu.

DiFratelli wich nach hinten aus und fiel ins grün schimmernde Wasser. Luca hielt inne und leuchtete mit der Lampe ins Becken, wo DiFratelli ihn wild und wahnsinnig lächelnd anstarrte.

»Ciao, mein süßer Luca«, sagte er, »ciao.«

Dann tauchte er ab in das schwarze Loch der Grotte.

Luca konnte sich nicht bewegen. Er stand nur da und sah zu, wie es passierte, die Lampe in der einen, die Zange in der anderen Hand.

»Viel Glück.«

Mit diesen Worten drehte er sich um und kümmerte sich um Cassius, der sich windend am Boden lag.

»Halt durch, ich hole sofort Hilfe. Du hast es geschafft, Cassius, du hast es geschafft!«

Ungläubig hielt der Junge inne, während Tränen über seine hohlen Wangen kullerten. Luca blieb noch eine Weile bei ihm, bis er sicher war, dass DiFratelli nicht wieder auftauchen konnte.

Dann lief er nach oben. Er meinte, im vierten Raum aus dem Augenwinkel eine kauernde Gestalt gesehen zu haben. Dort fand er Toni. Im zweiten Leonardo. Beide waren verstört und in schlechtem körperlichen Zustand, aber sie wollten gleich mit ihm gehen. Luca schritt langsam mit der Lampe voran. Auf dem Boden in der rechten Ecke neben der Tür entdeckte er eine abgebrochene gelbe Blüte. Sie war verwelkt, aber sie lag in Leonardos Raum. Stumm dankte er Stella für ihre Hilfe und führte die Jungen durch die Tunnel bis nach oben, wo Tomasio ihnen aus dem Raum mit dem Zahnarztstuhl entgegenkam. Er hielt sein Hemd auf die Schnittwunden im Gesicht gedrückt und konnte kaum sehen.

»Hast du ihn ...?«, fragte er.

»Er ist getaucht.«

»Bitte?«

»Er wird es nicht schaffen. Nur du und ich können das. Nur du und ich.« Luca umarmte Tomasio. Da hörten sie ein knarrendes Geräusch, und über ihnen ergoss sich ein Strahl aus hellem Tageslicht in die Dunkelheit. Eine Luke über der Treppe war aufgeklappt. Luca trat näher und schaute nach oben.

»Martina.«

Sie stand im Licht und blickte zu ihm hinunter. Sie war es wirklich. Jetzt waren sie gerettet.

SECHZEHN

Die Krankenwagen waren bis direkt auf den Rasen gefahren und hatten vor Dantes Skulptur gehalten. Der gesamte Sockel war mit einem Kurbelsystem aufklappbar. Die Bronzestatue diente als Eingang, sie war eigentlich eine Tür. Das Tor zur Hölle. Genau so, wie die Inschrift auf dem Sockel es verkündete.

Sie hatten Cassius mit einer Bahre von ganz unten bergen können. Man musste ihn in einer dunklen Decke, die sie über seinen Kopf legten, abtransportieren, damit die Helligkeit ihn nicht tötete. Er hatte über ein Jahr dort unten verbracht.

Einen Monat später saßen sie alle zusammen, das ganze Team, im Restaurant in der Brasa-Schlucht. Der Bach plätscherte, fröhliche Stimmen und Lachen fing sich unter dem Dach der Terrasse, und Luca blickte in glückliche Gesichter. Alles erschien ihm jetzt wie ein entfernter Traum. Nur die Narben in Tomasios Gesicht zeugten noch von diesem Tag. Und das Loch in Lucas Kiefer, das sich aber fast geschlossen hatte.

»Was nimmst du?«, flüsterte Martina ihm zu. Sie saßen nebeneinander, und ihre Schultern berührten sich.

»Egal«, sagte er, »es ist alles gut.«

Sie sah ihm in die Augen und lächelte, weil sie wusste, wie er es meinte.

Sie verbrachten einen wunderbaren Abend. Bis spät in die Nacht saßen sie zusammen und lachten und redeten, und während sich ihre Stimmen über das Tal erhoben und von der leichten Abendbrise fortgetragen wurden, lag der See ganz still und friedlich da, so als sei nichts geschehen.

Die Eltern von Cassius hatten ihren Sohn wieder. Er lag im Krankenhaus und würde noch eine Weile dort bleiben müssen, doch er lebte und würde sich erholen. Leonardo und Toni waren zu ihren Familien zurückgekehrt und natürlich in psychologischer Behandlung. Man hatte das gesamte Höhlensystem unter dem Garten von DiFratelli durchsucht und war in der steinernen Grube im siebten Raum auf die sterblichen Überreste seiner Opfer gestoßen. Sie waren in Flüssigbeton begraben worden. Oben in der ersten Ebene hatten die Beamten eine weitere Tür entdeckt, hinter der sich ein Raum verbarg, in dem DiFratelli unter ultraviolettem Licht Narzissen in meterlangen Holzkästen gezogen hatte.

Die Taucher der Polizei hatten DiFratelli schließlich gefunden. Er hatte es bis hinunter zu dem Felsvorsprung geschafft und war mit seinem Kopf unter dem Gitter ertrunken. Sie hatten ihn freischneiden müssen, um seinen Körper zu bergen.

Es war ein sonniger Tag.